*Tüm çocuklara, annelere, babalara*
*ve anne-baba duyarlılığına sahip olanlara*
*ithaf olunur.*

***Boray Uras***

*"Christopher Colombus'a duyduğum hayranlığın nedeni; O'nun Amerika kıtasını keşfetmesinden değil, yalnızca 'inanç uğruna' yola çıkmasındandır..."*

***Robert Turgot***

## *GİRİŞ*

*Umulmadık mutluluk anında; pırıl pırıl bir yeni günde,*
*Karanlık ve umutsuzluk aniden çöker...*
*Yaşamın en karanlık ve umutsuz bu anında*
*Dizlerinin üstüne çökmüş, boynu bükülmüş, yüreği azap,*
*Beyni acı dolu bir adam; çaresizliğin isyanın*
*Kararlılığı ile, yavaşça doğrulur, dimdik olur...*

*Yaşlı gözlerini, gündoğumundaki fecrin turuncu*
*Kızıllığına diker. Gözbebekleri alev alev alazlanmaktadır...*

*Önce yavaş sonra çabuk ve kararlı adımlarla*
*Doğan güneşe onun ardındaki "Umut"a doğru*
*İnançla, ruhunun üzerinde yürümeye başlar...*

*Bu yürüyüş kuru otlak yangını gibidir...*
*Minik, cılız bir saman alevi gibi yalnız olarak başlar...*
*Genişler... Güçlenir... Ve, tüm ovaya yayılır...*

*Bu inanç yangınının alevlerinin kendini tüketeceği yer,*
*Sararmış, kuru otların sona erdiği; serin, nemli,*
*Çığ pırıltıları ile bezenmiş buğulu yeni ve taze çimlerin,*
*Filizlerin ve fidanların olduğu yer olacaktır.*

*Uzaklardaki yepyeni, yeşil bir vadide...*
*Yepyeni, pırıl pırıl bir ülkenin yenilenmiş gençliğinde...*

*Yepyeni Selin ve Erdem'lerde...*

## ÖNDEYİŞ – I

## GÜNBATIMI ÖYKÜLERİ 1

### *"BULUŞMA"*

***dört duvar.../çevremde.../***
***dört duvarın esiriyim.../***
***çevremde... dört duvar/***
***dört duvar... yıkılmakta üstüme.../***

***ben yokum artık... canım.../***
***canım... yokluğumda sakın!/***
***sakın!/sakın üşüme.../sakın...üşütme/***

Bu ezginin buruk anımsatmaları esnasında uykuya dalmıştı çocuk. Altı yaşına daha girmemişti. Ana okulunun sıralarında otururken zemine değemeyen bacaklarını ayak ayak üstüne atmış uyuyordu. Altı çadır, üstü yatak olan iki katlı kaydıraklı yatağın büyüklüğü sayesinde, cılız vücut dilediği, rahat bulduğu her pozisyona kolaylıkla uyum sağlayabiliyordu...

Çocuğun uyuma pozisyonu doksan derece dikleştirilecek olsa duvara dayanmış bacaklarını çapraz bir şekilde kavuşturmuş, ilkbahar güneşinin parlak yüzünün ılık keyfine gözleri kapalı, mutluluk içerisinde yaşayan bir çocuk görüntüsü ortaya çıkardı.

Çocuk başını yastıkta döndürdü... İpeğimsi kuzguni kahve saçları, alnının sol köşesinden yukarıya bir bahçe çiti gibi yükseliyordu.

Eliptik kafatasını samur kürk gibi saran saç diplerinde oluşan minik ter damlacıkları süzülerek çocuğun saçlarını nemlendirirken baba yatağın başucundaydı.

Sevgi yoğunluğundan ışıldayan parmaklarıyla, çocuğunun saçlarını geriye doğru sıvazlayarak kurutmaya çalıştı. "Uyuyan bir meleğin görünüşü herhalde böyledir... Böyle olmalı..." diye düşündü. "Doğanın tüm saflığını, yaradılışın tüm mucizelerini bedeninde, varoluşunda gizleyen varlığımız, sevgilimiz, oğlumuz ve ablasının 'biricik aşkı'... Rahat uyu, yanındayız... Eminim ablan da şu anda senin başucunda seni sevgiyle izliyordur... Canımız" diye düşünmeye devam etti.

Yorgan açılmış, tekmelenmiş ve yatağın ucuna itilmişti. Baba, çocuğun üstünü yarı beline kadar örttü. Baba, yatak odasının kapısını yarı aralık bırakarak odayı terk ederken, kalın güneşlikleri kenara çekilmiş tül perdenin ardında, ufkun ötesinde çakan şimşeğin ani aydınlatmasında; pırıltılar içerisindeki bir damla gözyaşı, pınarını terk edip babanın yanağında yuvarlanıyordu...

Baba, ufkun uzağından yankılanarak titreşimlerle yaklaşan gürültünün farkında bile olmadan odadan çıktı. Koridor ışığını turuncu bir mum alevinin aydınlığına denk şekilde kısarak, oturma odasına yalın ayak yöneldi. Balkon penceresinin önüne yerleştirilmiş, jakar çiçek desenli, derin oturumlu, İngiliz kır evi tarzı, gece mavisi rengindeki koltuğa, çökercesine oturdu. Gözlerini pencerenin ardında ufkun ötelerine uzayan denizin karanlığına dikti. Bakışları, tehlikeli kayalığı işaretleyen çakar fenerin yanıp sönmelerine kilitlenmişti.

Başını, terden ıslanmış avuçlarının içerisine aldı. Güneşin doğumuna daha saatler vardı. Deniz ufkunda çakan şimşeklerden çok daha güçlü şimşekler, ruhunun derinliğini kaplayan gazap bulutları arasında çakıyordu. Tüm iç varlığı yıldırım fırtınasına yakalanmıştı. Yıldırımlar her yanını dağlıyordu... Azap şimşeklerinin yoğunluğuna daha fazla dayanamadı... Yıldırımlarla bezenmiş düşünceler, anılar anaforuna daha fazla direnç gösteremedi... Ağlamaya başladı...

***Dışarıda yağmur yağıyordu...***
***Babanın yaşlı yüreğinde de...***
***Dışarıda gök gürlüyordu...***
***Babanın genişlemiş yüreğinin sınırlarını zorlayan ruhunda da...***
***Ve baba ağlıyordu... Gözyaşları sağanak halinde boşalıyordu...***
***Dışarıda yollar, damlar, çimen, toprak her şey ıslaktı.***
***Hava soğuktu.***
***Baba ağlıyordu...***
***Baba üşüyordu...***
***Baba, düşünüyordu...***

***M. Boray Uras***

## ÖNDEYİŞ – II

## GELECEĞE YÜRÜYÜŞ 1

### "KARAR"

***"YASTIĞINI BANA YOLLA..."***

***Rüya gördüğün yastığı/bana yolla.../***
***Anıların sıcacık, capcanlı hala/aklımda/***
***Rüya gördüğün yastığı/bana yolla.../***
***Yolla da göreyim seni/her gece rüyamda...***

***Her gece/anılarınla doluyum/yatağımda...***
***Biliyorum yoksun artık sen/aramızda***
***Rüya gördüğün yastığı/bana yolla.../***
***Yolla da göreyim seni/her gece rüyamda...***

***Rüya gördüğün yastığı/bana yolla.../***
***Yolla da göreyim seni/her gece rüyamda...***
***Rüya gördüğün yastığı/bana yolla.../***
***Anıların sıcacık, capcanlı hala/aklımda/***

***Her gece/anılarınla başbaşayım/yatağımda,***
***Biliyorum,/yoksun artık sen/aramızda...***
***Rüya gördüğün yastığı/bana yolla,***
***Yolla da göreyim seni/her gece rüyamda...***

***Yolla da göreyim seni/her gece/rüyamda...***

***M. Borqy Uras***

Adam bu şarkıyı belki yüz kere dinlemişti. Her defasında da kızının yastığına sarılmıştı. Saat 14:30'u gösterdiğinde artık düşünceleri netleşmiş, kararı çelikleşmişti. Yerinden kalktı... Telefonu eline alıp işyerinden karısını aradı... Aşinası olduğu ses telefonu cevaplandırdığında, sakin ve kararlı bir ses tonu ile konuşmaya başladı. "Merhaba Ebru, ben Mustafa... Ebru ben yürümeye karar verdim... Yalnız evet tek başıma... Eski Ankara E5-D100 karayolundan..."

O güne değin ailesini ve şahsını ilgilendiren her konuda eşiyle müzakeresiz karar vermemiş olan adam, belki de eşiyle olan evlilik öncesi ve sonrası hayatında ilk kez tek başına verdiği kararı, bir muhtıra niteliğinde, kararlı bir ses tonuyla eşine bildiriyordu. Tartışmaya kapalı bir bildirimdi bu... Yavaşça ve kısık bir ses tonuyla devam etti: "Öğleden sonra 15:30'da caddede Divan'da Milletvekilleri Aydın Ayaydın, Sühan Özkan ve Sabah-İstanbul'un yönetmeni Erdal Bilaller ile toplantım var. Görüşmemde onlara bu kararımı açıklayacağım. Tek başıma postacı yürüyüşü yapacağım..."

Telefonun öbür ucunda Ebru suskundu... Ne diyeceğini bilememenin, hangi mantıklı düşünce ve ikna edici kelimelerle kocasına ne diyeceğini, ne söyleyeceğini bilememenin çapraşık duygularını saliselerle yaşıyordu... "Öyle mi?", yutkunmakta zorlanıyordu... Göğsü daralmıştı. Gözünün önüne sevgilisi, aşkı Osman'ını; kendisini bırakmış ve beş günde yedi kilo kaybetmiş, belkemiğinden sorunlu acıların uyutmadığı elli iki yaşında, elli beş kiloya düşmüş, çökmüş, yaşlanmış kocasının, yürüyüş görüntüsü bir sinema filmi gibi hızlı gösterime girmişti... Ufuktan ufuğa uzanan asfalt yolda kamyonlar, otobüsler ve delicesine hızla yol alan Murat 131'ler, Renaultlar ve ithal arabalar... Sıcak, soğuk, yağmur, havlayan köpekler... Çalıların, taşların karanlık, serin, güvenli derinliklerine gizlenmiş yılanlar, akrepler... Ve onların arasında şafağın sökmesini bekleyen, reflekslerinin zayıfladığına inanan yaşlı kocası...

Göz pınarlarından damlayan yaşlar, telefon ahizesini ıslatmaya başladığında, bin bir zorlukla ağzından: "Öyle mi? Nasıl karar verdiysen öyle olsun... Başaracağını biliyorum... Allah sana güç verir canım... Osman'ımız, ben, ***Selin***'imiz, ***Erdem***'imiz seninle olacak her saniye canım... Hayırlı olsun..." Sözcükleri döküldü... Telefonu tutan eli titriyordu... Derin bir soluk alıp, sesine sevecen ve güvenli bir ton vermekte zorlansa dahi sordu: "Ne zaman?"

"28 Haziran'da..." diye cevapladı Mustafa. "7 Haziran... İlk duruşma sonrası", diye devam etti. "21 günlük yürüyüş... ***Selin***'in her yaşı için bir günlük yürüyüş... 28 Haziran saat 10:30' da, Anıtkabir'de bitecek bir yürüyüş..."

Ebru ağlıyordu. Sessizlik içindeydi; yüreğinde ise avaz avaz bağırarak ağlıyordu. Genel Müdürü, masanın üzerine yayılmış olan banka murakıp raporlarının muammalı açıklamalarında kaybolmuş dikkati yüzünden, kapının ardında hüngür hüngür ağlayan Ebru'yu göremiyor, onun yüreğinden yükselen sessiz avazı duyamıyordu... Ebru ağlıyordu... On bir yaşından beri belki ikinci kez. Babasını kaybedişten yıllar sonra ilk veya ikinci kez...

# *GELECEĞE YÜRÜYÜŞ 2*

## *"POSTACI YÜRÜYÜŞÜ"*

"Son şansım arka balkondaki haritaların ve yol notlarının olduğu kutunun içine bakmak..." diye düşünen baba, artık ümitsiz arayışının sonuna gelmişti. Aradığı, ***Selin***'in 1994 yılı yazında Seferihisar-Teos'ta geçirdikleri üç haftalık yaz tatilinde, yazlıkta, yazdığı "MAVİ TEOS" adlı şiirdi.

Mayıs ayının ortalarına gelinmişti. Güneşin sıcak yüzü iyiden iyiye hissedilmeye başlanmıştı. Feneryolu'ndaki evin Çamlıca sırtlarına bakan arka cephesindeki balkon, rüzgar ve yağmura karşı, akvaryumu andıran şekilde cam çerçeve ile korunmaya alınmıştı. Balkondaki pencerelerden birisi açık olmasına rağmen ortam sıcaktı. Güneş ise sımsıcak.

Baba, balkondaki çelik rafların üzerine istiflenmiş kitaplar, kutular arasındaki arayışına başladı. Gömleğinin sırt ve göğüs bölümlerinde belirginleşmeye başlayan ıslaklık, terlemiş olmasının değil, bunca çabasına rağmen hala aradığı şiiri bulamayışının verdiği panik duygusu ile karışık asabilikten kaynaklanıyordu. Hareketleri, rafların arasında artan bir acelecilik ve hoyratlık ile gelişerek renklenen, canlılık kazanan garip bir kareografiye dönüşmüştü. Sokağın öte yanındaki apartmanın penceresinden balkona bir genç bakacak olsa, ilk anımsayacağı şey GREASE müzikalinden bir sahne olurdu.

Baba, elindeki kutuyu kibarca diye tanımlanamayacak şekilde yere bıraktı. Kutunun içerisinden saçılarak yayılan notların arasından pembe renkli bir bloknot yaprağı havalanarak ayak ucuna geldi. Babanın gözleri aniden kısıldı. İyice terlemişti... Gömleği, sanki ikinci bir ten gibi, ani ve aşırı kilo kaybından "Çelimsiz" görüntüye sahip olan bedenine yapışarak sarmalanmıştı. Yavaş ve sakince öne eğildi. Kağıdı yerden aldı... Bir an için gözlerini kapamak ihtiyacını hissetti. Kapanan göz kapakları, o anda; anılarında geriye dönüş yapanların astral yolculuklarının başında sessizce kapanan kapı gibiydi. Sessiz ve yorgun bir kapanıştı bu...

Kağıdı okumasına gerek yoktu... Yazılanlar belleğinde neon ışıklarla yazılmış halde ışıldıyordu...

## *SÖYLE ONA*

***Yaşamak istediğim tüm anılar,***
***Canlandılar belleğimde aniden.***
***Tek tek, fısıldadılar kulağıma,***
***Susma, söyle... Henüz vaktin varken...***

***Sıyrıl... Son ver suskunluğa,***
***Mahşere dek, seni bekler sanma,***
***Haydi, hemen... Hemen, söyle ona...***
***Son ver anlamsız suskunluğa...***

***Haydi... Haydi, söyle ona...***
***Bir cümle, iki kelime... Söyle ona,***
***Henüz vakit geç değil,***
***Sevdiğini söyle ona.***

***Haydi... Haydi, söyle ona.***
***Henüz vaktin varken, söyle ona***
***Haydi... Haydi, sarıl ona.***
***Sevdiğini söyle ona...***
***Henüz vakit geç değil,***
***Sevdiğini söyle ona***

***Sarıl... Sımsıkı sarıl ona,***
***Sığın... O ılık nefese, dokunuşlara...***
***Henüz vaktin varken, sevdiğini söyle ona...***

***Selin'e***
***M. Boray Uras 30/6/94***
***20:30 Teos***

Gözleri kapalıydı. Kapanmış göz kapakları yerine, açılmış devasa bir ekran belirmişti. Sanki sinemadaydı, ve "Anılar..." filminin galasındaki yegane izleyiciydi... Bu sessiz bir gösterimdi...

"Ne zamandı? Ne zaman, yazmıştım bu şiir-şarkı sözünün taslağını?"diye düşündü adam. Elinde tuttuğu kağıt, parmaklarının arasından kaydı. Eğilip, tekrar aldı. Sonra yavaşça yere çöktü, oturdu... Sırtını balkon camının plastik kaplamalarına dayadı. Gözleri, kağıdın sağ alt köşesine yazılmış olan tarih ve saate takılı kalmıştı... "Otuz Haziran doksan beş... Saat yirmi otuz... TEOS".

İzmir/Seferihisar/Teos... Gözpınarları dolmaya başladı. Ruhunun derinliğindeki, saf, doğal ve sonsuz sevgi gölünün kabararak, yükselen sularından, kristal berraklığındaki tek bir damla; çağıltı ve uğultu içerisinde anılar ekranına damlayıp, onu ilahi titreşimler içerisinde "Doksan dört yılı yazının Haziran ayındaki TEOS tatil gününe" geri döndürdü... Ebru, mutfak tezgahının önünde akşam yemeği için hazırlık yapıyordu...

Ebru aniden açılan mutfak kapısına döndü... ***Selin*** elinde kitabı, omuzunda plaj çantası asılı bir halde eğilmiş sandaletlerini çıkarıyordu... "Hoş geldin canım, plajdan erken döndün güzelim... Rüzgar mı çıktı?" "Keşke rüzgar olsaydı.. hava serinlerdi..." diye cevap verdi ***Selin***. Buzdolabı içerisinde soğumayı bekleyen yeşil papaz eriklerinden bir avuç alarak, tuzluğa uzanırken konuşmasına devam etti. "Kalabalık bir genç grubu yakınıma geldi. Konuşmalarından, bağrışmalarından rahatsız oldum. Okuduğum kitaba yoğunlaşamadım, sıkıldım eve döndüm. Babam nerede?"

"Teras'ta" diye cevap verdi Ebru ve devam etti. "Kumsal için üzüldüm. Baban hala rüzgar çanı mı, flüt mü, her neyse, onu yapmakla meşgul. Erikler nasıl ama! Ağaçtan yeni toplandı...". "Senin elinin değdiği her şey mükemmel olur!"

Bunu söylerken, ***Selin***'in gözlerinde muzip ve şeytani bir pırıltı çakmıştı. Ebru, gözlerini faltaşı gibi açarak, imayı anladığını belirterek, elindeki iri, salata kesme bıçağını tehditkar bir şekilde sallayarak, kabadayıvari bir ses tonu ile cevap verdi: "Sakın, bunu babana söyleme, haydi şimdi toz ol!" derken ***Selin***'in avucundan bir erik kapmıştı ve onun yerine ağzı açılmış olarak sessizce gülen ***Selin***'in aralanmış dişleri arasına, soyularak dörde bölündükten sonra limon ve tuzla ovulmuş ince uzun bir kum havucu parçasını sigara gibi yerleştirmişti... ***Selin***, becerikli ve uzman bir tavşan gibi havucu eşit aralıklarla ısırarak yedikten sonra devam etti konuşmasına: "Babam da rüzgar flütüne iyi sardırdı. Ben plaja giderken de onunla uğraşıyordu. Süpürge nerede?" "Banyoda canım... Babanı bilirsin; taktı mı fena takar. İnşallah hemen bu çan mıdır, Avustralya yerlilerinin rüzgar flütü müdür nedir onu bitirir de, biz de rahat ederiz. Her neyse... Teras batmış olmalı. Eminim, kamış yongaları kulağının içine bile girmiştir. Masanın hazırlanması için terasın halledilmesi gerekli..." "Ben hallederim temizliği bana bırak..."

***Selin*** banyoya yönelirken, Ebru ellerini beline koymuş, mutfak tezgahı üzerinde dizelenmiş meze tabaklarını gururla seyreder gibiydi... Aslında, o anda düşündüğü şey "Galiba gene abarttım..., kebapçı tezgahına döndürdüm mutfak tezgahını..." idi. "Hadi git bitir şu işi de yemeğe oturalım..." derken ***Selin***'in, gülümserken açılan ağız boşluğunu, üzeri sızma, ev yapımı zeytinyağı ile parlatılmış, kekik ve kırmızı pul biber ile dekoratif olarak renklendirilmiş küp şeklindeki bir beyaz peynir parçasıyla doldurmuştu. Beyaz peynir, ***Selin***'in ve babasının en sevdiği şeylerin başında geliyordu. Hayalleri arasında, kendi koyun ve ineklerinin sütlerinden oluşacak ideal beyaz peyniri garaj imalathanede yapmak da vardı. "Merak etme ***Selin***. Benim bir arkadaşım var: Tarık Ortadoğu'da bölüm başkanı. Peynir imalatını bir bilim dalı haline getirmiş, uzman bilim adamı... Kullandığı deodorant, parfüm dahi peynir kokar. Tarık Peynircioğlu soyadını almakta ısrarlı idi ama galiba karısının tepkisini göze alamadı. Beyaz peyniri çok severdi; ama bana sorarsan kendisi, kendisine dediğim gibi 'Kaşar' bir adamdı..."

"Bu espriler, artık geride kalan, anlam taşımayan espri ruhu ihtiva etmeyen anılar..." diye düşündü adam. Ellerini dizlerinin altında kavuşturdu. Alnını dizlerine dayadı ve hayalindeki "Anılar" filminin gösterimine dönüş yaptı...

***Selin***, evin denize bakan terasının kapısında, elinde saplı süpürge ve faraşla gladyatör edasında belirdiğinde, kamış yongaları arasında, "Ben nerede hata yapıyorum?" diye düşünen baba, muzip bir ifade ile ***Selin***'e bakarak gülümsedi ve sandalyeden kalkarak, işe yaramaz hale gelen kamış parçalarını toplamaya başladı. "Yarın ***Selin***... Yarın bugünkülerden daha iyi ses çıkaranı yapacağım..." Gözlerini süpürgeye dikip, kaşıyla işaret ederek sordu... "Plajdan çabuk döndün! Uçarak mı geldin?" "Evet baba! Süpürgemle dörtnal uçarak geldim ve seni süpürüp faraşla anneme mutfakta yardımcı olman için götüreceğim! Haydi usta kalk, temizlik zamanı!" Ve o akşam yemeğinin erguvan renkli asude ortamı, gün boyunca yaşananların anlatımları, "Yarın"ın planları ile lezzet kazandı...

Açılan gözkapaklarıyla birlikte karanlık sinema salonunun tüm ışıkları yandı... Salondaki yegane izleyici, bir anda kendini ürperti içerisinde hissetti. Aniden çıkan rüzgarda açılarak pervaza çarpmakta olan pencereyi kapattı.

Güneş batmak üzereydi... Çamlıca tepelerinin ardından yaklaşan gri bulut kümeleri, sahile vuran dalgalar gibi yuvarlanarak güneşin üzerine geliyordu. Adam yine gözlerini kapattı... Filmi izlemeye devam etti.

Belleğini son beyin hücrelerine dek zorluyordu... "Baba ne yazıyorsun?" "Şarkı sözü ***Selin***... Şiir gibi bir şey..." "Bana mı?" "Bilmem!" derken adam yutkunarak boğazına takılı kalan sözleri yutmaya çalıştı... Bir an için derin bir sessizlik oldu... Adam kalemini masaya yavaşça bırakarak kağıdı uzattı. Sonra ani bir hareketle kağıdı geri çekerek havada salladı ve tüm yüzüne yayılan sırıtışa yakın bir tebessüm ile şımarıkça konuştu: "Tabi; ama bir fincan kahve karşılığında... Yanında bir de bira getirirsen üzerine ***Selin***'e diye yazarım..." "Anlaştık patron..." diyerek mutfağa yönelen ***Selin***'in ardından "Kahve, iki şekerli, süt yok... Bira şişesinin içine de bir ince dilim limon..." diye seslenen babanın yüzündeki tebessüm donuklaşmıştı...

Baba, gelen birayı ve kahveyi eşdeğer miktarlarda ve sırayla yudumlarken; ***Selin*** babasına arkasını dönmüştü. "Bira ve kahve aynı anda! Bunu izlemeyi midem şiddetle reddediyor baba! İzninle gözlerimi de bu işkenceden kurtarmak istiyorum..." derken ***Selin*** aslında okuduğu mısraların, içinde kabarttığı duygunun yoğunluğundan ıslanan gözlerini babasından kaçırıyordu. ***Selin*** için için ağlıyordu...

"Cadde Divan pastahanesi saat 16:00'da... Tamam Erdal Bey, orada olacağım..." Mustafa telefonu yavaşça ahizeye yerleştirdi. "ANAP İstanbul Milletvekillerinden Süha Özkan ve Aydın Ayaydın'la birlikteyim" demişti Sabah-İstanbul'un yayın yönetmeni... "Kaza yerini de göreceklermiş..." diye düşünürken saatine baktı. Henüz 15:00'e geliyordu... Önünde hazırlanmak için yarım saati vardı... Banyoya yöneldi...

Sabah gazetesinin 23 Mayıs 2000 tarihli nüshasının "İstanbul" ilavesinde, Erdal Bilallar "Erdal abi" köşesinde o günkü buluşma sonrası intibalarını şöyle anlatıyordu:

"Sabah-İstanbul–23 Mayıs 2000–Erdal Abi–Erdal Billallar–Acılı babanın postacı yürüyüşü!"

ANAP Milletvekilleri Aydın Ayaydın ve Sühan Özkan'la buluşup konuşan, kızı ***Selin***'in ölümünden sonra Trafik Yasası'nın çıkması için çaba göstereceğini anlatan "Baba", Haziran ayının ilk haftasında Ankara'ya "Postacı yürüyüşü" yapacak...

Acılı baba, önceki günkü buluşmamızda bunu açıklarken, "Kızımın bir hiç uğruna ölmediğini, bu ölümün bir amaca hizmet edeceğini göstermek istiyorum..." dedi.

Mustafa URAS'ın bu yürüyüşünün sponsorluğunu birçok grup üstlenmek istemiş ancak o, bu tekliflerin tümünü geri çevirmiş...

Yaptığı hesaba göre "Postacı Yürüyüşü" ile üç hafta içinde Ankara'ya varacak...

Mustafa Bey'e postacı yürüyüşünü sordum, anlattı:

"Yürüyüşe tam kazanın olduğu Divan Pastanesi önündeki trafik ışıklarından başlayacağım... Ve postacı gibi, omuzumda bir çanta taşıyacağım... Ankara'ya kadar geçtiğim her köyün muhtarına, her ilin ve ilçenin belediye başkanları ile sivil toplum örgütlerine uğrayacağım... Onların Türkiye'yi yönetenlere ulaştırmak istediği mesajlarını alıp, çantama koyacağım... Ve Ankara'ya vardığımda bu mesajların tümünü ilgili kişi veya kurumlara aktaracağım..."

"Mustafa Bey'in bu yürüyüşünün ilk etabına İstanbul Milletvekilleri Ayaydın ile Özkan da eşlik edecek... Ve her iki milletvekili Mustafa Bey'i Ankara girişinde karşılayıp Meclis'e, Başbakanlığa, İçişleri Bakanlığı'na götürecek...

Amaç: Trafik canavarının beslendiği bugünkü yetersiz Trafik Yasası'nı değiştirmek, bu konuya Meclis'in, Başbakan Sayın Ecevit'le İçişleri Bakanı Sayın Tantan'ın dikkatini çekmek...

Sabah-İstanbul, bu yürüyüşü adım adım izleyip fotoğraflayarak siz okurlarına iletecek... Ve, yolların yarış pisti haline gelmemesi, başka ***Selin***'lerin, ***Erdem***'lerin ölmemesi için elinden gelen mücadeleyi verecek..."

Sabah-İstanbul-"Erdal Abi" köşesinin yazarı Erdal Bilallar'ın bu sözü, zaman içerisinde öz değerini ve samimiliğini ispatladı. Sabah-İstanbul, uyandığı andan uyuduğu ana kadar sürekli Mustafa URAS'ın yanında kalarak yalnızca onun görüntülerini haber yapmadı... Ona manevi destek verdi, yol arkadaşı oldu, ilaca ihtiyacı olduğu anda gidip aldı. Zor anlarında onun yanında, onun destekçisi oldu... Aynı amaçla ve kararlılıkta ilk günden son güne kadar... Hala da olmakta...

## GÜNBATIMI ÖYKÜLERİ 1

### *"GERİ GELİŞ"*

### *SEVGİNİ SEN GETİR*

***Söylesem sana desem ki/sen gideli/***
***Çok yalnızım, çok yalnız/***
***Sen terk ettin terk edeli/beni aniden/***
***Hiçbir şey eskisi gibi değil/***

***Düşün sevgi dolu günleri paylaşılan pizzayı/***
***Birlikte geçen/güzel tatili kayan yıldızları/***

***Çabuk geri dön/beni bekletme/***
***Sevgini sen getir/sakın gönderme/***
***Yalnızım sensiz, çok yalnız/***

***Söylesem sana desem ki/sen gideli/***
***Çok yalnızım, çok yalnız/***
***Sen terk ettin terk edeli/beni aniden/***
***Hiçbir şey eskisi gibi değil/***

***Düşün, sevgi dolu günleri, paylaşılan pizzayı/***
***Birlikte geçen güzel tatili/kayan yıldızları/***

***Çabuk geri dön/beni bekletme/***
***Sevgini, sen getir/sakın gönderme/***
***Yalnızım sensiz, çok yalnız!/***
***Yalnızım sensiz, çok yalnız/***

***M. Boray Uras***

30 Ağustos 2000... Osman, doğum günü olduğu için annesinden aldığı "Büyük alışveriş" ödülünü, kendi deyimiyle "Parmaklarından daha çok M olan Migros'ta" kullanmak istemişti. O gün, her istediğini alabilirdi. Kural, her şeyden yalnızca bir adetti; onlar da annenin onayladığı reyonlardan. Boyundan büyük alışveriş arabasını rafların arasında dolaştırırken "Alsam, alsam bedavaya ne alsam!" diye çığlıklar atıyordu.

Ebru, Osman'ı o günde serbest bırakmıştı. Osman, beklenilenin aksine, sergilediği düşünceli ve tutumlu davranışlarıyla onu şaşırtmıştı... Osman'ın arabasında yalnızca jiklet, cipsler ve diş macunu vardı...

Osman aniden yol değiştirdi. Elektronik eşya reyonuna girdi. Ebru ses çıkarmadı. "Elektronik eşya reyonundan, bedavaya ne alsam!" teranesi ile hızlı adımlarla geçerken aniden durdu... Tek kelime dahi etmeden, önünde durduğu raftan baktığı kutuyu alıp, sepete koydu ve çıkış kasasına doğru yollandı. "Alışverişim bitti annecim... Hadi gidelim..." Aldığı, Grundig marka, radyolu, alarmlı başucu saatiydi.

***Çabuk geri dön/beni bekletme/***
***Sevgini sen getir/sakın gönderme/***
***Yalnızım, sensiz çok yalnız/***

Grundig marka başucu radyo alarm saatin hopörlerinden gece yarısı aniden yükselen ve onu uyandıran bu şarkıyı uzun süre dinledi Osman. Sonra alnını yastığa süre süre önce ayaklarının, sonra dizlerinin üstüne oturdu: Radyoyu kucağına aldı... Görünen tüm tuşlara bastı. Doğru tuşa bastığında, oda aniden gecenin sessiz boşluğunda ona tıpkı bir anne rahmi gibi güvenli, huzurlu ve beynindeki tüm sancıları yok edici hale geldi...

Bütün gece rüyasında ablası ile olmuştu...

Susadığının farkına vardı. Tekmelenerek top top hale gelmiş yorganın geniş kıvrımları arasından, üstünden emekleyerek yatağının ucundaki kaydırağın başına geldi. Oturdu... Elleri kenarlarda, ayakları önde, kendini bıraktı. Üst kattan, alt kata hızla indi. Toparlanarak, kilimin üzerinden kalktı. Komodinin önüne gitti. Ayak parmaklarının ucuna yükselerek, komodinin üzerindeki su bardağına uzandı... Sol eliyle, komodinin yarı açık konumdaki çekmecesinin kenarına tutunmuştu. Bardağı kavradığı anda duyduğu ses ile irkildi...

"Merhaba!" Bardağı tutan eli, bir kedi refleksi ile geri çekildi... Osman donup kalmıştı. Kaşları geniş kavisli üç harfini almış, tüm vücudu yoğun adrenalin ile karşılaşmıştı. Bakışları korku içerisinde bir radar gibi çevresini tarıyordu. Gözleri çakmak çakmaktı. Gözleri yatağının altındaki çadırın kapısına kilitlendi. Çevreyi dinledi, hiç ses yoktu... Öne doğru eğilmiş her an en büyük silahı olan çığlığı kullanmaya hazır bir şekilde çadıra yaklaştı. Çadırın şeffaf naylon penceresinden içeri baktı. Koridordan yansıyan karartılmış lambanın ölgün ışığı içerisinde hiçbir şey göremedi. Çadırda yalnızca bisikleti duruyordu...

Yüzünü kapıya döndü ve ilerledi. Yarı açık duran kapının pervazının dış kenarında önce bir tutam kirpi saç belirdi. Sonra minik bir el, sonra bir burun, ve en son, panda gözüne benzer tek bir göz... Osman, gizlice dışarıya bakıyordu. "Baba! Mustafa dostum! Anne gibi mi konuşuyorsun? Bu hiç hoş değil... Baba?"

Baba, terden ıslanmış fanilasının soğukluğunda uyuyordu; rüyasında ise koşuyordu... Nereden geldiğini bilmeden, nereye gittiğini bilmeden... Yalnızca yetişebilmek paniğiyle, yalnızca yalnız olarak koşuyordu...

Osman, sese olan ilgisini aniden kaybetti. Odasına döndü, komodinin açık çekmecesine tutunarak tekrar su bardağına uzandı.

"Merhaba", ses beyninde gene yankılandı... Bu; net, açık, seçik ve yüksek tonlu bir duyumdu... Ses çekmeceden geliyordu...

Ani bir hareketle çekmeceyi kapattı. Sonra elini ağzına götürdü. Yere çöktü... Gözleri çekmeceye kilitli kalmıştı.

"Kim var orada?" diye fısıldayarak sordu. Yanıt gelmedi. Seken bilardo topu gibi odanın dört köşesinde dolaşan gözleri, yatağının yanında yoğun halde ve düzenli duran Pokemon kartlarında durdu. Uzandı, kartları avucuna aldı... Kendini savunmaya kararlıydı. Baba ne demişti ona: "Şarkıda denildiği gibi, erkek olduğunu ispatlamak için dövüşmek zorunda değilsin... Ama erkeksen; bazen dövüşmek zorunda kalabilirsin..." Osman, dövüşmek zorundaydı... Pokemon kartları elindeydi ve de o kendini savunmaya kararlıydı. Pikachu'yu eline aldığında, baskılı destek kıtaları arkasında morali yüksek, minik yüreği delice çırpınma temposunu terk etmiş kadim Sholin manastır rahiplerininki gibi yavaş sakin; ama her an, her şeye, her koşulda karşılık vermeye hazır, bilinçli, sakin, aydınlanmış, "Dolu" temposunda atıyordu. Yavaşça doğruldu... Gözleri ve beyni inanılmaza inanmaya, görünmeyeni görmeye programlanmış olarak komodinin çekmecesine, kedi dikkati ve çevikliği ile yaklaştı...

Çekmeceye uzandı... Silahşörlerinin koruması altındaki bir kumandan güveni içinde ve Samuray edasıyla sağ elde kartlar hazır, sol eliyle çekmeceyi hızla açarak pokemon kartlarını içeri fırlattı... Kartlar, bir anda havada uçuşarak çekmecenin içini doldurdular.

"İşin bitti ahbap! Bakalım sen kimsin pislik?" diyerek, kaşlar çatık olarak, örümcek adam tavrıyla bu zaferini borçlu olduğu talihsiz şeyi araştırmaya koyuldu...

Çekmeceyi açtı. İlk tuttuğu şey; Kıbrıs'a davetli olarak gittiklerinde babasının ona havaalanında aldığı kırmızı şapka idi. Şapkanın siperinin üstünde nakış işlemeli bir amblem vardı...

"Merhaba"... Ses eskisinden daha canlı, net bir şekilde beyninde yankılandı...

Osman, elindeki şapkayı sıkıca tutup, bir çırpıda koşarak bir kedi çevikliği ile yukarı tırmandı. Yatağına çıkması ile yorganın altına yılan gibi süzülmesi bir oldu. Başının yorganın altına girmesiyle, ayak tabanının yorganın altında kaybolması sadece saniyeler almıştı. Yorganın sıcak ve kapalı ortamında kendini güvenli hissediyordu... Şapka göğsünde sıkı sıkı basılıydı... Tekrar duyuldu ses. "Merhaba..."

Pür dikkat çevresini dinlemekte olan Osman, bu kez irkilmedi. Sesin sevgi, şefkat, ilgi ve koruyucu vasıflı melodik tınısı; Osman'ın kulağından ayak parmaklarına kadar, tüm bedenini ve yüreğini kaplamış, onu huzur ve güven dolu bir rahatlama duygusu ile gevşetmeye yetmişti...

"Merhaba" diye fısıltı ile karşılık verdi Osman. "Sen kimsin?" diye sordu Osman. "Bilmiyorum" diye karşılık verdi ses... "Bilmiyorum gerçekten"... Soru sırası Ses'e gelmişti: "Sen kimsin?"

"Osman, Osman Orhun URAS" diye belli belirsiz tonla cevapladı Osman... Osman'ın cevabı uzun olmuştu. Bu uzunluk onun diyaloğa hazır olduğunun ilk işareti idi... "Sen kimsin?" diye sualini yineledi Osman... "Bilmiyorum" diye cevapladı ses ve devam etti. "Bilmiyorum, bir bilebilsem sana söylerdim. Tek bildiğim şey seninle buradayım ve beraberiz...

Ve tabi adının da Osman, Osman Orhun URAS olduğu... Sence bu ad biraza yakın, fazla uzun değil mi? Ne dersin?"

"Aslında benim adım Osman, yalnızca Osman! İştersen bana Osman diyebilirsin. Senin niye adın yok?" Bu sualin ardından kısa bir suskunluktan sonra devam etti Osman.

"Sesin kız sesi... Adın da bir kız adı olmalı" derken Osman'ın zekasının ve mantığının yüksekliğinin ilk ışıltıları belirginleşmeye başlamıştı. "Annen sana ad koymadı mı doğduğunda? Bana Osman koymuşlar, ben bir erkeğim..."

Sesin tonundaki sevecenlik ve sevgi tüm varlığını iyiden iyiye hissettirmeye başlamıştı... "Bilmiyorum, henüz hiçbir bilgim yok Osman; ama olunca ilk öğrenen, yegane bilen sen olacaksın tatlım... Ama, madem arkadaş olduk ve sen benim adımı-ki ben bilmediğim için-bilmiyorsun, haydi o zaman sen bana bir ad ver..." diye cevaplandırdı ses.

"Seni göremiyorum" diye üzgün bir ses tonuyla karşılık verdi Osman.

"Ben de seni göremiyorum Osman; ama seni hissediyorum. Sen benimlesin, ben de seninle... Şu an seninle birlikteyiz. Hatta senin tenini hissediyorum. Çok terlemişsin. Üstünü değiştirsen iyi olur..." Sesin, ses tonunda belirgin bir endişe hissediliyordu.

Osman, zihninde çakan ani bir düşünce şimşeği ile aniden dikildi. Yorganı üzerinden savurdu. Göğsünde sıkı sıkıya tuttuğu şapkaya baktı. Donup kalmıştı.

"Sen... Sen... Sen bir şapkasın!" diye kekelemeye yakın tereddütle başladığı cümleyi adeta sessiz bir çığlıkla tamamladı...

"Şapka mı? Ben bir şapka mıyım? ... Peki sen nesin Osman?"

"Ben, ben bir çocuğum" dedi Osman.

Ses, neşeli, melodik ve ritmik bir tonla karşılık verdi. "Ben de/bir/şapka-yım/ve/Osman-ın hep/yanın-da-yımmm/..."

"Mademki seninleyim Osman ve ne olduğumuzu öğrendik", diye konuşmasını sürdürdü Şapka, "Şimdi geride tek bir sorun kaldı... O da şu benim 'adım' konusu... Sence benim ismim ne olmalı Osman?"

Osman, şapkaya baktı... Şapkanın siperinin üzerinde, rengarenk şifon giysi içerisinde, salıncağa biner gibi yan olarak hilal biçimindeki ayın üzerine turmuş, altın sarısı saçları omuzlarına kadar dökülmüş bir kız oturuyordu. Elinde de ucundan yıldızlar fışkıran sihirli bir değnek vardı... Osman bir an düşündü sonra bir solukta cevap verdi:

"Senin adın '***AYKIZI***' olsun!" Sonra aniden aklına gelen bir düşünce ile elinde sıkı sıkıya tuttuğu şapkayı yastığın üzerine fırlattı.

"Allahh! Seni boğdum, özür dilerim. ***AYKIZI*** yaşıyor musun hala?" "Nefes alıyor musun ***AYKIZI***?" Osman bu kez şapkayı kollarının arasına almış sanki suni solunum yapıyormuş gibi siperliğin üzerindeki ambleme sevgi ve şefkat ile dokunuyordu...

"Sakin ol tatlım sakin ol! Ben iyiyim! Boğulmadım ama benim saçlarımı okşaman hoşuma gitti..."

Osman, o ana kadar duymadığı farklı bir duyguyu yaşıyordu. Hissettiği güven, mutluluk, huzur ve şefkat; annesinin ve kaybettiği ablasının kolları arasında duyduğu hazza denkti...

"Biliyor musun ***AYKIZI***?" diye yavaşça konuştu Osman. Gözleri uykudan yarı kapalı idi. Aniden bastıran uyku dolu kısık ses ile devam etti: "Benim bir ablam vardı... Uzun, sarı saçlı... Adı ***Selin***'di... O öldü... O bana hep 'Aşkımmm!' derdi. Onu çok özledim... ***AYKIZI***, onu çok özledim!" Başını yastığa koymuş olan Osman'ın derin uykuya kayması çok çabuk oldu... Kırmızı Şapkası, "***AYKIZI***" sımsıkı avuçlarında göğsüne basılıydı...

"Biliyorum..." diye fısıltıyla cevapladı ***AYKIZI***... "Biliyorum aşkımmm! Biliyorum..."

## GELECEĞE YÜRÜYÜŞ 3

### "İLK GÜN"

### *OLSAN/OLSAM*

***Bir kartal olsam, çelikten kanatlı***
***Mağrur ve yalnız; uçsam,***
***Karlı tepelerin üstünde...***
***Bulsam seni, konsam eline,***
***En hüzünlü yalnız gecende.***

***Bir yağmur olsan, sevgiyle yüklü***
***Bir rüzgar olsan ilgili***
***Islatsan kanatlarımı, savursan beni***
***Ellerinde sevgiyle tüketsem, sayılı günlerimi...***

***Olamam/Olmazsan yaşayamam***
***Yapayalnız, sevgisiz, ben yapamam***
***Olmazsan sen, ben yaşayamam...***

***Bir yetim olsam, soğukta kalsam,***
***Çıplak ve sevgine muhtaç olsam,***
***Çıksam karşına yorgun ve aç***
***Uzansam kollarına***
***Sığınsam kucağına***
***Isınsam,***
***Bir an için bile olsa,***
***Koynunda, kokunla sevgine ölesiye doysam...***

***Olamam/Olamam ben olamam***
***Yapayalnız tek başıma, sensiz ben yapamam***
***Sen olmadan, ben, ben olamam***
***Yapayalnız, tek başıma***
***Sevgin olmadan, ben yaşayamam.***

***M. Boray Uras/2 Temmuz 94***

94 yazındaki Teos tatilinden dönüş sonrası ve keyifli bir pazar akşamının balkondaki mangallı esnetilmiş kahvaltı devamındaki sohbet esnasında Ebru, Mustafa'ya espriyle karışık serzeniş içeren bir ses tonuyla "Hani benim şiirim/şarkım?" diye sormuştu...

Pazartesi sabahının ilk ışıkları yatak odasının aralanmış güneş perdeleri arasından gözlerine ulaştığında; bu şiir/şarkı sözü başucunda, uyanmasını bekliyordu... ***"Olsam/Olsan..."***

Aradan geçen altı senenin devamında, 7 Haziran 2000 Çarşamba gününün şafağında, Çamlıca tepeleri gecenin mavi karanlığında, siyahımsı bir siluetle belirginleştiğinde Ebru, kocasının yanında, başını yastığına gömmüş bu şiiri ezberinden okuyordu: "Olsam/Olsan..."

Düşünceleri, yirmi bir günlük yürüyüşün eve ve Osman'a yansıtacağı belirsizlikler, endişelerin, üzüntülerin, gergin anların heyecanlı bekleyişinde nelere gebe olacağının kaygıları ile doluydu.

"Daha beş saat var" diye düşündü. Gözlerini kapattı. Osman'ın bebeklik anılarını düşünerek belleğini kaygılı düşüncelerin etkisinden uzakta tutmasının başka yolu yoktu. Dakikalarla, saniyelerle dolu olarak saate baktığında odanın loşluğunda kırmızı ışıklar sıfır beşi gösteriyordu.

"Mustafa uyandığında beni ağlamış görürse morali bozulur. Yürüyüşüne aklı bizde olursa huzur içinde devam edemez" düşüncesinin endişesiyle, aceleyle giyindi. Saçlarını fırçaladı. Yüzüne sadece dinlenmiş bir ifade verecek hafiflikte makyaj yaptı. Sonra mutfağa geçerek sabah kahvaltısı için masayı hazırlamaya başladı.

Alarm, kurulduğu gibi sıfır altı sıfır sıfırda programlandığı radyo istasyonundan yayınlanan müzik, sakin ve neşeli nağmeleriyle Mustafa'nın kulağına ulaştığında,

Mustafa yataktan doğrulmuş, odanın uygun köşelerinden sekerek, gözleri yarı kapalı halde banyonun yolunu bulmaya çalışıyordu.

Su buharı, banyoyu göz gözü görmez yoğunlukta bir bulutla doldurduğunda, Mustafa bornozuna sarınmış halde banyo kapısını açtı. Yağmur bulutu yoğunluğundaki buharlar iri kıvrımlar halinde bukle bukle kendisini takip ederken o Osman'ın odasına yöneldi. Yol boyunca Osman'ın kendisi ve dinazorlar için hazırladığı tuzakların arasından uzmanlıkla sıyrılarak, Osman'ın başucuna yaklaştı. Dikilmiş saçları okşayıp, fildişi berraklığındaki yarı saydam, ipeğimsi tenini koklayarak oğlunu yanağından öptükten sonra, pikeyi Osman'ın yarı beline kadar çeken baba, dönerek giyinmek üzere kapıya yöneldi.

Dönüşü, gelişi kadar kolay ve güvenli olmadı. Yatağın kenarını tutan sol eli yapış yapış bal içerisinde kalmıştı. Komodinin üzerinde duran bal kavanozunu gördüğünde, Osman'ın bir gece öncesinde kendisine "Kuşlar nasıl tutulur" diye soru sormasını ve kendisinin de ona uzun uzun "Ökse"nin hazırlanışını ve dallara sürülüşünü anlatmasını hatırladı. "Bal gibi bir şey Osman, ona dokunan ona yapışır kalır, hiçbir yere gidemez" demişti.

Osman, babasını yanında tutmak istemişti!

Ebru'nun hazırladığı kahvaltı sofrası ilk defa sabah sohbeti olmadan, sessiz bakışları ve kaçamak tebessümleriyle keyifsizliğin ve kaygıların perdelenmeye çalışıldığı, kelimelerden daha çok, beden dilinin kullanıldığı tiyatromsu bir ortama konu olmuştu. Sessiz, isteksiz, yavaş yavaş yutulan lezzetsiz lokmalar ve ardından yarım bırakılan çaylar... "Sana yardım edeyim"... Baba kendisini ve düşüncesini ev ortamında tutabilmek ümidiyle konuştu. İçine konulanların yarısı yenmiş, diğer yarısıyla oynanarak yenilmez hale getirilenlerle dolu tabağa doğru bir hamle yaptı.

"Sağol canım, ben hallederim... Sen git giyin... Daha sırt çantanı yerleştireceksin..." Mustafa derin bir soluk aldı. Yürüyüş hazırlığı, yürüyüşün başlangıcıydı.

Umuda doğru bir yürüyüş içinde teselli oluşturacak, kızının ve ***Erdem***'in ölümlerine, haklı bir neden yaratacak; çocuklar, anneler, babalar, Osman ve Ebru için... Uzun, yalnız ve ruhani bir yürüyüş...

"Belki..." diye düşünmüştü. "Belki bu yürüyüş kalplerde, ruhlarda bir aydınlanmaya, bilinçlenmeye neden olur da, çok şey değişir ve sonuçta takdir-i ilahi dışındaki bu masumiyet etiketli cinayetler sona erer... Toplumsal kültür erozyonuna uğradığımız gerçeği yüreklerde kabul görür de, TEMA Vakfı'nın toprak erozyonunu önlemede önemli adımlar atması, yeşili çoğaltması gibi bu sayede de toplumsal beraberlik, paylaşım ve amaç buluşmasıyla kültür ve trafik güvenliği erozyonunu da önlenir, çocuklarım çoğalır. Bu düşünceler yavaş yavaş düşünce değil, amaç ve misyon tanımı olarak yüreklerde kabul görür, benimsenir" diye ümid ediyordu.

Gözünün önündeki çorak tepeler arasında ruhsal sağlığı bozulmuş, bakımsız, acılı, ümitsiz arayışlar içerisinde yürüyen yaşlı insanların çaresizlik içerisindeki görüntüsü onun yerine papatyalarla, gelinciklerle bezenmiş yeşil çimenler üzerinde koşuşan çocuklarını, gurur ve sevgiyle bir diğerine sarılmış olarak gülümsemeyle izleyen anne ve babalardan oluşan bir topluluğun resmi almıştı.

"Yol göstermek yerine, yolu açmam gerekir" diye düşündü baba. "Yolun tehlikelerini de yolu yürüyerek öğrenirsem, diğerlerini uyarabilirim" diye düşünmeye devam etmişti. "Ellerinde bir gökkuşağı yapmalıyım ve yürüyerek onu İstanbul'dan Ankara'ya kadar uzatmalıyım sonra tüm Türkiye'yi... Edirne'den Kars'a kadar sarmalayan..."

"Bu düşünce bana teselli veriyor Ebru... ***Selin*** ve ***Erdem***'in anlamsız, boş, zamansız ve gereksiz ölümlerine bir anlam, doluluk, zamanlama ve gereklilik kazandıran yegane düşünce bu düşünce!" diye konuşmuştu, adam yürüyüşüne karar verişinin gecesinde eşine düşündüklerini anlatırken...

"Ebru galiba yükümü hafifletmem gerekiyor. Çanta öylesine ağır oldu ki, yürürken dengemi korumam mümkün olamayacak" diyen Mustafa 35 kg'ı aşan çantasını sırtından zorlukla indirdi... "Eski günlerimde değilim. Yaşıma ve kiloma uygun yük almalıyım sırtıma" diye düşündü. "Ebru, canım, banyo terazisini getirebilir misin lütfen..." diye eşinden istekte bulunurken, sırt çantasının bağlarını açmış ve itinayla yerleştirilmiş olan malzemeleri, halının üzerine geri koymaya başlamıştı bile.

Ebru banyo terazisini salonun ortasına getirdiğinde Mustafa -olmazsa olmaz- nitelikli malzemeleri tek tek çantaya yerleştirmeye başlamıştı. İlk giden ağır "Muelo" marka İspanyol kamp bıçağı olmuştu. Ardından yedek gaz tüpleri ve ilaçlar en sonra da yol boyunca ihtiyacı olduğunu düşündüğü yedek piller ve gıdalar koltuğun üzerinde bir yığın halinde birikmişti...

Önce kendisi terazinin üzerine çıktı... İbre 55 rakamının üzerine sabitlendiğinde yedi kilogram kaybetmiş olduğunun farkına vardı. Bir ayda yedi kilogram kaybetmişti. Kilo kaybının doğal bir sonuç olduğunun farkındaydı. Zira kızının ölüm haberini aldığı andan itibaren, midesi hiçbir katı gıdayı kabul etmemişti. O sabah da yalnızca eşinin hazırladığı kahvaltı sofrasında yalnızca rafadan yumurtalardan ikisi ile iki bardak bal ihtiva eden sütü içebilmişti. "Şayet kahvenin besleyici değeri olsaydı, bu bir aylık sürede şişman bir kocan olur" demişti eşine, masadan kalkmadan önce.

Sırt çantasını bir kez daha tarttı: 28 kg. Vücut ağırlığının yarısına yakındı. "İlave çantalar ile bu ağırlık vücudumun yarı ağırlığına tekabül edecek Ebru! Bu da Ankara'ya olan uzaklığa göre maksimum yük ağırlığı tabir edilen kemik deformasyonu oluşması demektir". Her şeyi en ince detayına kadar düşünmüş, aklında en kötü senaryoyu canlandırmış o senaryoyu zemin, hava ve yol koşullarına göre zenginleştirerek çeşitlendirmiş ve teçhizatını ona göre planlamıştı.

Bot ve giysileri özel olarak üretilmiş teknik giysilerdi. Bu konuda ona en çok yardımcı olan "ADRENALIN" isimli dağcılık ve kampçılık malzemeleri satan firma olmuştu. İhtiyacına uyumlu en iyi malzemeleri temininde kendisine yardımcı olan "ADRENALİN" firması, daha sonraları ihtiyacı olacak tüm malzemelerin temininde de adama destek verecekti: Karşılıksız olarak... Yalnızca toplumsal paylaşım ve elinden geldiği kadar slogan altında yardımcı olabilmek adına; "Toplumsal imece"ye katkı payı olarak. Mutluluk ve enerji veren bir gönül desteği. Hem de en çok ihtiyaç duyulan günlerde!

"Teşekkür ederim Murat. Gösterdiğin dayanışma ve desteğe müteşekkirim. Yürüyüşüme seni ziyaretimle E5'ten saat 14:00'te başlamış olacağım" dedikten sonra telefonu kapatan Mustafa, daha sonra Kadıköy Belediye Başkanı Selami Öztürk ile Caddebostan Çalışma Gönüllüleri Başkanı Nesibe Müsevitoğlu'nu da arayarak yürüyüş tarihi olan 7 Haziran saat 10:00'da trafikte ölümün gerçekleştiği Erenköy -Bağzıbağlı mağazasının önünde hazır olacağını teyit etmişti. O saatte "Başkanlar" orada hazır olacaktı.

Saat 09:30'du ve adam hala çantasıyla uğraşıyordu. Sonunda çanta, medeni ve tahammül edilebilir bir ağırlığa kavuşmuştu: 25 kilogram...

Üç kez kontrol edilen malzemeleri taşıyan sırt çantasını asansöre taşıyan adam, en son Osman'ın odasına döndü... "Osman'ım yavrum, Allah'a ve annene, anneanne'ne emanet ol! Ablan eminim başucundadır ve seninledir. Seni koruyacaktır. Hoşçakal dostum.. Hoşçakal aşkım, bir ay sonra görüşmek üzere..." diyerek onu alnından öptü...

Asansöre binerken gözleri sımsıkı kapalıydı. Gözyaşlarını içine hapsetmeye çalışıyordu.

Ebru, koluna girdi ve yavaşça kolunu sıkarak fısıldadı... "Merak etme canım biz çok iyi olacağız. Sen bizi değil, amacını düşün... Bizler ve onlar için yürü... Yüreğimiz, sevgimiz seninle olacak..."

Adam, ani bir hareketle asansörün DUR düğmesine bastı. Sonra 10. kat düğmesine geri basış... Asansör 10. katta durduğunda, adam çabuk hareketlerle cebinden çıkardığı anahtarla evin sokak kapısını hızlı bir şekilde açıp, kapıyı arkasında açık bırakarak koşar adımlarla banyoya yöneldi. Aklındaki en önemli şeyi, o hengame içerisinde atlatmıştı: Tuvalete gitmeyi...

## GELECEĞE YÜRÜYÜŞ 4

### *"AYNAYA YASLANAN ADAM"*

***Sayın .....................***
***TBMM Milletvekili***
***Ankara***

***Sevgili ve değerli arkadaşım ....,***
***Aşağıda belirttiğim nedenlerden ötürü İstanbul'dan Ankara'ya yalnız bir yürüyüşe karar vermiş bulunuyorum. Yürüyüşümün hiçbir politik, ideolojik amacı yok. Tek amacım, takdir-i ilahi dışındaki toplumsal kültürsüzlük, bilinçsizlik, öğrenimsizlik, eğitimsizlik, saygısızlık, sevgisizlik ve hoşgörüsüzlük ile düşüncesizlik, dikkatsizlik ve tedbirsizlikten kaynaklanan, adeta bir cinayet olan "Motorlu araç ile ölüme sebebiyet verme" nitelikli trafik kazalarını önlemek için yalnız ve ümitsiz bir adımı umuda doğru atmaktır.***

***Bu adım; Milli Eğitim, aile içi, okul içi ve Hükümet ile TBMM içerisinde umuda doğru atılacak milli ve toplumsal nitelikli ilave adımlarla desteklenmediği takdirde yalnızca; yalnız olarak atılacak ütopik adımlar niteliğinde bireysel bir çaba olmaktan öteye gitmeyecektir.***

***Senden ricam, "Hükümet ve Parlamento" içerisindeki yegane çocukluk arkadaşım olarak bu konuda bana gereken ve elinden gelebilen kolaylık ve desteği şahsım adına değil, şu anda doğmakta ve büyümekte olan tüm çocukları kurtarabilmek adına, bana sağlamandır.***

Saygılar,<br>Mustafa

Adam bilgisayar ekranından bir an için uzaklaştı. Elini telefona uzattı ve 118 istihbaratı tuşladı. 118 servisinin açılış konuşmaları, bekletme hariç tam 4 dakika sürmüştü. Tam 6 dakika beklemişti. Ücretli servis diye düşündü. "Mademki aradın, o zaman ihtiyacın var ve biz seni 6 saniyelik cevap için tam 6 dakika bekletiriz. Türk Telekom'un karlılığına sağladığın katkı için teşekkür ederiz. Bilinmeyenleri 118'den başka yerden bilemezsiniz!" Tek eksik, reklam sloganı idi ve bu da şık olur, Telekom'a yakışır diye düşündü adam.

Türk Telekom'dan TBMM santralının telefon numarasını aldı ve dört kez daha hattan düştükten sonra, TBMM'nin sekreterlik faks numarasına ulaşabildi.

Mektubunun baskısını faks makinasına yerleştirdi, sonra aklına farklı bir düşünce geldi: O, çocukluk arkadaşına hitaben; mektubunu samimi hislerle yazmıştı. Sakıncasız olarak ve içtenlikle... Ama... Bir anda arkadaşının milletvekili olduğu aklına geldi. Genel Başkan onayı, grup kararı ve politik kimlik gereği uğranılan sosyal değişim... Kısa bir süre düşündü... Sonra uzanarak mektubunu faks makinasından çıkardı. Masanın önündeki yığının en üstüne geri koydu. Mektubun üzerine koca bir çarpı işareti çizdi. Böylesi gerçeğe daha uygun diye düşünerek mektubu çekmeceye attı. Geçen zaman, adamın düşüncelerindeki haklılığı ortaya çıkardı... Çocukluk, orta okul ve lise arkadaşı o günden bugüne onun ne ismini ne de varlığını hatırlamıştı!

Yol boyunca eski arkadaşlarıyla ne yürüyüş esnasında ne de sonrasında karşılaşmış, kucaklaşmıştı. Yalnızca gönülden bağlı olduğu eski silah arkadaşları olmuştu ona yol boyunca sarılan, onunla ağlayan... Ne çocukluk, ne de lise arkadaşları... Çelikten kanatlarının altına alan, onunla birlikte ağlayan yalnızca silah arkadaşlarıydı... Garipti, garibandı yürüyüşü esnasında. Ona en çok Anadolu insanının cömert, güvenilir, sıcak ve dost yüreği sahip çıkmıştı...

Yol boyunca geçeceği vilayetlerin, valiliklerin bilgilendirilmesi için, ilgili bakanlıklara hitaben yazdığı fiil ve amaç bildirim mektuplarını gereğinin yapılması talebiyle faks makinesine yerleştirdi.

Makine, hafızasına beslenen numaralara göre, sırasıyla mektupları gönderirken adam gözlerini kapatmış yine anılarının buruk ılıklığına sığınmıştı...

"Şu anda taksideyiz... On dakika sonra Divan'ın önünde olacağız, gecikme için özür dilerim..." diyen adam, telefonunu kapattığında, taksi Göztepe özgürlük parkına yaklaşıyordu. "Selami Başkan merak etmiş gecikmemi Ebru... Nesibe Hanım'ın sesi endişeli idi. Galiba gelemeyecek olmamdan kaygı duydular.." diyerek kendi düşüncesini açıkladı. Ebru hafif tebessüm ederek cevapladı. "Mustafacığım çok insan var kaygılanan, ben dahil... Bu yürüyüşünü sağlık içerisinde tamamlayabilmenden kaygılıyım. Bu yükle, bu halle bu kolay iş değil be güzelim..." diyerek tutmakta olduğu eli hafifçe sıktı Ebru ve tamamladı cümlesini "Ama biliyorum, inanıyorum; sen, dediğini dediğin gün ve saatte yapacaksın..."

Divan Pastanesi'nin önünde taksiden indikleri zaman, büyük bir kalabalık onu bekliyordu. Yüzlerce yürek onun yürüyüşüne katılmak için orada onunla birlikte idi.

Selami Başkan, duygusal ve içten takdim konuşmasının ardından sözü ona vermesinin ardından aylar sonra hatırlamak üzere adamın aklında yalnızca şu cümleler iri puntolarla kalmıştı: "Anneler, babalar, çocuklarımıza sahip çıkalım. Onları koruyalım onların da diğer çocukları kollamalarını sağlayalım. Onlara sevgimizi manevi unsurlarla verdim. Onlara saygı, sevgi ve hoşgörülü olma vasıflarını geri kazandıralım. Onlara iyi örnek olmak için biz de söylediğimizi olmak zorundayız. Onların; kanunlara, kurallara saygılı geçler olarak yetişkinlik günlerini yaşamalarına imkan verelim. Onlara diyelim ki: 'Evladım' seni hastaneden, hapishaneden gelip alırım ama karakoldan asla almam!"

Bu yürüyüşüm yeni yasaların çıkması hususunda seçmenlerinden, seçilmiş temsilcilere destek mesajı içeren bir yürüyüş. Bu yürüyüş tüm çocuklardan, annelerden ve babalardan bir çağrı niteliğinde. Bize güvenlikli bir trafik ortamı yaratın... Bu anayasal hakkımız; sizlerin de anayasal göreviniz...

Bu yürüyüşümün sonucunda, ***Selin*** ve ***Erdem*** mezarlarından geri dönmeyecekler. Bana madalya, ödül verilmeyecek.

Sadece, ***Selin*** ile ***Erdem***'in boş, anlamsız ölümleri bir anlam, bir doluluk kazanacak. Onların ölümlerinde, başka hayatlar hayat bulacak... Onlar başka çocukların yaşayabilmesi uğruna ölmüş olacaklar... İşte bu gerçekleştiği zaman ben de teselliyi bunda bulacağım...

Bu yürüyüş, on beş, yirmi sene sonrasındaki pırıl pırıl, sağlıklı, saygılı, sevgili yepyeni bir gençliğin hayaline, umuduna doğru, tek başına, uzun bir yürüyüş olacak: Geleceğe yürüyüş...

Ama sanıldığı gibi tek başıma değil... Arkamda binlerce minik pırıltılar içerisinde büyük bir aydınlanmaya neden olacak ruhlarla. ***Selin***ler, ***Erdem***'ler ile elele, umuda doğru, gelecek için... Birlikte geleceğe yürüyüş... Hoşçakalın, Allah'a emanet olun..."

Alkışları duymuyordu bile. Kronometreye basmıştı. Sırt çantasını ve yardımcı çantalarını kuşandı. Yükü ağırdı, belkemiği zedeliydi. Kaburgalarından iki tanesini iki gün önce zedelemişti; ama o ilk adımı attığı andan itibaren tüm acıları yok olmuştu.

"Allah"ım diye dua etmişti... "Atacağım her adımı ***Selin***'in, ***Erdem***'in ve onların kader arkadaşlarının ruhlarına gönderilen bir fatiha olarak kabul et ve onlara vasıl eyle... Amin..."

Adam, karısının elinden tuttu, ilk adımını attı. Sakin, yavaş ve ağır tereddütlü bir adım... Bu adımlar, yirmi yedi gün sonra saat 10:30'da Anıtkabir'e girerken; uzun, çabuk, hafif ve kararlı adımlara dönüşmüştü. Yirmi yıl sürecek yürüyüşünün ilk adımını oluşturan bir milyon iki yüz bin adımdan ibaret bir tek "Adım"a...

# GELECEĞE YÜRÜYÜŞ 5

## E-5 KABUSU

***Ev - Maltepe***

Eşi ile elele yürüyen adam Bostancı'ya ulaşmıştı. Ebru yol boyunca onlara eşlik eden kameramanlar ve muhabirlerle sohbet ediyordu; ama eşi, nefes alma verme tekniğini, yüküne ve hava sıcaklığına göre düzenleyerek, optimal ciğer havalandırma noktasına ulaşmak amacıyla konuşmuyordu.

Sabah-İstanbul'un fotoğrafçısı ve muhabiri Ankara'ya kadar sürekli yanında olacaklardı. Her ikisinin de adı Şenol idi...

Bostancı'da; yeşil yaya ışığı yandığında sokağı geçmek için öne doğru attıkları adımlarını, panik içerisinde geri attılar...

Yayaya "Geç" diyordu ışıklar. O anda kavşaktan dönüş yapan bir bayan şöför aniden karşısında gördüğü bu kalabalığa el kol işareti ile "Ne yapıyorsunuz siz, önüme atladınız, ne işiniz var yolda?" der gibiydi...

Kalabalık grubun önde gideni, sırt çantalı, garip, gariban adam güldü: "Dakika bir, gol bir demişti" Ebru.

"Dakika iki, gol iki" bu deyimi tekrarlamıştı Mustafa, bir saat sonra... Ebru'ye el sallayarak, Bostancı E5'teki yalnız yürüyüşüne yalnız olarak başlamasının beş dakika sonrasında, kolunun yirmi santimetre uzağından hızla geçen halk otobüsünün tekerleklerini, botlarının yanı başında gördüğünde...

Artık yolda yalnızca o ve varlıklarını yanı başında hissettiği ruhsal sevgililer vardı...

Yürüyüş kuralları az ve özdü. Sırt çantalı adam yürüyüş esnasında, dinlenme amaçlı molalar haricinde hiç kimse için durmayacaktı. Hiç kimseyle konuşmayacaktı. E5 üzergahından ayrılmayacaktı. Arkasına bakmayacaktı. Geçtiği ufukların uzaklığıyla kibirlenmemek için...

İleriye bakmayacaktı, önündeki ufkun uzaklığından ümitsizliğe düşmemek için.

Yalnızca bir adım sonrasına bakacaktı. Elli santimetre ileri, ayak basacağı noktaya ve yanlara bakacaktı...

Bir adım sonrası onun ulaşmak istediği yerdi... Yanlarda ise, her adımda yanından akıp giden yaradılış mucizelerini, geleceğin teknolojisinin sırları ve ipuçları ile ispatlarını bünyesinde, göz önünde barındıran doğa manzarası...

Küçükyalı'ya yaklaşırken "İçinizde E5'te yürüyüşü düşünecek olan varsa, çok dikkatli olsun. E5'te adım basılacak düzgün satıh yoktur. Bariyerler yüksektir. E5 yürüyüş değil konkurhipik yoludur. Tuzla'dan sonra rahat yürüyüşe uygun boşluk ve kavşak geçiş noktaları bulabilirsiniz.." şeklindeki uyarıcı öneriler ihtiva eden broşürün bastırılıp, E5 boyunca uzanan semt sakinlerine dağıtılmasının ne kadar gerekli olduğunu düşünüyordu adam...

"...Beyefendi, kolay gelsin! Siz ne yapıyorsunuz? Sizi görünce arabamı durdurdum yanınıza geldim."

"Ankara'ya yürüyorum.."

"Neden?"

"Trafik kazalarının yoğunluğuna ve nedenlerine dikkat çekmek, yeni yasanın çıkmasına destek vermek için"

"Ben eski bir TIR şöförüyüm. Dikkatli olun, yani Trafik Yasası taksi, otobüs, kamyon, yedek parça esnafına, kaza alışkanlıklarına sahip olanlara ters. Size de bir terslik gelmesin yolda!"

"Ne gibi?"

"Faili meçhul gibi... Dikkatli olun Allah yolunuzu kolay etsin..."

Bu kısa diyalog, yol üstünde olmuştu. Vızır vızır egzost dumanı, motor homurtuları ve lastiklerin yükselttiği toz bulutları arasında. Hava sıcaktı ama adam ürpermişti.

Sholin manastırındaki yaşlı rahiplerin asasına benzeyen uzun yürüyüş bastonuna biraz daha kısa ve hafif tutuşla sarıldı...

Bastonunu kendisi özel olarak yapmıştı. Yabani fındık ağacından. Kırılmadan önce liflere ayrılıncaya dek bükülebilen ama çatırtıyla birbirinden ayrılmayan lif yapısına sahip son derece tok, dayanıklı ve esnek kalın bir dal parçasından. Tornalanmış, zımparalanmış ve kalın bir yağla doyurulmuştu.

Hem dengesini koruyordu hem de kendisini... Aniden, belleğinde çok eskilerden gelen bir yüz canlandı. O kişinin adını minnetle ve rahmetle anarak, "Sağol dostum, öğrettiğin bilgiler ve beceriler için" diyerek, her biri bir fatiha niteliğinde olan adımlarla tesbih zincirini uzatmaya devam etti...

Güneş ufka indiğinde, Kartal'a ulaşmıştı. Yorucu ilk günün zahmetli ilk gecesi başlamak üzereydi.

Bir petrol istasyonuna girdi... Geceyi orada geçirecekti. Çadır için uygun yer aradı, yoktu.

İstasyon çalışanlarıyla ve sahibiyle kısa bir sohbetten sonra eşyaları istasyon binasının üst katındaki istasyon sahibinin özel odasına taşınmıştı.

İstasyon sahibinin, gözlerinden zeka fışkıran ve ortaokula giden oğlu, adamı rahat ettirmek için paralanıyordu. Sırt çantasının ağırlığının ve sürtünmenin etkisi ile lezyona uğrattığı omuz ve sırt derisindeki açılmak üzere olan cilde itinayla analjezik ve antibakteriyel pomat sürüyordu. Adam temiz bir fanila giydi bandaj olarak.

Botlarını çıkarttı. Ayak tabanlarındaki su kesecikleri umduğundan daha azdı. Işıkları kapatıp, yatağa uzandı... Kaburgaları acı veriyordu. Acıyı unutmaya çalıştı. Allah'a şükretti. Gözkapakları ağırlaşmıştı. Uykuya daldığının farkında bile olmadı... Anılarında kayboldu gitti...

## *GÜNBATIMI ÖYKÜLERİ 2*

### *"DIK-ŞIN BAMMM!"*

"...Dık-şınn bammm,... Dık-şın bammm..." minik parmağın ucundan fırlayan sevgi mermilerinin çokluğu karşısında gösterebildiğinin ötesinde direnç gösteremeyecek hale gelen baba, siper aldığı yastığı havaya fırlattı...

Taarruz sırası ona gelmişti. Oğlunu kaptığı gibi sıkı sıkı kucağına bastırdı. Sevgi dolu acımasız ve yoğun bir öpücük bombardımanında çaresiz kalmıştı. Osman... "Dev... Dur... Dur... Dık-şın bammm... Ayyy! Baba dur! Dev... Dık-şın bammm..."

Bu sesler, görüntü ile birlikte hafifleyerek küçüldü, siluetle birlikte uzaklara, anılar ufkunun ötesine çekildiler.

Bu çekiliş sürerken, yanı başında ağlayan bir bebeğin sesini duydu adam... Elini uzattı. Minik yumru el açıldı. Bebek kendisine uzatılan parmağı kavradığı anda sustu... Huzurlu uyuyuşuna devam etti...

Adam, arkasında gıcırtıyla açılan bir kapının varlığı ile irkildi. Arkasına döndü. Kapı yarım aralıktı. Bulunduğu karanlık ortamı aydınlatan donuk ışık hüzmesinin ardındaki karaltıyı yakından görmek için kapıya yaklaştı. Usulca itti.

Yatakta yatmakta olan yaşlı adam elini yukarıya boşluğa uzattı ve sonra kısık bir sesle fısıldadı: "Çabuk gidin... Oğluma haber verin... Onu yanıma gönderin... Terk edin burayı gidin. Kapıdan da dinlemeyin."

O ana kadar görmediği ama yaşlı adamın yatak başucunda duran kadınlar, yaşlı adamın başucundan döndüler. Kapıda durmakta olan adamın yüzüne uzun uzun baktılar... Sonra başları öne eğik kapının eşiğindeki karanlıkta gözden yitip gittiler...

Yatakta yatmakta olan adam önce boşluğa doğru baktı... Sonra sayıklar gibi fısıldadı:

***(Babamın dedikleri)***

***Seneler önce, henüz çocukken...***
***Babam haber göndermiş demiş:***
***Gidin, oğluma haber verin***
***Onu yanıma gönderin***

> ***Onu yanıma gönderin***
> ***Terk edin burayı gidin, kapıdan da dinlemeyin***

***Yanına vardım, durdum***
***Yatağının başucunda***
***Babam dedi ki: Oğlum,***
***Kulak ver babana, bir çift sözüm var sana***

> ***Onu yanıma gönderin***
> ***Terk edin burayı gidin, kapıdan da dinlemeyin***

***(ve devam etti)***

***Ölürken, yalan söylenmez***
***Yangına, körükle gidilmez***
***Anan-baban bilmese de***
***Allah'tan bir şey gizlenmez***

> ***Onu yanıma gönderin***
> ***Terk edin burayı gidin, kapıdan da dinlemeyin***

*(ve dedi ki)*

*Kavgayla erkek olunmaz*
*Hak için haklıysan, kavgadan kaçılmaz*
*Silaha el atılmayınca*
*Silaha el atılmaz*

*Onu yanıma gönderin*
*Terk edin burayı gidin, kapıdan da dinlemeyin*

*(ve devam etti)*

*Fırtınada esnek olan kırılmaz*
*Yuvarlanan taş olma, yosun tutmaz*
*Sevgi ve mutluluk evdedir*
*Sokakta, barda bulunmaz*

*(ve dedi ki)*

*Sözünü tut-unutma-*
*Yetim hakkına el uzatma*
*Haram, hazmedilir sanma*
*Zayıfa el kaldırma*

*Onu yanıma gönderin*
*Terk edin burayı gidin, kapıdan da dinlemeyin*

*(ve dedim ki)*

*Hoş geldin, biliyorum, kimsin*
*Gideriz, amma, önce izin verir misin*
*Sence bir sakıncası yoksa*
*Bir çift sözüm var oğluma*

*(ve devam ettim)*

***Gidin oğluma haber verin***
***Onu yanıma gönderin***
***Terk edin burayı gidin***
***Kapıdan da dinlemeyin***

***Gidin oğluma haber verin***
***Onu yanıma gönderin***
***Terk edin burayı gidin***
***Kapıdan da dinlemeyin***

***Gidin, oğluma haberin***

***M. BorayUras/2 Temmuz 95***

Adam çevresine bakındı. Odada yalnızdı... Yaşlı adamın yüzünü görebilmek amacıyla yatağa yaklaştı... Yaşlı adamın yüz hatları belirginleştiğinde, göz kapakları irkilerek sonuna kadar açıldı... Yatakta yatan adamın kendisiydi...

Karşısında duranın da oğlu olduğunu anladığı anda, oğlunun yüzü aniden küçülmeye başladı. Adam aniden hızla geriye çekildiğini hissetti. Karanlıkların ardındaki aydınlığa girdiğinde, oğlunun tebessüm eden yüzü sonsuz huzur dolu mekanın ötesinde kalmıştı...

## GELECEĞE YÜRÜYÜŞ 6

## *İKİNCİ GÜN*

***Maltepe - Gebze***

04:30… Çalan alarm onu uyandıramamıştı. Ancak petrol istasyonuna çok yakın olan caminin minaresinden müezzinin sabah ezanını okuyan sesinin ilk "Allah-u ekber"i ile gözlerini açmış ve portatif ocağında ısıttığı suyla ikinci fincan neskafesini içiyordu.

Karşı tepeler, doğan güneşin bulutlar üzerindeki renk dansının sahne platformu gibiydi... Huşu içerisinde ezanı dinledi... Yeni bir gün başlıyordu... Kahvaltıdan sonra öğle yemeğine kadar, sonrasında da, ulaşmak zorunda olduğu noktaya kadar devamlı yürüyeceği yeni bir gün...

"...Benim yaşamım bu olacak artık... 28 Hazirana kadar… Uyumak ve yürümek... Yürümek... Yürümek... 21 günlük yaşam tarzım, yaşama fonksiyonum bu" diye düşündü adam. Sonra tuvalete giderek tıraş oldu. Duş sıradan, günlük, yüz yıkama gibi olağan bir şey iken, artık bir lüks halini alacaktı... Şikayetçi değildi... Çünkü bu yaşam tarzını daha ilk adımda kabullenmişti.

Alkollü ıslak mendillerle silinmekle yetindi. Petrol istasyonunun sahibinin oğlunun kendisine zorla verdiği avuçlar dolusu kolonyalı mendil poşetleri ilerideki günlerde, çok kıymetli olacaktı...

Sabah kahvaltısı sadece vitamin haplarından ibaret olmuştu o sabah. "Oldum olası bu plastik ambalaj poşetlerinden çıkarılan tereyağ, bal ve reçel yalnızca şu anda var olan iştahımı değil, önümüzdeki üç günlük iştahımı da yok etmeye yetiyor Ebru" demişti adam eşine... O tatile çıkış sabahı yolda kahvaltı yapmak keyfi bir anda istenilen tarzda kahvaltı verecek yer bulabilme arayışına dönüşmüştü.

Sonra, bir kamyoncu lokantasında bulmuştu adam aradığını: Tabak içerisinde bal, kaymak başka bir tabak içerisinde dilimlenmiş ve üzeri kekik, kırmızı biber ile donatılmış beyaz peynir, limonlu ve zeytinyağlı siyah zeytin... İnce belli bardakta çay...

Adam mutluydu ama tomruk kamyonları, tankerler ve hale mal çeken kamyonların rağbet ettiği o; "O" pek de temiz ve "Hoş" görüntüye sahip olmayan mekanda kahvaltı yapmak alışkanlığı olmayan diğer aile fertleri ve de özellikle ***Selin*** mutsuzdu...

Adam, "Yol üzerinde belli tarzım olan kahvaltıyı bulabilirim sabah molasında..." diye heveslenmişti. Hevesini Trafik Ekipler Amirliği'nin Bölge Trafik İstasyonlarında ve yol boyunca misafir edildiği yerlerde bol bol yaşayacağının farkında değildi. Öylesine bol yaşadı ki bu hevesi, Ankara'ya ulaştığında 1800 gr. almıştı ve 56 kilo 800 grama ulaşmıştı...

Muhabirler, fotoğrafçılar, kameramanlar yol boyu onun arkadaşları olmuştu... Onlarla uyanıyor, onlardan önce yatıyordu...

İkinci günün sabahı sırt çantasını yüklenirken yine onlarla beraberdi. Tam yürüyüşe başlamak üzereydi ki, Köy Hizmetleri Endüstri Meslek Lisesi'nden bir grup, başlarında Okul Müdür Yardımcısı olduğu halde çiçekleriyle, sevgileriyle ve sarılışları ile onu yolcu etmeye gelmişlerdi.

Ayrılış hüzünlü olmuştu adam için... Adımları yine mekaniksel hareketlerle ve eşit aralıklarla süreklilik kazanmıştı. "Öne atılan her bir adım, önden arkada yer değiştiren; ileriye bir adım, bir adım daha, bir adım daha..."

Bayramoğlu TEM sapağına yakın Mc Donalds'ta uzun süreli bir mola verdi adam. Mc Donalds'ın sahiplerinin yoğun ilgisi ve ikramı, zamanı çok çabuk tüketmişti... Adam yoluna devam etti... Hava kararmaya başladığında Gebze'ye ulaşmıştı. Yorgundu... Ayakları artık şişmeye başlamıştı... Sırtında ve omuzunda, 25 kg.'lık çantanın her bir adımdaki salınımı ve sürtünüşü ile ilk günün akşamı pembeleşen cildin açık yaraya dönüştüğü sinyallerini açık olarak alıyordu... Tabanları acıyordu... Hava sıcaktı... Asfalt sıcaktı ama adamın yüreği buz gibiydi... Acılar, sıcaklık, ter umurunda değildi. O sadece yürüyordu... Amacına doğru...

Önüne çıkan rampanın tepesine ulaşır gibiyken gördüğü Benzin İstasyonu'nda geceyi geçirmenin doğru olacağını düşündü.

Gebze'deki dik rampadan çıkan kamyonların cehennemi egzost sesine tahammül edebilirdi ama bir kara trenin bacasından çıkan kara duman yoğunluğundaki çiğ, yarısı yanmamış mazot gazlarının içerisinde sadece bayılabilirdi. Çevresine bakındı. Çadırını kurabileceği uygun bir yer de yoktu. Geceyi oturarak ve nöbetçi geçici istasyon görevlileri ile sohbet ederek geçirmeyi düşündü.

Kısa sohbetin sonucunda kendisine yine yer bulundu. Tesisin üst katında bulunan düğün salonunda... Gelin ile damadın oturduğu yükseltilmiş zeminli loca! Ayrıca halı kaplı zemin üzerinde. Adam, lüks mekanda yatacaktı...

Bu, geceyi oturarak geçirmeyi kabullenmiş birisi için bu halı kaplı zemin, bulunmaz bir şans ve nimetti...

Adam, salonun tuvaletindeki aynaya bakarak önce sırt ve omuzlarındaki yaraları tımar etti. Sonra uyku tulumunu locanın köşesindeki cam kenarına serdi. Sıra ayaklara gelmişti. Tabanları bu kez umduğu gibi çıktı. Her tarafı su kabarcıkları ile doluydu. Ayak tabanları pişmişti. İlk yardım çantasını açtı... Çakmak alevinde akkor haline getirdiği toplu iğneyle kabarcıkların hepsini yanlardan tek tek deldi ve gazlı bezle içlerindeki suları sıkarak boşalttı. Kontrolsüz olarak üstten patlamasından korkuyordu. Bu durumda patlayan deriler soyulacak ve yaralar, bakımı, idaresi zor, acısına tahammül etmenin kolay olmayacağı açık yaralara dönüşecekti. Kolonyalı mendillerle ayaklarını temizledikten sonraki bu küçük cerrahi müdahalenin ardından özel krem ve losyonla ayaklar, bir sonraki günün hayrat kullanımı için temiz beyaz çoraptan ibaret bandaj içerisinde; kendi kendisini onarıma terk edildi.

"Sizlerin tahammüllü ve dayanıklı olmanıza ihtiyacım var" diye konuşmuştu adam ayaklarına bakarak "Lütfen çabuk iyileşin..."

Mineral, vitamin ve tuzdan ibaret akşam yemeğini nescafe ve çikolatayla zenginleştirdikten sonra gözlerini kapattı... Yastığını özlemişti... Osman'ın kokusunu; elinin ılık ve huzur verici temasını ve soluk alış verişini... ***Selin***'i özlemişti... Gözleri gelin ile damat sandalyesine ilişti... Gözlerini kapattı. Kızını özlemişti. Bebekliğini hatırlamıştı...

***Atina 1978. Uluslararası Havaalanı...***

İstanbul'dan gelen tarifeli THY Atina uçağı havaalanına iniş yaptığı esnada, Mustafa elinde kocaman bir ayıcık, kızını doğumdan dört ay sonra tekrar görebilmenin ikinci heyecanını yaşıyordu. Ekim ayı sonlarına gelinmiş; soğuk, yağmurlu ve rüzgarlı Atina günleri başlamıştı. Atina Büyükelçiliği Ticaret Müşavir Yardımcısı göreviyle Atina'ya tayin oluşunun ikinci senesiydi.

Annesi *Selin*'e Atina'da hamile kalmış sonra doğum için İstanbul'a gitmişti. 24 Haziran'daki doğumundan dört ay sonra *Selin* babasını ikinci kez görecekti.

Annesi, gelen yolcuların çıkış kapısında belirdiğinde *Selin* kırmızı tulumu ve beyaz bonesiyle çevresine gülücükler dağıtıyor, ellerini ve tulum içerisindeki ayaklarını sallıyordu. Hokka bir burun, damla ağız, kiraz dudaklar, bukle saçlar ve çeneye kadar uzanmış, ağıza geri dönmeyi bir türlü beceremediği için hep dışarıda kalan bir dil, pembe kedi dili. *Selin* kendisini biraz zorlasa, bir kara sineğin ancak nokta inişi yapmasıyla üzerinde durabilecek yer bulabileceği burnun üzerine başarılı iniş yapan o sineği, bir anda dili ile tokatlayarak kovabilirdi.

Babanın en mutlu günüydü. Kızını çok seviyordu. Bakımına öylesine meraklıydı ki, bu merak yüzünden iki sene sonra doktor babayı sert bir tonla azarlamıştı: "Kızınızın poposunu bu kadar uzun süreyle sabunlayarak yıkarsanız, bebeğin poposu böyle yara olur..."

Tedavisi Türkiye'de devam etmişti. Kötü bir pişikti. *Selin* kuşlara bile poposunun "Uf" olduğunu söyleyerek, babasını sevgiyle(!) anıyordu...

Sonraki geçen yıllar... Özlemler, geleceğe ait planlar... Bir anda her şey geçmişte kalan anılara dönüşmüştü. *Selin* ve *Erdem*... Gelin ile damat... Ömür boyu mutluluk, pembe panjurlu, begonyalı, sardunyalı bahçe, minik bir yeni bebek. Kahkahalar, sevgi dolu sarılışlar...

Vahşi, ilkel, hız tutkunu, düşüncesiz, kültürsüz, eğitimsiz, öğrenimsiz, sevgisiz, saygısız üç gencin gecenin karanlığında yarıştırdığı üç araba... Cehennemi hızla saygısızca, sevgisizce, vahşice çarpan araba... Çarpılan arabada masum, kültürlü, sevgili, öğrenimli ve insanlara yardımcı olmaya eğitilmiş masum iki genç...

Bir tarafta gözyaşları, ezanlar, Kur'an duaları, diğer tarafta yalanlar, iftiralar, kurnazlıklar, vurdum duymazlık ve hakaretler...

İnsanlığın ve insanların farklılığı... Ayrı dünyaların ayrı insanları... Keşke o insanlar ayrı mekanlarda kendi mekanlarında olsalar da, başkalarına zarar vermeseler diye düşündü baba... Yüreğinde mayileşen, akışkanlık kazanan sevgi, tekrar sel suları misali yatağından taşmış; yüreğinden dışarıya köprülenen çıkış yollarını, göz pınarlarını, gene zorlamaya başlamıştı.

Baba, direnç gösteremedi... Sevgi damlacıkları gene yanaklarını ıslatmaya başlamıştı.

Baba derin uykuya daldığında, yanakları hala ıslaktı...

Rüyasında kristal avizelerle bezenmiş salonlarda gülen insanlar görüyordu... Kahkahalarla gülüyorlardı.. Sahte gülücükler, seviyesiz konuşmalar...

Rüyasında ***Selin***'i görüyordu.

Oyuncak trene binmiş, vagonun penceresinden el sallıyordu. Buharlı bir lokomotifin çektiği aydınlık pencereli kara vagonlardan birinin penceresindeydi ***Selin***... Yanında birisi daha vardı... O da el sallıyordu...

Peron suskun insanlarla doluydu. Hepsinin başları öne eğikti...

Osman da ablasına el sallıyordu. Tren hareket etti. Sessiz bir hareketti bu. Tren kayarcasına öne doğru ilerledi. Sonra aniden lokomotif, gökyüzüne doğru yönlenerek yükseldi.

Perondan, gökyüzündeki en minik yıldızın ardındaki görünmeze doğru uzanan ışıktan, bir demiryolu belirmişti. Raylar yıldız pırıltısı içerisindeydi.

***Selin***'e baktılar, ***Selin*** gülümsüyor ve fısıldıyordu "Adieu Osmaan, adieu aşkımmm, sevgililerim..."

Kara tren, bacasından yıldızlar fışkırtarak hızla uzaklaştı. Evrende, geriye yalnızca sessiz anılar kaldı.

# *GÜNBATIMI ÖYKÜLERİ 3*

## *3.1 KRİSTAL AVİZELER*

***Kristal avizelerin görüntüsü ne kadar da görkemli,***
***Aydınlattığı resimler, heykeller, hepsi de sanat şaheseri...***
***Ellerde şampanya kadehi gülerken gelen telefondaysa,***
***Seni bekleyen kaderin acı sesi!***

***Seni seviyorum bak ispatı Mercedes anahtarı,***
***Cebindekiyse limiti çok olan kredi kartı...***
***Okulu merak etme! Anan bugün hocana bi e-mail attı,***
***Kristaller tozlu, şampanya ılık, canım sıkıldı...***

***Kristal avizelerin görüntüsü ne kadar da görkemli,***
***Aydınlattığı resimler, heykeller hepsi de sanat şaheseri...***
***Ellerde şampanya kadehi gülerken gelen telefondaysa,***
***Seni bekleyen kaderin o acı sesi!***

***Davete hiç gerek yok, toplanma yeri bir cami öğle vakti...***
***Umurunda olmayacak sanat şaheserleri; o övünç kristalleri...***
***Geride anılarda yaşanacak olansa, sevgilinin sözleri...***
***Ve zamanla solarak, kağıt üstünde kalan tebessümü!***

***Kristal avizelerin görüntüsü ne kadar da görkemli,***
***Aydınlattığı resimler, heykeller hepsi sanat şaheseri...***
***Ellerde şampanya kadehi gülerken telefonla gelense,***
***Seni bekleyen kaderin o acı sesi!***

***Seni bekleyen kaderin o acı sesi!***

***M. Boray Uras/ 9 Haziran 2000, 02:30***

## *3.2. ADIEU*

*Adieu anneciğim,*
*Adieu babacığım,*
*Adieu – Adieu – Adieu*
*Aşkımmm/Osmanımmm*

*Adieu sevgililerim,*
*Böyle olmasını istemezdim...*
*Adieu a'dieu canlarım,*
*Böyle olacağını bilemezdim...*

*Biz sadece evimize dönüyorduk, sevgi doluyduk...*
*Kırmızıda durduk, yeşilde durdurulduk...*
*Kaldırım soğuktu, ama biz üşümüyorduk...*
*Anılarımızda sizler ve sevenlerle konuşuyorduk...*

*Erdem, başucumda suçsusuz, deyip ağlıyordu...*
*İnsanlar konuşuyordu, bazıları gülüyordu...*
*O ise, elinde telefon, yalvarıp, anne, beni kurtar diyordu...*
*Boş bakışla bizi umursamaz...*
*Çevresindekilere arabam yanıyor ya...*
*Diye bağırıyordu...*

*Zavallı, saygısız hız tutkunları, siz yarışanlar...*
*Onlar gibi olmayanları, olanlardan koparıp alanlar...*
*Yarın da sizi kefene saracaklar, size de ağlayacaklar...*
*Tek farkınız sizi bizim gibi, sevgiyle anmayacaklar...*

*Gelin vazgeçin hız tutkunuzdan, henüz vakit varken...*
*Geleceğin düşleriyle yağmurda, ıslanırken,*
*Sevdikleriniz yanınızda, çocuklarsa güneşte oynarken*
*Kendi yavrunuz, çiğ damlaları gibi, seherde yok olmazken...*

***Adieu anneciğim,***
***Adieu babacığım,***
***Adieu sevdiklerim***
***Aşkım'a Osman'ıma iyi bakın***
***Adieu, Adieu, Adieu***
***Adieu, Aşkımmm, Osmanımmm...***

***M. Boray Uras/ 9 Haziran 2000, 03:30***

## GELECEĞE YÜRÜYÜŞ 7

### ÜÇÜNCÜ GÜN

***Gebze – Tütünçiftlik***

Adamı uyandıran, kolundaki saatin 05:00'e kurulu alarmı değildi... Önce deprem oluyor diye düşündü. Üzerinde yattığı tahta zemin gıcırtılarla ırgalanıyordu. Kulak zarlarını tekmeleyen ses dalgaları, Gebze girişindeki dik rampayı tırmanan susturucusu intihar etmiş bir kamyondan çıkan motor sesiydi. Sese bir anlam verebilen adam titreşimleri anlamakta güçlük çekti... "Kalkıp bunu görmem gerekir, inanmam için" diye düşündü.

Uyku tulumunun fermuarını tulum içi kordonundan tutup aşağıya çekerken, tulumun içinde doğrulmak istedi... İstedi; ama doğrulamadı... Kasları beynine itaat etmiyor ve uzayıp, daralmıyorlardı. Vücudunda canlı kas yoktu. Onların yerine sadece haşlanmış veya pişmiş veya kurutulmuş lop et parçaları vardı. Tahta parçaları belki daha uygun tanımlama olabilirdi...

"Aniden, yataktan kalkarak yürümeye başlayınca böyle olmayıp da nasıl olacaktım?" diyerek vücudunun kaslarındaki katılığa mantıklı bir açıklama getirmiş olmanın rahatlığı içerisinde zor bela, kestane kurdu gibi gevrek ve şişman hareketlerle tulumun fermuarını açtı. Omuzu üzerinde, sağ dizi altına kıvrılmış olarak yüzü koyun döndü. Boğazından çıkan sesler, kasların acı dolu sesleri idi... Onun sesi değil... Sonuçta dört ayak üstüne gelince yavaşça oturdu. İlk yardım çantasını açtı. Tüm kaslarını adale yumuşatıcı krem ve sprey ile gevşetmeye çalıştı. Uzunca bir süre mevcut konumunu korudu. Sonunda derin ısıtıcı spreyle, kremlerle, kaslarını uzanıp kasılabilir hale getirince kas gevşetici ve ağrı kesici haplardan ikişer tane yuttu. Artık hareket edebilir hale gelmişti. Çoraplarını çıkarttı. Ayak tabanındaki yaraların tımarını yaptı. Ayak bilekleri şişkinliğini koruyordu hala. O anda farkında olmadığı gerçek, o şişkinliğin her geçen gün biraz daha artacağı ve yürüyüş sonrasında bile iki ay daha şiş kalacağı idi... Omuzundaki ve sırtındaki yaralara alışmıştı artık. Acıyla arkadaş olmuştu.

Ayak tabanındaki yaralar en kötü günlerini yaşamaya başlamak üzereydi... Yol boyunca düşünmüştü "Nasıl bir önlem alabilirim bu yaraların kötüye gitmemesi için?" diye. Botun içerisindeki ayağın yerine koydu kendisini. Kapalı bir ortamdaydı. Terlemişti. Sırılsıklam olmuştu. Taban sıcaktı ve sürekli sürtünüyordu.

Çözüm, problemde gizliydi. "Şartları tersine düşüneyim" diye düşündü adam...

Sıcaklık, bot kliması olmadığına göre; geç...

Terlemek-asfalt, sıcak yapılacak bir şey yok...

Islaklık-kuru tutmak gerekir

Sürtünme-yumuşak bir zemin gerekir...

Kapalı ortak-özel bot bu kadar havalanır ancak...

Problemin ıslaklık ve sürtünme ... Ayak tabanımı kuru tutmam gerekir, yaralardan da vücut serumu sızıntısı olacak diye düşündüğü anda çözüme ulaşmıştı... "Şenol" diye seslenmişti. Sabah-İstanbul gazetesi foto muhabirine... "Lütfen bir eczaneden bana hijyenik kadın pad'i alır mısın? Orkid uzun-ultra..."

Şenol'un irileşen gözlerine bakarak, tebessümle devam etmişti adam... "Botumun taban astarına yerleştirmek için..."

Paketten iki adedini çıkarttı ve tavsiyelere uydu... Ped'leri tabana yerleştirerek kenarlarını geriye kıvırdı. "Artık diye düşündü adam, ayaklarım gün boyu kuru kalacak ve esnek kanatlar ile de uçarcasına yol alacağım..."

Botlarını giydi. Yaraların üzerine basmanın şokunu atlattıktan sonra tıraş olup toparlanıp yola koyulmak üzere yeni doğan güneşe merhaba dedi...

Hava sıcaklığı her saat artıyordu. Omuzlarından dizlerine kadar giysileri sırılsıklam olmuştu. Her molada bir çay kaşığı tuz yalıyordu. Kaybettiği sudan daha fazlasını içmek zorundaydı.

"Terlemenin en sağlıksız yönü, vücuttan atılan tuzdur. Su kaybı değildir sizi halsiz bırakan, tuz kaybıdır. Susuz kalıp değişken bir süre yaşayabilirsiniz üzerinizdeki giysinin özelliğine göre ama tuzsuz kalırsanız... Önce halsiz kalır, sonra bayılır, sonra ölürsünüz... Susuz kalın ama tuzsuz değil. Bu tuz tabletlerini yalamak zorundasınız. Diliniz susuzluktan lime lime olmuş olsa dahi..." Askeri eğitmen böyle konuşmuştu özel eğitim esnasında...

Adam durdu... En son öğle yemeği için mola verdiği Hereke civarındaki yol üstü kamyoncu lokantasından aldığı tuzun bir bölümünü avucuna doldurdu ve yaladı... Sonra bir litre su ihtiva eden termosundan uzun, doyurucu yudumlar aldı.

Kısa süreli bu duruş dahi, ısınan kasların aniden soğumasına neden olmuştu. Gene spastik hareketlerle adım atmaya devam etti. Güneşin batışına daha beş saat vardı.

E5 yolunun Hereke inişini geçmişti; zahmetli bir iniş olmuştu. Yol yapım çalışmaları vardı. Tüm zemin, iş makinelerinin tekerleklerinin ve paletlerinin açtığı derin çukurlar, çakıllar, kayalar ile doluydu. Dengesini korumakta güçlük çekiyordu. Asfalt yoldaki ritmik adım hareketleri, engebeli arazide yürür gibi çok farklı kasların devreye sokulduğu yürüyüşe dönüşmüştü.

Toz, sıcak, ter ve boşalmış bir termos... Bir yol inşaat işçisinin yanından geçti. İşçi küreğin üzerine yaslanmış sigara içiyordu. Sigara ağzındaydı ve tebessümle ellerini çırparak bağırdı. "Helal olsun sana!" Çevresinde taş duvar ören diğer işçiler de alkışlarla katıldılar ona "Helal olsun!"...

Adamın sağ eli önce havaya kalktı, sonra elini sallayıp kalbinin üzerine koydu. Bu yürekten bir selamlama ve teşekkür anlamına geliyordu. Kalbiniz kalbimle, kalbinizden kalbime... Sağolun...

Adamın canı sigara içmek istedi. Botlarının altında oynayan çakıllar, tabanında su toplayan yerlerdeki derileri oynatıyor ve canını acıtıyordu.

Karşısında, uzakta bir benzin istasyonu gördü. Orada mola vermeyi düşündü.

"Al amca... Bunları bahçeden şimdi getirdim. Ye, afiyet olsun..."

"Bunlar çok."

"Olsun amca sen yediğini ye gerisini sonra yersin"

"Taşıyamam..."

"Taşırsın amca, bunlar çok taze. Ev için bahçeden topladım... En güzelleri..."

İkram edilenler adamın o güne kadar gördüğü en iri kirazlar ve yeşil eriklerdi. Kütür-kütür, buğulu olarak nitelendirilenlerden. Sepeti aldı adam. Avuçları kiraz ve erik doluydu. İstasyon görevlisinden rica etti.

"Bunları ekip otosundaki memurlar ile gazetecilere dağıtır mısın lütfen?"

"Amca, çay oldu. Hazır. Sana bir de tost getirdim. Başka bir şey ister misin?"

"Teşekkür ederim. Sağol. Eline sağlık..."

"Afiyet olsun..."

Kiraz, erik, tost, çay ve onlara ilave karpuz… Çaylar çok iyi gelmişti. Adam tuz ve su stoğunu yeniledi. Hesabını ödemek istedi.

"Estağfurullah amca, ikramımız... Yolun açık olsun... Bu arada şunları da al... Ne olur ne olmaz, ihtiyacın olduğunda yanı başında olmayabilirler" diye naylon bir poşet içerisinde bir ufak su, bir Coca-Cola, bir paket sigara ve gofret adamın eline tutuşturuldu.

"Tipik Anadolu insanının cömert, iyiliksever ve koruyucu yüreği işte bu" diye düşündü adam.

Hepsine sarıldı, eller havaya kalktı.

"Yolun açık olsun. Allah güç versin" temennileri arasında adam sırt çantasını yüklenerek yoluna devam etti.

"Allah Şenol'dan razı olsun. Israrı ile 25 kg.'dan 18 kg.'a inen sırt çantası ağırlığı bana hız ve enerji kazandırdı" diye düşündü...

"Mustafa Bey, ben-biz Ankara'ya kadar sizinleyiz. Bu kadar yükü sırtınızda taşımanıza gerek yok çantayı bize, arabaya verin" demişti Şenol, o sabah yola çıkmadan önce...

"Sağol Şenol çok düşüncelisin, ama sırtımda olsa daha iyi olur. İki nedenden: İlki çanta dengemi korumama yardımcı oluyor, ikincisiyse üstlendiğim misyonun sorumluluğunun ağırlığını omuzlarımda hissetmeme neden oluyor. Kalsa iyi olur."

"Mustafa Bey, o zaman bari kullanmayacağın bazı ağırlıkları bize verin. Mesela gördüğüm yedek ilaçlar, tüpler v.s..."

Kısa bir süre düşündü adam. Yedek tüp gazlar, piller, ilaçlar bunlar ağırlık yapıyor. Verebilirim diye düşündü... 25 kg.'lık çanta 18 kg'a indiğinde vücut dengesi için ideal yük ağırlığına kavuşmuştu adam. Bu sayede yürüyüş hızı ilk günkü saatte 3 km.den 4 km.'ye çıkmıştı. Bu hız adamın yaşına, belkemiğine ve kırık kaburgaları ile örselenmiş omuz ve tabanları dikkate alındığında, iyi bir hız sayılabilirdi. Yürüyüş sonlarına doğru bu hız saatte 7 km.'ye kadar yükselecekti. Adam yürüyüşüne devam etti.

Her bir adım bir fatiha idi.

Yere basmıyordu. Yüreğinin üzerine basıyordu. Yüreklerin üzerindeydi. Dualardan güç alıyordu. Yorulmamıştı. Sadece düşüncelerinin azap dolu çeşitliliği ve ruhundaki isyan onu incitiyordu. Kalbi, bedeninden daha fazla acı çekiyordu. Belki de bu yüzden acıyı hissetmiyordu.

Yürüyüşüne devam etti. Çok terlemişti. Sırt çantasının kolonları rahatsız ediyordu. Tabanları yanıyordu. Ama adam devam etti. 28 Haziran saat 10:30'da Anıtkabir'de Atatürk ile randevusuna gecikemezdi. İnatla tabanının üzerinde ayağını oynattı. Su toplayan kesecikteki suyun boşaldığını rahatlama duygusuyla hissetti. Sırt çantasının kolonlarına asıldı. Bir adım daha, bir adım daha, bir adım daha...

"Nasıl olsa akşam olacak, güneş batacak ve dinleneceğim" diye düşündü adam... Bir adım daha... Ve batmakta olan güneş arkasında yürüyüşüne devam etti...

Bölge Trafik arabasının yanından geçerken o arabanın peşi sıra geleceğinin farkında değildi adam. Farkında olmadığı bir diğer şey de o arabanın yanından geçip gitmeyeceği; Ankara'ya ulaşıncaya kadar araçların sayıları artacağı ve jandarma araçlarının, ambulansların da ilavesiyle toplam altı araçlık eskortların arasında yüzlerce kilometreyi onlarla birlikte yürüyeceğiydi… Trafik polisinin devriye aracı su kaynatmaya başlamıştı. Araba imalatçısı bu araçların saatlerce ortalama 3 km hızla birinci viteste kullanılabileceğini hesaba katmamıştı.

Adam yürüyordu ve arkasında Trafik Polisi'nin devriye aracı onun geri emniyetini sağlıyordu.

Tütünçiftlik çok uzak değildi ve güneş kızarmaya başlamıştı. Vakit ikindiye geliyordu. Bir fabrikanın önünden geçiyordu. Hangarı anımsatan kapının önünde duran işçi, önce ona baktı sonra kapının iç kısmına döndü, yola yaklaştı. Kapıda belirenle birlikte altı kişi olmuşlardı, alkışlamaya başladılar.

Adam utanma hissiyle karışan bir haz duydu. Beni destekliyorlar, yüreklendiriyorlar diye düşündü elini havaya kaldırdı sonra kalbine götürdü. Sessiz bir Allah razı olsun, bir teşekkürdü bu...

Yol artık rahattı. Mümkün olduğu kadar kenardan gidiyordu. Bir korna sesiyle irkildi, başını kaldırdı. Bir kamyon şöförü iki elini camdan dışarıya çıkarmış, o da onu alkışlıyordu. Duyduğu ilk korna sesi Kirazlıyayla'ya yaklaşırken olmuştu. Yol boyunca daha çok korna sesi duyacaktı...

Güneş turuncu donuk rengiyle denizin çırpınan mavi dalgalarının beyaz köpükleri üzerinden, milyonlarca pırıltısını sahilin kenarındaki yürüyüş yolunda ilerleyen adamın üzerine nur yağmuru şeklinde gönderiyordu.

Adam Çelikköprü mevkiinde kendisine geceyi geçirecek uygun bir yer arayışına başladığında, karşı sahilin ufkunda uzak umutlar kadar yakın görünen Değirmendere'nin yastlandığı dağlar üzerinde gri beyaz karışımıyla kümelenen bulutlar ile kendisi arasında İzmit körfezinin 17 Ağustos depremi arasında yüzlerce insanı bir anda kabararak derin sularının karanlığına alan İzmit körfezi'nin mavi rengi vardı.

İleride, deniz kenarında eski kale surlarını andıran bir yer gördü. Oraya yöneldi.

Geceyi orada geçirecekti. O ana kadar kendisine yol desteği ve geri koruması veren trafik arabasının ekibinde bir hareketlenme oldu.

Telsiz konuşmaları yoğunlaşmıştı. Adam antik sur içi görüntüsündeki mahallye geldiğinde ekip amiri adamın yanına yaklaştı ve biraz tedirgin biraz da rica eder tonla konuştu:

"Mustafa Bey! Konaklamak için burayı deprem riski nedeniyle bu bölgeyi gece karanlığında içki içmek veya kız arkadaşları ile mehtaba çıkanlar açısından pek tavsiye etmiyorum... Gelin, sizi İzmit'te ağırlayalım."

"Teşekkür ederim" diye cevapladı adam. Sopasına dokunarak cevapladı tebessümle: "Ben ve becerikli dostum, biz rahatız ve emindeyiz, merak etmeyin..."

Söylenilen ekip amirine inandırıcı gelmemişti. Sabah-İstanbul ekibine o gün eşlik eden, özel yaşam ve ofis mekanlı minibüsün o gece orada gecelemesine karar verildiğinde, ekip amiri, telsizle minibüse koruma verecek ekibin yola çıkması talimatını vermişti.

O akşam hoş bir sürpriz ziyaretçi vardı. Kirazlıyayla Belediye Başkanı ailece ziyarete gelmişti "Yürüyen adamı".

Gece, karanlık yorganını Kirazlıyayla'nın üzerine örtmüştü.

Adam, minibüs yaşam mekanında vücuduna ve ayaklarına bakım yaptı. Gözkapakları yorgunluktan kapanıp sonra anılar sinemasının yeni bir gösterimi için sahne perdesi gibi aralanmadan önce mekan, Belediye Başkanı'nın büyük bir jest olarak gönderdiği kebapların yendiği, meyvelerin tüketilemediği ve kamp ocağı üzerine içilen neskafenin keyifli anılarına beşik olmuştu.

Adam vücudunu en az ağrıyan yerlere uygun olarak yatağa dönüşen koltuk üzerine yerleştirdi.

Ön koltukta, minibüs şöförü ile koruma görevi yapan polis arasında tatlı bir memleket anıları sohbeti başlamıştı.

Adam, battaniyeyi yarı beline kadar çekti, yastığa sarıldı. Gözlerini kapattı. "Rüya gördüğün yastığı bana yolla... Yolla da göreyim seni rüyamda" diye seslendi kızına, sessizce... Sesler kendisinden uzaklaşırken o derin uykuya kayıyordu. Sesler kaybolduğunda adam, huzurlu ortamdaydı... Uykuda...

## GÜNBATIMI ÖYKÜLERİ 4

### YAYLA ŞENLİĞİ

*Derdi, üzüntüyü askıya as, olduğu yere bırak,*
*Gülümse, hazırlan, çevir yüzünü güneşe, yaşama bak,*
*Sarıl sevgiliye, tutuş elele, haydi koş çimenlere,*
*Kaybol şaklayan kırbaçların, çırpan ellerin, vuran topukların,*
*Çağıldavan çanların neşeli nağmelerinde.*

*Tat doğanın bin bir lezzetini, sunulan mezelerde*
*Yaşa rayihasını buzul sularının malt özü içinde*
*Uzan otlara, kaybol yeşilliğin doyumsuzluğunda*
*Duy karlı zirvelerde yankılanan kahkahalarda*
*Yaşanmış anıların coşkusunu ayışığıyla*
*Bezenmiş uzayan sonsuzluğunda*

*Alioyo lodili lodili lodili*
*Loieley loiloo loililey*
*Lidali lidoli lidoli*
*Aliyo lodili lodili lodili*
*Loodili lidiley*

*Derdi üzüntüyü askıya as, olduğu yere bırak*
*Gülümse, hazırlan, giyin, çevir yüzünü güneşe, yaşama bak*
*Sarıl sevgiliye, tutuş elele, haydi koş çimenlere*
*Kaybol, şaklayan kırbaçların, çırpan ellerin vuran topukların,*
*Çağıldavan çanların neşeli nağmelerinde.*

*Aliyo loodili loodili loodili*
*Loodili lidiley*

***M. Boray Uras***

*Yıl 1986. Ocak ayı...*

Küçük kız rüyasında bir martı gibi süzülerek uçuyordu. Minik mor menekşeler arasına cömertçe serpiştirilmiş sarı papatya ve eflatun lale desenleriyle bezenmiş ince beyaz pazen geceliğinin etekleri ince bacaklarının çevresine dolanmış, narin kıvrımlarla dalgalanıyordu "Ben özgür ve mutlu bir kuşum" diye bağırdı. "Ben martıyım... Ben ***Selin***im... Ben özgür ve mutluyum..."

Yüzündeki tebessüm, yüreğindeki yaşam sevgisiyle birleşmiş genişlemiş ve tüm evreni kapsamıştı.

Çevresi bir anda cıvıldayarak kanat çırpan kırlangıçlarla çevrilmişti. Geriye doğru eğik ve sivri uçlu kanatlarının sayesinde yüksek hız ve olağanüstü akrobatik hareket yapabilen kırlangıçlar tıpkı birer avcı savaş uçağı gibi üç eksenden ve 360 derecelik küresel açılardan ***Selin***'e yaklaşıp, bazen vücuduna kanat çarpıyorlar, bazen de alnından beline kadar düz, ışıldayan altın çizgiler halinde geriye doğru uçuşan saçlarını gagalarıyla çekiştirerek onunla oynuyorlardı.

***Selin*** de onları taklit etti. Kollarını birer kanat gibi açtı. Elleri, avuçları ters yönlere bakacak şekilde gergin ve düzdü. Vücudu aniden kendi ekseni etrafında dönmeye başladı. Avuçlarını ters yöne çevirdi. Aniden durdu, bir fırıldak gibi dönen bedeni bu ani duruştan sonra ters yöne dönmeye başladı.

***Selin*** neşeli çığlıklar atıyordu. "Bir kuş gibi özgürüm ben! Özgürüm!"

Kırlangıçlarla oynamaya başlamıştı. Gökyüzü bir anda adeta II. Dünya Savaşı'nda Pasifik'in ortasındaki bir Amerikan uçak gemisine taarruz eden Japon tayyareleriyle onları havada önlemeye gayret eden Amerikan avcı tayyarelerinin it dalaşı esnasında gökyüzünde sergiledikleri karmaşık ölümcül akrobasi gösterilerinn görkemli manzarasına kavuşmuştu.

Aradaki yegane fark bu gösterinin sessiz oluşuydu. Bu gösteride ölüm yoktu. Motor sesi, makineli tüfek, top sesleri, patlamalar, alev topuna dönüşmüş hayatlar yoktu... Sadece kahkahalar ve cıvıltılar vardı. Yaşam coşkusu vardı...

***Selin*** başını sola çevirirken, avuçlarını ters yönlere çevirdi ve akabinde dizlerini karnına çekti. Tıpkı, okyanusun üzerinde dar açılı kavisler çizerek sabit nişan hattından kaçınan bir geminin üzerine dalış yapan uçak gibi sol kolunun üzerinde dönerken, karnına çektiği bacakları vücudunu başının üzerinde yere doğru döndürmüştü. Sola çevirdiği yüzü ise onun vücudunu geniş bir kavisle döndürmüştü.

***Selin***, tıpkı yatay uçuşta iken sol kanat üzerine yatarak yere ve geriye doğru dalışa geçen bir uçak gibi altındaki buluta doğru pike yapıyordu.

Kırlangıçlar onu bir filo gibi takip ettiler, havadan yere doğru kocaman bir V harfi oluşmuştu.

***Selin*** mutluydu, ***Selin*** uçuyordu. Altın saçları, gerisinde ışıklı çizgiler bırakarak hızla bukleler halinde kıvrımlarla kümelenmiş beyaz bulut içerisine girdi. Bir anda yüzüne çarpan serinlik ortamından çıktığında saçlarının üzerindeki çiğ damlacıkları pırıldayarak saçların telleri boyunca geriye doğru kayıyor sonra her bir damla minik bir yıldıza dönüşerek uzayın derinliğindeki yerini alıyordu.

***Selin***'in mutluluk ve huzurdan kapalı olan gözleri aniden kulaklarına ulaşan çan nağmeleri ile açıldı. Altında karlı tepelerle dolu iki sıra halinde dağ silsileleri ortasında yemyeşil bir platoya serpiştirilmiş onlarca irili ufaklı göllerin yeraldığı bir resim vardı. ***Selin*** bir anda coşkuyla bağırdı: "Yaşasın burası İsviçre..."

Küçük kızın soluk alışverişi hızlanmıştı. Saçları terden ıslanmış ve alnına yapışmıştı. Yatağının içerisindeki hareketleri ani kas seyirmeleri ile hızlanmış durumdayken, annesi Işık İnal yatmadan önce son bir kez onu kontrol etmek için odasının kapısında belirmişti. Yatağın başucuna sessizce yaklaştı, annesi sürekli kıpırdayan gözkapaklarından ***Selin***'in rüya gördüğünü anlamıştı. "Umarım mutlu, huzurlu ve neşeli bir rüya görüyorsundur kızım" diye düşündü. Sonra yavaşça ***Selin***'in yastığın üzerine dağılmış saçlarını topladı ve yastığın gerisine doğru serdi. Kapıyı yarım açık bırakarak kaloriferin ısısını kontrol etti. Kalorifer sıcaktı. Pencerenin kalın perdesini çekti. Dışarıda lapa lapa kar yağıyordu.

Kar iki günden beri etkisini hiç azaltmamıştı. Koca İstanbul'da hayat durmuştu. İnsanlar kaldırımlarda değil kümelenen kar yığınlarının üzerinde neredeyse park edilmişken kara gömülü kalmış arabaların tavanlarına, camlarına yakın seviyeden yürüyorlardı. Gülümsedi. Aylardan beri ilk kez hafta ortasında zorunlu ev tatili yaşıyorlardı.

Annesi, Işık Hanım salona geri döndü. Koltuğun önündeki geniş sehpanın üzeri bir yığın halinede kabartma desenli koyu kahverengi meşin kapaklı fotoğraf albümleri ile dolu idi. En son baktıkları hala açık duruyordu. ***Selin*** uzun uzun seyrettiği fotoğrafın bulunduğu sayfayı çeviremeden koltukta uyuyakalmıştı. Fotoğraf siyah beyaz eski bir fotoğraftı. Yer yer sararmış, tırtıl kenarlı, kartpostal şeklinde bir fotoğraftı bu. Geniş bir düzlükte çimenlerin ortasında kurulu büyük bir çadırın önünde duran anne, baba ve ortada bir oğlan. Bir de küçük bir kız çocuğunun ellerinden tutarak gülerek kameraya bakan orta yaşlı bir çifte ait resimdi bu...

"Bu Şükran anneannen, bu da Fuat Deden... Bern'de peynir festivalinde çekilmişti. Ekim ayında. Soldaki Kaya Dayın, bu da benim, annen..."

"Bern neresi?" diye sormuştu ***Selin***. 8 yaşındaki bir ilkokul çocuğuna verilebilecek en iyi cevabı vermişti annesi Işık Hanım.

"Benim çocukluğunun geçtiği, okula gittiğim şehir"

"Buraya yakın mı bizim evimize?"

"Hayır, çok uzak... Ancak uçarak gidilir"

"Ne kadar uzak?"

Anne bu soruya sözel cevap vermektense, albümün arasında gördüğü bir haritayı çıkarttı. Bu küresel dünya haritası idi. Sağ elinin işaret parmağını Türkiye üzerine koydu. Sol elinin işaret parmağını ise Avrupa'nın ortasına ve konuşmasına devam etti.

"İşte bu kadar uzak. Çok uzak. Ufukların ardında görülemeyen yerler. Kuşlar oraya uçarak gider. İnsanlar da uçaklara binerek. Arabayla çok uzun sürer. Yürümek istersen yolda yürürken büyürsün ve İsviçre'ye ulaştığında ise bir genç kız olursun."

***Selin*** annesinin yüzüne baktı. Bir şey söylemek ister gibi ağzını açtı sonra gülümseyerek annesinin yanağına dokunarak yavaşça fısıldadı. "Babam orada, beni bekliyor... O yüzden bana gelemiyor, orası çok uzak... Ben uçarsam ona gidebilirim değil mi?"

Ses tonundaki ifade öylesine bir anlam yüklüydü ki, annesi Işık Hanım "***Selin*** baban İsviçre'de değil" diyecekken sustu. ***Selin***'in babasının Tuzla'da olduğunun bilincinde olarak bu suali özellikle, kendi hayal aleminde sanal bir ayrılık nedeni oluşturmak ve sahiplenmek üzere sorduğunu anlamıştı. Başını iki yana salladı ve sonra derin bir soluğu dışarı vererek kısık bir ses tonuyla cevap verdi. Önüne bakarak "Sanırım ***Selinciğim*** baban orada, çok uzakta... O yüzden bizimle değil şu anda..."

*Selin*'in gözkapakları aniden ağrılaşmıştı. Başını yastığa koydu. Parmakları arasında tuttuğu bir kartpostal gevşeyen parmaklarının arasından kayarak yere düştü. Kartpostalın üzerinde bir şale önünde poz veren bir baba kız vardı. Aralarında onlar kadar uzun boylu kocaman bir tekerlek halinde gravyer peyniri. Yan taraftaki yamaçta ise boyunlarında irili ufaklı çanlarla otlayan bir inek sürüsü. Resimde herkes mutlu bir şekilde gülümsüyordu... İnekler bile... Annesi *Selin*'i kucağına aldı, yatağına taşıdı...

Anne salondaki çocukluk anılarının zaman tünelindeki resim galerisini oluşturan albümleri, kütüphane raflarındaki yerlerine yerleştirmeye başladı. Rafta sıralı olarak duran bir dizi irili ufaklı inek çanlarını bir alt rafa tekrar yerleştirirken evin içi sanki ağıllarına dönüş yapan bir inek veya keçi sürüsünün istilasına uğramışçasına muhtelif tonlardaki çan sesleriyle doldu. Huzur veren melodik, tok veya tiz veya ikisi arasında gidip gelen tonlardaki nağmelerdi bunlar.

***Selin*** yatağında kıpırdadı. Gözkapakları seyirerek kıpırdamaya başlamıştı. ***Selin*** rüya gorüyordu.

Bulutlar bir anda yok oldu. Sütlü beyaz gri karışımı nemli renk aniden kuşbakışı renkli bir haritaya donüşmüştü.

"Burası İsviçre... Ben İsviçre'ye geldim. İşte yukarıda Fransa, sol tarafta Fransa sağda Almanya, aşağıda ise İtalya. İşte yukarıda Fransa sınırına yakın yerde Bern şehri biraz aşağısında solunda da annemin okulunun olduğu Nevchatel kasabası. Ben buradayım, İsviçre'deyim. İşte inekler boyunlarına asılı çanların sesini duyuyorum, onların yanlarına inmeliyim. Babam orada beni bekliyor", diye coşkuyla konuştu kırlangıçlara ve hızla kollarını geriye doğru çekti. Vücudu bir anda dikleşerek hız kazandı ve hızla yere, meraya doğru yönlendi. İniş esnasında aniden panik hissetti. Nasıl ineceğini hatırlayamadı. Havada bir yerlere tutunmaya çalıştı. Eli sert bir cisme yapıştı. Sıkıca kavradı ama yeterli olmamıştı bu asılma. Yere çarptı.

Üzerine düştüğü zemin koyu yeşil, uzun tüylü halı kaplıydı. Yatağın kenarına son anda refleks olarak tutunmamış olsaydı tüm bedeni yatay olarak halıya değişecekti ama tutunması onu havada döndürmüş ve halıya oturma pozisyonunda düşmüştü. Yarı uykulu, yarı uyanık bir şekilde doğruldu. Çıkan gürültüye koşan annesinin boynuna sarıldı ve arkasını sıvazlarken hafifçe bir tonla konuştu: "İsviçre'ye gitmek kolaydı ama orada olmak zordu anne..."

"Bir gün canım, bir gün birlikte kolayca gideriz ve peynir festivaline katılırız", diye fısıldayarak konuştu annesi, sonra sustu. İnşallah anneciğim diye cavaplandırdı ***Selin*** ve annesine sarılarak uyumaya devam etti.

***Yıl 1989...***

İstanbul Beşiktaş Ihlamur Kasrı'nın bahçesindeki ağaçların yaprakları sonbahar giysilerine bürünmeye başlamıştı. Ekim ayı ortalarına gelindiğinde Ihlamur Kasrı'nın ağaçlarının oluşturduğu iri ve geniş yeşil renk kütlesi yeşilden sarıya, turuncudan kızıla farklı tonlarla tam bir panayır coşkusu içerisinde, poyraz rüzgarına eşlik ederek dans edercesine salınıyordu.

***Selin*** 11 yaşını geçeli yaklaşık 6 ay olmuştu. Şişli Terakki Lisesi'nin orta bölümünün ikinci sınıfına devam ediyor ve sürekli olmasa da çok sık olarak hafta sonları babasının Ihlamur Sitesi'ndeki evinde geçiriyordu. Evde bir de av köpeği vardı. Asilliğinden asla emin olamadıkları bir İngiliz seter. Çok şirin, cana yakın, oyunbaz ve sevecen, akıllı bir köpekti Mozart. Asil bir soya sahip olmadığının belirtileri ileriki yıllarda ortaya çıkacak ve evde ısırılmadık kişi bırakmayacaktı. Evden ayrılışı ise kaderiydi. Babasıyla girdiği ölümüne liderlik kavgasını başta, ilk hamlesinde kaybetmişti. Kaderi onu, bir muz deposunun bahçesinde bekçi kulübesi olarak bekliyordu.

***Selin*** okul servisinden indiğinde Mozart, meraklı bakışlarla pencere pervazına başını yan dayamış, onun gelişini bekliyordu.

Baba, ***Selin***'e ikindi kahvaltısı hazırlıyordu. Ebru ile yeni nişanlanmıştı. ***Selin***'e o gece için bir sürpriz hazırlamışlardı. Bu sürprizi ona akşam Ebru eve geldiğinde birlikte açıklayacaklardı. ***Selin***'in "Mozarttttt!"diye çığlığı 6. katın açık olan penceresinden duyulduğunda kahvaltı masası üzerindeki son eksiklikler tamamlanmıştı.

Ebru'nun gelişi saat 19:00 civarı olacaktı. Hafta sonu tatilinin başladığı o cuma akşamı yemek, Hilton Oteli'ndeki "Oktoberfest" Ekim şenliğindeki açık büfeden ve şenlik etkinliğinde yenilecekti. Sürpriz buydu. ***Selin***'i o gece Hilton'daki Ekim şenliğine götüreceklerdi. Şenliğe Almanya'dan, İsviçre'den Bavyera halk dansları ekipleri, müzisyenleri ve biraları katılıyordu.

***Selin*** asansörün 6. kat düğmesine bastı. Asansör yükselerek 6. katta durduğunda ***Selin***, Mozart'ın tüm olası şımarıklıklarına aynen karşılık vermeye hazırlıklıydı.

Mozart kapının önünde kendi ekseni etrafında daireler çiziyor ve kuyruğunun çarptığı yerden kırbaç seslerini andırır sesler çıkartıyordu.

Asansör kapısı açıldığında Mozart arka ayakları üzerine havalanmış, dili bir karış öne uzamış halde ***Selin***'e ön ayakları ile sarılmış yüzünü yalamaya başlamıştı bile.

Sevgili dostum hoşgeldin, seni öpebilir miyim yalayışlarıydı bu.

***Selin*** atkısıyla yüzünü kapatmış bir halde Mozart'ın kulaklarını tutmuş onu kucağına almıştı. Hırıltılarla karışık sevgi çığlıkları ve karşılıklı sevgi ifade eden havlamalarla dolu konuşmalar. Baba mutluydu. Yalnızlık ortamı bir anda sevgi ortamına dönüşmüştü. Tek bir eksiği vardı evin: Ebru... Onun da gelmesine henüz iki saate yakın bir süre geçmesi gerekiyordu.

Kahvaltı, oyun, konuşmalar ve kahkahalar arasında bu süre çabucak geçmişti.

Kapı zili çaldığında büyükten küçüğe sekiz ayak, kapının önünde hazır kıta olarak gelenin üzerine atılmaya hazır bekliyordu. Sekiz ayak ve bir karış uzayan dil, kapı açıldığı anda hareketlendi. "Mozart makyajımı mahvettin! Kuaförde ilk kez makyaj yaptırdım, uzaklaş!"

Mozart, Ebru ile aynı fikirde değildi. Kuyruğu ile makyajının çok lezzetli olduğu hususunu sık kırbaç şaklamaları eşliğinde vurguluyordu. Kırbaç şaklamaları. Bu sesleri bütün bir gece keyifle, ilgiyle ve neşe içerisinde dinleyeceklerinden o anda habersiz idiler.

Hilton Oteli'nin Oktoberfest festivali için ayrılan büyük salonuna girdiklerinde ***Selin*** çok heyecanlıydı. İlk kez Hilton Oteli'ne geliyordu. Çevresini dikkatli ve eleştirel bakışlarla inceliyordu. Gözleri yaşıtı çocuklara iliştiğinde hareketlerinde ve davranışlarında belirgin bir rahatlama oldu. "Yaşıtım çocuklar da var... Demek ki bu eğlence yalnızca yetişkinlere, annelere, babalara özel değilmiş" diye düşündü. Karnının acıktığını hissetti. "Baba ne zaman yemek yiyeceğiz" diye sordu. Gözleri kızarmış iri Frankfurter sosislerine ve nar gibi kızarmış patates dilimlerine takılı kalmıştı.

"Hemen ***Selin***! Kendimize bir yer beğenelim önce... Şu sahnenin önüne yakın sıraya ne dersiniz? Sahneye ne yakın, ne de uzak. Hem sahneyi yakından izleriz, hem de kulaklarımız sesten rahatsız olmaz."

"Harika bir fikir" diye cevapladı ***Selin***. ***Selin*** o akşamın heyecanı içinde her şeyin ve her fikrin harika olacağına kendini şartlamıştı.

Kısa sürede masanın üzeri tüm geceye yetecek miktarda yiyeceklerle donanmıştı. ***Selin*** tam kızarmış iri sosisini ısırmak üzereydi ki kulağının biraz ilerisinde havada boşlukta şaklayan bir uzun kırbacın ani ve keskin sesiyle bir anda irkildi.

Dişleri sosise saplı kalmıştı. Başını çevirip, sesin geldiği yere bakmasına fırsatı olmadı. Başının üzerinde makineli tüfek gibi bir dizi, seri, yüksek ve keskin şaklamaları, sahne platformunun sert gürgen kerestelerinden oluşan zemin kaplama tahtalarını tok sesle dövmeye başlayan bir dizi kırbaç şaklamalarına katıldığında ***Selin*** ağzında sosis, babasının kolları arasındaydı.

Kırbaç şaklamaları aniden ritmik gürültüsünü kesti. Kısa bir sessizlik ardından neşeli haykırışlarla, meşin kısa pantolonlu, renkli giysileri ve tavus tüylü şapkaları ile milli giysileri içerisinde Bavyera halk dansı topluluğu üyeleri sahneye ritmik topuk ve taban vurmaları ile koşarak girdiler.

Ritmik taban ve topuk vurmaları, şaklayan kırbaçların perkusyonuyla, neşeli melodik haykırışlara eşlik ediyordu.

***Selin*** neşelenmişti. Başını babasının omuzuna dayadı. Duyduğu müzikal gürültü zaman zaman çok gerilerde kalan anılarına eşlik eden eski 45'lik plaklardan dinlediği şarkılara benziyordu.

Sesler aniden kesildi. Geri plandan çan sesleri gelmeye başladı. Aniden sahneye iki tekerlekli bir kağnı arabası üzerine oturmuş, arabaya monte edilmiş bir dizi irili ufaklı inek çanlarını elindeki sopa ile vurarak, sesleri ezgiye dönüştüren, saçları arkadan içeriye doğru balık sırtı örgülü sarışın bir kızı iterek içeri getiren bir grup belirdi.

Çanların şarkısı aniden yavaşlayarak sustu ve önce çok hafif sonra adeta dik yamaçlardan, derin kanyonlardan yankılanarak tüm evrene yayılan ve çağrı gibi yüreklere ulaşan yanık bir sesin haykırışlarla dolu ezgisi salonu doldurdu: "Aliyo/loodili/loodili/loodili/loodili lidileyy"...

Bu İsviçre Alplerinde dik yamaç ve derin kanyonların başında durarak söylendiğinde, kreşandalarla hançereden çıkartılarak uzak mesafelerden dahi tüm vadi boyunca yankılarla duyulabilen bir YODOL idi.

***Selin*** neşelenmişti. Babasının eline sarılmış başını omuzuna dayamış, ayağı ile de tempo tutuyordu. Adam nişanlısına baktı. Ebru hüzünlü bir bakışla önce adamın sonra ***Selin***'in elini tutarak hafifçe sıktı. Sonra ***Selin***'e sarıldı. "Baba, kız" dedi. "Sizleri çok seviyorum."

# GELECEĞE YÜRÜYÜŞ 8

## DÖRDÜNCÜ GÜN

## İZMİT-ÇELİKKÖPRÜ

***10 Haziran 2000 Cumartesi 06:15***

Aniden açılan sürgülü kapının boşluğundan hızlı ve soğuk bir esintiyle minibüsün içerisine dolan taze nemli ve soğuk hava, yatağa dönüştürülmüş kanapede uyumaya çalışmakta olan adamın yüzüne çarparak onu aydırdı. Bu çarpma, yayla pınarlarından fışkıran soğuk suyun tazeliği ve canlandırıcılığına eşdeğerdi.

Adam gözlerini kırpıştırarak açtı. Minibüsün direksiyonu üzerine kadar yükselmiş güneşin parlaklığı gözlerini kamaştırdı. Adam gözlerini kapattı. Yüzükoyun dönmeyi denedi ve ilk hareketinde kanepeden aşağı, botların, sırt çantasının içerisinden çıkartıldıktan sonra minibüsün zeminine saçılmış bulunan kamp malzemelerinin üzerine düştü ve yüzükoyun dönebilmesi için önce ayağa kalkması gerekti.

"Uyumaya çalışmak nafile... Gün başlamış bile!" diye düşündü, düştüğü yerden kalkarken, botları ve LPG kamp gaz ocağının acıttığı yerleri ovarak acısını hafifletmeye çalışıyordu. Gece boyunca boğazına kadar battaniyeye bürünmüş olarak sırt üstü hareketsiz yatmıştı.

"Yürüyen Ramses! Benim adım bu olmalıydı" demişti kendi kendine. Gece boyunca kendisini Nil Nehri'nin deltasındaki bir palmiye ağacının altında sırt üstü gökyüzünü seyrediyor gibi hayal etmişti. Çöl gecesinin berraklığında milyarlarca minik yıldızın ışığının sağanağında ruhunu ve düşüncelerini yıkayarak olumsuz düşüncelerden arındırmayı denemişti. Sonra yıkanmış ruhunu Keops piramidinin tepesine bir bayrak gibi asarak evrensel sevgi ve sarılma ile bir diğeri için hayatını kolaylaştırma ve kollama olgusunun kutsal esintisi içerisinde kurumaya bırakmıştı.

Uyandığında yepyeni, pırıl pırıl ruhuna kavuşmayı ummuştu.

Kanapeye oturdu. Dışarı baktı. Minibüs şöförü aracın dışında ve birkaç adımlık uzağında sivil giyimli polisle sohbet halindeydi. Sivil asayiş ekibi bütün gece boyunca yakın çevre koruması sağlamıştı.

Minibüsün yan camından parlayan güneş, bir an için gözlerini kamaştırdı. Güneş gözlüğünü taktı. Yana uzanarak sırt çantasından tıbbi ve hijyenik malzemelerini taşıyan torbasını çıkarttı. Kuru temizleme losyonuyla elini ve yüzünü yıkadı. Losyonun temiz yasemin kokusu bir anda kendisini, kendisine çok temiz hissettirdi. Aynı anda bu temiz koku ona, evde özenle katlanmış ve tülbent içerisinde saklanmakta olan bir çift çorabı derin derin kokladığı anı hatırlattı. Aynı mis gibi yasemin kokusu vardı o çorapta. Sonsuza kadar safiyetini ve etkisini sürdürecek bir sabun kokusunu ilk kokladığı anı hatırladı.

Ebru Kadıköy Karacaahmet Mezarlığı'ndaki gasilhanede ***Selin***'in cenazesinin başından aşağı su dökmeden önce, görevli bayanlar o çorapları ***Selin***'in ayağından çıkarmışlar ve ona teslim etmişlerdi. Ebru, gasilhaneden, ruhsal kıyametin tüm izlerini ve etkisini gözlerinde ve titreyen yüz kaslarında taşıyarak çıktığında bu çorapları gözyaşlarıyla ıslatarak kokluyordu. Ebru... Yasemin tarlasında kaybolmuş gözler ile çorapları adama uzatmıştı. "Kokla" demişti. Mis gibi yasemin sabun kokuyor.

Botlarının bağcıklarını bağlamaya çalışan adam bağcıkları göremez olmuştu. Görüntü bir anda birbirine karışmıştı. Gözlük sanki sualtı gözlüğüne dönüşmüştü. Gözlüğün camları suyla dolmuştu.

Adam gözlüğünü çıkardı. Gömleğinin cebine yerleştirdi. Koluyla yüzünü, yanaklarını kuruladı. Gömleğinin kolu bir anda ıslanmıştı. Damağı kurumuş, dili yapışıyordu. Yutkunamıyordu. Çantaya tekrar uzanarak antiseptik ağız yıkama losyonunu aldı. Hem gargara hem de diş macunu yerine geçen, yutulmasında da sakınca olmayan bir losyondu. Ufak bir yudum aldı, ağzında çalkaladı. Losyon ağzında köpürmüştü. Yutmayı düşündü. Keskin nane kokusu ve tadı, kahve kokusundan ve tadından çok uzaktı. Bir an için tükürmeyi düşündü ama nereye? Ve yuttu. Ne de olsa tadı, çocukluğumda, bir dilim mandalina eşliğinde içirildiği ve üzerinde morina balık yağı olandan daha rezil değil diye söylendi. Belki de dedi kendi kendine o morina değil balina veya köpek balığı yağı da olabilirdi. Öksürdü. Meraklı bakışlarla başını çekti. Havaya baktı. Havaya saçılan ve uçuşan irili ufaklı baloncuklar görmeyi ummuştu. Havada baloncuk yoktu.

Baloncuklar yaşamın her gününde, her yerinde idi. Tüm ülkeyi kaplayacak şekilde her gün ülkenin ortasından havaya fışkırıyorlardı. İçleri boşluk dolu olarak.

Eski öğretiler aklına geldi.

"Hiç doksan, yüz, yüz on yaşlarında, erkek veya kadın, bir insanla karşılaştınız mı? Fersiz, kısılmış gözlerini gördünüz mü? Kırışmış, pörsümüş cildin arasından size bakan o özlerin bakışlarındaki bilgelik pırıltısının farkına vardınız mı? O incelmiş saçların, ağarmış saçların fazla değil on beş veya yirmi bin gün önce gür ve canlı renklere sahip olarak, pırıl pırıl, taze, gergin ve nemli bir cilde sahip adaleli veya mükemmel ölçülerde kıvrımlara sahip bedenlere ait olduğunu düşündünüz mü?"

Bu düşünceler ile o anda, kendi bedeninizle ilgili, şahsınıza ait değerlendirmeler neydi? Kendi üstünlüğünüzü düşünürken, o yaşlı kişinin sizden önce yola çıkan ve yolunu tamamlamak üzere olan kişi, yolcu olduğunu düşündünüz mü? Siz yolun neresindesiniz? Ortalarda bir yerde mi?

Yolun başında olanları düşünün; onlar ortaya geldiklerinde ve sizin durduğunuz yerde onlar durup size baktıklarında onlar sizi, sizin şu anda gördüğünüz şeylerin aynısını görecekler, düşündüklerinizi düşünecekler.

Şu anda gördüğünüz şeyler sabun köpükleri gibi, taze, gökkuşağının canlı renklerini yansıtan pırıltılar, parlamalar içerisinde olan hareketli kavramlar, alışkanlıklar, düşünceler, değerlendirmeler, yaşam tarzıdır.

Biraz daha dikkatli, biraz da yakından bakın. Pırıltıların içerisindeki boşluğu, kimliksizliği ve geçersizliği, süreksizliği göreceksiniz. Kısa bir süre sonra nasıl aniden yok olduklarını da.

Adam gözlerinin takılı kaldığı ışıldayan, gümüş renkli baloncuğa uzandı. Baloncuğa dokundu. Baloncuk patlamadı. Baloncuğu titremeyen parmaklarla kavradı, baloncuğu sıkı sıkı avucuna aldı. Cebine koydu.

Bu baloncuk, iri bir çelik bilyeydi. Işıldayan içi dolu, katı bir baloncuk idi. Hayatı idi...

“Günaydın!”. Yüksek ve coşkulu bir tonla verilen günün ilk selamı adamı düşüncelerinin derinliğindeki özel dünyasından çekip çıkardı.

“Günaydın Şenol. Nasılsın? Bu saatte burada olmak için gece yarısı mı yola çıktın?” derken burnuna çarpan simidin ve kaşar peynirinin kokusu başını döndürdü. Bu koku, yaşamına bir anlam kazandırmıştı. Adamın ağzındaki ve midesindeki naneli ciklet kokusu ve tadı fırından yeni çıktığı belli olan simitlerin minibüsün içerisine adeta biraz ilerisinde tepenin altındaki kayalara vuran dalgalar gibi dalga dalga yayılarak burun deliklerine çarpan lezzetli kokusu, ağız losyonunun tadı ile yer değiştirmişti.

Adam kendini ilk defa aç hissetti.

"Kahve, kahve içme zamanı veya daha iyisi çay, poşet çay. Kaç kişiyiz Şenol" diye sordu adam, piknik gaz ocağına uzanırken.

Şenol, Sabah-İstanbul gazetesinin yürüyüşe kadrolu zimmetlisi foto-muhabiri, çevresine bakındı. "Basının ilgisini çekecek kadar çok. Hepsi de üniformalı." Gülüştüler. Tebessümler, günaydınlaşmalar, münavebeli olarak ısıtılan suyun çaya dönüştürülmesi eşliğinde coşku içerisinde ayakta yenen simitlerin mutluluk dolu lezzetinin keyfi çıtırtılı seslere karışırken, adamın gözleri denizin ötelerine takılı kalmıştı ve adam bir pazar sabahının ayrıntılarını anımsamaya çalışıyordu.

Geçmişte bir pazar sabahı...

Adam, ***Selin***'in elinde yoldaki simitçiden aldığı simitlerle kapıyı çalmasının ardından açılan kapıdan içeri hızla girerek, aşkı Osman'ın odasına yönelişini ve simitleri yatağında uyumakta olan Osman'ın burnunun önünde ileri geri sallayışını hatırlamıştı. Sonra Osman'ın aniden gözlerini açışını…

Burnuna değen saçları ikiye ayırıp, hızla yatağın içerisine oturuşunu ve sonra "Bu ne?" diye elini simit paketine uzatışını...

"Gitme zamanım geldi" diye düşündü. Yarısı içilmiş bardaktaki çay bir anda anlamını yitirmişti. Bardağını ters çevirdi. Boş bardağı plastik poşete atıp minibüse yürüdü. Toparlanıp umuduna, geleceğe doğru yürüme zamanı gelmişti.

Çelikköprü mevkiindeki sahil parkının ortasında yer alan ve adına Antik tiyatro denilen surlarla çevrili tepeden ayrılalı çok olmuştu. Tütünçiftlik tabelasını hızlı tempoya ulaşan adımlarla geçerken, Sabah-İstanbul'un foto muhabiri D-100 karayolunun üzerine belirli aralıklarla yerleştirilmiş olan çelik konstrüksiyonlu üst geçitten fotoğraf çekiyordu.

Hava ısınmıştı. Asfaltın sıcaklığı yüzüne ve ellerine vuruyordu. Sırt çantasının altında gömlek yine renk değiştirmişti. Islaklığı rengin koyuluğunun nedeniydi.

Adamın gözleri asfalttaki adımının elli santimetre uzağına kilitliydi. Adımları otomatikleşmiş, düzenli aralıklarla ve hızla, seri bir şekilde birbiri ardına sıralanıyor, öndeki mesafeyi eksiltiyor, arkada birikeni ise çoğaltıyordu. Adam trans halindeydi.

"Merhaba Mustafa Bey!"... İsminin anılmasıyla aniden irkilen adam, içinde bulunduğu transtan çıkıp başını sesin geldiği yöne kaldırarak döndürdü.

Karşısında altmış yaşlarında olduğunu tahmin ettiği, kırmızı, çiçek desenli, dalgalı sarı saçları omuzlarına değen bir bayan duruyordu.

"Merhaba, ben Atina'dan komşunuzum. ***Selin***i, sizi tanıyorum. Nasılsınız. Allah size kolaylık vesin. Size sarılmak istiyorum." Aksanlı olarak Rum şivesiyle söylenen bu sözler adamın durmasına yeterliydi. Kadın ağlıyordu. Adama sarıldı. Adamın ruhunun derinliğinden çağıldayarak gelen duygu seli tüm bedenini bir anda doldurdu. Göz pınarlarından dışarı taşanlar, gözlüğünün camlarını yeniden doldurmuştu.

"Sağolun!" dedi adam. "Sağolun!" Sonra gözlüğünü eline alıp, parmaklarıyla camı temizledi.

"Hoşçakalın!" diye fısıldadı adam...

"Allah sizleri korusun, güç versin, esirgesin..." dedi kadın.

"Sağol" diye cevapladı adam ve sırt çantasının kolonlarına bir kez daha sıkıca asılarak yürüyüşüne devam etti.

"Mustafa Bey!" " Mustafa Bey!" "Kiminle konuştun bu suali sorarken?" Koşarak kendisine yaklaşan Sabah-İstanbul'un foto muhabirinin sesinde haber nitelikli bir fotoğrafın altındaki başlığın nitelikli ilginçliğinin heyecanı yatıyordu.

"Bilmem" diye cevapladı adam. "Adını söylemedi; sadece Atina'dan komşunuzum, ***Selin***'i ve sizi tanıyorum" dedi.

"Nereye gitti?"

"Bilmem herhalde yakındadır"

"Kimse yok ki arkada"

"Yaya üstgeçidinden geçiyor olabilir"

"Orada da kimse yok"

Adam durup arkasına baktı. Biraz önce ayrıldım diye düşündü. Geride görünür yerlerde hiç kimse yoktu. Sadece uzakta bir kamyon ve onun önünde de kendisini geriden, uzaktan takip eden trafik polislerinin arabası.

Adam yürüyüşüne devam etti. Şenol da kadını araştırmak için uzaklaştı.

Hava sıcaktı. Güneş yakıcı yüzünü göstermeye başlamıştı. Adam terliyordu. Ama sıcaktan değil, anılarının uzak derinliklerinden sızan ürperti ile soğuk soğuk terliyordu.

Güneş tepeye ulaşmıştı. Körfez ilçesi geçilmek üzereydi. Yanından geçen her otobüs, kamyon ve araba şöförü korna çalarak ona el sallıyordu. Hepsinin yüzünde tebessüm vardı. Adam her kornaya el sallıyor ve yanından geçtiği vatandaşların alkış yağmuruna el sallayarak karşılık veriyordu.

Tütünçiftlik mevkiine yaklaşıyordu. Susamıştı, canı kahve istiyordu. Yanına yaklaşan insanlar ellerini uzatıp onun elini tutarak, "Yüreğimiz seninle, yanındayız! Gel biraz soluklan, bir çayımızı iç." diyorlardı. Adam konuşmak zorunda kalıyordu: "Teşekkür ama duramam... Özür diliyorum. Yürürken konuşamıyorum" diyerek teklifleri minnetle, sevgi ve ilgi olarak değerlendiriyordu.

Tütünçiftlik'teydi. Güneş artık tam tepedeydi ve adam önünde olduğu ilk benzin istasyonundaki gölgeye doğru yürüdü. Sırt çantasını çıkartmasında kendisine yardımcı olan pompacılar hemen bir sandalye getirdiler. Soğuk su, tuz ve ardından kahve. Sandalyeye oturduğunda terden sırılsıklam olan gömleği kuruduğunda adam tekrar ayağa kalktı. Eğilemiyordu. Adaleler soğumuş, şişmiş ve tekrar tahta sertliğinde lop et halini almışlardı. Pompacıların yardımıyla sırt çantasını yüklendi. Eldivenlerini giyerek, yürüyüş sopasını eline alırken saatine baktı 11:40. Oturması ile kalkması arasında sadece 20 dakika geçmişti.

İlk adımlar zor atılıyordu. Artık biliyordu ilk üç kilometre zorlanacaktı; ama sonra adaleler tekrar ısınacak ve yürüyüş temposu artacaktı.

Tütünçiftlik geride kalmıştı ve İzmit her adımda biraz daha yaklaşıyordu. Önünde daha dört saate yakın yürüyüş mesafesi vardı. Korna ve alkış sesleri hiç eksilmemişti. Ayak tabanlarındaki su keseciklerinin üzerinde yürüyordu. Bir an için durma ihtiyacını hissetti. Sol ayak tabanında, başparmağın altındaki acı artık yanma hissiyle onu durduracak kadar çoğalmıştı. Gördüğü ilk kahvenin önündeki gölgeliğe doğru yürüdü. Botlarını çıkartarak taban astarındaki "Hijyenik pad"leri değiştirdi. Ağrı kesici haplardan iki adedini daha yuttu. Artık ağrı kesici hapların sürekli alınma zamanı gelmişti.

"Mustafa Bey! Merhaba! Sizi kutluyor ve yürekten destekliyoruz. Biz İzmit ANAP İl Başkanlığı'ndayız. Arkadaşlarımız da Genç Kocaelililer Derneği'nden. Başkan Haluk Ercan Bey ve arkadaşları: Nasılsınız? Allah size güç versin, sizinle konuşmak istiyoruz."

"Yürürken konuşabilir miyiz", diye cevapladı adam. En zor ilk adımlarını atmaya başlamıştı ve durursa o ızdırap dolu ilk adımların zahmetini tekrar yaşamak zorunda kalacaktı.

"Tabii" diye cevap verdi genç adam. "Sayın Parti Başkanımız Mesut Yılmaz Beyin ve ANAP Teşkilat Başkanı Sayın Ersin Taranoğlu'nun selam ve sevgileriyle geçmiş olsun dileklerini iletiyoruz. ANAP olarak sizi destekliyor ve bu geceyi İzmit'te bizim misafirimiz olarak geçirmenizi diliyoruz. Uygun görür ve kabul ederseniz memnun kalırız, onur duyarız." Adam bir an için durdu. Bu sözler o kadar içten ve duygu yüklü olarak söylenmişti ki adam yutkunarak derin bir nefes alıp, durdu. Elini uzatarak: "Memnuniyetle, onur duyarım... Teşekkürler!" dedi.

Genç adam devam etti: "Biz Parti İl Örgütü olarak sizi İzmit girişinde karşılayacağız ve konaklayacağınız ASYA OTEL'e kadar size refakat edeceğiz. Otel yol üzerindedir. Yoldan sapmış olmayacaksınız. Merak etmeyin."

Adam gülümseyerek cevap verdi: "Çok düşüncelisiniz, teşekkür ederim, görüşmek üzere... Hoşçakalın" dedikten sonra gözlerini tekrar asfalta çevirdi. İkindi selası veriliyordu. Asfalttan yükselen sıcaklık hareler halinde titreşimlerle yukarı yükseliyor ve yüzünü yalıyordu. Esinti durmuştu. Ter damlacıkları gözlük camlarının ıslanmasına neden oluyordu. Adam gözlüklerini çıkarttı. Ezan sesini dinlerken adımları hız kazanmıştı. O yürümüyordu. O sevgi denizinin üzerinde ilerliyordu. Zaman hızla kaymaya başladı.

İzmit'e hoşgeldiniz tabelasını geçtikten kısa bir süre sonra karşısında davet sahibi kalabalık grubu görüp onlarla tanışıp el sıkışmanın ardından, düşen yürüyüş temposunun ardından, İzmit'lilerin sevgi alkışları arasında ASYA OTEL'de o gece yaşayacağı duygusal depremden habersiz olarak ASYA OTEL'e doğru yöneldi.

ASYA OTELİ, D-100 karayoluna cepheli idi. Odasına girer girmez ilk işi duşun altına girmek olmuştu. Ilık bir duşun ardından, küveti o sıcak su ile dolduran adam, yanında bulundurduğu asit borik ve sofra tuzundan bolca miktarı küvete dökerek, şampuan kokusu içerisindeki sıcak suya vücudunu bıraktı. Suyun kaldırma gücü, kasları üzerindeki baskıyı kaldırınca kendisini mutlu ve rahat hissetmişti.

İçindeki hüzün geri gelmişti. Kızını düşünüyordu. Onu özlemişti... Osman'ı özlemişti... Eşini özlemişti... Gözlerini kapattı.

Adam, hiçbir şey asit borik, tuz ve şampuan bileşimi kadar iğrenç bir tada sahip olamaz diye düşünürken, hala aksırıyor ve genzine kaçan bu iğrenç karışımın iğrenç tadından kurtulmaya çalışıyordu. Kısa bir süre için de olsa, gözlerini kapatmaması ona pahalıya mal olmuştu. Gevşeyen kaslar önce onun uyumasına sonra da genzine kaçan sularla, böğürerek, aksırarak, tıksırarak uyanmasına neden olmuştu.

Havluya sarıldı, kendisini yatağın üzerine kocaman bir çarpı işareti şeklinde yüzükoyun bıraktı.

Çalan telefon sesi onu uyandırdığında aradan bir saat geçmişti. Arayan eşiydi. Uzun bir süre ailesiyle konuştu. Telefonda bile olsa, duyduğu sesler onun özlemini hafifletmeye yetmişti.

Giyinip zemin kattaki lokantaya yürürken kendisini zinde hissediyordu.

Lokanta kalabalık değildi. Girişe yakın ve cam kenarındaki diğer müşterilerden uzak bir masayı özellikle seçti. Arkadaşları veya ailesiyle güzel canlı müzik eşliğinde lezzetli bir akşam yemeği yiyerek, iyi vakit geçirmek üzere o gece lokantaya gelenlerin keyiflerinin kaçmasına neden olmak istemiyordu.

Siparişi kısa olmuştu: "Pirzola ve çoban salata, hepsi bu kadar teşekkür ederim" Garsonla göz göze geldi. Orta yaşlarda göçmen simasına haiz, yumuşak bakışlı garson, adamın önündeki bardağa su koyduktan sonra buruk bir tebessümle uzaklaştı. Sahnede yer alan ve gitarı ile şarki söyleyen şarkıcının bakışları, masada camdan dışarıya sabit gözlerle bakan adamın üzerindeydi.

O anda söylediği şarkı bitmek üzereydi. Gitarının perdeleri üzerinde gezinen eli, önündeki repertuar klasörüne uzandı. Uzman parmakların öne geriye hareketleri sonucunda el, klasörden geri çekilerek, parmaklar yeni akorlara basmaya başladığında elektro-akustik gitardan yükselen nağmeler Fikret Kızılok'un ***"Bu Kalp Seni Unutur mu?"*** şarkısına aitti.

Son derece duygu yüklü ve harika bir ses tonuyla söylenen bu şarkıyı dinlerken adam, daha fazla direnç gösteremedi. Gene içerisinde kabaran duygu ***Selin***in yoğunluğuna yenik düşmüştü.

Hakim olamadığı gözyaşları yanaklarından aşağıya sicim gibi akarken, garson yarı yola kadar getirdiği tabaklarla geri döndü ve uygun zamanı beklemeye başladı...

Yemeğini yalnız duygular içerisinde yiyen adam, odasına dönmüştü. Tam soyunmak üzere gömleğinin üst düğmesini açmıştı ki oda kapısına vurulduğunu duydu. Kapıyı açtı. Karşısında duran, lokantada kendisine servis yapan garsondu. Elindeki zarfı adama uzattı. "Duygularımı ifade eden bir mektup efendim" dedikten sonra "İyi geceler" dileyerek uzaklaştı.

Adam, yatağın kenarına oturdu ve zarfı açtı. İçinden çıkan mektupta şunlar yazılıydı:

***10.06.2000 Cumartesi, Saat 21:30***

***"Masada otururken üzüldüğünü ve ağladığını gördüm. Sık sık cüzdanından çıkardığın ufak bir resme bakıp bakıp ağlıyordun...***

***Ağladığını kimse fark etmesin diye kasketini kaşlarının arasına kadar indiriyordun.***

***Müziğin o yanık sesiyle... Bir daha, bir daha... O resme bakıp bakıp...***

***Geri gelmeyen birisi olmalıydı... Anlamamak mümkün değildi.***

***Acı ve hüzündü yüreğe inen…***

***Bu sancı nasıl unutulacaktı?***

***Sonra resepsiyondaki bir arkadaş tarafından sizin... İstanbul'dan Ankara'ya kadar yaya olarak... Günahsız bir insanın bir canın, bir cananın, bir kız evladını kaybetmenin acısıyla… Bu yollarda ne diyeceklerdi size. Bir 'Başınız Sağolsun', şöyle omuzunuzu okşayarak... O anlık varsınız.. Beş dakika veya on dakika... Baş kaldırsanız... Bağırsanız... Çağırsanız... Tamam, hallederiz gibi sözler... Bir başkası sizin hissettiğinizi hissetmez. Nice canlar gitti, bizim ülkemizde. Yarın unutulursunuz. Allah, bir daha böyle acılar vermesin. Belki kaderin tecellisi, belki de bizlere gelen bir takım mesajlar. Hayat devam ediyor. Onun için toprağı bol Allah'tan gani gani rahmet dilerim. Allah'tan sizlere sabır ve ailenize de başsağlığı dilerim."***

Acınıza ortak olan<br>OTEL ASYA – Garson Muharrem Özçiftçi<br>İzmit

Adam, elindeki kağıdı indirdi. Gözlüğünü çıkardı. Sırt üstü yatağa uzandı. Gözlerini kapattı. Gözleri ağrıyordu. Derin uykuya dalması için iki üç dakika geçmesi yetti. Işıklar açık; kağıt, parmaklarının arasında uyuyakalmıştı. Ta ki, sabah ezanının sesiyle uyanışına dek...

## GÜNBATIMI ÖYKÜLERİ 5

### *BU KALP SENİ UNUTUR MU?*

***Yıllar geçse de üstünden/bu kalp seni unutur mu/***
***Kader gibi istemeden bu kalp seni unutur mu/***
***Bir hasretlik yüzün vardı, içimde bir hüzün vardı/***
***Söyleyecek sözüm vardı/bu kalp seni unutur mu/***
***Bu kalp seni unutur mu/kalbim seni unutur mu/***

***Anlamı yok tüm sözlerin, sensiz geçen gecelerin***
***Yaşanacak senelerin, bu kalp seni unutur mu***
***Bambaşka bir halin vardı, fark etmeden beni sardı***
***Benliğimi benden aldı, bu kalp seni unutur mu...***
***Bu kalp seni unutur mu, bu kalp seni unutur mu***
***Kalbim seni unutur mu...***

***Bana aşkı veren sendin, sonra alıp giden sendin***
***Yollarımız ayrı derdin, bu kalp seni unutur mu***
***Oysa düşlerim başkaydı, birdenbire yarım kaldı***
***Yaşanacak çok şey vardı, bu kalp seni unutur mu***
***Bu kalp seni unutur mu, bu kalp seni unutur mu***
***Kalbim seni unutur mu...***

***Her gün akşam yastığımda, üşüyorum yokluğunda***
***Yaşıyorum boşluğunda, bu kalp seni unutur mu...***
***Kalbim seni unutur mu...***

***"Fikret Kızılok"***

Grundig marka radyolu alarm saatin, alarm ayarı ile uzmanlık düzeyinde oynanmamış olsaydı, elektronik alarm saatinin sayısal göstergesi 04:45'i gösterdiğinde, radyonun FM kanalından yükselen ses dalgaları; yatağın başucundaki bardağın içerisindeki suyu dairesel dalgalar halinde titretecek kadar yüksek hacimli olarak devreye girmeyecekti. Osman bu işi gene becermişti. Alt veya yan komşularda evcil hayvan yaşıyor olsaydı bir anda tüm apartmanın "Bremen Mızıkacıları'nın" eğitim salonu haline dönmesi için yeterli sebep oluşmuştu.

Osman, yattığında ablasının en sevdiği kanal olan Radyo Blue ile uyumak istemiş ve gene saatin tüm düğmelerine basarak, düğmeleri çevirerek istediği ayarı aklınca yapmıştı. Ayarlanan istasyon Radyo Blue değildi. Saatin ayarı da 06:45'ten 04:45'e d önüşmüştü.

Patlayan ses evdeki herkesi gene uyandırmıştı. Yatak odalarında uyumakta olan adam ve eşi, önce yatak içine oturur şekilde, tetiğinden kurtulmuş bir mancınık gövdesi gibi dikildiler. Birbirlerine baktılar. Osman'dan yükselen, "Yallah!" Sesi ile kapanan radyonun sesi başladığı gibi aniden kesilince, birbirlerine uykudan yarım açılmış gözkapakları arasından bakıp "İyi uykular" dedikten sonra yastıklarını başlarının üzerine kapatarak gene kendilerini yatağa gerisin geriye attılar.

Müzik bir anda kesilmişti ama bestenin dizeleri adamın beyninde, güfte eşliğinde resmi geçit yapar gibiydiler...

***"Yıllar geçse de üstünden/bu kalp seni unutur mu***
***Söylenecek sözüm vardı/içimde bir hüzün vardı***
***Bir hasretlik yüzün vardı, yaşanacak çok şey vardı***
***Bu kalp seni unutur mu/bu kalp seni unutur mu***
***Kalbim seni unutur mu.../"***

O anda aynı dizelerin Osman'ın da ruhunun derinliğinden gelen duygusal yankılar içerisindeki anımsamalarla aynı dizeleri düşündüğünden habersiz olarak, başını altına gömdüğü yastıktan teselli ararcasına uykunun bilinçsizlik halinin bir an önce kendisini rahmine almasını bekliyordu.

Osman'ın gözpınarlarında iki sedef damlası belirmişti. Ablasını özlemişti. O akşam haberlerde gene Bağdat Caddesi'nde aşırı hızla kullanılan arabalarla ilgili bir program, güncel konu olarak gösterime girmişti. Osman bir kez daha 30 Nisan sabahının soğuk sıfır üç otuzunun yalnızlığında, kaldırımın üzerine soğuk asfalt ve kaldırım üzerine sonsuz uykusuna yatmış ablasını görmüştü. Ablası son uykusuna sıcak ev ortamının ılık ailevi beraberliği içindeki yatağında değil, lanetli trafik ortamındaki soğuk, ıslak, beton ve asfalt karışımı arasındaki toprağın ilahi sıcaklığı içerisinde çimen ve çiçeklerin üzerinde yatıyordu.

"Ben de öleceğim büyüyünce... Ablam gibi..." diye düşünmüştü Osman... "Zaten bebekler ölmek için büyüyüp çocuk olurlar; sonra cadının adamları gelir onları öldürürler..." Bir anda benliğini saran ölüm yalnızlığı içerisinde yastığının başucunda duran şapkaya sarıldı ve yavaşça fısıldadı... "***Aykızı***! ***Aykızı***! Uyanık mısın?" "Evet Osman buradayım ve senin yanındayım... Nasılsın ahbap görüşmeyeli. Kaç yarım saat oldu, hani uyuyacağına söz vermiştin... Osman, sözlerini tutmakta unutkanlaştın son bir iki gündür..." Osman, içinden yükselen basıncı boğazında ve gözlerinde daha fazla tutamadı... Ani hıçkırıklarla ağlamaya başladı. Gögüs kafesi hızla inip kalkıyor, nefes akışı derin soluklu iç çekişlerine dönüşüyordu. Pınarlarından dökülen sıvı sedefler yanaklarını ölgün koridor ışığının yansıması altında gümüşi pırıltılarla aydınlatıyordu. "Ablamı, ***Selin***'i, özledim ***Aykızı***... O bana hiç gelmeyecekmiş... Annem dedi... O ölmüş... Biz onun mezarına gidebilirmişiz ancak. Sonra da biz ölecekmişiz ve o zaman biz onun yanına gidecekmişiz... Bu doğru mu ***Aykızı***? Ben de ölecek miyim, onun gibi mi öleceğim? Bana da mı araba çarpacak? Araba mı öldürecek beni *Aykızı*? Çok korkuyorum, büyümek istemiyorum... Şimdi ben yatağımda ölsem... Allah'a söylesene beni öldürsün ama yatağımda! Ablama gitmek istiyorum... Onu çok özledim"...

*Aykızı* büyük bir sessizlik içerisinde Osman'ın sözünü kesmeden, konuşmasını tamamlamasını bekledi.

Derin bir iç çekişle soluklanmanın ardından Osman başını ve yüzünü şapkasına gömdü. Siperlik boynuna değmiş ve onu acıtmıştı. "Pislik" diye isyan ve acımasızlık dolu bir tonla siperliğe seslenerek şapkayı ters çevirdi. O anda ağlaması kesilmiş, ruhundaki ümitsizlik isyanının ruhsal hareketliliği dinerek yerini ruhani bir rahatlamaya, gevşemeye ve sakinliğe terk etmişti.

"Canımmm... Osmanımmm... Arkadaşım..." *Aykızı*'nın ilahi boyuttan gelen billur tonlu, nağmeli sesi Osman'ın kalbinde yankılandı... "Allah her isteyen çocuğu yanına almaz ki... Hiçbir insan, yetişkin veya çocuk Allah'ın kendisini ne zaman yanına çağıracağını bilemez. Allah yaratandır, yaratıcımızdır o. O her şeyin planlamasını mükemmel yapar. Kimin ne zaman yanına, nasıl gideceğine de o karar verir ve o kimsenin sözünü dinlemez. Osmancığım, herkes, her şey O'nun sözünü dinler... O insanların kendi aralarında yaptıkları şeylere de karışmaz. O'nun olmasına izin verdiği her şeyin de bir öğretisi vardır. Her şey, bir başka şeyi öğrenmek içindir. Öğrenmek de aydınlanmaktır. Öğrenince de kötü olan şeyi düzeltmeye, 'iyi'ye dönüştürmeye çalışman senden beklenir ve onları yapman umulur..." *Aykızı* bu cümleden sonra sustu... Osman'ın sualini bekledi çünkü gelecek suali biliyordu... Onun sorabilmesi için susmuştu.

"Yapmazsam... Peki yapmazsam ne olur? Allah bana köşene git ve beş dakika düşün mü der?" *Aykızı* beklediği suali almıştı... Osman'ın şapkası gözlerine kadar çekikti. Sadece hokka burun dışarıda kalmıştı. Sol eli şapkanın üzerinde, minik ince narin parmaklar şapkayı bir kelebek kanadının dokunuşlarıyla okşuyordu... Osman, birdenbire içinden gelen ani bir istekle burnunu bir sağa bir sola oynatmaya çalışan başparmağını ağzına götürdü. Parmak neredeyse el ayasına kadar gırtlağına uzanmıştı. Osman ***Aykızı***'nın hafif uyarıcı ses tonuyla öksürmesini duydu... "Öhö... Öhööö... Pardon... Boğazınıza bir şey mi kaçtı, yoksa bademciklerinizi mi kaşıyordunuz?"

Osman parmağını aniden çekti. Gene tok bir ses duyuldu. Osman bayılıyordu bu sese. "Sen yanlış gördün ***Aykızı***... Ben plopp oynuyordum, bak böyle..." Osman gene parmağını ağzına sokup dudaklarıyla parmağını sımsıkı sardı sonra elini aniden geri çekti... Çıkan ses, mantarı çekilen bir şarap şişesinden yükselen sesle aynıydı... Osman gene oyunlarına başlamıştı.

"Tamam, tamam ahbap. Bu ploplar fazlalaşmasın, lütfen... Şimdi iyi olduğuna göre gene oyun oynayalım; söz türetme ve kelime ekleme oyununu ben çok sevdim. Bana öğrettiğin için teşekkür ederim, aşş!" Ses ani bir uyanışla hemen cümlesine devam etti "Aşağıdan yukarıya yukarıdan aşağıya kelime ekleme oyunu..."

Osman'ın yüzündeki tebessüm donup kalmıştı. Kaşları iri kıvrımlı S harflerine dönüşmüş bir şekilde yavaşça fısıldadı: "***Aykızı***... Sen bana ablam gibi 'aşkımm mı' diyecektin yoksa ***Aykızı***", mahzun bir tonla sordu... "İster miydin canım... Osmanımmm... Sana aşkım diye hitap etmemi ister miydin?" Bir anlık duraksadıktan sonra devam etti ***Aykızı***; "***Selin*** gibi, ablan gibi... Sana aşkım dememi ister miydin?"

"Evet" dedi Osman... "Evet... Hem de çok" Osman'ın gözleri derine kaçmış ve kaşları sorgulayıcı S harfi şeklini almıştı. Yutkunmaları hızlanmıştı. İçine dolmakta olan gözyaşlarını adeta yutkunma ile gözpınarlarına gitmelerini önlüyor, onları midesine geri yolluyordu.

“*Aykızı*... Kendimi tutamıyorum... Ağlamak istiyorum...” dedi Osman derin soluklar arasında hecelenen kelimelerle...

“Tabi aşkımm, Osmanımmm... Ağlayabilirsin güzelim. Ağla... Bırak yüreğindeki acı ve sancı gözyaşlarınla bedeninden ayrılsın... Gözyaşların akarak yüreğini soğutsun... Sevgilimm... Aşkımm benim...”

*Aykızı*’nın bu sözleri, Osman’ın gözleri ile gözyaşları arasındaki son duygusal engeli ortadan kaldırmaya yetmişti.

Osman, *Aykızı*’na, şapkaya, sarılarak hıçkıra hıçkıra, kısa ve derin soluklarla minicik yüreğindeki kocaman acıyı, özlemi, terk edilmişliği yok edercesine sarsıla sarsıla, iniltilerle ve derin iç çekişleriyle karışık olarak içinden çıkartmaya başladı.

Osman çözülmüştü... Sevgisini ve özlemini, gözyaşı damlacıklarından oluşan kristal ruhu, pırıltılarla bezenmiş dereler halinde kalbiyle ablasının ruhu arasında kurulan ilahi köprüden ablasına, *Aykızı*’na iletiyordu.

Şapkadaki ıslaklık, *Aykızı*’nın ruhundan şelale gibi şapkaya ulaşan sevgi ve özlemin yoğunluğuydu. Abla ve kardeş, birlikte ağlıyorlardı...

# GELECEĞE YÜRÜYÜŞ 9

## BEŞİNCİ GÜN

## İZMİT - SAPANCA

*12 Haziran 2000*

Yaşadığı duygusal çöküşle gözlerini kapatır kapatmaz uykuya dalan adam, bütün geceyi giysileri içerisinde geçirmişti. Yalnızca botları ayağında değildi. Olduğu yerde, olduğu gibi öylece uyuyakalmıştı.

Sabah ezanıyla uyanmak bir alışkanlık haline gelmişti. Gece saat kaçta uyuyakaldığının farkında olmamıştı. Bu nedenle kaç saat uyuduğunu bilemiyordu ama uykusunu almıştı.

Giyinmek için vakit harcamasına gerek yoktu. Sadece tıraş oldu. Ayaklarının tabanlarında gece boyunca biriken suları steril gazlı bezle boşalttıktan sonra, her sabah ve akşam tekrarladığı bakımı uyguladı. Önce antiseptik solüsyon, sonra Rebul Eczanesi'nin hazırladığı özel solüsyon, ardından, antibiyotikli kremler, daha sonra özel adale gevşetici kremler. Ayak bilekleri anormal şekilde şişmiş durumdaydı. Vitamin haplarından, ağrı kesici haplardan sonra, önce kahvaltıya daha sonra 09:00 ANAP İl Teşkilatı Başkan ve Üyeleri ile buluşup vedalaşmaya hazır hale gelmişti.

İzmit'in eski fuar alanının önüne gelindiğinde artık ASYA OTEL'den beri kendisine yürüyüş desteği olarak refakat eden gruba veda etme zamanı gelmişti.

Duygusal bir vedalaşma oldu. Adam önünde dümdüz uzayıp giden yolda yürüyüşüne başladığında elinde olmadan dönüp dönüp kendisine el sallayanlara el salladı ve elini kalbinin üzerine koyarak, yürekten yüreklere teşekkür etti. Polis eskortları ve kalabalık kameramanlarla gazetecilerin arasındaki "Yalnız olamayan" yalnız yürüyüşüne devam etti.

Bacak adaleleri ısınmış ve açılmıştı. Yürüyüş hızını arttırdı. Artık tempoyu yükseltmem gerekir diye düşündü ve kendisine hız kontrolü olarak, yol kenarı bariyer demirlerinin bölümlerini iki adımda geçme yöntemini seçti. Bu tempo, hiç değişmedi.

D-100 İzmit-Ankara karayolu, TEM Otoyolu ile kıyaslanmayacak ölçüde şiirsel güzellikteki orman, mera, ağaçlar ve bahçelerle çevrili, yaşayan bir yoldur. Bölünmüş yol olmasının güvenliği içerisinde karayolları hız limitleri ve ikaz levhalarına tam riayet halinde oldukça güvenli ve keyifli bir yolculuğun tanımlanabilecek tüm unsurlarına haizdir.

Adamın gözleri yol kenarında sıkça rastlanan çakal eriklerine takıldı. Uzanıp bir avuç çakal eriğiyle yapraklarından kopartarak cebine koydu.

İhtiyacı olduğu şifalı bitkiler yol kenarında her an onunla birlikteydiler. Durdu... Yerden iri bir papatya aldı. Beyaz yapraklarından ayırdıktan sonra sarı polen kısmını ağzına alarak çiğnemeye başladı. Yutmadan sadece çiğniyordu. Salyaya karışan polenler bir anda susuzluğunu almış ve yorgun kaslara enerji takviyesi yapmıştı.

Bir dere kıyısından geçerken burnuna güçlü bir sarmısak kokusu geldi. Dere boyuna baktı ve aradığını gördü. İnce uzun, mızrak ucuna benzer pırıl pırıl canlı çimen yeşili yapraklar arasından tek bir sap halinde uzayıp topaklar halinde küresel beyaz çiçekleriyle ayı sarmısağı... Hafifçe eğildi. Durmasına gerek yoktu. Adeta ayı sarmısağı tarlasının kenarından yürüyordu. Koparabildiği kadar çiçek kopartarak cebine doldurdu. Yol boyunca devamlı çiğneyeceği bu bitkinin ağızda bıraktığı sarmısak kokusu kalıcı değildi ama cacık ve işkembe çorbası hatırlatması kalıcıydı...

"Ayaklarımdaki ödemin, yaraların ve akciğerlerimdeki yanma hissinin kaybolmasına, daha iyi soluklanmama yardımcı olarak bunlar" diye düşünürken, o anda gözleri çevresinde yol boyunda tanımlayabileceği diğer şifalı bitkileri araştırmaya başlamıştı.

Yolun uzunluğunu, asfaltın sıcaklığını unutmuş, geçmiş anılarını canlandıran tanıdık yaprak ve çiçek formlarını hatırlamaya çalışıyordu.

Adapazarı yol ayırımı geçildiğinde canı çay ve tuzlu ayran çeken adam, Sapanca Gölü kıyısına geldiğinde artık mola verme zamanının geldiğini düşündü. Kaya Tesisleri yazılı tabeladan içeri yöneldiğinde buna en çok memnun kalanların, sohbet fırsatı elde eden medya mensubundan ziyade aşırı sıcak bir havada saatlerdir kendisini birinci vitesle takip eden sıcak ekip arabalarındaki inanılmaz bir özveriye ve iyiliğe sahip trafik polisleri olacaktı.

Tuzlu ayran ve çay adamı canlandırmıştı. Sigarasından bir nefes daha aldıktan sonra sigarasını söndürdü. Bir çay kaşığı tuzun yalanması ardından üç bardak daha su içildikten sonra adam yürüyüşe hazırdı.

Yol boyunca ikram edilen erik ve kirazlarla önünden geçtiği büyük bir alışveriş merkezindeki restoranın şık giyimli garsonlarının yürürken eline tutuşturdukları iri sandviçlerin verdiği tokluk hissi, onu akşama kadar idare edecekti.

Vakit ikindiye yaklaşıyordu. Sapanca Gölü'nün ormanlık coğrafyasında bazen dar bazen geniş kıvrımlı yolun sağındaki göl manzarasını arada sırada hayranlıkla izleyen adama yol boyunca gösterilen sevgi ve ikramlar hiç eksilmemişti. Erik ve kirazlar olgunluk dönemindeydiler...

Yol boyunca durup onun gelişini bekleyenler alkışlar arasında ona mutlaka erik veya kiraz ikram ediyorlardı.

"Bahçeden yeni topladım alın lütfen, afiyet olsun" diyerek önüne uzatılan sepetin iriliğinden ve ağırlığından şaşıran adam, sadece yutkunarak "Teşekkür ederim..." dedi. İkram sahibi sepeti uzattıktan sonra sarılarak onu öpmüş sonra da yanında yürümeye başlamıştı... "Sepet" dedi adam..." İzninizle sepeti alabilir miyim..."

Adam, yeşil eriklerinden, kirazlardan birer avuç aldı... Cepleri zaten tıka basa yol boyunca almayı reddedemediği eriklerle doluydu. Sepeti yanında kendisine eşlik eden Trafik ekip aracının sağında ön koltukta oturan memura uzattı. Ekip aracının arka koltuğuna serilen gazetenin üstü erik ve kirazla doluydu... Sepetler arka koltuğa boşaltılıp sahiplerine geri veriliyordu.

Yol boyunca yediği erik ve kiraz miktarı o güne kadar yediklerinden fazlaydı. Adam midesinin bozulmasından endişe etmeye başlamıştı. Cebinden bir miktar daha ayı sarmısağı çiçeği alıp ağzında gevelemeye başladı. "Bu" diye düşündü "Midemi rahatlatır."

Her korna çalana, alkışlayana, el sallayana ve kendisine uzanan ellere uzanmaktan kolları yorulmuş; bu yorgunluk, bacak yorgunluğunu bastırır hale gelmişti...

Sapanca Gölü'nün sonu mu yoksa başlangıcı mı olduğundan emin olamadığı sahil çizgisine yaklaşmaya başlamıştı. Yolun sol tarafı dik yamaç halinde yükselirken, sağ tarafı yeşilden bir duvar halinde tatlı bir meyille göl kıyısına erik ve kiraz bahçeleri olarak uzanıyordu.

Adam sağ omuzundan geriye doğru baktı. Güneş sağ omuzunun gerisinde, ufka doğru sisli dağların üzerinde parlaklığının son dakikalarını yaşamaktaydı.

Manzaranın güzelliği karşısında adam, yürüyüşünü bir an için kesti. Yan dönerek göle baktı. Batmak üzere olan güneşin son parlaklığı, minik dalgaların yarattığı sekintilerle, sapanca gölünün maviliği üzerinde turuncu yollar oluşturmaya başlamıştı. Beyazdan sarıya, turuncudan maviye dönüşen gökyüzündeki renk cümbüşüne, gölün maviliği ve kırmızı benekli kiraz ağaçlarının oluşturduğu suluboya resminin asudelik mesajını yüreklere taşıyan esintiye karşı yüzünü döndürerek bir süre gözleri kapalı kalan adam, saniyeler içinde yuvarlandığı anılar girdabından kendisini kurtardığında yüreğinde yaşama coşkusunun kaynağını oluşturan amaca ulaşmak isteğinden kaynaklanan buruk bir heyecanla yürüme isteği vardı. Adam hızlı adımlarıyla yürüyüşüne devam etti.

Yeşilliklerin gölgesinde hafif bir kıvrımla sağa dönen yol, dere yatağının üzerindeki menfezden itibaren bir rampa gibi dikleşerek yamaca sarıyordu.

Bu rampa adamı yormuştu. Sırt çantasının omuz üstü kolonlarını sıkarak çantanın ağırlığını omuzlarına doğru yaklaştırdı.

Yorulmaya başladığını hissediyordu. Bir benzin istasyonunun önünden geçerken, renkli yürüyüş eşofmanıyla bir adam yanına yaklaşarak "Merhaba Mustafa Bey... Size sarılabilir miyim?" diye sordu. Adam durdu ve sarıldı. Bu sarılışlar ona "Allah sabırlık versin" temennilerinin anlamını ve rçekleşen sabır ve enerji kaynağını oluşturuyordu. Adam elindeki erik dolu sepeti uzatarak: "Bahçeden şimdi topladım Mustafa Bey, lütfen alın" dedi ve devam etti: "Ailemle hafta sonu için Sapanca'daki evimize gelmiştik. Eşim kızlarımla İstanbul'a dönerken, sizi yolda görmüşler. Haber verdiler; sizi bekliyordum. Evim hemen karşıda, karşı yokuşun başındaki üç evin en sağda olanı. Lütfen bu akşam benim misafirim olun. Çok mutlu olurum, lütfen!"

Adam gün batımına dek yürümeyi amaçlamıştı. Bu davet öylesine içten ve samimi bir çağrı doluydu ki adam bir an sustu... Durdu... Kendisine uzatılan üzeri buğulu iri erikler ona bir süre önce önünde duran bir arabadan inen küçük sevimli bir kızın sevgi dolu tebessümle uzattığı erik dolu sepetin içindeki erikleri anımsatmıştı.

"Eşim telefon etti... 'Bir süre sonra evin önünden geçecek, onu bekle ve davet et. Çok yorgun görünüyor adam' dedi... " Ve kendini tanıttı: "Adım Ayhan..." Ayhan Bey'in yüzündeki samimi tebessüm adamı bir anda rahatlatmıştı. Adam da tebessüm etti ve uzatılan eriği ısırdı. Isırdığı anda damağına yayılan lezzet bir an için zamanı durdurdu ve onu uzun zaman önce Seferihisar-Teos yaz tatiline götürdü. Vakit bir akşam üstü. Terasta oturan ve kucağındaki kitabı okuyan kızı gözlerinin önüne geldi. ***Selin***... Kucağında kitabı, yanında içi kütür kütür taze yeşilliği ile erik dolu olan kocaman bir tahta kase ve sol elinin avucunu silme doldurmuş bir öbek tuz...

Adam: "Mutlu olurum, onur duyarım" dedi. O gün için yürüyüş orada sona ermişti. Ev, yolun 50 metre ilerisinde yamaçta bahçe içerisindeydi. Adam o elli metreyi zor yürüdü. Yorgunluk bir anda, yürüyüşün bitmesi ve görevin o günlük sona ermesi düşüncesiyle aniden bastırmıştı. Enerjisi ve direnci o anda geriye çekilmişti. Tabanındaki yaraların acısını hissetmeye başladı...

Merdivenleri zor çıktı. Sırt çantasını zorlanarak, yardımla, botlarını işe zor bela çıkardı. Koltuğa oturdu. Kendisine uzatılan suyu yavaş yavaş içti. Sigarasını yaktı, derin bir nefes çekti... Öksürmeye başladı... Ciğerleri sigara dumanına zor alışacaktı...

"Bu gerçek bir ev yatağı ve çarşafı. Gerçek bir yatak odasında ve gerçek bir yatakta uyuyacağım" diye düşündü adam.

Mutluluk esintileriyle dolu bir gece geçirmişti. İlk başta rahatsız olan ciğerleri akşamın ilerleyen vaktinde dumana alışmıştı. Özellikle de, sıcak huzur verici bir duş sonrası tıraş olmuş, temiz giysilere bürünmüştü. Mükemmel bir yemek sofrasının doyuruculuğunu takip eden ve yakın akrabalardan oluşan ev sahibi topluluğunun gene doyurucu sohbeti esnasında içilen kahvenin lezzetinin farkına varan bir beden içinde olduğunun bilincine varınca ciğerler dumanı itmedi.

Adam, pencerenin hemen önündeki selvi ağacının yaprakları arasında asılı duran gümüşi gri çizgiler ve lekeler arasındaki beyaz yuvarlağı seyrederken gözkapaklarının kapanışının farkına bile varamadan uykuya daldı.

## *GÜNBATIMI ÖYKÜLERİ 6*

### *UYUYANLAR*

***Dolaşsam dünyayı***
***Gece gündüz arasam***
***Sorsam herkese***
***Baksam her yere***

***Sizler gibi bir başka sizi bulamam***
***Sizden başka sizi sevemem***

***Sizlersiniz bana mutluluk veren***
***Kederli anımda beni güldüren***
***Sabahları uyanınca Allah'a şükrettiren***
***Sizsiniz bana-sizi sevdiren***

***Sizler gibi bir başka sizi bulamam***
***Sizden başka sizi sevemem***

***Dolaşsam dünyayı***
***Gece gündüz arasam***
***Yine de sizden başka***
***Bir sizi bulamam***

***Sizden başka bir siz'i sevemem***
***Sizden başkasıyla gülemem***

***M. Boray Uras***

Güneş yeni bir günün doğumuna hazırlanıyordu. Yeni günün başlangıcındaki karanlığın ilerisinde, giderek artacak aydınlığın çoğalacak umut ışıkları vardı...

Bu umut ışıkları, aynı saniyelerde, eş zamanlı olarak Ankara'da ORAN, ÇANKAYA ve ORDU'da BOZTEPE Tepeleri üzerine, mutluluklara gebe aydınlığını, milyarlarca minik pırıltılarla yaradılıştan yüreklere uzanan pırlanta yollar halinde hüzmeler olarak yayılıyordu.

Bu hüzmeler, doğanın ilahi mesajlarını içeren titreşimleri, şefkati, sevgiyi, hoşgörüyü, sağduyuyu evrensel çağrı olarak yüreklere taşıyordu.

Ordu... İkiztepe üzerindeki; fındıklık meyve ağaçları ve mera çayırından oluşan bahçenin ortasında yer alan, geleneksel Osmanlı ve Karadeniz mimarisi çizgilerine sahip, eski görünüşlü; yeni ve Anadolu motifleri ile bezenmiş çağdaş dekorasyonlu evinin terasında gün ışığının doğuşunu izlemek üzere oturmakta olan adam yoğun duyguların baskısına daha fazla direnç gösteremedi... Kararını vermişti ve kararını uygulamaktan önce, son hazırlıklarını yapmak üzere, bahçe ışıklarını kapatıp, hayvanlarının önüne onları iki gün idare edecek kadar su ve yem koydu... Bilgisayarından, arkadaşlarına mesaj ve banka talimat mektupları ile avukatına son mektubunu yollamak için odasına yöneldi...

Adam, gün doğumundan itibaren, bütün bir gün boyunca Ordu'yu ve Ordu'yu çevreleyen yeşilliğe ve önünde sanki sonsuza dek uzanan Karadeniz'in koyu lacivert sularına gören gözlerle ve anlamaya çalışan bir beyinle bakmıştı...

Çok şey düşünmüştü... Geçmişi, geleceği, yaşanılanı, yaşanılması planlananı ve yaşanılamayacakları... Düşünceleri onu mitolojik, arkaik dönemlere, mitolojilere ve kutsal kitaptaki öğretilere, öykülere taşımıştı. Nuh Tufanı aklına gelmişti... "Keşke ben de bir gemi yapabilseydim ve trafik ortamında ölecekleri, ailem dahil, bu gemiye alsaydım ve tufan başlamadan önce onları, bu tufanın etkisinden kurtarabilseydim", diye düşünmüştü.

Sonra adam, "Belki de" dedi, "Nuh gemisini burada Cambaşı yaylasında imal etti... Ne de olsa üç yüz altmış derecelik ufuk çizgisi ile gökkubbeye en yakın zirve burası... Üstelik Nuh'un ihtiyacı olan tüm madenler, altın, gümüş, bakır, çinko, demir hepsi burada, çevremde, altımda... Her yer, kestane ağacı, fındık ağacı... Şimşirler her yanda... Sağlam kerestelerin hepsi burada... Belki de burada yaptı gemisini sonra herkesi gemisine aldı... Sonra sular, aşağıdaki ufku oluşturan dağların üzeinden şelaleler gibi sıradağlar halinde devrile devrile, Cambaşı Yaylası'nın altında uzanan, geniş, uçsuz bucaksız ovayı; vadileri, tepeleri, dağları yutarak yükseldi. Yavaşça kaldırdı Nuhun gemisini; sonra sular karşıda duran ulu sıradağlara ulaştı... Aşamadılar... Çarptılar ve geri dönen dalgalar Nuh'un gemisini çok ilerilere taşıdı..."

Çok ilerilerde, Nuh'un şehri, ona inanmayan vatandaşlarından oluşan insanların yaşadığı ve şehrin kapısında "ATLANTİS'E HOŞGELDİNİZ" tabelasının fosforlu yaldızlarla ışıldadığı, yaşadığı yer vardı...

Nuh, çok uzunca bir süredir labrotuvarındaki gizemli kristallerin, hava sıcaklığı, nem oranı ve atmosferik basınç değişimleri etkisiyle soluluklaşmasını endişeyle izliyordu... Parlak, ışıltılı, eflatun, renkli kristal, altın çerçevesi içerisinde matlaşıyordu...

Nuh, odasının penceresinden kristaller yardımıyla ısıtılan devasa ergitme ve teshin kazanlarına, onların bacalarından yükselmekte olan rengarenk dumanlara bakıyordu...

Gökyüzüne yansıtılan, rengarenk ışık hüzmeleri atmosferik değişimleri artık kontrol edemez, denetleyemez hale gelmişti...

Nuh, yöneticileri uyarmıştı: "Kristal yapımında kullanılan hammaddeleri önce araştırın... Renk filtreleri kullanın, maden ergitme ve indirgeme, soğutma ve dondurma tesislerinin bacalarından yükselen bu rengarenk dumanları kontrol altına alın, yoksa, bu renkler atmosfer kontrol ve yönlendirme ışınlarının renklerini etkileyecek..." demişti ama öğütleriyle hiçbir beyine ulaşamamıştı...

Küresel ısınmanın başladığının farkındaydı... Çok ani bir ısı yükselmesinin de kaçınılmaz olduğunu fark ettiği anda kendisini, kendisine inananlarla birlikte, kurtarmaya adadı...

Kristaldeki renkli ışınların gücüyle çalışan tüm alet ve cihazlarını toplayarak Çambaşı Yaylası'na çıktı... Bu geniş düzlük üzerinde gemisini yapmaya başladı...

Yerçekimini azaltan ışının yardımıyla, kestiği tonlarca keresteyi, parmağının ucuyla çekiyor ve kaldırarak gemisinin omurga, kaburga ve kaplamalarını oluşturuyordu.

Sonra, o gün geldi... Gemi suda yükseldi... Karşıdaki sıradağlardan çarparak yükselen sular geriye döndü. Dalgalar halinde, gemisinin bordasına çarpa çarpa onu, geniş vadi tabanındaki yaşadığı şehrin ve ülkenin üzerinde bir göl var eden su kütlesinin üzerinde dolaştırıp durdu.

Şehrin üzerini kaplayan suların fokurdadığı yerde, şehrin ana kristal üretim tesisleri bulunuyordu... Son renkli duman izleri de su üzerinde kaybolduğunda tabiat karanlığa bürünmüş, yaralarını onarmaya başlamıştı... Isı hızla düşüyordu. Erimekte olan buzullar tekrar donarak, sellere sebep olan devasa miktardaki su, üretimini durdurmuşlardı. Sular dengelenmeye başlamıştı... Ulu sıradağların zirvelerine yakın tepecikler, vadiler, düzlükler kıyı şeridini oluşturmaya başlamıştı...

Gemi, şiddetle sarsıldı... Şimşir çivilerle pekiştirilmiş yabani fındık ağaçlarının keresteleri çarpışmadan eğilmişler, esnemişler ama kırılmamışlardı... Reçineler ve yağlar arasındaki özel kanallarında esneyebilen kaplamalar suların geçmesine izin vermemişti... Gemi Boztepe'ye çarpmıştı.

Aradan bir süre geçtikten sonra, şiddetli bir sarsıntı daha oldu... Gemi, tabanından yükselen homurtular, uğultular ve sarsıntılarla durduğunda geriye doğru kıçtan meyilli bir halde karaya oturmuştu.

Sular dere akışına benzer bir hızla açığa enginlere doğru hareket halindeydi.

Nuh, gemisinin baş kapağını havaya kaldırdığında bütün güvertelerden uzakta olan kara parçasına doğru kayar köprüler halinde uzandı...

Mürettebat ve hayvanlar, Nuh'un yeni bir yaşam için uygun gördüğü teşhizat ve malzeme ile birlikte gemiyi terk ettiler. Bir süre sonra hafifleyen gemi, oturmakta olduğu yerden yükseldi... Akıntının etkisiyle Karadeniz'in açığına doğru sürüklendi... Açık olan ambar kapaklarından dolan sular bir süre sonra onu gizemli derinliğe çektiler.

Nuh, yaşadıkları dünyanın sonunu getiren teknolojinin bir tek ürününü dahi gemiye sokmamıştı...

Tek bir kristal hariç... Erguvan renkli, mor hüzmeler halinde güneş ışığını mutluluk ısınımına dönüştüren mutluluk kristali hariç... O kristali de gün geldiğinde çıkarmak üzere Boztepe'nin içindeki ve altındaki gizemli, derin galerilerin en dibindeki odada, koruma altına almıştı...

Nuh, yepyeni bir nesille yepyeni pırıl pırıl, yenilenmiş bir dünyada, yeni bir yaşama ilk adımını atmıştı.

Eski yaşam ise, onu kaçınılmaz sonuna yönlendiren insanları, zihniyeti, bilim adamlarını ve teknolojileriyle kendi zehirlerinin arasında hapsolmuş bir şekilde Karadeniz'in engin sularının zehirli ortamının derinliğinde, gelecek nesillerin görüp ibret alacağı gününün gelmesi için beklemeye başlamıştı.

Adam düşüncelerinden sıyrıldı... Pencerenin önündeki koltuğa çöktü... Gözlerini, yanındaki sehpanın üzerinde duran çerçevedeki fotoğrafta yer alan tebessüm dolu yüzlerin gözlerine, bakışlarına çevirdi...

Gecenin lacivert renginin erguvan gölgelerinde alacalı beyazlığı ile gözlerden, gece boyunca saklanmış olan karlı tepelerin ardından el değmemiş kayısı tazeliğinde yükselmeye başlayan güneş, pırlantadan dereler arasından turuncu, parlak ilk hüzmelerini, buket buket gözlere ve yüreklere göndererek; sahiplerini uyandırmayı denedi.

ORDU-BOZTEPE'de bu buketlerden birisi, yarım aralık duran perdenin boşluğundan odaya girdiğinde, karşısında hiç yatılmamış boş bir yatak buldu. Adam gece boyunca izlemiş olduğu televizyonun önündeki koltukta, elleriyle yüzünü kapatmış olarak oturuyordu. Yanı başındaki üzeri elişi dantel örtüyle kaplı sehpanın üzerinde ise; bir kız ve bir oğlan çocuğuna tebessüm içerisinde sarılmış bir annenin yer aldığı fotoğraf onun yanında beş inçlik uzun namlusu ile sehpanın geri kalan bölümünü dolduran 45 kalibrelik bir M1991 A1 Model "Colt" tabanca duruyordu. Işık hüzmeleri boş yatağa ulaşmıştı...

Aynı ışıklar, turuncu buketler halinde Ankara'da ORAN Tepesi'nde farklı pencerelerden farklı yataklarda uyuyan mutlu yüzlere, rüya gören karanlık yüreklere de ulaşmıştı. Işık hüzmeleri ulaştıkları yüzleri ve yürekleri aydınlatmayı denediler... Başaramadılar. Karanlık yüzler; coşkulu, aydınlık rüyalarının peşinde koşuşturuyorlardı... Beyinler, yürekler aydınlanmayı, gözler ise açılmayı reddediyordu...

Karanlık yüzler, rüyalarında oy sandıkları arasında koşuşturuyorlar ve çevrelerindeki milyonlarca oy pusulasını havaya savurup, kendilerine göre bu rahmet yağmuru ile sırılsıklam olmuş olarak "Hepsi benim... Hepsi benimmm!" diye bağırışıyorlardı... Yüreklerinin ve gözlerinin kepenkleri sıkı sıkıya kapalı... Hepsi mutlu ve ümitliydiler.

Koltukta oturan adam, karşısında duran sararmış, yıpranmış fotoğraftaki mutluluk tablosundan titreyen ıslak gözkapaklarını sımsıkı kapatarak gözlerini fotoğraftan çekti. Gülümseyen çehreleri ve gözleri, gözlerinde, belleğinde hapsetmişti.

Titremeyen kararlı ellerle uzandı. Sol eli fotoğrafı kavradı. Sağ eli ile de, savaş anısı olarak sakladığı ruhsatlı 45 kalibrelik yarım otomatik "Colt" tabancasının kabzasını... Seçimini yapmıştı... Ailesini trafikte öldüreni öldürse bile-ki bu onun suyun altında, bataklığa yarım gömülü halde olsa bile uzmanlık ölçüsünde yapabileceği bir şeydi-bu yeni ölüm; ailesini ona geri getirmeyecekti... Ailesi ona asla geri gelmeyecekti... Ailesi kendisinin onların yanına gitmesini bekliyordu... Ailesine kavuşmasının yegane yolu onların yanına gitmekti... Ailesi onu bekliyordu... Ama temiz ellerle... "Sevgi ve özlem dolu kucaklaşmanın, sarılmaların safiyeti için ellerim kansız olmalı, temiz olmalı..." diye düşünmüştü... "Ne de olsa, tüm kutsal kitaplar ilahi adaletin kalıcılığından ve adaletsiz olmadığından bahsediyor..." diye yüksek sesle fısıldadı kendi kendine... Sonra, tabanca namlusunun siyahımsı mavi menevişli soğuk çeliğini ağzına soktu. Namluyu damağına dayadı. Sağ elinin baş parmağının kaslarını gererek tetiği çekerken mutluydu... Huzurluydu...

Sosyal adaletin, politikacıların, politik beklentilerine uygun olarak değişkenlikler içerisinde oluşturulan toplumsal adaletin veremediği huzur ve mutluluğu, ilahi adalet duygusu ve inancı vermişti... Kültürü, öğrenimi, inancı, eğitimi, kanun ve kurallara, disipline olan kazanılmış saygısı, onu kişisel intikam alma, öç, kısas gibi öldürme nedenlerinden uzakta tutuyordu... Ama, yine de tüm iyi düşünceleri onun yüreğindeki, beynindeki, ruhundaki isyan fırtınasını, gazap rüzgarlarını dindiremiyor, kavurucu sıcaklığı soğutamıyor, alevleri söndüremiyordu...

Keskin, metalik tık sesi yalnızca düşen tetiğin sesi değildi... Umut bulutlarının kümelenmiş grilikleri ardındaki, som altından yapılmış pırıl pırıl alazlanarak ışıldayan Büyük Altın Kapı'nın bir andaki açılma sesiydi...

Umutları, hayalleri, görmek istedikleri gözleri önündeydi. Adam, mutlu tebessüm ve pırıl pırıl coşkunlukla bakan ve gören gözlerle sevdiklerinin yüzlerini mor, eflatun ışıkların aydınlığı içerisinde görüyordu.

ORAN Tepesi'nde şatafatları kendilerinden menkul, yataklarında, karanlık uykularında olanlar ise, rüyalarında demir parmaklıklar ardından kendilerine uzatılan on binlerce "Oy" pusulasını kapmak için itişip kakışıyorlar; çığlık çığlığa "Hepsi benim, hepsi benim" diye bağırışıyorlardı.

Çankaya tepesinde "ANILAR" köşkündeki aralık perdenin arasından tereddütle süzülen kayısı renkli hüzme buketi ise boş bir yatağı aydınlattı.

Yatağın karşısındaki duvarın ortasındaki uzun ve geniş iki pencerenin arasında yer alan çalışma masasının başında oturan adam, o saniyelerde anılar köşkünde uyanık olan yegane "Yalnız" adamdı.

Yalnızca, "Yalnız adam" uyanıktı... Gözleri masasının karşısında duvarda asılı olan yağlı boya tabloda sonsuza dek canlılığını sürdürecek olan ATATÜRK'ün tebessüm eden gözlerinin kararlı bakışlarına takılmış kalmıştı... Sanki "O" bakışlardan bir ışık, bir işaret bekler gibiydi...

Sabah ışığının ilk altın pırıltısı, portrenin gözbebeği üzerinde ilahi bir şimşek gibi çakarak, adamın gözbebeklerine sektiği anda "Yalnız adam" kararını verdi...

Adaletin, ayarı bozulmuş, güvenirliğinden zerre kadar eser kalmamış olan terazisinin yerine geçecek olan dolmakaleminin kapağını kararlı parmaklarla açan el, gökyüzündeki en minik pırıltının ardındaki büyük aydınlıktan aldığı feyz ile, masasının üzerinde günlerdir, saatlerdir yalnız duran yazıya doğru uzandı...

ORDU 12/12/2000
İkizevler...

## GELECEĞE YÜRÜYÜŞ 10

### ALTINCI GÜN

### SAPANCA - HENDEK

***13 Haziran 2000 Pazartesi, 05:30***

Sapanca Gölü'nün doğuya doğru incelerek sazlık ve bataklık olarak bittiği mi yoksa başladığı yer mi belli olmayıp karabatak ve sazlık ördeklerinin mesken tuttuğu yerin çok da uzağında sayılmayan tepenin yamacında yer alan ev, güneşin ilk ışıklarıyla aydınlanmaya başladığında adam hala uyuyordu.

Uyumakta olduğu oda çatı katında bir çocuk odasıydı. Odada çocuk kavramına uygun düşmeyen yegane eşya adamın uyumakta olduğu yataktı. Yatak çocuk yatağı değildi.

Erik ve kiraz ağaçlarının yaprakları arasında süzülebilecek boşluk bulan güneşin taze ilk ışıkları, perdenin boşluğu arasından süzülüp adamın uyumakta olduğu yatağın karşısındaki duvarda asılı duran manzara resminin camından yansıyarak adamın gözlerine ulaştığında adam karanlık bir mağaranın çok ötelerdeki aydınlık deliğinden dışarı çıkabilmek için sürünüyordu.

Adam sanki hiç ilerlemiyordu. Işık ona yaklaşıyordu. Işık aniden onu içerisine çekti ve adam gözlerini açtı. Yarım aralık duran perdenin tam önündeki erik dalına bir saka kuşu kondu ve çağıldayan nağmeler ile bir kanarya becerisiyle ötmeye başladı. Temiz, güneşli ve umuda gebe yeni bir günün ilk habercisiydi bu saka kuşu. Ötüşü ise yinelenen bir çağrıydı.

Adam yerinden doğruldu. Kalça, bacak, ayak adaleleri hepsi sınırlarını zorlarcasına şişmişti. Yürümek, sonra bir sigara, iki çay ve bir kaşık tuz eşliğinde bir ufak şişe su içecek kadar on beş dakikalık süreyle kısıtlı mola ve sonra gene yürümek... Ta ki güneş batana dek. Bu onun yalnızca o günkü değil 27 Haziran'a kadar sürecek yaşam tarzıydı. Yürüyüşü katı kurallı, disiplinliydi.

"Ben bir aracım, amaca hizmet edecek araç... Ayaklarımsa birer piston gibi kalkıp elli santimetre uzağa inip yere basarak üzerindeki kasayı ileri götürmekle görevli birer organ... Şikayet etme, vaz geçme, iflas etme hakkı olmayan bir organ..." diye düşünüyordu adam... Bu düşünce, özellikle yeni bir günün veya duraklamaların ilk adımlarında oğuyarak şişen adalelerin protesto dolu haykırış sinyallerine karşı, onlara görevlerinin ne olduğunu hatırlatan, sanki, Musa Peygamberin on birinci emriydi: Yürüyeceksiniz!

Ev sahibi olarak onu konuk eden Ayhan Bey, Sapanca Gölü'nü yeşillikler üzerinden panoramik görünümle kucaklayan geniş ve uzun balkonda kahvaltı sofrasını hazırlamış onu bekliyordu.

"Günaydın Mustafa Bey, nasılsınız, rahat geçti mi geceniz?" diye sordu Ayhan Bey. Kucağında bir gece önce ısrarla alarak çamaşır makinesinde yıkayarak kuruttuğu ve ütü gerektirmediği için özenle katlanmış gömlekler, pantolonlar ve çamaşırlar vardı. Adam son temiz giysilerini o sabah giymişti ve Ayhan Bey'in bu son derece minnet ve şükranla karşılanan yardımseverliği sayesinde adam kendisini dört gün daha, her sabah yeni giysiler içerisinde, taze ve enerji dolu hissedeceği temiz giysilere sahip olmuştu. Bu düşünce adamı mutlu etmeye yetmişti. "Büyük mutluluklar, küçük şeylerde aranıp bulunmalı diye düşünürdü her zaman.

Çocukken kendisini neyin mutlu edeceğini düşünmüştü: Bir araba, bir gemi, bir uçak, bir ev ve çok para... Sonra zihninde bunları tek tek paragraflar halinde tanımlayarak gözden geçirdiğinde tüm bunların basitliği karşısında hayal kırıklığına uğramış sonunda gözünü ve gönlünü göklere, bulutlara, gün doğumunda veya batımında rengarenk ve olağanüstü bulut desenleri ile bezenen gökyüzünde yalnız, mağrur olarak uçan martılarla kartallarla çevirmiş; mutluluğu orada görmüş, bulmuştu.

Bir araba... Yetmemişti iki, üç, başkası, binlerce araba hem de en büyüğünü imal eden fabrikanın sahibiydi. Bir kayık, motor, yat, yelkenli; başkası tanker sahibiydi. Bir Ev... Brunei Sultanı'nın som altın musluklu tuvaletleri olan sarayı vardı. Ya Dolmabahçe Sarayı hangi zenginlik o ihtişamı satın alabilirdi? Para... Asla kendine özel bir Merkez Bankası Darphanesi olamazdı.

Büyüklük ve çokluk peşinde koşarsam asla bana yetecek kadar büyüğüne ve çoğuna sahip olamam. Hep önümde bir başkasının daha büyüğüne ve çoğuna sahip olduğunu görerek onun bir üstüne hamle yapacağım. Hırsla yetinmezlikle ve arsızca... Bu hamle sırasında da papatyaları, gelincikleri ve taze çimleri ezeceğim. Çocukların yaptığı kumdan kalelerin üzerine basacağım, bir yaban domuzu gibi en büyük ve en olgun bir pancarı yemek için tüm bahçeyi tarımar edeceğim. Hoyratça, bencillikle... Bu etimlemelerle filizlenen yeni düşünceler, ilerleyen günlerde yeni sürgün dallar gibi katılığa doğru uzamış; kendi yeni sürgün filiz dallar üreten bir ağaç gövdesine dönüşmüştü... Adam mutluluk ağacının gölgeleri arasında dolaşacak kadar özgür düşüncelerle dolu ve mutluydu. En sonunda yetinmeyi bilmenin bilgeliğini ve mutluluğunu bir saka kuşunun sesinde, bir kadife çiçeğinin renklerinde ve yüzlerce diken arasından saflık dolu cennet kokusunu, çevresine, mekan içerisinde yer alan cüssesinden umulmayacak, geometrik üstünlüklü hacimsel yoğunlukta ve büyük bir cömertlik içerisinde yayan mum çiçeğinde, bebek ağlamasında ve çocuk kahkahasında bulmuştu.

Aklında olan suallerin tüm cevapları; güneş ışığının erebildiği veya eremediği yerde, gözlerin önünde doğanın her köşesinde görülmeyi, fark edilmeyi ve incelenmeyi bekliyordu.

Bu suallerin cevaplarının asla bulunamayacağı yerler ise -orada olmadıkları için- insan yapımı mekanlarda, insanlar tarafından üretilen ve insanlar tarafından şekillendirilerek, renklendirilen neon ışıklarla aydınlatılmış adreslerdeydi...

"Yüzlerce, milyonlarca insan bugünkü teknolojik konforu ve rahatlığı yalnızca kendilerinden farklı bir düşünceye ve hayata bakış açısına sahip, belki de en fazla yüz kişiye borçlu" diye düşünmeye devam etmişti adam... Gökyüzüne bakmıştı. Bulunduğu yer şehirlerden çok uzaktı o gece... Burası en yakın köyden dört saatlik rahvan at yürüyüşü uzaklığında bir volkanik yapıdaki dağın eteğindeki buzul gölü kıyısıydı. Yıldızlar milyonlarca minik pırıltılar halinde; tüm evreni kalabalık kümeler halinde doldurmuştu. Evrende adeta boşluk yoktu. Daha iyi görebilmek için çadırının dört adım uzaklığında ve iri kıvrımlı alevler halinde yanmakta olan ev yapımı alev tabletlerini söndürdü. Dumansız yanmakta olan tabletlerden çıkan alevlerin aydınlatışından kaynaklanan ekran etkisi kaybolur kaybolmaz, yıldızların pırıltısı daha net ve görünür hale geldi. Uzaklarda bir köşede adeta bir kara tren lokomotifi görür gibi olmuştu. Pırıltılardan oluşan raylar üzerinde evrendeki sonsuzluğa doğru uzanan ve arkasında tek bir vagon çeken buharlı, eski tip buharlı bir lokomotif... Davlumbazlı bacasından duman yerine yıldızlar fışkırtan bir kara tren... Dolunayın önünden geçerken kendisine el sallayan iki karaltıyı seçer gibi olmuştu. Yüzleri seçemiyordu ama veda niteliğinde sallanan ellerin aslında kendisine sallanan eller olduğunu aylar sonra anımsayacaktı.

Had safhadaki ülserlilerin, sancı krizi anında yaşadıkları vücudu, ikiye katlayan, cehennemin midede olduğu varsayımını güçlendiren türdeki bir acıyı midesinde değil, yüreğinde hissederek... Bu sabah, bu acı yerini mutluluğa bırakmıştı. Sabun kokan bir mutluluk. Temiz gömlek giyebilmenin kuş cıvıltıları ve taze serin seher esintisi içerisinde, demli çay lezzetini taşıyan buharın taşıdığı kokunun getirdiği -her şeye rağmen sabahı yaşamak güzel-mutluluğu... Adamın gözlerindeki mutluluk pırıltısı, kahvaltı sofrası sohbeti boyunca devam etti. Vedalaşarak tekrar bayır aşağı yürüyüp yola çıktığında, gün boyu gene kendisiyle yol sohbeti yapacak asfalt içerisine gömülü çakıl taşlarıyla merhabalaştığında bile yüzündeki tebessüm hala canlılığını sürdürüyordu.

Geriye baktı; Ayhan Bey kendisine el sallıyordu... Gülümseyerek geriye doğru ellerini havaya kaldırıp sallayarak ona veda etti. Sonra sağ elini yüreğinin üzerine koyarak, şükran ve minnet duygularıyla dolu olarak teşekkür ettiğini, yürekten yüreğe ilahi mesaj olarak ifade etti.

Sırt çantasının kolonlarına tekrar yapıştı. Pistonlar tekrar katı kural içerisinde fonksiyonlarını yerine getirmeye başladılar. Tekrar on saat sürecek bir çalışma temposuna girdiler. Acıya, yorgunluğa yer yok! Sadece öne ve ileriye doğru hareket... Öne ve ileriye... Amaca doğru, geleceğe, yepyeni pırıl pırıl bir neslin oluşturduğu yepyeni bir ülkeye... Geleceğin Türkiye'sine doğru...

## *BABA*

***Sırt çantasını toplarken sırtı ağrıyordu***
***Kırık kaburgalarına aldırmayıp önemsiz diyordu***
***Botlarını giyerken, ayak tabanlarına bakarak***
***Üzgünüm ahbap on gün sonra böyle sağlıklı***
***Olmayacaksınız, diye onlardan özür diliyordu.***

*Ama şimdi acılar içinde, yolu uzun, o da bunu biliyor*
*Adımlarını zorlukla ama hızla sıralıyor*
*Yarın bugünden daha zor olacak, o da bunu iliyor*
*Her adımı bir Fatiha olarak onlar için yola devam ediyor*

*Elliyi aşmış, yaşı umurunda değildi*
*Güvendiği, kalbi değil, kalbinin içindekiydi*
*Onun için önemli olan ne vücudu ne de sağlığı*
*Kalbindeki acıyı bastıran yürüme nedeniydi*

*Ama şimdi acılar içinde yolu uzun o da bunu biliyor*
*Adımlarını zorlukla ama hızla sıralıyor*
*Yarın bugünden daha zor olacak, o da bunu biliyor*
*Her adımı bir Fatiha olarak, onlar için yola devam ediyor*

*82' de Ankara'dan İstanbul'a gelmişti*
*Gelirken neler ve neleri hayal etmişti*
*Devlet hariç ailemin dışında kimseye kulluk etmem*
*Kan içer şerbet içtim derim diye yemin etmişti*

*Ama şimdi acılar içinde, yolu uzun o da bunu biliyor*
*Adımlarını zorlukla, ama hızla sıralıyor*
*Yarın bugünden daha zor olacak, o da bunu biliyor*
*Her adımı bir Fatiha olarak, onlar için yola devam ediyor*

*Gençken ailesi için yumuşak, vatanı için*
*Yaşamı siyah ile beyaz arasına sıkışmış, griydi*
*Kimseden yardım istemez, herkese yardım ederdi*
*En kötü zamanda, kendisinin omuz vermediği yüke*
*Başkasının elini değdirmesini istemezdi.*

*Ama şimdi acılar içinde, yolu uzun o da bunu biliyor*
*Adımlarını zorlukla, ama hızla sıralıyor*
*Yarın bugünden daha zor olacak, o da bunu biliyor*
*Her adımı bir Fatiha olarak, onlar için yola devam ediyor*

*M. Boray Uras*

Yanına yaklaşan çocuğa, "Neskafe" derken ses tonu kızgın ve sertti. Bir anda durdu ve sonra hatasının farkına vararak, kırılan kalbi onarmak için "Yanında da bir şişe su lütfen" diye devam etti yumuşak bir tonla...

Kendisine eskortluk yapan trafik polisleri, ekip arabalarının motor kaputlarını açmışlar; kendilerini gölgede, arabalarının kaynama derecesine yaklaşan radyatör sularını ise havaya kaldıran kaputların altında soğutmaya çalışıyorlardı.

Gerçi kibarlıklarından hiçbir şekilde saatte 4.5 km. hızla ve hep birinci viteste yol almanın zorluklarından bahsetmiyorlardı ama terden ıslanan gömlekleri onlar adına her şeyi açıkça ifade ediyordu.

"Saat başı 15 dakika mola verirsem bu herkesi rahsat ettirir" diye düşündü adam. Lokantanın çevresinde tavuklar koşuşturuyordu. Adam neskafesini ve sigarasını içerken tavuklarının çevresinde dolaşarak fırsat kollayan horozun ne kadar vakur ve asil bir eda içerisinde olduğunu düşünüyor ve onu İstanbul'un gece hayatının televizyon ekranından yansıyan görüntüleri içerisinde yer alan horozlarla kıyaslıyordu. Gerçek horoza duyduğu saygınlık arttı.

Sapanca Gölü'nün dağlık, engebeli coğrafyasını terk edeli saatler olmuştu. Arazi artık iri geniş kıvrımlarla dalgalanan bir ova görüntüsündeydi. Ufukta mor, yeşil sıradağlar birer duvar gibi yükseliyordu. Adam ufka kadar uzanan düz yolda, hızlı adımlarla yürüyüşüne devam etti.

"Hava güneşli, sıcak, gömleğim sırılsıklam ıslak, asfalt yumuşamış. Bunun dışında her hangi bir sıkıntım yok canım... Osman nasıl? Sizleri özledim... Annem ve Babamla görüşüyor musun? Herkes iyi mi?", bu konuşmanın ardından uzunca bir süreyle eşini dinleyen adam, aldığı haberlerden memnun kalarak cep telefonunu kapattı. Mesajları kontrol etmişti.

Sesli ve yazılı mesaj bölümü dolmuş, yeni mesajları reddediyordu. Mesaj kutularını boşalttı.

Bir ağacın gölgesinde verdiği yarım saatlik mola içerisinde canlı radyo ve televizyon yayınlarına telefonla katılmış, kendisini arayanlarla konuşmuş ve canlı televizyon yayınları için randevu yerleri tespit edilmişti.

Adam telefonunu her saat başı on beş dakika süreyle açıyordu. Gün içinde üç adet şarjlı pil tüketiyordu. Her geçen gün yazılı ve görsel medyanın, radyoların ilgisi biraz daha çoğalıyordu.

Eşi Ebru, telefonda: "Salim Bey ve Arzu Hanım sana geliyorlar bugün, ***Selin***'le ***Erdem***'in 40 gün mevlidinin helvasını getiriyorlar" demişti.

Salim Bey'in ve Arzu Hanım'ın Mustafa Bey'i kaçırmalarına imkan yoktu. "Saat başı çevreye, benzin istasyonlarındaki trafik ekibi arabaları ve kameramanlarla fotoğrafçı kalabalığına dikkat etsinler. Neresi kalabalıksa ben oradayım." diye cevaplamıştı adam. "Nasıl olsa beni arayan herkes beni böyle buluyor" diye devam etmişti eşiyle vedalaşmadan önce.

Adam yerinden doğruldu. Robotvari hareketlerle tekrar teçhizat kuşanarak yola hazır hale geldi ve ilk paytak adımlarını sıralamaya başladı. Ayak tabanlarındaki ve omuzlarından başlayarak kaburgalarını sarmalayan ilk acı şokunu atlattıktan sonra, gölgedeki yumuşak çimenlere uzandığı zeminin rahatlığının ve konforunun özlemi içinde banketi tırmanarak, tekrar asfalt kenarındaki yürüyüşüne devam etti. Gömleğinin gene ıslanması için dört dakika geçmesi yeterli olmuştu.

Yürümekte olan adamın arkasından, bunaltıcı yavaşlıkta seyreden trafiği, medya mensubu araçları ve insanları sollayan siyah spor Mercedes, ön tarafta fotoğrafçıları ve televizyon kameralarını da aştıktan sonra yavaşlayarak sağda durdu. Açılan sağ kapıdan aşağıya inen Arzu Hanım'dı. ***Erdem***'in annesi...

Gözyaşları içinde geriye doğru yürüyerek Mustafa Bey'e sarıldı. Yürüyüş şeklinden ve yüzündeki acı tebessümden, tebessümün ardında gizli gerçek acıyı hissetmişti. "Merhaba Mustafa Bey... Salim arabada... O kullanmak istedi... 'Oğlumun yanına gitmeden önce Mustafa Bey'in yanına giderken arabayı ben kullanayım' dedi... İtiraz edemedim... ***Selin'in*** ve ***Erdem***'in mevlidini yaptık. Helvalarını getirdim size. Birlikte yemek yiyelim, ne zaman mola verirsiniz öğle yemeği için?" Arzu Hanım bu konuşması esnasında Mustafa Bey'in yürüyüş temposuna ayak uydurmanın sıkıntısını, nefes nefese kalmasıyla belli ediyordu.

"İlk gördüğünüz kır lokantasına girin ben oraya gelirim" dedi adam ve yaklaşık 40 dakika sonra lokantadan içeri girdi. Dört buçuk-beş kilometrelik mesafeyi yürümesi kırk dakikaya yakın sürmüştü.

Lokanta çok temiz, çok bakımlı, şirin bir dağ evi tarzında, bakımlı ve düzenli bahçe masaları olan yol kenarı bir tesisti. Ağaçların gölgesinde, şemsiye altı-çimen üstü bir masa seçtiler.

Salim Bey, belki de sağlığı konusundaki en endişeli gününü yaşıyordu ama ruhundaki derin evlat acısı ona kendisiyle ilgili değil ailesiyle ilgili gelecek günlerde yaşanmasının muhtemel olduğunu düşündüğü acıların varsayımlarını misliyle yaşatıyordu.

Onca endişeye ve acılarına rağmen, o sıcak günde yollara düşmüşler ve yalnız adamı, yalnız bırakmamışlardı. O mevlid günü ertesinde...

Buruk ve hüzün dolu bir öğle yemeğinden sonra yenen mevlid helvasının ardından gözyaşları arasında vedalaşıldı...

Adam, başı gene önde yola koyulduğunda ne çevresinde öten kuşların ne de doğal güzelliklerin farkındaydı.

Gözyaşlarıyla ıslanan camların ardında gördüğü ***Selin*** ve ***Erdem***'in, el ele, baş başa gülümseyen yüzleriydi. Onların ardında ise yüzlerde binlerce minik çehre...

Sapanca-Hendek arası, yol etaplarının, düzce hariç, en uzunuydu: 55 kilometre. Kural gereği yolda konaklamalar ancak menzile ulaşılınca veriliyordu. Yol boyunca verilen molalar, duraklamalar, TV kanalları ile yapılan röportajlar hepsi açığa çıkan saatlerdi. Varılması gereken yere varılmadan, yürüyüş saate bağlı olarak durmuyordu.

Adam, o gece sabaha kadar yürümesi ve sonunda en fazla iki üç saatlik dinlenmeyle yürüyüşünün ikinci 45 km. uzunluğundaki en uzun etabına tekrar başlaması gerektiğini biliyordu.

Güneş batmak üzereydi. Bir köprünün ardında duran, beyaz bir minibüsün yakınında bekleşen bir kalabalık gördü. Saatler geçmiş fakat mesafe alamamıştı. "Bu gidişle", diye düşündü adam, "Ben Hendek'te sabah kahvaltısı yaparak gene yürümeye devam edeceğim. Düzce'de uyurum artık...". Gerçeği kabullenerek, ruhuyla vücudunu uyumlu hale getirdi.

Kalabalığın yanına yaklaştığında kalabalık hareketlendi ve kendisine doğru ilerledi.

Adam durdu... Genç bir delikanlı, yanında ahçı kıyafeti giyimli diğer arkadaşlarıyla tebessüm ederek adama yaklaştı.

"Mustafa Bey... Başınız sağolsun biz Hendek esnafı adına size hoşgeldiniz demek istiyoruz. Adım Ayhan Ardahan. Hendek'te bizim misafirimiz olmanızı istiyoruz. Bir otelimiz ve restoranımız var. Gelişinizde sizi Hendek girişinde bekleyeceğiz. Ahçımız burada, o da size çok güzel bir saç kavurma yapacak."

Yüzlerdeki tebessümleri aylar geçtikten sonra dahi hala dün gibi hatırlayacak olan adam, kaç kişinin kendisine sarıldığını, kaç kişiyle tanışıp ona başsağlığı dilediğini asla hatırlayamayacaktı. Hatırladığı şey, sanki bütün Hendek esnafıyla öpüştüğüydü.

Gece tüm nostaljisi, güzelliği ve sessizlikten taşıdığı seslerle yürüyen adamı sarmalamıştı. Cırcır böceklerinin yakın seslerine, uzaktan çakal sesleri karışıyordu. Bulutların arasında bir dalıp bir çıkan ayın donuk parlaklığı çevresindeki kekik ve ada çayı kaplı sırtlardan ara sıra kopup gelen ani esintilerle, adamın ruhuna bir dinginlik veriyordu. Doğanın tüm enerji kaynakları, yol yorgunu olan adama enerjilerini aktarıyorlardı.

Adamın cebindeki papatyalar ve ayı sarmısakları tükenmişti. Hava serinlemişti. Adam durup, karanlıkta önünü ve çevresini aydınlatan Trafik ekibine ait araçların far ışıkları altında, rüzgarlığını sırt çantasından çıkartarak giydi. Yol uzundu ve adam yorgundu... Ayak tabanlarındaki yaralar açılmış ve her adımda sinir uçlarından kızgın haykırışlar halinde acı içerisinde olduklarını adamın beynine iletmeye çalışıyorlardı ama adam beynini kapatmıştı. Yalnızca gör, adım at, bas, kaldır, bas, kaldır dışında her şeye kapalıydı beyni...

Vakit gece yarısını çoktan geçmişti. "Hendek Merkez" levhasına geldiğinde adam D-100'den ayrılarak ilçe merkezine yöneldi. Vakit gece yarısını aşmış olmasına rağmen pencerelerden bakan, alkışlayan, bravo diye seslenen insanlar vardı. Ter, adamın her hücresinden fışkırıyordu.

Hendek meydanına ulaştığında Çınar Et Lokantası tabelasının ışıkları yanıyor ve kalabalık bir grup tabela altında onu bekliyordu.

Ayhan Bey öne çıktı ve onu kolundan tutarak lokantadan içeri girmesine yardımcı oldu. Boş lokanta aniden dolmuştu. Adam ayakta zorlukla duruyordu. Yardımla sırt çantasını çıkarttı. Sıra, rüzgar ceketine geldiğinde, ceket ıslanarak gömleğe yapışmış olduğu için zorlukla çıktı. Kollarını aşağıya indirdiğinde gömleğinin manşetlerinden yere sicim gibi sular akmaya başladı. Gömlek sırılsıklamdı. Pantolon ise diz kapaklarına kadar...

Adam, çevresindekilerden özür dileyerek yerinden kalktığında elinde sırt çantasından çıkardığı yeni bir gömlek ve havlu vardı.

Lavaboya yönelen adam, gömleğini çıkardı. Elini, yüzünü buz gibi gelen suyla yıkadıktan sonra bedenini havluyla kurulayıp yeni kuru gömleği giydiğinde ferahlamıştı.

Masaya döndüğünde kendisini sıcak çay bekliyordu. Saatlerden beri mola vermediği için sigara içmemişti. Bir çayın ve sigaranın ardından masaya gelen nefis bir saç kavurmanın ardından OTEL ARDAHAN'da kendisine ayrılan odaya girdiğinde saat 03:00'ü gösteriyordu.

Adam, sadece botlarını ve pantolonunu çıkarıp, kendisini yüzükoyun yatağa bıraktı. Başını yastığa koyduğunu dahi hatırlayamayacak kadar kısa süre içerisinde uykuya daldı.

## GÜNBATIMI ÖYKÜLERİ 7

### *Panthera Tigris Tigris – Bengal Kaplanı*

### *"DÖN DESEM, DÖNEMEZSİN Kİ..."*

***Yürümek... Tek yapabildiğim bu...***
***Yüreğimdeki acıya dayanmanın yegane yolu...***
***Asfalt sıcak, yol uzun, anıların aklımda...***
***Ankara dağların ardında, sen Zincirlikuyu'da***
***Bense yollarda...***

***Her adımımda, yalnız sen varsın...***
***Saklanamayan gözyaşım, benden ayrılan canımsın***
***Yolları ıslatan, alevleri dindiren, sevgi damlamsın***
***Ama yoksun ve ben, sensiz çok yalnızım...***
***Dön desem, dönemezsin ki...***

***Bekle yavrum, yanına geliyorum...***
***Yol yorgunu, yara ve acı içinde olsam da...***
***Büyük Altın Kapı açıldığında var gücümle,***
***Sarılmak için sana koşacağım...***

***Her seher güneşi, inancımı yeniliyor***
***Yorgun bacaklara dayan, "O"na***
***Onlar için yürü diyor***
***Geliyorum, bekle beni...***

***Yıldız ışığında cıvıldayan kuşların nağmeleri***
***Ay ışığında yankılanan çakal sesleri...***
***Dağlardan kopup gelen rüzgardaki***
***Adaçayı, kekik kokuları arasında duyduğumsa:***
***Senin bana seslenişin...***

***Yürümek... Tek yapabildiğim bu...***
***Yüreğimdeki acıya dayanmanın, yegane yolu...***
***Dön desem, dönemezsin ki...***
***Geliyorum, bekle beni...***

***M. Boray Uras***

Karadeniz'in iri döküntülü dalgalarının soğuttuğu poyraz yönlü rüzgarın etkisiyle serinleyen hava, Beşiktaş'tan Maçka'ya çıkan yokuşun sağında kurulu olan devasa çadırın içindeki merdiven şeklindeki platform bankların orta aralığından girerken, babasının kucağında oturmakta olan 3 yaşındaki kız çocuğunun kahverengi saç buklelerini ritmik salınımlar ile havalandırmaktaydı.

Poyraz esintisi olmasaydı çadırın içi, bir cumartesi gecesi, girişinde yanıp sönen ampuller, neon ışıklar bulunan uzun ve geniş "CIRCUS ITALIANO" yazılı tabelanın ardında bulunan sirk çadırındaki gösterileri; aileleriyle izlemeye gelen seyircilerin, sıcak ve nemli bir Temmuz gününden geride kalan aşırı sıcaklıktan bunalarak rahatsız olmalarına neden olacaktı ama o esinti, ortama bir bahar tazeliği ve rahatlığı getirmişti.

Cambazları, hokkabazları, palyaçoları, eğitilmiş hayvan gösterilerini izlemeye gelen çocuklar, anneler, babalar mutluydular... Yıl 1981 idi... O yıllarda Türkiye meşrubat sanayiinde bir, istisna hariç, cam şişe kullanılıyordu. O istisna ise Bixi-Cola idi. Aluminyum kutu içerisinde Coca veya Pepsi Cola'ya benzer bir meşrubattı...

O akşam tüm sıralarda Bixi-Cola'lar, bir çizgi halinde Amerikanvari bir görüntü veriyordu... Bir elde cam yünü -izocam üretimine ilham kaynağı olan pamuk-şeker, diğerinde ise Bixi-Cola... Standart koltuklarda oturup, standart meşrubat ve pamuk şeker yiyen standart aile görüntüsü içerisinde benzer tepkiler veren, benzeşen insanlar ayni şeyleri yapıyordu.

***Selin***'in de elinde babasının benzetmesi ile izo-şeker yani pamuk şeker vardı. Minik avucunda tuttuğu tahta çomağın tepesinde bir yumak halinde duran kırmızı elyaf şeker, yüzünün iki misli büyüklüğündeydi. ***Selin***, şekeri her ısırışında bu şeker yumağının içerisine dilinden öne burnu giriyordu. Bir damla hokka burun...

Babasının kucağında oturmakta olan ***Selin*** aniden pamuk şekerini yere bıraktı. Açılmış avuçları öne doğru uzanmış, kollarının önünde birer timsah ağzı gibi açılıp kapanan parmaklarla yana doğru aniden uzandı... ***Selin***, tüm bedeniyle hareketlenmiş, yanı başlarında safari giysileri içerisinde duran genç delikanlının kolları arasında duran kekik balı koyuluğundaki boz tüylerin siyah ve beyaz çizgileri arasından kendisine bakan beyaz tüylerle kaplı pembe bir ağızdan çıkan pembe bir dili yakalamaya çalışıyordu. Bu yavru bir Bengal kaplanıydı. Henüz bir iki haftalık olduğunu tahmin etti adam... Bir kilogramdan fazlaydı. Gözleri açılmıştı ama yine de hala kör sayılırdı. "Işığı ve cisimleri algılayarak net olarak görebilmek için iki üç hafta daha geçmesi gerekir" diye düşündü adam. "İki üç sene sonra karşılaşmaktansa... Allah esirgesin..."

Yavru kaplanı kucağında tutan "Adeta" Indiana Jones kılıklı genç delikanlı, kaplanı ***Selin***'in kucağına kollarının arasına verdi. Bir buçuk kiloya yakın ağırlığı ***Selin*** hissetmişti bile. Elleri bir kelebeğin çiçeğe konması kadar hafif ve yumuşak dokunuşlarla kaplanın kulakları üzerinde gezinirken, tebessüm içerisinde "Cici kedicik, cici kedicik" diye fısıldıyordu.

Indiana Jones polaroid kamerasıyla üst üste iki fotoğraf çekti. Sonra fotoğraflarla yavru kaplan kucak değiştirdi. O günden bugüne, hızla gelişerek devam eden enflasyon ve devalüasyon etkisiyle bugün itibariyle arkeolojik değer niteliği kazanan kağıttan fotoğraf bedeli olarak alınan beş bin liralar Indiana Jones'un ceketinin irileşmiş kargo cebindeki koleksiyonun arasındaki müstesna yerini aldığında, genç delikanlı yavru kuşlarıyla çoktan uzaklaşmıştı.

Arkalarından bakmakta olan ***Selin***, kaplanın sallanan kuyruğuna elini uzatarak sesleniyordu: "Cici kedi gel bana, gel bana..." Kaplanın kuyruğu sallanıyordu. Kuyruk farkında değildi ama geriden de bir el ona sallanıyor ve sevgi dolu veda mesajı gönderiyordu.

Yıllar sonra ***Selin***, çocukluk anılarından kaynaklanan bir dürtüyle, Babasıyla birlikte ve parmaklarıyla yaptığı ve üzerine kocaman "NIRVANA" yazdığı yağlı boya orman resminde yırtıcı Bengal Kaplanlarının yaşadığı bir tropik yağmur ormanı, bir cangıl olmasına azami itina göstermişti.

O gece, yağlı boya tabloyu önlerine koymuş seyrediyorlardı. Yıl 1994'tü. Dışarıda yağan yağmur, yoğunluk itibariyle muson yağmurlarını görsel tarzda aratmıyordu. ***Selin***, büyük tek kişilik koltukta bacaklarını altına almış bir şekilde oturuyordu. Yanı başındaki sehpanın üzerinde içerisi keçi boynuzu ve iğde dolu olan iri bir tahta kase vardı. Kucağında duran Hayvanlar Ansiklopedisi'nin JKL harflerini taşıyan dördüncü cildinin orta bölümündeki resimde ise kocaman bir Bengal kaplanı vardı... ***Selin***, Bengal kaplanı hakkında bilgi ediniyordu... Kimbilir, belki üç yaşında küçük bir kız çocuğuyken güle güle diyerek yanına çağırdığı kedicik hakkında her şeyi bilmek istiyordu: Belki de yıllar sonra kardeşine Bengal kaplanı hakkında bilgi vermek için...

Türk Eğitim Derneği İstanbul Koleji Vakfı 1996 yılının 18 Kasım pazartesi günü, 19:36'da Harbiye Askeri Müzesinde ilk vakıf kuruluşu bilgilendirme toplantısını yaptığında hiç kimse vakıf kurucularının söylediği kadar kısa sürede vakfın kuruluş işlemlerini tamamlayacağına, kuruluş amacına uygun olarak "İlk Öğretim Tesisleri"ni kuracağına, öğrenci kaydına ve öğretime başlayacağına inanmamıştı. Bazıları; "Güzel konuşmalar... Ütopik, siyasetçi söylevleri... Kelime virtüözleri... Haydi bakalım inşallah... Söylediğinizi yapın da diyelim maşallah" gibi gereksiz ve alaycı ifadelerle karşı görüşlerini ifade etmişlerdi...

O anda bunları söyleyenlerin farkında olmadıkları şey, bunları söyleyenlerin, niyetlerini değil, kararlılık içerisinde yapacaklarını söyledikleriydi. Konuşmacılar, o anda konuşurken, yapmaya muktedir oldukları şeylere güvenerek konuşmuyorlardı. Bu bir avuç iyi ve ciddi adamlar dediklerini yaptılar. Hem de muhteşem bir profesyonel etkinlikte TED İstanbul Koleji, 14 Eylül 1998'de Anaokul, 11 Eylül 2000 tarihinde de Lisesiyla öğretime başladı.

Beykoz Acarkent'in orta bölümündeki vadı boyunca uzanan düzlükteki çok geniş bir alana üzerine kurulu TED kampüsü içerisinde yer alan TED İstanbul Koleji Anaokulu Müdiresi Ayşegül Ark imzalı mektubu umursamaz bir tavırla babasına uzatan Osman, tek cümleyle düşüncesini kesin ve net olarak açıkladı: "Toplantın, seyahatin olmazsa beni izlemeye gelmene sevinirim Mustafa".

Baba gülümseyerek cevapladı: "Toplantım ve seyahatim yok Osman, davet etmene sevindim. Anneyle geliriz dostum ama neye davetliyiz?" Osman'ın cevabı kısa ve açıktı: "Oku, anlarsın".

Baba zarfı açtı. Zarftan çıkan mektupta Anaokulu sınıflarının 2000/2001 öğretim yılı 1. dönem sonu etkinliği olarak Kadıköy Halk Eğitim Merkezi Salonu'nda yapılacak gösteriye davetli oldukları yazıyordu.

"Bu nasıl bir gösteri Osman dostum?"

Osman, ilgisiz ve kibirli bir ses tonuna refakat eden bakışla cevap verdi:

"İşte öylesine bir çocuk gösterisi. Gelirseniz görürsünüz." Adam sustu. Bakışlarını tavana çevirdi. Gülmemek için kendini zor tutuyordu. O anda yüreğinden kabararak gelen sevgi ve duygu seli; Osman'ı kucaklamak, ters yüz çevirip, onu yere yatırıp, onunla Osman'ın deyimiyle azmaktı. O anda mutfak kapısının önünde beliren anne, "AZMA" düşüncesinden onları alıkoydu.

Ebru, azmalarını istemiyordu çünkü her azmadan sonra Osman'ın terden ıslanmış iç giysilerini değiştirmek ona düşüyordu...

Osman, ablasının elindeki mektubu kaptığı gibi annesine koştu... Ebru'nun mektubu okumasına gerek yoktu. Osman'ın babasına "Oku, anlarsın!" diye nitelendirdiği mektubun içeriğini, gösterinin detaylarını ve hangi kıyafeti giyip, nasıl dans edeceğinin örnekleriyle dolu açıklamasını babasının fal taşı gibi açılmış gözlerle izleyişi arasında bir çırpıda annesine anlattı:

"Ben taş devri mağara adamı olacağım. Kaplan giysim olacak. Aerobik dansı yapacağım, elimde kemik de olacak. Bak şöyle: Bir, iki, üç, dört, hop... Şimdi altıma yapıcam, bye bye..." diyerek banyoya doğru koşarken, yan gözle babasına bakan Osman, banyo kapısından içeri girerken bir anda durdu. Koridordan geriye babasına baktı. Sonra iki el, kulağa giderek fil kulağı gibi sallanırken, dili de bir mohinin hortumunu aratmayacak şekilde çenesine kadar uzadı: Osman, dostu ile şakalaşmıştı.

Mağara adamı yatağında uyuyordu. O gece pijama giymeyi reddeden Osman, pijama yerine kaplan giysisiyle yatmak istemişti. Sol omuzundan düğümlü kaplan giysisinin üçgen tırtıllı etekleri altından uzanan sıska bacaklarla üst gövde ve çıplak omuzların üzerinde yan devrilmiş baş, yarım ay şeklinde yorganın üzerinde kıvrılmıştı. Uykuya dalmadan önce sıkı sıkıya tuttuğu kartondan mamül dinazor kemiği, uyku esnasında gevşeyen parmaklarının arasından kayarak yastığının kenarına düşmüştü. "***Aykızı*** şapkası" sağ elindeydi ve parmakları sıkı sıkıya şapkaya sarılıydı.

Sık aralıklarla yükselen göğüs kafesi ve alnında biriken terlerden ıslanmış saçları Osman'ın uykusunda yaşadığı maceranın habercisiydi. Osman rüya görüyordu. Sırtını bir ağaca dayamış, önünde kılıç uzunluğundaki paralayıcı dişlerini tehditkar bir şekilde göstererek, hırlamalar eşliğinde pençesini savuran kaplanın ölümcül darbelerini iri dinozor kemiğinden yapılmış topuzuyla savuşturuyor, ağacın arkasına saklanmış ablasını koruyordu.

Kaplan hızla üzerine hamle yaptığı anda o da topuzunu kaplanın yüzüne doğru savurdu. Çarpışmanın etkisiyle her ikisi de yanlara devrildi. Osman'ın topuzu elinden fırlamış başı da ağacın toprak yüzeyine yükselmiş iri kıvrımlı köklerinden en yakındakine çarpmıştı.

Osman aniden gözlerini açtı. Otlar ve kökler yok olmuş, onların yerini yorgan ve kafasını çarptığı yatak köşesine sıkışmış karton topuz almıştı.

Osman yarı uyanık yarı uykulu bir şekilde başının acıya bölümünü sıvazladı, etrafı dinledi. Kaplan kükremesi yoktu... Susadığının farkına vardı. Koridorda yanan gece lambasının eflatun ışığının gölgeleri arasından ayak ucundaki kaydırağa doğru emekledi. Kaydıraktan hızla kayarak aşağıya indi. Komodinin üzerindeki su bardağına uzandı. İçmesi uzun sürdü. Yudum yudum... Teyzesinin su içişine olan hayranlığı, ona da bir bardak suyu dakikalarca içme alışkanlığını kazandırmıştı. Su bitince yatağa yöneldi. Merdiveni tercih etti. İkinci basamakta durdu. Tekrar aşağı indi ve banyoya yöneldi. Klozetin açılan kapak sesini önce minik bir şırıltı, sonra kapanan klozet sesi, sonra açılan banyo kapısı daha sonra da bir uykulu "Pardon" sesi izledi. En sonunda da yatağında uyumakta olan adamı olduğu yerde döndürecek kadar gürültülü bir sifon sesi duyuldu. Osman, uykulu adımlarla odasına gider gibi öne doğru bir adım attıktan sonra farklı bir düşünceyle sola döndü. Koridorda önünde uzayan gölgesi, kendisinden önce anne ve babasının yatağının kenarına ulaşmıştı.

Osman, annesinin başucunda bir süre durdu. Gözleri, kendini sığacak bir boşluk arıyordu. Aradığı yeterli boşluğu göremedi. Yavaşça uzandı ve annesinin vücudunun üst kısmına doğru sıyrılmış geceliğinin eteğini, diz kapağına kadar aşağıya çekti ve annesinin yanağını öptükten sonra odasına geri döndü.

Artık uykusu açılmıştı. Komodinin üzerinde duran sayısal radyonun ışıklı göstergesi 03:30'u gösteriyordu. Merdivenleri boş vererek bir çırpıda kaydıraktan yürüyerek yatağa tırmandı. Yastığa başını koyduğunda gözleri tavanda flöresan ışıltılarla parlayan yapay plastik yıldızlara sabitlendi. Eli şapkasına uzandı ve şapkayı başına geçirdi. Sonra yavaşça fısıldadı:

"***Aykızı*** uyanık mısın?"

"Evet aşkım" diye fısıldadı şapka. "Seninleyim canım uykun kaçtı galiba, terli misin?"

"Hayır" diye fısıldadı Osman: "Terlemedim... Sadece rüyamda kaplanla kavga ederken ıslandım, hepsi o kadar; ama kaplana kemiğimle vurdum, onu kaçırdım ben de ıslandım biraz... ***Aykızı*** kaplan insanı yer mi? Rüyamda ***Selin***'i yemek istiyordu."

***Aykızı*** gülerek cevapladı: "Bunu nereden anladın Osmancığım? Kaplanın boynunda peçete, patilerinde çatal ve bıçak mı vardı?" Osman, şapkasına sarılarak gülmeye başladı. Endişeli ve tedirgin ses tonuyla sorduğu korku dolu sualin etkisi bir anda yok olmuştu. ***Aykızı*** Osman'ı nasıl rahatlatacağını çok iyi biliyordu.

"Öbür elinde de tuz ve karabiber vardı ***Aykızı***, bir yandan da yalanıyordu: Kih, kih, kih..." Osman artık kendisine söylenecek şeyleri algılamaya ve özümsemeye hazırdı...

*Aykızı*, ciddi, sevecen ve yumuşak bir ses tonuyla devam etti: “Kaplanlar aşkımmm, ki içerisinde en güzelleri ve yırtıcı olanları Bengal kaplanlarıdır, çok güzeldirler.”

“Sen hiç kaplan gördün mü *Aykızı*?”

“Evet aşkımmm, gördüm. Minicik çok tatlı bir yavruydu, çok ciciydi. Kediye benziyordu.”

“Ne yaptın korktun mu?” diye merakla sordu Osman.

“Hayır canım korkmadım, çünkü ben de o da ikimiz de sevgi doluyduk. Sevginin çok olduğu yerde korku yok olur aşkımmm”

“Peki ne yaptın? Onu mıncıkladın mı?”

“Hayır aşkımmm, ona sadece dokundum başını sevdim”

“Peki o ne yaptı?”

“O da beni sevdi.”

“Nasıl?”

“O da elimi yaladı”

“Kaplanlar, insanları böyle mi severler yemeden önce?”

“İnsanlar elleriyle; kediler, köpekler de dilleriyle severler Osmanımmm..”

Osman’ın gözleri aniden açıldı. Aklına gelen muzip düşünce bir anda bakışlarının değişmesine neden olmuştu. Bir eliyle giysisini tutarak yavaşça fısıldadı “Grovvv, ben bir kaplanım” sonra aniden şapkayı eline alarak, şapkanın amblemini yaladı.

“Osmannn bu çok sulu bir şakaydı”

Osman gülerek cevapladı: "Sulu değil *Aykızı*, sadece ıslak..." Sonra şapkayı tekrar başına yerleştirerek konuşmasına devam etti. "Haydi *Aykızı*, bana kaplandan bahset, bana kaplanları anlat".

"Tabii" diye fısıldadı *Aykızı*, "Tabi canım. Yalnız biraz ciddi olman gerekiyor."

"Nasıl diye sordu Osman?"

"Önce" dedi *Aykızı*, "Şu ensene kavuşturduğun kollarını yanlara al, sonra yatarken de ayak ayak üstüne atma ve ayağını da sallama lütfen"

"Ne yapayım *Aykızı*. Seni dinlerken amuda mı kalkayım?"

"Şaka şaka aşkımm. Hep sen mi bana şaka yapacaksın. Hadi şimdi bana sarıl ve dinle" diye gülerek cevapladı *Aykızı*. Osman ellerini başının üzerine kavuşturarak şapkaya sarıldı. Osman, ablasının göğsündeydi. Ana rahmine yakın; huzur, güven, sevgi ortamının ılıklığı ve rahatlığı içerisinde gözlerini kapatarak ablasını dinlemeye koyuldu.

"Bengal kaplanı", diye devam etti şapka "Diğer tüm kaplanlar gibi Asya'da yaşarlar. Nerede diye sorma çok uzaklarda ama aramızda deniz yok. Yürüyerek bile gidilebilir."

"Babam gibi mi"

"Evet, Baba...", derin bir suskunluk oldu. *Aykızı* son anda "Mız" takısını kullanmaması gerektiğinin farkına varmıştı. "Babamız" veya "Baban gibi" diyemezdi. Söyleyebileceği tek şey vardı. O da "Baba" "Baba gibi" diyerek devam etti. "Baba, yürümeyi aklına koyarsa yürür. Aman Osmancığım, baba artık yürümek zorunda kalmayacak. Bana inan!" diye devam etti *Aykızı*: "100 yıl önce sayıları 40 bin kadar olan Bengal kaplanlarının sayısı bugün 3 bine kadar indi. Çok güzel olan kürkleri için avcılar tarafından avlandılar. Bir de sirkler ve hayvanat bahçeleri var. Oralarda da yaklaşık 400 kadar kaplan mutlu bir şekilde yapıyor. Anne kaplanların bebeklerini koklamaları ve sevmeleri için tam 103 gün geçmesi gerekir. Her annenin ortalama iki yavrusu olur. Bazen de dört tane; kocaman bir aile olurlar. Bebekler ilk doğduklarında kördürler ve tam kilo ağırlığındadırlar. Bir veya bir buçuk ay boyunca yalnız anne sütüyle beslenirler, sonra anneleri onların önüne av eti koyarak, onlara et yemeyi öğretir. 18 aylık oluncaya kadar anneleri onlara yemek getirir daha sonra onlara nasıl avlanacaklarını öğretir. Yavrular bir oyun gibi annelerini taklit ederek birbirleriyle avlanma oyunu oynayarak eğitim yaparlar. Bu oyun ileride gerçek bir avcı olmak için onlara gereken eğitimi verir. Yavrular büyüyerek 2-3 yaşlarına geldiklerinde tek başlarına avlanmaya başlayarak yalnız yaşarlar ama asla annelerinden çok uzaklaşmazlar. Baba kaplanlar ise yavrularını anneye emanet edip, uzaklarda avlanırlar. Bengal kaplanlarının çok keskin gözleri vardır. Geceleri insanlardan 6 kat daha iyi görürler yani sen etrafı karanlık görürken onlar bulutlu bir havadaymışçasına karanlığı loş gibi aydınlık görürler. Yani dostum sen onları görmezsin ama onlar senin elindeki çikolatanın markasını bile görebilirler.

Bengal kaplanının postundaki çizgiler ve yapraklar, onları dallar arasında öylesine gizler ki sanki görünmez olurlar. Kayalarında bir çin işareti olarak bilinen WANG ya da kral işareti bulur. Avlanırken kuyruklarıyla haberleşirler. Ayrıca kuyrukları da tam 1 metre uzunluğundadır, koşarken dengelerini korumalarında onlara yardımcı olur. Çok iyi yüzerler. Küçük avları sırtlarından ve ensesinden, büyük hayvanları ise boğazlarından ısırarak avlarlar. Geyik, zebra, yaban domuzu, sülün ve yaban mandası avlarlar. İnsanlara saldıranlar daha ziyade yaşlı, tembel, yaralı olan veya hasta olduğu için çabuk ve kolay avlanmak isteyenlerdir.

İnsanlara daima habersizce, arkadan veya enseden ısırmak için yaklaşır, aniden saldırırlar. İnsanlar da bunu bildikleri için kaplan bulunan yerlerde arkalarında bir maskeyle dolaşırlar. Kaplan baktığında insanın yüzünü gördüğünü zannederek insanın arkasına dolaşmak ister. Öne geçtiğindeyse, bu sefer insanın gerçek yüzünü görür, gene saldırmaz. Böylece bu, kaplan kendini belli edene kadar sürer. Kaplan fark edildiğini anlayınca genellikle kaçar. Nadiren saldırırlar. Saldırınca da işte senin üzerindeki gibi giysi olurlar."

Osman'ın şapkayı sıkı sıkıya kavramış olan parmakları gevşedi. Temiz, saf ve duru bir güzellikle uykuya daldığında saat 04:00'ü gösteriyordu. ***Aykızı*** ilahi sarılmanın sıkılığından ve ılıklığından yavaşça sıyrılırken Osman'ın yüreğine ulaşan fısıltı "İyi uykular aşkımmmm, Osmanımmm, iyi geceler kardeşimm" di...

## GELECEĞE YÜRÜYÜŞ 11

### YEDİNCİ GÜN

### HENDEK - DÜZCE

***14 Haziran 2000 Salı,***
***Ardahan Oteli 08:00***

Karadeniz'in lacivert sularında duşunu alan güneş; sarımsı ışıklarını kıyıdan Hendek-Ardahan Oteli'ne kadar dalga dalga uzanan kestane, fındık, dişbudak, şimşir ağaçlarının yeşillikleri arasında renklendirerek açık perdenin boşluğundan yatağa ulaştığında adam gözlerini kırpıştırmaya başlamıştı... gözlerini açtığında ilk işi kol saatine bakmak oldu... Rakamlar 08:00'i gösteriyordu. Kendisini bir kütük gibi kalın ve sakar bir kütle gibi hissediyordu. Sol kolunu vücudunun altına sokarak sola yatağın sonuna kadar yuvarladı kendisini... Sonra bedenini yataktan aşağıya dört ayak üstüne düşürdü. Ne oyun oynuyor ne de bu garip hareketten özel bir haz duyuyordu... Sadece doğrulmaya çalışıyordu... İlk denemesinde sırt ve bel adaleleri "Boş ver ahbap hiç deneme" mesajını göndermişti. Bolşoy Balesi'nin baletlerinde görülebilecek zarif bir eda içerisinde yavaş çekimle yatağın kenarına tutunarak oturur pozisyondan ayakta konumuna geçtiğinde artık banyoya gidebilir hale gelmişti.

Uzunca bir süre sıcak duşun altında kaldı... Sıcak suyun etkisiyle ısınarak gevşeyen kaslar; temel hareketlere izin vermeye başlamıştı...

Bütün bedenine ısıtıcı ve kas gevşetici krem ve losyonlar ile masaj yaptı... Küvetin kenarına oturup kremlerin etkisini beklemeye başladı.

Kas ısıtıcı spreyler, ödemi dağıtıcı kremler, ağrı kesici losyon ve haplarla; dahilen ve haricen takviye edilen kaslar, utangaçlıkla tedricen beynin "Hareket et" komutlarına tepki vermeye başladığında adam tıraş olup, hazırlanmaya hazırdı...

Olabildiği kadar hızla giyinen ve hazırlanan adam, botlarını giydiğinde vücut kasları düşüncenin gücüne teslim olmuştu.

Adam sırt çantasını ve malzemelerini yükleyip resepsiyona indiğinde kendisini zinde ve acıkmış hissediyordu. Çevresine bakındı. Otelin giriş kapısının hemen solunda, çıkışta ise sağında yer alan resepsiyon bölümünün merdivenlere doğru olan oturma grubunun kanepesinde oturan kişi dikkatini çekti.

"Tipik bir İngiliz ordusundan emekli albay gibi" diye düşündü... "Sanki hücum hattında sipere girmiş, saldırı komutunu bekleyen askerlere sol koltuk altına sıkıştırdığı ceviz dalından mamul bastonu ile son cephane ve teçhizat kontrolünü yaptıran; kurallara, geleneklere, centilmenlik başlığı altında şövalye kurallarına bağlı kraliçenin hizmetinde olan tipik bir İngiliz'e benziyor" diye düşünürken adam, "Merhaba Mustafa Bey, ben Rüştü, nasılsınız?" diye konuştu.

"Teşekkür ederim, iyiyim siz nasılsınız?" diye klasik türden bir cevap veren adam şaşırmış bir halde kendisine doğru uzanan elin içerisindeki bir avuç dolusu fındığa bakıyordu. Fındıklar tipik, yuvarlak, sert kabuklu Karadeniz fındıklarıydı. Kırmak için kerpeten gereken cinsten...

Rüştü Bey; oturmakta olduğu masanın üzerinde duran kesekağıdın içerisinden bir avuç dolusu fındık alarak, ay çekirdeği yer gibi hızlı bir tempoda ve büyük bir beceri ile azı dişleri arasında çıtlattığı fındıkların kabuklarını oturmakta olduğu sehpanın üzerinde yayılı olan gazete kağıdının bir köşesine itina ile yerleştirirken içlerini büyük bir iştah ile ağzında öğüterek konuşmasına devam etti:

"Sizi televizyondan izliyorum. Yaptığınız her babayiğidin harcı değil. Toplum adına, çocuklar için yapıyorsunuz. Umarım milletvekilleri, politikacılar niye yürüdüğünüzü doğru anlarlar da, doğru şeyi düşünüp, işin doğrusunu yaparlar; şu yasayı çıkartmakla işe başlarlar, ama Mustafa Bey bu onlar için çok zor. Sen bir kişi, onlar yüzlerce kişi... Bir kişi için mi düşünsünler, yüzlerce kişi için mi? Fikir ayrı ayrı olunca iş zor olur. Çay içtin mi?"

"Hayır" diye cevapladı adam şaşırmıştı. "Fikir ayrı ayrı olunca" sözüne takılmıştı düşüncesi... "Ne fikri" diye sormak istedi. "Öteki yüzlerce kişi kim?" diye sormak istedi ama bu suallerin cevabını duymak istemiyordu. Yola çıktığından beri benliğini kasıp kavuran benzer suallerin benzer cevapları zaten hep aklının bir ucunda varlığını hissettiriyordu. Düşündüklerini bir başkasından duymaya hazır değildi. Zaten o cevaplar onu yürütmemiş miydi? Zoraki bir tebessüm ile yalan söylemeyi tercih etti.

"Onlar da anne baba duyarlılığına sahip insanlar. Onlarda çocukları ve annelerin babaların hayatını korumaya çalışmanın anlamının, ***Erdem***inin farkında olarak gayret gösteriyorlar. Belki biraz yavaşlar ama iyi niyetliler. Belki bu yürüyüş onlara destek olur da gerekli yasaları çıkarırlar" diye konuşurken mümkün olduğu kadar gözlerini adamın gözlerinden uzakta tuttu. Yalan söylediğinin aşikar bir şekilde fark edilmesinden çekiniyordu. Ne söyleyebilirdi ki... "Evet... Haklısın... Politikacılardan fazla bir ümidim yok... Amacım yalnızca insanların yüreklerinde bir aydınlanma ile bilinç yaratmak. Bizi ancak biz kurtarabiliriz. Dikkatli, tedbirli, saygılı ve alkolsüz, yavaş araç kullanarak... Amacım yalnızca bu mesajı yüreklere, ruhlara, beyinlere iletmek"mi diyebilirdi?

Adam o anda farkında değildi ama bu mesaj her adımında on binlerce insanın yüreğine ulaşıyordu ve sayılar her adımda katlanıyordu...

Rüştü Bey, otele onun için gelmişti... Hendek ilçesinin en renkli, saygıdeğer ve sözü dinlenen kişisiydi: Takım elbiseli, şapkalı, elinde ince bastonu ile ilerlemiş yaşından en az on beş-yirmi yaş daha genç gösteren gür sesli bir polis emeklisiydi.

İsmi, Hendek'ten Bolu'ya kadar tüm havalide biliniyor, saygı ve hürmetle anılıyordu. Adam, bunları ilerideki günlerde duyarak, yaşayarak anladığında hiç şaşırmadı.

Rüştü Bey manevi desteğini her gün telefonla arayarak ona ilettiğinde, adam mutlu oluyordu.

Adam saatine baktı: 09:00, kahvaltı randevusuna gecikiyordu. "Özür dilerim Rüştü Bey, sohbet çok güzel ama Ayhan Bey'e söz verdim. 09:00'da, lokantada kahvaltıya bekleniyorum..." diye konuştu.

"Hemen kalkalım Mustafa Bey, Ayhan Bey'i bekletmeyelim. Yolunuz da Düzce'ye kadar uzun. Vakitlice yola çıkmalısınız, hadi gidelim" diyerek cevap veren Rüştü Bey ile yan yana Hendeğin merkezindeki meydanda yer alan lokantaya yürüyen adam o sabah hayatının en güzel anılarından birisini yaşamakta olduğunun farkında değildi.

Sabah kahvaltısını saatine baka baka aceleyle yapan adam, teşekkür ederek Ayhan Bey'in lokantasından ayrıldığında Rüştü Bey gene yanındaydı... Meydanda, gazete muhabirlerine fotoğraf çekimi için durdurulduklarında Rüştü Bey davudi ses tonuyla, çevredeki tüm esnafı ve yürüyenleri ellerine bayrak alarak meydanın ortasındaki Atatürk heykelinin önünde, kendisinin ve yürüyen adamın çevresinde toplanma talimatını veriyordu. Bu talimata herkes uydu. Kalabalık bir grup içerisinde gerçekleşen fotoğraf çekimlerinden sonra Rüştü Bey; Hendek merkezden D-100 karayoluna kadar olan beş veya altı kilometrelik yolu adamın yürüyüş temposuna uyar çabuk adımlarla yürüdü. Ayrılma noktası D-100 yolu üzerinde oldu. Güneş sıcaklığını iyice hissettirmeye başlamıştı. Adam, tebessüm içerisinde Rüştü Bey'e dönerek kısık ses tonuyla konuştu: "Yol arkadaşlığınıza, sohbetinize, desteğinize teşekkür ederim, hoşçakalın... Tanrı sizi ve sevdiklerinizi korusun..." Kendisinden daha yaşlı adamın sesi ilk kez titrerken gözleri sempati doluydu. "Allah sana güç versin, senin arkandayız, ne zaman ihtiyacın olursa beni ara. İleride Hendeğe evime misafir gel, yolun açık olsun güle güle..."

Adam, sırt çantasının kolonlarına bir kez daha asıldı. Sağ elini yüreğinin üzerine koyarak "Hoşçakalın" derken arkasına son kez baktı. Gördüğü şey; "Allah sana kolaylık versin, sabır versin" dolu bakışlardı...

Güneş sıcaktı, asfalt sıcaktı ama adamın yüreği soğuktu. Isınmış bacak kasları gevşemiş, hızlı yürüyüş temposunu tutmaya hazırdı... Adam bakışlarını yere, asfalta, asfalttaki çakıl taşlarına çevirdi. Her adımım bir fatiha olacak diye konuşmuştu yola çıkarken... Hızlı adımlarla tesbihe devam etti.

Hendek'ten ayrılalı saatler olmuştu... Gazete, televizyon muhabirleri ile her molada yapılan söyleşilerden yol alamayan adam, yeşillikler denizinin iri dalgalı kıvrımları arasında hızlı tempoda yürüyordu. Yol kenarında bir çeşme başında durdu. Terlemişti. Ayak tabanlarındaki sızıların artması yeni su kabarcıklarının ve pişiklerin oluştuğunun habercisiydi. Botlarını çıkardı. Sırt çantasının üst gözünden çıkarttığı Orkid-ultra gece pedlerini o anda yanına yaklaşan bir çobanın şaşkın bakışları altında, eskileri ile değiştirdiğinde açıklama yapmak ihtiyacını hissetti. "Botlarımın taban astarının üzerine bunları koyduğumda bunlar teri emiyor, çoraplar ıslak değil nemli kalıyor" diye konuştu mahçup bir ses tonuyla... Çoban başını iki yana sallayarak cevap verdi: "Otobüse binmiş olsan, ayakların hiç yara bere içerisinde kalmazdı..." "Al sana biraz karayemiş ile çakal eriği vereyim yolda yersin, seni eğler."

Adam tebessüm etti... Kendisine ikram edilen mor renkli olgun, karayemişleri ve turuncu-sarı renkli çakal erikleri ceplerine doldururken karşılık olarak çobana ne ikram edebilirim diye düşündü... İkram edebileceği bir şey yoktu. Üzerinde taşıdığı para ise hızla eriyordu. Nerede durup televizyonlarla canlı bağlantıya katılsa lokanta veya kahve sahibi on, on beş kişilik hesabı kendisine getiriyordu. Sadece "Teşekkür" demekle yetinmek zorundaydı...

Ayhan Bey'in lokantasından ayrılmadan önce bir kağıt peçetenin içine doldurduğu tuzdan bir çay kaşığı kadarını avucuna alıp yalarken saatine baktı. On beş dakikadan fazla olmuştu molası. Aceleyle çeşmeden doldurduğu termosundan uzun yudumlarla içtiği suyu yeniledikten sonra termosunu kılıfına yerleştirdi.

Sırt çantasını yüklenmek üzere öne eğildiğinde on beş dakikadan fazla hareketsiz kalmanın soğuyarak sertleşen ve şişen sırt ve kalça adalelerini zorlamada ne kadar acı verici olduğunun bir kez daha farkına vardı.

Kendisine eşlik eden trafik polisinin yardımıyla sırt çantasını yüklendiğinde bir sonraki molasının gün batımından sonra bir televizyon kanalı ile Gümüşova ilçesinde de canlı yayının yapılacağı "Kahve" olacağından habersiz olarak yoluna devam etti.

Adam başını öne eğmiş hızlı tempoda yürüyordu. Bu tempo ona saatte yedi kilometre mesafe aldırıyordu. Bel hizasında taşıdığı siyah çantanın içerisinde duran Sony-discman'den kulaklarına uzanan kablonun ucunda ve şapkasının altında yer alan kulaklıklardan yükselen nağmeler kızının ona Amerika'dan gönderdiği bir müzik diskinin hüzünlü ama şimdi anlamlı gelen mesajlarını kulağından, beynine ve oradan da ruhuna naklediyordu.

*Selin*'in ABD Kalifornia-San Fransisko'dan yolladığı bu disk, San Joaquin Vadisindeki kasabada yaşayan emkli opera sanatçısı amca-baba-oğul üçlüsünün Amerikan kırsal müziğinin kilise müziğine adapte edilmiş "GOSPEL" tarzı "Requiem"lerini içeriyordu. Disk'in adı ise "Sons of the San Joaquin-Gospel Trails" idi...

Adam, düşüncelerinde ve anılarında kaybolmuştu. Yolun, sıcaklığın, asfaltın farkında değildi. Anıların, geçmiş zamanın, yaşanırken mutlu ama şimdi hüzünlü, soğuk labirentlerinde dolaşıyor gibiydi.

Yolda yürüyen adamın bedeniydi. Ruhu ise o anda çok yukarılarda uzayan sonsuz boşluğunda nebulaların, turuncu gezegenlerin, sarı, kavuniçi ışıldamalarla parıldayan yıldızlarla bezenmiş evrenin derinliklerinde, bir yerden gelip, parlak pembe, mavi renkli aydınlığın ötesindeki minik pırıltıya doğru gümüşi yansımalarla uzanan demiryolunun ucunda, arkasında evrenin mucizevi güzelliğini vagon penceresinden seyretmekte olan iki gencin göründüğü vagonu, bacasından milyonlarca minik yıldız fışkırtarak çekmekte olan ilahi kara trenin önünde hızlı ve kararlı tempoyla geleceğin farklı Türkiye'sine doğru yürümekteydi.

Pırıl pırı! Saygı, sevgi dolu, işini iyi yapan, kurallara saygılı, vergisini ödeyen mütevazi vatandaşlardan özgüven dolu, gelişmiş, kibar, saygın, eğitimli ve hepsinden öte kültürlü insanlardan oluşmuş yepyeni bir Türkiye için...

Beş sene önce doğmuş çocukların, ileride doğacak çocuklarının, huzur, güven ve refah içerisinde saygı ve sevgi ve iyiliklerle dolu olarak yaşayabilecekleri yepyeni bir Türkiye için yürüyordu!

Doğuya doğru D-100 karayolunun sağ tarafında uzanan sıradağların mor ve yeşil renkleriyle bezenmiş eteklerinin doruklara doğru puslanarak bulutlarla kucaklaşan zirvelerini seyrederek yürümekte olan adam aniden bir bıçak gibi kalçasına saplanan sancının seğirttiği adalenin ani kasılmasıyla tökezler gibi oldu. Sağ kalçasında etini kemiğe kadar dağlayan bir acı ile irkilerek durdu. Arkasında, onu saatte 5 veya 6 km. hızla seyreden trafik edip araçları da durmuştu.

Yol boyunca önünde ve yanında görüntü alan televizyon kameramanları ve gazete fotoğrafçıları ve muhabirleri bu ani duruşa bir anlam verememişler, ancak bunun TV'de akşam haberlerine yetiştirilecek haber ve görüntü elde edimi için iyi bir fırsat olduğunun düşüncesiyle, aniden duran araçlarından fırlayarak adamın yanına röportaj için koştuklarında adam, sağ eliyle ağrının nedenini keşfetmek için elini sağ kalçasının üzerinde gezdiriyordu.

Sağ parmaklarına takılan iri bir kütleyi parmaklarıyla tutarak avucuna aldıktan sonra gözünün önüne getirdiğinde, gördüğüne inanmak istemedi. Avucunda kocaman bir eşek arısı duruyordu. Baş kısmı ezilmiş ama iri, siyah ve sarı halkalı oval alt bölümü hala canlıydı. İğnesinin olduğu yerde sindirim sisteminin uzantıları görünüyordu. Adam elini pantolonunun üzerinde gezdirdi. Acıyla karışık, dikenimsi maddeyi hissettiğinde tutarak çıkardı. Baktı. İğne çuvaldız büyüklüğünde göründü gözüne...

Kalçası şişmeye, zehir kana karışmaya başlamıştı. Belinde asılı duran çantanın içerisinde yılan, akrep ve arı sokmalarında zehiri emerek dışarı çıkartan "Vakumlu extraktör" vardı ama bu işi seyirciler önünde yapamazdı.

Çantasından, extraktör yerine yalnızca arı ve böcek sokmalarında kullanılan amonyaklı, analjezik ve antihistaminik kremi çıkardı. Avucuna bol miktarda sıktıktan sonra avucunu kapayarak kremi korur bir halde elini pantolonunun içerisine sokarak kremi acı dolu yanma ve şişme hissinin olduğu yere götürüp ovuşturarak kremi o bölgeye sürerek, cildine emdirdi, sonra çantasından iki antihistaminik hap alarak yuttu. Yapabileceği fazla bir şey yoktu. Olayı ve acıyı unutmaya hazırlandı.

Olayı olmamış, acıyı da yokmuş gibi düşünmeye ve davranmaya başladı. Yanına yaklaşan gazetecilerle konuşmak bunun için iyi bir fırsattı. Acısını unuttu, düşüncesini ruhuyla birlikte kendi bedeninden ayırarak yoldaki varlığının nedenine kaydırdı. Adam yolda yürürken aniden uçarak kalçası ile kalçasının üzerinde her adımda ona çarpan termosun ve uyku tulumunun arasına giren eşek arısı, ölmeden önce kendisine çarpan termostan intikamını, onu taşıyan adamın kalçasına iğnesini sokarak almıştı.

"Hayırdır Mustafa Bey aniden durdunuz, bir terslik mi var?" diye soran muhabir, elindeki mikrofonun kamera bağlantısını kontrol ederken elindeki notlara göz gezdiriyordu:

"Hayır" diye cevapladı adam. "Hiçbir terslik yok sadece sırt çantamın kolonları gevşedi, ayar için durdum..."

Televizyon muhabiri bu cevapla yetinmek zorundaydı. Kısa bir röportajdan sonra yerini uzun boylu bir erkek muhabire bıraktı: "Mustafa Bey sizinle canlı yayında röportajı yapabilir miyiz?" diye soran kişiye yavaşça cevap verdi adam.

"Tabii ama ancak bir sonraki molada saat 20:30 civarında nerede olursam..."

Muhabir saatine baktı. Saat 19:00 civarıydı "Tamam" diye cevapladı muhabir. "Biz yeri ayarlayalım, size haber veririz." Bir buçuk saatlik mesafe 11 veya 12 km. ilerisi olacaktı.

Muhabir hızlı adımlarla aracına geri döndü. Canlı yayın nakil aracı ile bir araba konvoydan ayrılarak hızla ileriye doğru yol aldı. Muhabir 12 km.'lik mesafe içerisinde bir kahve veya lokanta arayışı içerisine girmişti. Bu iş onların yalnızca 10 dakikalarını alacaktı.

Yürüyen adamın yanından hızla ayrılan canlı yayın nakil minibüsüyle ekibi taşıyan araç on dakika sonra Gümüşova ilçesine varmıştı. İlçe girişinde yer alan D-100 kahvehane sahibiyle yapılan kısa bir konuşmadan sonra kahvenin bahçesine masalar, kablolar, kamera ve monitör yerleştirilmeye başlanmıştı.

Muhabir araca binerek hızla geriye doğru yol alarak 10 dakikadan kısa bir zaman içerisinde yol kenarında, rampa yukarı yürümekte olan adamın önünde durdu. Araçtan inerek karşıya geçti ve adamın yanına yaklaşarak onunla yürürken konuştu: "İleride 8-10 km. sonra Gümüşova ilçesi var. Girişinde yer hazırladık. Canlı yayın aracını göreceksiniz, hemen yanındaki kahvedeyiz. Bekliyoruz..."

Adam başıyla "Olur-anlaştık" cevabı verdi. Nefes alma tekniğini ve temposunu bozmamak için kural olarak yürüyüş esnasında konuşmuyordu.

Güneşin ufka yaklaştığı, uzayan ve soluklaşan gölgelerden anlaşılmaya başlamıştı. Bulutlar pembe, mor ve turuncu harelerin arasında kümelemiş beyazlıkları ile akşamın habercisiydiler. Hava serinlemişti. Gece soğuması başlamıştı ama adamın gömleği terden sırılsıklamdı... Adam yeşillikler arasında asfalt yürüyüşüne devam etti. Eşek arısının soktuğu yerin acısı kaybolmuştu ama şişikliği varlığını her adımda adama hissettiriyordu. Arıyı düşünerek "Umarım" diye düşündü adam... "Umarım zehirin, bugün olmayan romatizmanın, yarın da olmaması için şifaya dönüşür..." Adam o geceyi, yol üstünde aldığı bir davet üzerine Düzce'de Kadıköy Belediyesi (İSTANBUL)'nce kurulan Çadırkent'te geçirecekti...

Davet, yol kenarında verdiği tuz yalama ve su içme amaçlı kısa süreli molada yanına yaklaşarak kendilerini tanıtan İstanbul Kadıköy Belediyesi'nce depremzedeler için Düzce'de kurulmuş bulunan Çadırkent'in idari ve sosyal sorumluları olan bir bay ve bayandan gelmişti. "Çadırınız hazır" demişlerdi. "Geceyi depremzedelerle geçirirseniz onlara büyük moral ve destek vermiş olursunuz". Adam hiç tereddütsüz teklifi mutlulukla kabul etmişti.

Depremzedelerle paylaşacağı duygular, acı, üzüntü ve ümitsizlik doluydu. Gerçek yaşam duygularıydı bunlar ve "Bu tür duygular" diye düşündü adam yürüyüşüne kaldığı yerden devam ederken, "Asla ve asla lüks bir otel odasında, yemek salonunda, boğaz kıyısında, sahte kahkahalar eşliğinde, şuursuzca alkol ve enerjinin, bol sıfırlı fatura görünümlü adisyon fişleri karşılığında tüketildiği mekanlarda asla paylaşılamaz ve yaşanamaz. Sahte mekanlarda, gerçek duygular değil, geçici hevesler, sahte duygular yaşanır ve paylaşılır..." "Allah"ım diye düşünmeye devam etti adam, "Sen beni ve ailemi, ne İstanbul'da ne de Ankara'da sahte mekanlarda, gerçek duygu, anlayış ve sevgi arayışı içerisinde olmaktan esirge diyerek" dua etti... Sıra amine geldiğinde tereddütle kendisini zorladı "Amin" demek için çünkü yüreğinde hissettiği, duası buydu ama yönü Ankara idi ve gerçeği o da biliyor, hissediyordu. Bu dua kolay ve çabuk kabul edilmeyecekti... Belki yirmi sene sonrası için kabul edilecekti... Osman'ın yetişkinliğinde, o çocuklar "Amin'e gerçek duygular ve anlayış içerisinde katılarak, bir şeyler yaparak, imal ederek, onları gerçekleştirerek sorunun değil çözümün bir parçası olacaklar... O güne, o güne kadar yürümeye devam etmeliyim. Yol beni nereye götürürse, nerede ve hangi zeminde yürütürse..." diye düşünen adam; ruhunu, benliğini bir anda dolduran ilahi enerjiyle dolu olarak, adımlarını daha çabuk ve daha uzağa atmaya başladı. Geleceğin yepyeni Türkiye'sini oluşturacak çocukların yaşamlarını güven altına alabilmek amacıyla ve ümidiyle...

Gümüşova ilçesine yaklaştığını çevresinde sıklaşan köy evlerinin ve gece serinliğinde bahçelerinde oynayan çocukların varlığından anlamıştı. Geniş ve dar kavislerle bir yılan gibi vadi yatağına paralel olarak uzanan yol bir anda düzleşip genişleyerek ilçenin ışıklarını adamın gözü önüne serdiğinde adamın ilk fark ettiği şey, gelip geçen araçların arasından yolun her iki tarafına fütursuzca veya korka korka, tereddütle koşmakta, yürümekte olan insanların, çocukların çokluğuydu.

Canlı yayın arabasını geçti. Kahve önündeki kalabalık arasından kendisine yaklaşan muhabirle selamlaştıktan sonra bir sandalye önünde sırt çantasını ve malzemelerini çıkardı. Saatlerdir yürümenin ısıttığı adaleler ani duruşla tüm enerjilerini ter şeklinde dışa vurduğunda adamın gömleği suya batırılmış, çıkarılmış bir haldeydi.

Gümüşova ilçesinin idari yöneticileri ve siyasileriyle tanıştı. Halkı ile kucaklaştı. Saat 21:00'e geliyordu. Gecenin karanlığı çökmüş, gecenin soğuk esintisi adamı iyice üşütmeye başlamıştı. Adam çantasından rüzgarlığını çıkartarak ıslak gömleğinin üzerine giydi. Titremeye başlamıştı... Üşüyordu, yorgundu, acıkmıştı... Bir anda yanında duran çocuğun söyledikleri tüm hislerini değiştirdi. Bu altı yaşlarında bir oğlan çocuktu. Üst geçit olmadığı için yoldan karşıya geçmekte olan yaşıtı bir arkadaşının, bir kamyonun lastikleri arasında parça parça olmasının canlı şahidi olarak olayı anlatıyordu. Çocuk bir dilekle konuşmasını bitirdiğinde çenesi titriyor, korku içerisinde ağlıyordu. "Devlet buraya köprü yapmıyor, amca ne olur sen yapar mısın? Ben de arkadaşım gibi ölmek istemiyorum".

Bu sözleri duyan adam da o anda ağlıyordu. Çocuğa sarıldı "Üzülme evladım... Ağlama.,. Korkma... Sana söz veriyorum, devlet o köprüyü yapmazsa ben sana yapacağım..." Adam bu sözünü asla unutmayacaktı... Unutmadı da! Şayet devlet yapmaz ise; maddi imkana kavuştuğum ilk gün bu üst geçidi yaptıracağım düşüncesini ve kararlılığını hep muhafaza etti. Adam üşümüyordu, adam titremiyordu... Adam yorgun, aç değildi... Adam acıyı bedeninde değil yüreğinde hissediyordu. Adam enerji doluydu. Adam yürümek için, yoluna devam etmek için sabırsızlanıyordu.

Canlı yayın biter bitmez, yemek yemeden kalktı. Teçhizatını kuşanıp gecenin yalnızlığında, yıldızların ardından kendisine tebessüm eden doğmuş ve doğacak binlerce, on binlerce çocuğun sevgi dolu bakışları altında gece 03:00'e kadar devam edecek İstanbul-Ankara arasındaki etaplardan 55 kilometrelik, en uzun, zahmetli, yavaş ve yorucu etaptaki yürüyüşüne kaldığı yerden devam etti. DÜZCE Çadırkent'ten içeri girdiğinde saat 03:00'ü geçiyordu. Gece yarısına kadar kendisini bekleyen çocuklar daha fazla dayanamamış uyuya kalmışlar, yatırılmışlardı. Yalnızca anneler ve babalar adamı bekliyorlardı. Yemek ve çay hazırlamışlardı. Donanmış sofrada aç olmayan karnını doyuran adam, çevresindekilere iyi geceler dileyerek kendisine tahsis edilen çadıra girdiğinde ayakta uyur haldeydi. Zor bela ıslak gömleğini çıkartarak, kuru bir fanila giydikten sonra başını yastığa koyar koymaz nemli, soğuk ve esintili çadırın içerisindeki rahatsız tel somyanın, çıkıntılı ve nemli şiltesinde huzur dolu, rahat bir uykuya daldı. Gerilmiş, seğiren yüz kasları gevşediğinde adam mor karanlığın ardından yaklaşan parlak turuncu ışıltı içerisinde uyanıktı, mutluydu, neşeliydi ve gülüyordu.

## *GÜNBATIMI ÖYKÜLERİ 8*

### *"BENİ EVİME TAŞI BABA..."*

*Bebekken, ağladığımda, sarılırdım sana baba...*
*Çocukken korktuğumda güvendeydim kollarında...*
*Çaresizliğimde, yolumu şaşırdığımda sendin bana*
*Cesaret, yön ve huzur veren baba...*

*Şimdi yol kenarındayım... Kavşaktayım... Sarıl bana*
*Saçımı okşa, al beni, tut kollarında*
*Bilinmeyene doğru yola çıkıyorum, dur yanımda*
*Üşüyorum, daha sıkı sarıl bana, çevir yüzümü ayışığına...*

*Yavaşça al beni kollarının arasına, kucağına*
*Günahlar, dertler artık benden çok uzakta...*
*Yalnızca sizler ve anılar varsınız aklımda...*
*Sizsiz ama sizle dolu olarak çıkarken bu sonsuz yolculuğa...*

*Korkma, sımsıkı sarıl bana...*
*Kucakla beni, tut kollarında...*
*Çevir yüzümü ayışığına...*
*Yavaşça kaldır beni taşı evime, mezarıma...*

*Son kez öp beni baba...*
*Sonra yavaşça uzat...*
*Yatır yatağıma...*

***M. Boray Uras***

*30 Nisan 2000 – Cumartesi akşamı…*

"Mustafacığım, çabuk olabilir misin canım? Hediye Hanım şimdi aradı. Balığı ızgaraya koymak üzereymiş. Ne zaman gelebileceğimizi soruyor?" derken Ebru, yatak odasında tuvalet masasının önünde oturmuş, makyajının son rötuşlarını yapıyordu.

Ebru'nun kulakları olağanüstü işitme duyarlılığına sahip olmasaydı, kocasının banyodan, kapalı kapının ardından süzülerek gelen "Hı... hı" cevabının aslında "Tamam... Beş dakika içerisinde hazır olacağım" mesajının kısaltılmış onayı olduğunu asla anlayamayacaktı. Adam tıraş oluyordu ve dahası aklında duşa girmek vardı.

Ebru, cep telefonuna uzanarak Hediye Hanım'ın numarasını tuşladı... "Hediyeciğim ben Ebru... Canım biz galiba gecikeceğiz. Yola çıktığımızda seni ararız. Balıkları ızgaraya o zaman koyarsın. Mustafa banyoda ve çabuk olur musun dediğimde 'Hı... hı!' Cevabını verdi... Bu demek ki beni salladı. Hazır olması 20 dakikayı alır, saat 21'e doğru ancak geliriz. Haydi görüşürüz canım..."

Mustafa'nın "Hı… hı"sından yirmi dakika sonra arabayla Hediye Hanımın Bostancı'da olan evine doğru yol alıyorlardı. Adamın keyfi kaçmıştı. Dışarıda yağmursuz, meşum bir karanlık yağmur havası vardı. Soğuk, basık, yıldızsız ve rüzgarlı bir hava...

Adamın keyfinin kaçmasına neden olan, İstanbul'un o geceki meteorolojik ve astronomik durumu değil, astrolojik ortamıydı... Taksi bulamadıkları için arabalarını kullanmak zorunda kalmışlardı. Bu da en kötümser kehanetle adam en sevdiği balığı su, en iyimser kehanetle de soda eşliğinde yemek durumunda kalacağı anlamına geliyordu.

Yemekte şarap içme sırası o akşam karısındaydı.

"Taksiye binemediğimiz için değil, ızgara balığı su veya limonlu soda ile yemek zorunda olduğum için keyifsizim" diye cevaplandırmıştı adam, karısının "Bu gece pek de neşeli değilsin" deyişini...

Gece 20:00 civarında yemeğe oturmuşlardı. Ebru mükemmel kızarmış çupraları görünce dayanamamış ve kocasına "Pekala, arabayı ben kullanırım. Sen rakı içebilirsin demişt. Adam kendisine hoşlandığı yoğunlukta üç kapak rakı, altı kapak su ve üç küp buz koydu bardağına. Gülümsemeye çalıştı, olmadı...

Adam son derece keyifsiz bir şekilde, didikleye didikleye balığının sadece üst kısmını yiyebildi. Onun neşesizliği ve keyifsizliği, mükemmel lezzette mezelerle donanmış masanın çevresinde oturanların da keyfinin ve iştahının kaçmasına neden olmuştu.

Normalde, keyifli ve neşeli bir cumartesi gecesi aile ve arkadaş toplantısından dönmek üzere taksiye bindiklerinde sabahın erken saatleri olurdu.

Ama o gece, parti 12:30'da sona ermişti. Masadan kalktıklarında adamın önündeki bardak hala yarı yarıya rakı doluydu.

Çabucak içilen kahvenin ardından dışarı çıktıklarında hava hala aynı kararsız kasvetliliğini sürdürüyordu.

Eşi arabayı kullanarak otoparka girdiğinde saat 01:00'i gösteriyordu. Eşi o saatte Bağdat Caddesi'nde deli deli hızla yarışanlar olduğunu söyleyerek arka sokaklardan yavaş ve tedbirli olarak arabayı sürmüştü.

Adam yorgun hissediyordu kendisini, hemen yattı.

İlerideki günlerde farkında olacakları şey şayet o gece taksi bulabilmiş olsalardı, Hediye Hanım'ın evine taksi ile gidecekleri ve her defasında olduğu gibi 01:30 ila 02:00 arasında masadan kalkacakları ve kahve sohbetinin ardından 03:00 gibi Hediye Hanımın evinden ayrılacaklarıydı.

Taksi de Bostancı'dan Bağdat Caddesi'ne çıkacaktı Feneryolu'na gitmek için... 03:30 civarında Erenköy Divan Pastanesi'nin önünden geçerken, o sıralarda olacak o meşum kazayı görecekler veya "O" kaza gibi trafik katliamında öldürülenlerin gazete kağıtları ile örtülmüş cansız bedenlerine uykulu gözlerle bakarak: "Allah Rahmet eylesin zavallılara" deyip geçeceklerdi... O esnada asla bilemeyeceklerdi ki yol kenarında ağacın yanı başında, vücudunun yarısı yolda yarısı kaldırım toprağında kıvrılmış kalmış, üstü gazete kağıdı ile örtülmüş cansız bedenin ***Selin***'e ait olduğunu...

Odayı yoğun bir nikotin kokusu ve sigara dumanı kaplamıştı. Koku öylesine yoğun iğrençlikteydi ki adam o kadar sigarayı içen kendisi olduğu halde rahatsız olmuştu. Kalktı... Balkonun kapısını sonuna kadar açtı...

Bir anda içeriye dolan, soğuk ve nemli esinti, taze hava, adamın yorgunluktan kızarmış gözlerine, soğuk kompres gibi iyi geldi.

Adamın gözlerindeki kaşıntı yok olmuştu bir anda... Cuma ruhundaki ve beynindeki tırmalayıcı düşüncelerin verdiği olumsuz hisler kaybolmamıştı.

Adamın, beyninde, kalbinde, midesinde onun içini kemirmekte olan milyonlarca iri, kırmızı, etobur Afrika karıncası vardı. Ruhunu, düşüncelerini, duygularını acımasızca kemirerek ona işkence çektiren kırmızı karıncalar...

Adam, daha fazla yazamayacağını düşündü. Kurşun kalemini tutan parmakları, sarsılmakta olan vücudunun etkisiyle oynamayı reddediyordu. Tüm adaleleri kaskatı olmuş, gerilmiş seğiriyordu. Adam kalemi parmaklarının arasından masanın üzerine düşürdü.

Oturmakta olduğu masanın üzeri ve çevresi onlarca buruşturulmuş ve savrulmuş, kimisi yarıya kimisi sonuna kadar yazılmış, kimisi de sadece bir cümle yazılmış kağıtlar ile doluydu...

Adam kızının öldüğü gece, sabah nasıl uyandığını sabahın ilk ışıklarıyla çalan telefonun, sesinin gelecek dakika, saat, günlerde yaşanan şeylerin neler olduğunu yazmak istiyordu ama bir türlü yazamıyordu...

Balkona çıktı... Saat 04:00'e yaklaşıyordu. Sabah ayazı onu rahatsız etmedi çünkü farkında bile olmamıştı... Onu rahatsız eden şey kızının ölüm haberini ilk aldığı an ve sonrasında yaşadıklarını anlatmaktı.

Bunu yapmak istemiyordu. Ruhu bunu reddediyordu. Bunları yazmak istemiyordu.

Balkon masasının plastik koltuğuna çökercesine oturdu. Bakışları tam karşısında yaklaşık 1000 ve 1500 yarda uzaklıkta, denizin üzerinde yanıp sönen çakar fenerlere takılı kalmıştı.

05:15 Haydarpaşa-Gebze banliyö treninin güçlü elektrik motorlarının uğultusuna eşlik eden ritmik travers atlama seslerinin metalik tıkırtıları içerisinde bir yılan gibi, balkonun altından kayıp dönemeçte gözden kayboluşunu izleyen adam, aniden üşüdüğünü hissetti. İçeri girdi. Masaya oturdu, tekrar kalemi eline aldı.

Sonra aniden, aklına gelen bir düşünceyle kalemi duvara fırlattı. Başını iki elinin arasına alıp, öylece kaldı...

Dışarıda soğuk, kurşuni gri bir gökyüzü, sabah uyanıp çay demlemek üzere mutfağa girip, penceresinin önünde duranlara, parlak, aydınlık ve mutlu bir gün vaad etmiyordu.

Adam masa başında, başını kollarının üzerine koymuş şekilde uyuyakalmıştı.

Aniden uyanarak başını masadan kaldırdı adam. Hemen masanın yanı başında duran büyük karton kolinin içerisine eğildi. Doğrulduğunda, elinde gazete ve dergilerden, fotokopilerden ibaret koca bir yığın vardı. Hepsini halının üzerine yaydı. Yığını hızla karıştırdı... Doğrulduğunda aradığı şey elindeydi. Bu bir röportaj metniydi. O "İlk gün" ile ilgili olarak Bolu Oteli'nde bir gazeteciye anlattıklarıydı. Bu bölümü nakledebilirdi. Öyle de yaptı...

Masanın başına oturdu. Kalemini ele aldı ve hızla şu cümleleri yazdı:

"Kendi ağzımdan, ruhumdan, kalbimden nakletmeyi çok denedim... Ağır geldi... Başaramadım... Elim de, beynim de yazmayı reddediyordu. Ben de yegane çıkar yol olarak çözümü, daha önce bir dergi ile röportajda anlattıklarımı aynen aşağıda yazıldığı şekilde nakletmeye karar verdim. Bağışlanmam ümidiyle..."

***"18 Haziran 2000 tarihinde yapılan bir röportajdan alıntı..."***

... Telefon sabaha karşı 05:00 sıralarında çaldı. "Kızınız bir trafik kazası geçirdi, şu anda Göztepe SSK'da" diyordu telefondaki ses. "Kızım yaşıyor, çok küçük sıyrıkları var gidip, alıp geliriz" diye düşündüm... Ölüm hiç aklıma gelmedi. Hemen hastaneye koştuk. Göztepe SSK'ya gittik, görevli "Bize öyle bir kaza gelmedi, bir de Haydarpaşa Numune'ye bakın" dedi. Göztepe Karakolu'na İlçe Emniyet Müdürlüğü'ne gittik. Kimse fikirleri olmadığını söylüyordu. Haydarpaşa Numune'ye baktık. Orada da yoktu ***Selin***. Tekrar aramaya başladık. Arabaya bindik telaşla... Göztepe SSK'ya doğru yol alıyoruz. Bir telefon geldi: "Boray, ***Selin***'i arama, başımız sağolsun... ***Selin***... SSK Göztepe'de MORG'da.." İnanamadım. Bir yanlışlık vardır mutlaka diye SSK Göztepe Morgu'na koştuk. Eşim Ebru morga girdi... Çıktığında gözleri yaşla dolu olarak "Başımız sağolsun canım... İçeride Boray" diyerek katıla katıla ağlamaya başladı... Ağladık... Hala inanamıyordu. Ta ki, morg görevlisi kanlar içerisindeki tek küpesini avucuma koyuncaya dek... İşte o anda onun yokluğunu kabullendim. Kalbimi olduğu yerden söküp yok eden, onun yerine doldurulmayı bekleyen bir boşluk yaratılmıştı. ***Selin*** ile ilgili olarak "Yaşananların ve yaşanılamayanların dışında" yeni anılar olmayacaktı. Kocaman bir boşluk. Yalnızca geçmiş anıların buruk hüznü vardı gayri yaşanacak...

Sıla hasreti gibi yavrum ***Selin***'in hasretine mahkum olmuştum. Müebbeden... Onu göremeyecek, ona dokunamayacak ve onu koklayamayacaktım... Yavrusunu kucağıma alamayacaktım...

Adam bu cümleyle yazdığı bölüme son noktayı koydu. Aniden ağır bir uyku bastırmıştı. Gerçek yaşamdan firar zamanı gelmişti adam için. Dışarıya gökyüzüne baktı. Yeni bir gün başlıyordu dışarıda. "Kimileri için neşeli haberlerle dolu, kimileri için de ölüm haberiyle dolu olarak geçecek yaşanılması gereken yeni bir gün" diye düşündü adam.

"Allah bugün öleceklerin yakınlarına dayanma gücü versin, öleceklerin ruhlarını şad eylesin, günahlarını da bağışlasın" diyerek sessizce dua etti ve oturma odasına yürüyerek, kanapenin üzerine uzandı. Uyumadan önce aklından geçen düşünce "Allah'ım, hiç olmazsa bugün bu acıyı bana ve yakınlarıma tekrar yaşatma" olmuştu...

# GELECEĞE YÜRÜYÜŞ 12

## SEKİZİNCİ GÜN

### Düzce-Bolu Dağı-Metro Tesisleri

Uyumakta olan adam, yürüyüşünün sekizinci gününe tokat şaklaması ile uyanarak başladı. Bu ses çadır penceresinin dikişlerinin çürüyerek kopan bağlarından ötürü rüzgara bağlı olarak serbestçe hareket eden muşamba kapak örtüsünün aniden çıkan sert ve hırçın rüzgarın etkisiyle çadırı tokatlamasından geliyordu.

Çadır, yeni model görünüyordu ama ciddi tasarım hatalarına sahipti. Çadırı tasarlayanlar, bir sene süresince çadırın mazur kalacağı atmosferik şartların etkilerini dikim öncesi hesaba katmamışlar, bollaşma, çekme, sertleşme faktörlerini göz önünde bulundurmamışlardı. Plastikten mamül çadır, pamuk ipliğiyle dikilmişti. Kenarlar ise pamuklu brenda beziyle ve overlok kullanılmadan çevrilmişti.

Bu hataların doğal sonucu, çadır zeminden su ve hava geçirecek şekilde çekmiş, boşluk sahibi olmuştu. Hava giriş ve tahliye delikleri, koruma kalkansız ve yanlış yerlerdeydi. Hatta yalnızca tek bir yerde tavandaydı. Böcek, yağmur, soğuk, nem, rüzgar ne varsa hepsi içeride hapsolmaya özel tasarımlanmış gibiydi.

Adam, memuriyet, iş hayatı deneyiminden gelen bilgiyle tüm gördüklerinin nedeni konusunda niçini konusunda bilgiliydi, biliyordu ama bu konular onun hep ilgi alanı dışında kalmıştı. İşini iyi yapmadan iyi para kazanmak; onun işini iyi yapan, sorumlu vatandaş felsefesiyle bağdaşmıyordu ve bu nedenle bu tür ihalelere asla katılmamıştı.

Yattığı şilte ıslaktı... Yastık, battaniye hepsi yoğun nemden ıslanmıştı. Çadır içten ve dıştan naylon iplerle takviye edilmişti... İçinde yaşayanlar sorunlara pratik önlemleri kendilerince almaya çalışmışlardı.

Adam çocukların geleceği için bir kez daha kaygılandı. Hemen giyinerek, tıraş olmayı müteakip kahvaltı için beklenildiği çadıra gitti. Düzce'nin ileri gelen idarecileri, yöneticileri ve siyasileriyle tanışıp, depremzedelerle ve çocuklarla kucaklaştıktan sonra öğleye yakın saatlerde tekrar yola koyuldu. Gördükleri, duydukları ve paylaştığı olumsuz koşullardan büyük bir üzüntü duymuştu.

"Gerçekler yaşanır, hayaller ise hamasi söylemce, mikrofonda tiyatro ses tonu ve edasıyla söylenir..." diye düşündü adam kahvaltısını yaparken çevresinde oturan depremzede kadın, erkek ve çocukların kadere teslim olmuş bakışlarını incelerken... "Bu insanlar her hayale, o hayali zihinlerinde yaşatan insanların söylemlerine inanmaya her an hazırlar ama sorun şu: Daha ne kadar ve nereye kadar?"

Adam kendisine yöneltilen sosyal içerikli, günlük yaşamla ilgili suallere kısa ve öz yanıtlar verdi. Politik içerikli ve politikacılarla ilgili devletle, hükümetle ilgili sualleri; suali tekrarlayarak cevaplamaya başladı ve sonra aniden konuya kayan çok ilgisiz bir cevapla, o suali cevapsız havada asılı bırakarak, cevapladı. Çok konuşmuş ama hiç birşey söylememişti.

Adam, "İnanmadığım şeyi inanıyormuş gibi, yalan söyleyerek cevaplamaktansa hiç cevaplamamak çok daha iyi ve dürüst olur" diye düşünmüştü. "Devlet" kavramı onun için kutsaldı...

Düzce-Kadıköy-Çadırkent'inden hüzünlü, buruk ve öfkeli ayrılmıştı. Bir şeyin bilincine bir kez daha yaşayarak varmıştı. Trafik terörü, bir sonuçtu. Yılların getirdiği, biriktirdiği, ekonomik sosyal ve kültürel erozyonun toplumsal ölçekli saygısızlığın, duyarsızlığın, vurdumduymazlığın, sevgisizliğin, maddi değerlere düşkünlüğün ve çarpık iş hazırlama, planlama, yapma, bitirme zihniyetinden kaynaklanıyordu. Yalnızca hukukta değil, eğitimde, sosyal, kültürel, ekonomik her boyutta ulusal reformlara, yeniden yapılanmalara, kötüleri ayıklamalara gitmezsek bu trafik terörüyle asla baş edilemez diye düşündü adam. Başını öne eğdi. Hiçbir depremzedeyle gözgöze gelmek istemedi. Yüreği bu acı gerçekler karşısında burkulmuştu. Bakışlarıyla depremzedelere çaresizlik korkusunu aşılamaktan kaçınıyordu...

KASDAV-Kadıköy Belediyesi'nce, kurulmuş olan Çadırkent, Başkan Av. Selami Öztürk, KASDAV gönüllüleri ve belediye çalışanlarının tüm özverili mükemmel gayretlerini, kurumsal ve kişisel düzeyde belirgin bir şekilde gören gözlere yansıtıyordu. Çadırlar hariç... Onlar da kısa zamanda yapanların bilgi ve kültürü düzeyine bağlı olarak ancak o kadar olabilirdi. Övünç duyulacak bir imalat olmamasına rağmen gene de 1912 savaş yıllarını anımsatan Kızılay çadırlarından daha medeni ve konforluydular...

Bu düşüncelerle Çadırkent'in kapısından uzaklaşan adam, geriye baktığında gülümseyen dost ruhların ılık esinti taşıyan samimiyet rüzgarını yüreğinde hissetti. Sağ elini kalbinin üzerine koyarak aynı içtenlikle ruhsal mesajı o kişilerin yüreklerine ilettikten sonra, sırt çantasının kolonlarına bir kez daha asılıp, temposunu yükselterek yürümeye başladı.

Tabanları, sırtı, boynu, dizleri ve beyni acılarla doluydu... Unutmaya çalıştı... Ankara'yı düşündü, hedefine kilitlendi... Her adımı fatiha idi... Hızla tesbihine devam etti. Acılar yanı başındaydı ama anılar geride kalmıştı. Umuda doğru yürüyüşüne sakar ama hızlı ve kararlı adımlarla ilerlemeye devam etti.

"Mustafa Bey, ben Düzce sağlık kurumunun doktoruyum... Bir ihtiyacınız var mı?" Sorusuna adam sıkılarak "Evet". diyerek cevap verdi. İhtiyacı olan şey Orkid-Ultra-gece pedleri ve ağrı kesicilerdi. Adama sorunlarını anlattı. Doktor yanından ayrıldı. D-100 karayoluna çıkmak üzereydi ki, yanına yavaşça yaklaşarak duran araçtan aşağıya inen doktorun elinde tuttuğu plastik poşetin içerisinde yer alan ağrı kesiciler, pomatlar, antibiyotik kremler ve "Diğer"ler başlığı altında yer alan Orkid Ultra gece pedler adamı Ankara'ya kadar idare edecek miktardaydı. Adam yürekten teşekkür ettiği bu doktorla bir daha karşılaşamayacağını o anda bilmiyordu.

Gökyüzü anormal berraklıkta, güneşse pırıl pırıl, erimiş alüminyum sıcaklığına ve aydınlığına sahipti. D-100 karayolu düz bir ovada, ovanın nihayetinde bir kale duvarı ihtişamıyla yükselen Bolu dağlarının eteklerine, Kaynaşlı'ya kadar dümdüz uzanıyordu.

Yol boyunca, yapılan röportajların ardı bucağı yoktu. Adapazarı Trafik Ekipler Amirliği'ne bağlı polis ve araçları çektikleri işkencenin sonuna yaklaşıyorlardı. Adam, bir anda önüne çıkan koyu renk takım elbiseli kişinin heybetli yol kesişiyle durmak zorunda kaldı. Düzce Belediye Başkanı'nın evi yol üzerindeydi ve kendisini sabah kahvesine davet ediyordu. Adam davete icabet etti.

Aile ortamında geçen hoş dakikalardan sonra yeniden yola koyulan adamın vücudu "Artık yeter, ara ver ve bizi tedavi et" sinyallerini umutsuzca ve sürekli olarak gönderiyordu.

Sinyaller doruk noktasına ulaştığı anda, Kaynaşlı Sapağı yaklaşık dokuz, on kilometre uzaklıktaydı.

Adam saatine baktı, dörde geliyordu. Saatlerdir yürüyordu ve vücudunun uyarılarına kulak vererek, önüne çıkan ilk benzin istasyonunun kahvesine doğru yönelerek, teçhizatını çıkartıp oturdu. Su, tuz, çay ve kahve. Hepsini ard arda sırayla tüketmeye hazırdı.

Su ve tuz sırasını savmıştı ki yanına yaklaşan grubun arasında yer alan bayan kendisini Metro Turizm Otobüs Şirketi'nin Halkla İlişkiler Sorumlusu olarak tanıttı. Geceyi Metro tesislerinde geçirmesi teklifinden önce, kavga dövüş adamın botlardan çıkmış ayaklarını, önlerindeki sandalyenin üzerine koymasına adamı ikna etti.

Adam utanarak, sıkıntı içerisinde denileni yaptı. Çoraplarının ve ayaklarının iğrenç koktuğunu düşünüyordu. Bayan ise tam tersini söylüyordu. Otoriter bir anne edasıyla verilen komutlara çaresiz uyan adam, o gece Metro Turizm Tesislerinde, Tesis Müdürü'nün odasında yatarken, oraya kadar yürüyebilmesini o ayak kaldırmasına ve dinlendirmesine borçlu olduğunun farkında değildi.

Metro Turizm yetkilileri ayrıldılar. Kısa bir süre sonra ikinci kahve eşliğinde yakılan bir sigaradan alınan ilk nefesin ardından İstanbul'dan kendisini görmek üzere, gün boyunca kendisini arayan iki öğretim görevlisi, arabalarıyla gelip adamın yanına park ettikten sonra adamla konuşmaya başladılar.

Özel bir üniversiteden olduklarını, trafikle ilgili bir çalışma grubunun üyesi olduklarını, adama destek vermek üzere proje geliştirdiklerini, bu proje kapsamında iş dünyası ve Türk sanat ve sahne hayatının en gözde temsilcilerinin kendisine destek vermek üzere helikopterlerle, arabalarla Bolu Koru Oteli'ne geleceklerinden bahsettiler. Adam tüm bunları teşekkür duygularıyla dinledi. Sonra, öğretim görevlilerinden birisi aydınger kağıt üzerine çalışılmış bazı projelerini adama izah etmeye başladı.

"Bu işaretleri plaketler halinde kilometre taşları gibi sizin uğradığınız, durduğunuz yerlere yerleştireceğiz... Toplumsal Bilinçlenmenin kalıcı işaretle çoğalması için, eğer onay verirseniz tabii..."

Adam kendisine gösterilen eskizlere baktı. Eskizler, Sabah-İstanbul gazetesinin bir amblem olarak sayfasına yerleştirdiği bir "Yürüyen Adam" siluetiydi...

Bu siluet bir üçgenin ortasında yer alıyordu. Çevresinde ise üniversitenin ve çalışma grubunun adı yazıyordu. Adam yutkundu... Ses tonunu mümkün olduğu kadar yumuşak, sevecen tutmaya çalışarak hafifçe konuştu:

"Mükemmel içerikli niyetiniz, amacınız, gayretleriniz ve desteğiniz için teşekkür ederim... İş ve sahne hayatının güzide temsilcilerinin Bolu Koru Oteli'nde beni ziyaret etmeleri beni onurlandırır. İki dileğim var, bu proje çalışmalarınızı kabul ve desteklemek için…

Birincisi: Lütfen helikopterle gelerek beni ziyaret edecek televizyon ve sahne hayatının en popüler ve duayeni sayılabilecek bayan temsilcileri lütfen, şıkıdım şıkıdım sahne kıyafetleri, lame ayakkabı makyaj ve simli elbiseleriyle beni ziyarete gelip, sahne ses tonu ve sahne kelimeleri sarf ederek konuşmasınlar. Ben mezarlıktan geliyorum, gece kulübünden değil...

İkincisi: Lütfen, benim siluetimin çevresindeki bu üniversite ve çalışma grubu adını kaldırın. Ben, yalnızca çocuklar için yürüyorum. Ölenler, ölecekler ve yaşayanlar için. Herhangi bir kurum, kuruluş, dernek veya partinin adına yürümüyorum. Bu eskizler, benim üniversite veya grup adına yürüdüğüm şeklinde yanlış bir düşünce veya kanaate sebebiyet verebilir.

Bu kelimeleri kaldırın, dilediğinizi yapın" diye konuştuktan sonra sustu. Öğretim üyeleri çalışmalarını yavaşça çantalarına yerleştirdikten sonra tebessüm ederek cevap verdiler: "Mustafa Bey, bu konudaki duyarlılığını çok yakından biliyoruz. Haklısınız bunu gözden kaçırmışız. Gerekli düzeltmeleri yapıp size hemen geri döneceğiz."

Adamlar, arabalarına binip uzaklaşırken adam, acı bir tebessümle arkalarından "Veda" mahiyetinde el salladı. Geri dönmeyeceklerini biliyordu. Nitekim de öyle oldu... Onları bir daha asla görmedi...

Ne iş ne sahne hayatının duayenleri Koru Otel'e geldi, ne de trafikle ilgili çalışma grubunun öğretim görevlisi temsilcileri... Adam, acı tebessüm içerisinde başını iki yana sallayarak kendi kendine konuştu:

"***Erdem***, işi bilmeye rağmen işe çıkmamaktır" ve geleceğe doğru yürüyüşüne devam etti... Geleceğe doğru tek başına bir yürüyüş...

Adam kararlı, yavaş, aksayan, yorgun tempoda yürürken o anda bilemiyordu ki, sahne hayatından sadece üç kişi doğrudan, bir kişi de iki saniyelik süre içindeki kaçamak bakışın içerisine gizlenmiş annelik iç güdüsünün dışa vurumu ile kendisine görünür ve görünmez manevi destek verecekti.

Adam, Kaynaşlı Sapağı'na ulaştığında hava kararmıştı. Yorgundu... Ayakları, omuzları, kasları ve eşek arısının soktuğu yer hala acıyordu.

Bolu Dağı'na tırmanmaya başlamadan önce otoyol gişelerinin hemen ilerisinde yer alan bir petrol istasyonunun dinlenme tesislerinde bir saate yakın süreyle dinlenerek, kendisine refakat eden trafik polislerinin ve araçlarının da bir nebze olsun rahatlamasını istedi.

Tekrar, yola çıkarak yürüyüşüne başladığında çevresini Kaynaşlı halkı çevrelemişti. Yanına Kaynaşlı deprem çadırlarında kaldıklarını söyleyen genç iki bayan yaklaştı. Çocukları yanlarındaydı. Kendisini kalmakta oldukları Çadırkent'e davet ettiler.

Adam Metro Turizm'e sözü olduğunu üzüntüyle belirtirken, samimi duygularıyla "Biraz daha ısrar ederlerse, Metro Turizm'den özür dileyerek depremzedelerin Çadır kentinde geceyi geçirebilirim" diye düşünüyordu.

Çevresi yol boyunca birikmiş, kendisini alkışlayan kadınlar, çocuklarla doluydu.

Adam, ısrar gelmeyişine memnundu. Söz vermişti bir kere, iyisi veya kötüsü için, sözünden dönemezdi. Geceyi Metro Turizm'de geçirmek için Metro Turizm Tesisleri'ne gece yarısına doğru ulaştığında yorgundu ve gün boyunca yaşadıkları ruhsal yorgunluğunun ağırlığı altında eziliyordu. Ayaklarına bakmak dahi istemeyecek kadar uykulu olduğu için, kendini kanapenin üzerine olduğu gibi bıraktı.

Uyumadan önce aklına gelen en son şey konuştuğu depremzede köylünün söylediklerinden aklında kalan tek şeydi... "Dağ köylüleri amca, ölülerini, çocuklarını, at arabasıyle mezarlığa götürdüler... Hala, daha hiç kimsenin uğramadığı yıkılmış köyler var..."

Adam uyurken gözünde canlanan resim, deprem sonu, yıkıntılar arasında zorlukla yol alan bir at arabasının arkasında taşınan cansız, kefene sarılmış minik çocuk bedenleriydi...

Adam, gözlerini sımsıkı kapattı. Uzaklardan bir yerlerden yaklaşan at nallarını ve gıcırdayan tekerlek seslerini duyar gibiydi... Ezan sesi duyar gibi olduğunda ise derin uykuya dalmıştı.

Rüyasında birisi, bir çocuk şarkı söylüyordu. Birisi, yaylı bir at arabasının gelerek, kendisini mezara taşımasını istiyordu...

## *GÜNBATIMI ÖYKÜLERİ 9*

### *"SWING LOW SWEET CHARIOT"*

***Swing low, sweet chariot, coming for to carry me home***
***Swing low, sweet chariot, coming for to carry me home***
***I looked over Jordan and what did I see?***
***Coming for to carry me home***
***A band of angels coming after me***
***Coming for to carry me home***
***Swing low, sweet chariot, coming for to carry me home***
***Swing low sweet chariot, coming for to carry me home***
***If you get there before I do***
***Coming for to carry me home***
***Tell all my friends I'm coming too***
***Coming for to carry me home***
***Swing low, sweet chariot, coming for to carry me home***
***Swing low, sweet chariot, coming for to carry me home***

***M. Boray Uras***

## *"YAVAŞ SALIN... YAYLI ARABAM"*

***Yavaş salın, yaylı arabam, beni evime götürürken***
***Yavaş salın, yaylı arabam, beni evime götürürken***

***Ürdün nehrinin ardında ne gördüm***
***Beni evime götürürlerken***
***Ardımda yığınla melek***
***Beni evime götürmeye gelen***

***Yavaş salın, yaylı arabam, beni evime götürürken***
***Yavaş salın, yaylı arabam, beni evime götürürken...***
***Benden önce, oraya gidersen***
***Beni evime götürürlerken***
***Sevdiklerime geleceğim haberini ver***
***Beni evime götürürlerken***

***Yavaş salın, yaylı arabam, beni evime götürürken***
***Yavaş salın, yaylı arabam, beni evime götürürken***

***M. Boray Uras***

***23 Şubat 1989 – Erenköy, İstanbul…***

Adamın kullandığı araba, Erenköy Kaşaneler Çıkmazı Sokak'ta ***Selin***'in annesiyle oturduğu apartmanın önünde durduğunda saat 14:00'e geliyordu.

***Selin***, balkondan aşağıya önünden sarkan saçlarının arasından bakarken heyecanı doruk noktasındaydı.

Babası ve Ebru ile saat 14:00'te buluşmayı kararlaştırmışlardı.

Bir hafta öncesinden sözleşmişlerdi o gün saat 12:00'de buluşup hep birlikte bir vapur yolculuğu yaparak Burgaz adasındaki sahilde yer alan küçük ve şirin balıkçı lokantasında öğle yemeği yemek için.

Ancak, hafta içerisinde babasının bir arkadaşı İngiltere'den Türkiye'ye gelmişti. Hem iş hem de yakın aile arkadaşı olduğu için, o gün yanlarında bir de misafirleri olacaktı.

***Selin***'in o sabah bundan haberi olmuştu. O sabah telefonla konuşurlarken, babası, "***Selinciğim*** özür dilerim, biz saat 12:00'de değil 14:00'te ancak gelebileceğiz. Tahmin et niçin?"

"Lastik mi patlak?"

"Hayır değil"

"Anladım, duşa gireceksin, gömleğin ütülenecek, biraz da resim yapmayı düşünüyorsun"

"***Selin*** sorduğuma pişman oldum. Tamam tahmin etme! Tahminlerin hiç hoşuma gitmedi... Haince iğneleyiciydiler..."

***Selin***'in kıkırdayan sesi, Eru'nun kulağına ulaştığında, Ebru adamın yanına gelerek ahizeye seslendi:

"İngiltere'den Matthew geldi. Onu otelden alacağız, O da bizimle Burgaz'a geliyor"

***Selin***'in sesi bir anda telaş içeren bir tonla ahizeden yükseldiğinde adamla Ebru birbirlerinin yüzüne bakarak tebessüm ediyorlardı.

"Matt ağbi gene mi geldi? Eyvah gene İngilizce konuşmak zorunda olacağım..."

***Selin*** İngilizce'yi çok iyi anlıyordu. Pratiğinin azlığından, Türkçe kelimelerin İngilizce karşılıklarını, konuşurken düşünüp, zihninde bulmaya çalışırken, kilitlenip hiç konuşamamaktan şikayetçiydi. Mektup yazarken çok iyiydi ama konuşurken iki kelimenin arasında düşünme payı olarak uzayan zaman aralığı onu yoğun strese sokuyor ve sonunda heyecan ve mahçubiyet içerisinde olgun bir domatese dönüşen yanaklarla, gülerek "Baba bunun İngilizcesi neydi?" diye sormak zorunda kalıyordu.

***Selin***, İngilizce konuşmak zorunda kalma stres ve heyecanına sabahın erken saatinde kapılmıştı. Adam telefonda, yavaşça "Evet ***Selinciğim***... İngilizce konuşmak zorunda kalacaksın güzelim!" derken vahşi ve acımasız bir ses tonuyla hain hain gülümsüyordu.

***Selin***, apartman kapısından koşarak çıktığında, herkes arabanın dışında ***Selin***'i bekliyordu. Herkesle kucaklaşan ***Selin***, arabaya bindiğinde yanakları kırmızı domates renginden mürdüm eriğinin morluğuna dönüşmek üzereydi. Başını öne eğmiş; yüzünü, uzun, gür kestane rengi saçlarının arkasında saklayarak, gelecek suallerden kaçınma manevrası yapıyordu.

Derken korktuğu başına geldi.

Matthew konuştu: Hem de İngilizce olarak...

"E *Selin* hadi anlat arkadaş okul nasıl gidiyor, sınavlar nasıl geçiyor, en son ne resmi yaptın? Hangi kitabı okudun?"

*Selin*'den son derece açıklayıcı, net ve öz bir cevap gülme tonuyla çıktı.

"İyi"

Matthew bu cevaplara alışkın olduğu için devam etti:

"Hepsi mi?"

"Evet hepsi"

"Matematik sınavı da mı iyi geçti?

"Evet.."

"Coğrafya ve Fizik de mi?"

"Evet"

"Hiç kötü geçen sınavın olmadı mı?"

"Olmadı"

Matthew gülerek cevapladı:

"Üzülme *Selin*, senin yaşındayken bana da bazen benzer terslikler olurdu ve sınavların hepsinden başarılı olduğumu söylerdim. Hocalar da anneme benimle aynı düşüncede olmadıklarını söylediklerinde de anneme şöyle konuşup onu iknaya çalışırdım: 'Anne, hocalarım niçin farklı düşünüyorlar, niçin mükemmel, olumlu ve uyumlu düşünce yapısına sahip değiller? Mesela senin gibi niçin olamıyorlar? Senin gibi olumlu, uyumlu ve anlayışlı düşünce sahibi bir insan olmak çok mu zor?' derdim."

"Peki, annen sana ne derdi?"

"Hiçbir şey *Selin*... Sadece bulaşık yıkamayı bir anda keser, ellerini önlüğünde kuruladıktan sonra, sessizce mutfak dolabının kapısını aralayıp, çıkardığı uzun saplı süpürgeyle beni kovalardı..."

***Selin*** gülmeye başlamıştı. Yavaş yavaş stresi azaldıkça, İngilizce kelimeler daha kısa zaman aralığı içinde beyninden diline ulaşmaya başlamıştı.

Arabada herkesin güldüğünü gören Matthew da gülmeye başlayıp sohbetini tamamladı. "Evet efendim, ben çocukluğumda bir süpürgeden daha çevik ve hızlı olmak zorundaydım..."

Sohbet süresince Bostancı iskelesine gelinmişti. Arabayı otoparka bıraktıktan sonra çabuk adımlarla yolu geçerek, gişeden Adalar vapuruna jeton alıp, kendileriyle beraber onların arkalarından koşturan üç kişiyle harekete hazırlanan geminin güvertesine son dakikada ayak bastıktan sonra, gemi palamar çözüp, burnunu geri manevra ile Adalar'a doğru çevirdiğinde ***Selin*** üst güvertenin arka bölümünde korkuluklara yaslanmış, denize iri köpükler yaratarak suyu çalkalandıran uskur suyunu seyrediyordu. Saçları ve atkısı rüzgarda uçuşuyordu.

Burgaz adasına kadar seyir boyunca grup, adadaki liman kıyısında yer alan küçük soğuk ve esintili havaya rağmen lokantanın rıhtım kenarına yerleştirdiği masalara oturduklarında verecekleri balık siparişinin ayrıntılarını konuşuyordu.

Güneş, turuncunun eflatuna kadar olan renk çeşitliliğine sahip ılık etekliğini muhteşem pırıltılarla denizin sekintili dalgaları üzerinden çekip toplayarak dünyanın öbür yüzündeki insanların göz ve gönülleri üzerine yaymak için uzaklaştığında yerini koyu mavi battaniyeyle evrenin sonsuz boşluğuna bırakmıştı. Yıldızlar her yandan pırıltılar halinde cılız ışıklarını insanları ışıksız bırakmamak için insanların üzerlerine gönderiyordu.

Rıhtım boyunca yer alan rıhtım ışıkları ise, ince uzun bir koridor kümesi halinde karşıdaki Kınalı Ada ve kıyı şeridine yelpaze şeklinde yayılıyordu.

Gecenin soğuk hüzünlü her yere çökmüştü. Bu, şiirsel anlatıma sahip bir hüzündü. Yaşam coşkusuyla ölümün çaresizliği gerçeğini bir arada yaşatan ve o gün için verdiği nimetlere, sağlık ve neşe için Allah'a şükrettiren, ilerisi içinse yalvartan...

Bostancı'ya gitmekte olan vapur, Burgaz Adası iskelesindeki yolcuları almak için palamar bağlarken palamarların bağlanışını sessizce seyreden yolcular, arkada duran gruptan yükselen ani kahkahalarla irkilip geriye baktılar. Bu bakışlar, çığlık ve kahkaha nedenini sorgulayan bakışlardı. Sonra önlerine döndüler. Belki de bir anlam verememişlerdi ama asla bilemedikleri şey bu çığlık ve kahkahanın nedeninin Matthew'in aniden "Yaa şimdi aklıma geldi, Bostancı'da kokoreç yemeye ne dersiniz?" deyişiydi...

Mercan, levrek, lüfer, kalamar ve meyve... Üzerine yarım saat sonra kokoreç yemek! Bunu ancak Matthew yapabilirdi ve yaptı da.

Akşamın ve güzel bir akşam sonrası geri dönüşün getirdiği hüzün ortamı, "Kokoreç" sayesinde yerini gene neşeli ve coşkulu bir havaya terk etmişti.

Matthew mutluydu, gene kokoreç yemişti... ***Selin*** "Matt bunun ne olduğunu biliyor musun, bunu... Şu şeyi nasıl yiyebiliyorsun?" diye sorduğunda Matt, "Büyük bir iştahla, zevkle ve sabırsızlıkla ***Selin***" diye cevaplamıştı.

***Selin*** açılmış gözlerle çekilmiş dudaklarla fısıldadı: "Peki tadını beğendin mi?"

"Enfes" diye cevapladı Matthew: "Nijerya-Lagos'ta toprak yol kenarındaki mangalda pişirilen eşek kafasından daha lezzetli"

**Selin** gözlerini kapattı. Kulaklarını parmaklarıyla tıkadı. Matthew devam ediyordu:

"Kızarmış eşek kafası da bana Şangay'da yediğim canlı maymun beynini hatırlattı" derken **Selin**, kulakları tıkalı halde Matthew'a dil çıkarıp arkasını döndü.

Masada herkes gülmeye başladı...

Soğuk ve güzel bir gün ve gece sona ermişti. **Selin** o gece babasında kalacaktı. Boğaziçi Köprüsü yoluna girdiklerinde **Selin** Matthew'a dönerek oldukça düzgün ve akıcı bir İngilizce ile konuştu:

"Matthew, o şarkı nasıldı, hani ellerini ve parmaklarını kullanarak söylediğin?"

"Şarkı?" diye sordu Matthew "Senin sevdiğin o şarkıyı gene söylememi ister misin **Selin**.."

"Evet" diye coşkuyla cevapladı **Selin** "Lütfen!"

**Selin** ilk duyduğu andan beri o şarkıyı çok sevmişti ve her sene üç veya dört kez Türkiye'ye gelen Matthew her seferinde **Selin**'e o şarkıyı söylüyordu.

"Tamam" diye cevapladı Matthew "Tamam söylüyorum, işte geliyor ahbap! Dinle..."

Eğitimli ve yetenekli ses tonuyla Matthew'dan yükselen kadife yumuşaklığında ve derinliğe sahip ses "Swing low-sweet chariot coming for to carry me home" derken Matthew, iki kolunu aşağıda ellerini birbirine yapışık olarak sallamanın ardından, iki parmağını dudağına götürerek "Çok lezzetli" işaretini yapmış, daha sonra iki eliyle at arabasının hayali dizginleriyle araba kullanmış; sonra da parmaklarıyla önce dört, ardından iki işaretini verip, iki elini çapraz ve çatı anımsatacak şeklinde başının üzerine götürerek şarkının ilk bölümündeki kelimeleri el işaretleriyle tarif etmişti.

***Selin*** gülümsüyor ve işaretleri takip ederek yapmayı deniyordu.

Matthew hariç, arabada herkes gülüyordu. Matthew ise şarkıyı büyük bir ciddiyet ve mükemmeliyet içerisinde söylüyordu.

Bir tek gitar akorları eksikti. Aslında fazla değil sadece üç akor ile bütün şarkı söylenebilirdi.

***Selin*** ileriki yıllarda edindiği ilk gitarla bu şarkıyı söylemek istediğinde nereden bilebilirdi 11 sene 2 ay ve 6 gün sonra soğuk ve ayazlı bir nisan ayının son gecesinde ve mayıs ayının ilk gününün güneşinin doğumunu göremeden, Zincirlikuyu'daki evinin yatağına, babasının kucağında yatırılırken cenaze arabasının ardından ona yüzlerce meleğin refakat edeceğini ve onun gelişini anneannesine ve dedesine müjdeleyeceklerini...

## GELECEĞE YÜRÜYÜŞ 13

### DOKUZUNCU GÜN

***Bolu Dağı-Metro Tesisleri***
***Bolu Dağı-Koru Otel***

Bolu Dağı rampasının başında yer alan Metro Turizm tesislerinde kendisine tahsis edilen müdür odasında rahat bir gece geçiren adam, uyanır uyanmaz kendisini olduğu gibi kanapeden aşağıya bıraktı. Halının üzerine bir kütük gibi düştü. Ayak bileklerinin şişkinliği, dizlerinin şişkinliği ve adalelerinin katılığı hareket etmeye değil, yalnızca esneme teşebbüsünde bulunmaya izin veriyordu.

Adam teker teker tüm vücut kaslarını kontrol etti. Oynayabilen kaslarını oynatarak önce dört ayak konumuna sonra oturma konumunda dönerek kanepeye oturdu.

Derin bir soluk alıp, kısa süreli bir meditasyondan sonra, beyinden gelen komutlara uyan adalelerini kullanarak eğildi, çoraplarını çıkartarak ayaklarına baktı. Yaralara ilave olarak ayak tabanlarından itibaren oluşan morluklar bileklerine doğru yükselmekteydi.

Derin bir soluk alıp çantasından ayak losyonunu çıkarttı. Bu losyon eczacı olan liseden bir arkadaşının hazırladığı özel, tedavi edici, rahatlatıcı ve koruyucu bir losyondu. Bu losyonla her iki ayağına friksiyon yaparken mümkün olduğu kadar açık yaralara dokunmamaya gayret etti.

Çantasında taşıdığı ilk yardım kutusunda yer alan tüm ağrı kesici, ödem yok edici ve antiseptik kremleri ayaklarına, bacaklarına sürdü. Mantara karşı koruyucu kremin sürülmesinin ardından temiz çoraplarını giydiğinde yere basabilir konuma gelmişti. Temiz gömleğini, çamaşırlarını, ardından botlarını giydiğinde artık ruhen ve bedenen yola hazırdı.

Adaleler bir kez daha ayaklarla beraber inanca şikayetsiz ve çaresiz olarak teslim olmuşlardı ama artık isyan sınırına yaklaşmışt. Atlar çatlamak üzereydi, köpükler içindeydi ve atların dinlenmeye ihtiyacı vardı. Sürücü, Bolu Koru Otel'de kalmayı planlamıştı ve artık atlar, bu son dik ve uzun yokuşu da itirazsız çıkmak zorundaydılar. Sonra üç gün boyunca dinlenebilir, tımar olabilirlerdi.

Kahvaltı, canlı yayın, röportaj... Ardından öğleye doğru, güneşin gene en sıcak olduğu anda yola çıkmak zorunda kaldı.

Kucaklaşmanın ve vedalaşmanın ardından sırt çantasının kolonlarına bir kez daha asılan adam önünde ağaca tırmanan dev bir piton yolu, dağın doruklarına doğru kıvrımlarla yükselen yola ilk adımını atarken geriye dönüp baktığında tesis görevlilerinden birisinin ardından bir kova suyu yola boşalttığını gördü. Gülümsedi... Kornam olsaydı çalardım diye düşünürken, sağ elini tekrar kalbinin üzerine götürüp yürekten sessizce teşekkür etti.

Ağır aksak başlayan ilk adımlar asfalta çıkıştan itibaren kaslar ısınıp yürüyüş hareketlerini ezbere yapmaya başlayıncaya kadar yavaş giderken, zaman geçtikçe hızlarını arttırdılar. Yüz metre sonra adam gene eski, saatte 7 km.'lik hıza ulaşmıştı. Ankara'ya varışında bu hız 9 veya 10 km'ye kadar artacaktı.

Bolu Dağı rampasındaki yürüyüşü tahmininden de zor ve zahmetli oldu. Dik rampayı çıkan kamyonların egzostlarından püsküren yarısı yanmış, yarısı yanmamış mazotla dolu duman, ihtiva ettiği karbonmonoksit ve diğer zehirli gazlarla nefes almasını zorlaştırıyordu. Adamın oksijene ihtiyacı vardı ama bulunduğu yerde o da eser miktardaydı.

Adam, temiz hava almak için bir çeşme başında kahve molası verdi. Gaz tüpü ve su matarasının çelik maşrapası içinde defalarca kaynatılan sıcak suya ilave edilen neskafe dolu plastik bardaklar konvoyu oluşturan polisleri, jandarmaları, gazetecileri ve adamı rahatlattı.

Öğle yemeği molası için durulduğunda adam mutluydu, çünkü bu lokanta serin bir esintiye sahipti. Lokantanın sahibi, kaymakla kaplanmış dağ çileği ikram etti. Yemek sonrasında içilen çay ve bir sürahiye yakın bol tuzlu ayran ve suyun ardından adam, yürüyüşe hazırdı. Bundan sonra mola olmayacaktı. O günlük hedef lokantadan sonra Koru Oteli'ne ulaşmaktı.

Adam teçhizatını yardımla tekrar kuşandığında "Sadece 3 veya 4 saat daha dayanın lütfen" diye ayaklarına yalvarıyordu. Tesbihe devam etti. Her adım bir fatiha idı...

Yol boyunca kendisini Bolu'nun idarecileri ve siyasileri karşılayarak ziyaret ettiler. Tanıştığı bu kişiler arasında kalıcı dostlukların saygın tohumlarının bu zahmetli tırmanış esnasında atılmış olduğunu ilerideki aylarda anlayacak olan adamı en çok etkileyen kişi Bolu Emniyet Müdürü Uğur Gür olmuştu.

Dudakları ve damağı kurumuş bir halde yutkunamaz durumdayken, makam aracından inerek kendisinin yanına yaklaşan ve onunla yürürken Bolu Emniyet Müdürü'nün ilk sözü "Lütfen konuşmayın, ben Bolu Emniyet Müdürü Uğur Gür. Başınız sağolsun... Allah sabır ve güç versin... Siz otele ulaştığınızda ben otelde olacağım, orada görüşürüz" olmuş ve konuşmasının ardından geri yürüyüp makam aracına binip uzaklaşmıştı.

Bu davranışı adam minnetle karşılamıştı çünkü yol boyunca geçtiği il ve ilçe yöneticileriyle siyasilerinden çoğu onunla tanışıp ona hoşgeldin demek için onu karşıladıklarında, önünde durup onun da durmasını ve konuşmasını istemişlerdi ama adam durmamıştı.

Buna da en çok üzülen yerel gazeteciler olmuştu, çünkü fotoğraf çekimi için ideal ortam ve kareyi yakalayamamışlardı.

Bolu Dağı Rampası-Bakacak'tan sonra yol, kıvrımlarının ve rampa eğiminin azalması, Bolu Dağının zirvesine yaklaşıldığının işaretiydi.

Nihayet adam, dağın su hattını aştı. Artık yol genişlemiş ve hafif bir meyille aşağıya doğru eğilmişti. Adam, Bolu Dağı'nı aşmış, Koru Otel'e doğru inişe geçmişti.

Vakit ikindiyi geçmiş, saat çay saatine yaklaşırken adam, kendisini kapıda bekleyen Otel Müdürü, personel, gazeteciler, mülki ve idari yöneticilerce karşılanmayı müteakip, kendisine ayrılan odaya girer girmez kendisini duşun altına attı. Küveti ılık su ile doldurup, yanında olan bütün tuzları küvetin içine boşalttı. Tuzlu suyun, açılmış yaralarla dolu tabanlarındaki kızgın dağlamalarına aldırış etmeden, uzunca bir süreyle suyun içerisinde dinlendi.

Tekrar giyinip, otelin giriş salonuna döndüğünde kendini dinlenmiş ve temiz hissediyordu.

Koru Oteli'nin giriş katındaki Salon'a geldiğinde kendisini bekleyen gazetecilerle ve televizyon muhabirleriyle yapılan röportajların ardından kendisini girişte karşılayan Ankara ve Bolu Rotary Kulübü Başkanları tarafından o gece Koru Otel'deki ortak toplantıya misafir olarak davet edilen adam, Rotaryen doktorlar tarafından muayene edildi. Fiziken kayda değer herhangi bir ciddi tıbbi sorunu olmadığına karar verildiğinde adamın içi rahatladı. “Eğer doktorlar ciddi bir sorunun yok diyorlarsa ciddi bir sorunum olduğunu düşünmeye devam etmem, ciddi bir ruhsal sorunum olduğu konusunda, ciddi kaygılar uyandırır ve bu da Ankara'da trafik sorununa ciddi çözümler arayışı içerisinde olan siyasiler de benim başarıya ulaşmam konusunda ciddi kaygılara neden olabilir. Tüm bu mülahazaların çerçevesinin, bütünlüğü içerisinde konuyu irdelersem... Kısacası gülümsemeye ve yürümeye devam etmem en ciddi davranış olur" diye düşünen adam o gece Koru Otel'deki Rotary ortak toplantısındaki konuşmacıları dikkatle ve ilgiyle takip etti.

Odasına döndüğünde saat 23:00'e geliyordu ve uyumak istiyordu.

Soyunup yatağa girmeden önce tekrar bir duş aldı. Temiz bir yatak odası, temiz sabun, parfümlü çarşaflar ve yastıklar. Dahası Koru Otel'deyim... ***Selin***'in hep olmak istediği yerde... "Allah rahatlık versin kızım, burada seninleyim..." diyen adam gözlerini kapattığında, farklı bir dünyanın som altından kapıları ardına kadar açılmıştı. Karşısında elinde bir demet yaseminle kızı onu gülerek karşılamıştı. Gecenin yalnızlığında ve sessizliğinde kızının sesini duyar gibi olmuştu. Gözlerini açtı. Pencerenin önüne giderek perdeleri sonuna kadar açtı. Ay ışığıyla yıkanan çam ağaçlarının yeşillikleri arasındaki pırıltılardan en minik olanına bakıp "***Selin***'im, kızım... Burada Koru Oteli'nde, hep olmak istediğimiz yerdeyim bu gece; ben de senin ruhunla doluyum yalnızlığımda..." dedikten sonra tekrar yatağa dönerek kendini yatağın üzerine bıraktığında gözyaşları yastığı ıslatmaya başlamıştı.

Bu sözler, ***Selin***'in aşkı, arkadaşı ve çocuğunun babası olması düşlerini kurduğu ***Erdem***'i için söylediği sözlerdi.

Aynı sözleri bu gece babası ona, onun için tekrarlamıştı...

## GÜNBATIMI ÖYKÜLERİ 10

***"Selin'den Erdem'e, Bizlerden Onlara İthaf"***

***"Senin Ruhunla Doluyum... Yalnızlığımda..."***

***Sevgisiz, saygısız koca bir şehirde yaşamaktayım***
***Yalnızım gecenin karanlığında, tek başımayım***
***Küçük dünyamı dolduran varlığının farkındayım***
***Ve seni düşünmekteyim aşkım...***
***Senin ruhunla doluyum yalnızlığımda...***

***Neredesin aşkım? Ne zaman karşıma çıkacaksın?***
***Biliyorum sen, onlar gibi sahte gülüşlü,***
***Kültürsüz, mutluluğu neon ışıklarda arayanlardan***
***Çılgınca, şeytanla dans edenlerden olmayacaksın aşkım...***
***Senin ruhunla doluyum yalnızlığımda...***

***Gecenin yalnızlığında, tek başımayım...***
***Kocaman içi boş bir şehirde yaşamaktayım***
***Küçük odamda senin kocaman varlığınlayım***
***Buradayım ve seni düşünüyorum aşkım...***
***Senin ruhunla doluyumyalnızlığımda...***

***Herşey bir anda oldu... Önce gerçek yaşamda***
***Sonra hızla gelişti manevi dünyamızda***
***Artık yalnız değilim küçücük odamda***
***Senin ruhunla doluyum yalnızlığımda...***

***"Ruhum göğe eriyor elimi her tutuşunda"***
***Biliyorum bırakmadın onu, son anımda***
***Önce sen beni uğurladın son yolculuğuma***
***Sonra hemen yanıma geldin koşarcasına***
***Senin ruhunla doluyum evrenin sonsuzluğunda...***

***Sevgili Erdem; evladımız, sarıl ona...***
***Mutlu olun her nerde ise orada***
***Sevginin çok, korkununsa yok olduğu***
***O sonsuz mutluluk diyarında***
***Bekleyin bizi geleceğiz mutlaka yanınıza***
***Sizlerin ruhuyla doluyuz, burada, yalnızlığımızda...***

***M. Boray Uras***

* *Selin*'in *Erdem*'ine yazdığı bir nottan alıntı...

## *KABUS*

Adam terlemişti. Hem de sırılsıklam... Yastığı ve çarşafı, onu uykusunda ürpertecek kadar ıslanmıştı. Gıcırdayan dişleri ve seğiren kasları, uyurken dahi vücut kimyasının yoğun adrenalinin etkisiyle bozulmuş olduğunun en belirgin işaretiydi. Adam rüya görüyordu. Rüyasında olduğu adam intikam duygusunun esiri olmuş, ruhsal dengesini kaybetmiş ölümcül bir psikopattı. Kurnaz, zeki, yaratıcı ve peşine düştükleriyle peşinde olanlardan çok daha zeki ve farklı eğitim aldığı için hepsinden daha iyi olan; psikopatlık ve seri katillik bir sanat türü olsa asrın Mikelanjelo'su olabilecek bir adamdı rüyasında...

Rüyasındaki adamın yüzü yoktu... Yalnızca bir amaca kilitlenmiş yaşayan bir organizmaydı bu adam.

Bu adam, gözünü Bushnell 6x24 nişan dürbünün vizöründen ayırdı. Mesafe 600 metreye sıfırlanmıştı. 45 derece eğimle atış yapacağı inşaatın çatı katında siyah kareli koyu lacivert giyimli ve aynı renkten kar maskeli olarak betonun gölgesine uzanmıştı. Ay ışığının parlaklığından uzaktaydı. Gözleri kapaklarına kadar siyah kamuflaj boyası ile boyanmıştı. Adam bir bukelamun gibi çatıdan sokağa arabasına kadar olan mesafe içerisindeki renklere ve mekana her saniye uyum sağlamaya hazır olacak şekilde donanımlıydı.

Önündeki koyu gri renkli kum torbasının üzerine yerleştirilmiş tüfek, çift tetikli, 222 hornet kalibre mermi fırlatan bir Çekoslavak yapımı "Brün" idi. Nokta atışına uygun, hafif, sessiz ve etkili bir tüfek... Onu, daha sessiz, hatta hiç duyulmayan yapan susturucu ise özel alev gizleyici ventlere haiz el yapımı bir susturucuydu. Adamın kendi özel el yapımı imalatıydı bu susturucu...

Rüzgar yönü ve hızını ölçen cihazın göstergelerine ve havadaki nem yoğunluğunu ölçer aletin gösterdiği değere bakarak, elektronik hesap makinesinde kısa bir matematik işlem yapan adam, yanındaki küçük ebadlı ama güçlü radyo frekans tarayıcılık telsiz alıcısından, Yeşilköy Atatürk Havalimanı'nın kule ile uçak arasında geçen konuşmalarının frekansına girerek, konuşmaları dinlemeye ve her uçak kalkışıyla inişi esnasında kulenin pilota ilettiği meteorolojik verileri izlemeye başladı. Meteorolojik verilerde bir değişiklik olursa bundan anında haberdar olmak istiyordu. Bu 600 metre mesafeden gördüğü yeri şaşmadan vurması için elzemdi. Yanlışlıkla bir kanalizasyon faresini bile vurmak istemiyordu.

Aldığı en son değerlere ve tahminlere göre dürbünün iki eksenindeki retiküllerde gereken düzeltmeleri yaptı. Artık retiküllerin ortasında yer alan minik "O" içerisinde kalan madeni bir yüz bin lirayı dahi 600 metreden vurabilirdi. Beklemeye başladı.

Yanında duran siyah termostan, siyah çelik maşrapaya kahve doldurdu. Termos, kahve, eldiven her şey siyahtı, hatta üzerine uzandığı muşamba ve her şeyin beline bir kol mesafesi uzunluğunda bağlı olduğu siyah poliester iplik bile...

Çabuk hareket ettiğinde hiçbir şeyi habersizce unutup geride bırakmamakta kararlıydı.

En son 24 saat önce bir bira içmişti. Sigara ise orada düşünülemez bir şeydi.

Beline bağlı olan siyah çantasının içine uzandı ve siyah plastik kutuyu çıkardı. İçinden fişek hazneleri özel iridium fosforlu boya ile boyanmış fişekleri çıkartarak şarjöre yerleştirdi. Mükerrer atış yaptığı takdirde bu fosforun pırıltısı ona fişeğin nerede olduğunu tek bakışta belli edecekti. Geride kovan bırakmak niyetinde değildi. Telsizin frekans tarama modu tuşuna bastı. Polis ve taksiyle arada sırada ambulans ve kurye anonslarını dinlemeye başladı.

Aniden tüfeğinin namlusunun yanına bir martı konarak, hayret dolu bakışlarla adamı izlemeye başladı.

"Gece uçuşu için yeterli eğitimin olduğu muhakkak ama benim bir çırağa ihtiyacım yok, evine dön" diye düşünen adam, ufak bir beton kırıntısını martının önüne doğru fırlattı. Beton kırıntısı martıyı kaçırdı ama binadan aşağıya düşmedi.

Adam, fişeklerini özel olarak kendisi hazırlamıştı. Uzun ve yavaş bir sürede, tek tek bütün mermi çekirdeklerini diş protez laboratuvarlarında kullanılan aletlerle delmiş ve açılan deliğe bir damla civa yerleştirdikten sonra o delikleri tekrar kurşun parçasıyla tıkayarak sathı kızgın havayla homojen hale getirip özel çektirdiği saf bakır varakla sıvamıştı.

Dış görünüş itibariyle normal bakır kaplı fişektiler ama tek farkları, bu fişeklerin çekirdekleri, hedefe çarptığı anda ısı enerjisine dönen kinetik enerjinin yüksekliğiyle bir anda genişleyerek buharlaşan civanın patlayarak, olağanüstü bir parçalama etkisine sahip olmasıydı...

Adam, 3. nesil Pilkington marka İngiliz yapımı gece görüş dürbününün aydınlık ve kontrast ile yoğun aydınlık bastırma ayarlarını 800 metreye göre ayarladı. 200 metrelik mesafe içerisinde araba farlarını görmek istemiyordu. Bu metrelerin saniye karşılığı ise adamın, hedefe kilitlenmesi ve tetik düşürmesi için yeterli zaman aralığıydı.

Adam beklemeye devam etti. Saat 04:20'de gece görüş dürbünün sol köşesindeki kaldırıma yanaşan iki araba görünce hareketlendi. Mermiyi namlu ağzına vererek, emniyeti açtı. İlk tetiği düşürdü. Parmağı tetik korkuluğunda, ikinci tetikten uzaktaydı. Çok çabuk hareket ederek, rüzgar yönünü, hızı ve nem yoğunluğunu kontrol etti. Değişiklik yoktu. Yapılan ayarlar geçerliydi.

Adam dürbüne gözünü yapıştırdı ve görüntüyü 600 metreye netleştirdi. İki karaltı, arabadaydı. El kol işaretleriyle öndeki arabaya bazı mesajlar iletiyorlardı. Öndeki arabanın şöförü dışarı çıktı. Yan koltukta oturan, direksiyona geçti. Arabaların farları sönüktü. Karanlıkta araçların renkleri ve plakaları seçilemiyordu.

Adam, dürbünün ayarlarını son kez kontrol etti ve atış noktasını yol ve vizör işaretinden belirledi. Önce soldaki, daha sonra sağdaki diye karar verdi. Böylece namlunun sağa yukarı çekmesine uygun olarak namluyu yönlendirebilirdi. Bekledi... Fişek de namlu da ateşlenmeyi bekliyordu. Bekledi... Aniden, gecenin sessizliğini yırtar bir şekilde basılan marşların çalıştırdığı takviyeli motorların 3000-3500 devre/dakikaya çıkan cayırtısıyla ve çığlıklar içerisinde yanan lastiklerin dumanları arasından farları kapalı olarak bir anda öne fırlayan arabaların motor devir saatleri 5500 devri gösterdiğinde namluyu sessizce terk eden iki mermi, cehennemi bir hızla birbirinden farklı yönlere peş peşe yola çıktılar.

Namludan kısa, tok bir fısıltı halinde sessiz ve aydınlatmasız olarak fırlayan özel civalı mermiler, masum insanların efendice alkolsüz olarak araç kullanarak evlerine ulaşım amacıyla kullandıkları ana caddede yan yana, caddenin bütününü kapatır şekilde yarışan araçların sol ve sağ ön lastiklerine çarpmasıyla lastikler ve özel alaşım alüminyum jantlar bir anda paramparça oldular. Binlerce zerreye ayrılan kurşun ve civa parçacıkları ise mikroskobik ölçülerde çevreye yayıldılar.

O anda, hızları saatte 140 ile 160 km/saat olan araçlardan solda olanı aniden sağa, sağda olanı da aynı anda sola dalmıştı.

Adam, vizöründe her iki aracın sanki vals yapar gibi birbirlerine sarılarak, bütünleşmelerini; sonra tek vücut halinde, arkalarında görkemli bir şekilde, kuyruklu yıldız gibi kıvılcımdan dereler oluşturarak yol üzerinde kayarak, kaldırım kenarında yükselen bir taş duvarla bütünleşmeyi müteakip, bir metal yığını halinde cehenneme kadar sürecek yeni bir yarışa başladıklarını izlemeye gerek dahi görmemişti.

Tüm bu gelişmeler yaşanırken, o sessizce ve çabuklukla, karanlıkta parıldayan iki kovanı almış malzemelerini toplayarak çantasına yerleştirmiş, belinden sarkan ip olmadığına emin olduktan sonra sessizce binayı terk etmeye başlamıştı bile.

Canhıraş motor seslerine karışan patlama, metal yırtılma ve sürtünme seslerine son veren tok çarpma sesinin ve infilak eden benzin depolarının yarattığı aydınlığa uzanan çevre sakinleri pencerelere koşuşup ne olduğunu anlamaya çalışırken, adam çoktan arkasında anılardan başka bir iz bırakmadan yan yolların sakin trafiğinde ve takım elbisesi içinde evine doğru yavaş ve dikkatlice yol alıyordu.

Adam yarışan araçların yalnızca ön lastiklerini patlatmıştı. Gerisini ise şöförler getirmişti.

"Eğitimsizlik, tedbirsizlik ve hız... Bazen ölümcül iş kazalarına neden olabilir bunlar" diye düşündü adam, huzur dolu derin uykusuna dalmadan önce. Uykuya daldığında yüzü olmayan adamın yüzünde aniden binlerce, on binlerce tebessüm eden çocuk yüzleri belirdi. Bir anda adamın tüm bedeni floresan renkli minik pırıltılarla ışıldayarak kaplandı.Yüzü olmayan adam on binlerce minik çehreyle birlikte yok oldu.

Geride kalan boş bir evdi... Boş ve ıssız bir yatak odasının duvarında yapışık kalan en son çocuk resmi de kenarından seken bir pırıltı ile duvardan ayrılarak döne döne bir yaprak gibi yerdeki tozlu tahta parke üzerine düştüğünde, dışarıda sessiz bir yağmur başlamıştı.

# GELECEĞE YÜRÜYÜŞ 14

## ONUNCU GÜN

***BoluDağı- Koru Otel***
***16 Haziran 2000 – Cuma***

Sabaha karşı 07:30'da saatinden yükselen bip sesleriyle uyanan adam, çevresine bakındı. Gerçek bir yatak odasında, gerçek bir yatakta yatıyordu. Temiz, mis gibi sabun parfümü kokan çarşaflar ve yanı başındaki kapının ardında yer alan ve içinde derin bir küvetin yer aldığı bir banyo...

Adam kendisi sandığı kütüğü yataktan aşağıya çevirerek itip indirdikten sonra bir macar salamı ne kadar esnek olabilirse o esneklikle kendini doğrultup küvetin içine yuvarladı.

Gece boyunca yatay konumda olan kasları şişmiş ve katılaşmıştı. Baldırının devamı mı yoksa ayak bileği mi orası belli olmayan bir bölüme "Tahminen burası bilek olmalı" diyerek yaptığı masaj sonrası oynayabilen kısmın yardımıyla ayağa kalkarak duşun kaynar derecedeki sıcak suyunun altında uzunca bir süre kaldığında kaslar ısınarak temel hareketleri yapmasına izin verecek kadar yumuşamıştı.

Aynada omuzlarına baktı. Sırt çantası kolonlarının her adımda sürtündüğü yere denk gelen ciltteki açık yaralar iyileşmişti.

"Bundan sonrasında artık bu sürtünmeye karşı şerbetli olduğunuzu umarım arkadaşlar" dedikten sonra tıraş olup en temiz, kirli gömleğini giydi. İç çamaşırı konusunda bir sorunu yoktu zira 21 günlük yürüyüş için 30 adet şortun büyük bölümü hala ütülü ve mis gibi sabun kokuyordu. Tertemiz olduğunu düşünerek keyiflenen adam, o gün ilk kez tıraş sonrası losyon kullandı. Kullandığı losyon, eşinin ona bir süre önceki Amerika Los Angeles-Kaliforniya'ya ablasını ziyarete gidişinin ertesinde getirdiği Burberry's tıraş losyonuydu. Adamın 1981'den beri kullandığı yegane tıraş losyonuydu bu...

Eşini ve oğlunu özlediğinin farkına vardı. Her gün telefonla konuşuyordu ama onları görmeye ve onlara dokunmaya ihtiyacı olduğunu hissetti bir anda.

Anılara değil, varoluşu hissetmeye ihtiyacı vardı. Gömleğini giydiği anda aklına gelmemişti ama tıraş losyonunu yanaklarına ve boynuna sürdüğü anda aklına Osman'ın seçerek ona getirdiği deodorant aklına geldi. Çantanın içinden bulup çıkardı ve onu da koltuk altlarına sürdü...

İşi tamamlandığında kendi temiz, bakımlı yani "Medeni" hissediyordu.

İçinde kendisi için gerekli malzemelerin ve not defterlerinin olduğu bel çantasını, omuzuna asarak, kahvaltıya gitmek için oda kapısından çıktığında saat 09:00'a geliyordu.

Kahvaltıdan önce ve sonra ve gün boyunca devam eden televizyon röportajları, gazete muhabirleriyle konuşmaların arasına sıkışan Ankara ve Bolu Rotaryenleri'ne teşekkür ve Bolu Emniyet Müdürü sevgili ve sayın Uğur Gül'le olan tanışma sohbetlerinin ardından, öğle yemeğine alışık olmadığı için odasına çekilen adam yenilenmiş, taze sabun kokulu, çıtır çıtır çarşafın ve yastığın üzerine bedenini yerleştirdiğinde, hüzünlü bir huzuru yaşıyordu. Uzunca bir süre camın ardından görünen çamlarla kaplı ormanı ve kuş cıvıltılarını dinledi. ***Selin*** hep burada olmak istemişti diye düşündüğünde göz pınarlarındaki yaşlar yuvarlanarak beyaz yastık kılıfı üzerinde koyu lekeler oluşturmaya başladığında adam yine derin bir uykuya daldığının farkında değildi.

"TOEFL sınavına girmek için Ankara'ya gitmem gerekiyor baba beni götürür müsün?" "Tabii ***Selin*** ama önce iş durumunu gözden geçirmem gerekiyor. Yarın gene konuşalım bu saatte, tamam mı?"

"Tamam patron, yarın görüşürüz..."

Ertesi gün aynı saat ve dakikada çalan telefona cevap veren adam:

"Oldu ***Selin***... TOEFL imtihanına seni ben, ailece biz götüreceğiz. Yolda da bir gece ve bir gün Koru Otel'de kalırız. Sabah da erkenden çıkar imtihanına gireriz. Sen maddi biz manevi varlığımızla... Ne dersin?

"Harika olur baba! Koru Oteli'nde havuz ve orman var değil mi?"

"Evet ***Selin***, hatta köşelerde bir yerlerde atlar, tavşanlar ve başka hayvanlar da var: Ahır sinekleri gibi..."

"Baba..."

"Tamam ***Selin***, önümüzdeki salı gelip seni alırız tamam mı?"

"Tamam baba daha dört gün var... Arada size Osman'a gelirim gene konuşuruz olur mu?"

"Olur aşkım, tabii bekliyoruz canım". Telefonu kapatan adamın bütün bir hafta, daha sonra sonsuza dek, her hatırlayışında keyfini kaçıracak olan şey ***Selin***'le olan telefon konuşmasından yaklaşık on bir saat sonra, yurt dışından gelen bir telefon üzerine yaptığı iş konuşmasının ardından, çaresizlik içinde ve büyük bir keyifsizlikle, ***Selin***'e Ankara'ya yalnız gitmek zorunda olduğunu söylemekti. "Çok yakın arkadaşlarımız İsmail Ataç, eşi Gamze ve kızlarının yanında kalabilirsin. ***Selin***... Otel değil aile ortamında ***Selin.***"

O anda üzüntüsünü belli etmemişti. Adam o gün, dün, bugün ve yarın; ne zaman bunu hatırlayacak olsa, büyük bir pişmanlık, burukluk ve hüzün içerisinde, üzüntüsünün sonsuza dek devam edeceğinden habersizdi. Adam uykusunda ağlıyordu...

## GELECEĞE YÜRÜYÜŞ 14

### ONBİRİNCİ GÜN

### BOLU DAĞI-KORU OTEL

### BABALAR GÜNÜ

Sabah erkenden uyanarak ormana bakan bir masada kahvaltı yaptıktan sonra bir saate yakın, otelin alt katında yer alan "Sağlıklı yaşam" bölümünde buhar banyosu ve sauna terapisi alan adam, o bölümün sorumlusu bayanın ayaklarına yaptığı "Limon suyu" friksiyonundan sonra, kısa bir süre odasında dinlendikten sonra saat 10:30'a doğru otel lobisinde sabah kahvesini yudumluyordu.

Lobideki oturma grupları bomboştu. Çevrede gazeteci ve televizyon kameraları görmüyordu adam... İlk kez sabah keyfi olarak yalnız kahve içmenin ne kadar keyifli olduğunu düşünüyordu ki aniden lobiye birbirine benzer, son moda; dört düğmeli, küçük yakalı, bol kesim siyah giysiler içerisinde siyah gözlüklü dört genç girerek hızlı adımlarla lobiyi dolaştıktan sonra dışarı çıktı…

Adam bir mafya babasının korumaları gibi saha güvenliği kontrolü yapan bu kişilerin kayboluşunu müteakip kimin salona giriş yapacağını merak etmişti... Fazla uzun sürmedi içeriye orta boylu hafif göbekli olduğu ceketin düğmeden itibaren verevine açılmasından belli olan seyrek ama geriye doğru itinayla düz olarak taranmış saçları adama hiç de yabancı gelmeyen bir simaya sahip orta yaşın üzerinde birisi girdi.

Elinde, avucunda gizlenen gümüşi renkli, minicik ama kocaman fiyat etiketli olanlardan bir cep telefonu tutuyordu. Salonun orman tarafındaki 6 kişilik oturma gurubundaki, kocaman koltuğa oturduğunda, kahvesi hazırlanmaktaydı. Oturduğu sürece kahve içimi ve cümleler boyunca telefonu kulağından ayrılmadı. Soluklar arasında sıkıştırılan kahve yudumları arasında çok çabuk tüketilen mola için ayrılmış zaman aralığının sonuna gelindiğinde, adam geldiği gibi hızlı adımlarla oteli terk etti.

"Mafya babaları bu kadar hızlı, çabuk, hareket etmezler, sakindirler ve farklı konuşurlar. Bu adam sanki bir bakan gibi, politikacı gibi konuşuyordu" diye düşünen adam, o sırada boşalan ikinci fincan kahveyi üçüncüsüyle değiştirmek üzere gelen garsona sordu:

"Biraz önce gelen ve biraz önce giden o zat kimdi, tanıyor musun?"

Garson cevap verdi: "Ha o mu? O, Tarım Bakanı Gökalp'ti."

Adam teşekkür etti bilgi için ve sonra da kendi kendine düşündü...

"Böylelikle tanımış oldum..."

Adam oturduğu yerden kalktı ve kendisine doğru yaklaşan yürüyüşe kadrolu Sabah (İstanbul) gazetesinin foto-muhabirine hoşgeldin dedi. Şenol kendisine içinde oldukları günün "Babalar Günü" olduğunu hatırlatıp, ne hissettiğini sorduğunda adamın söyleyebileceği yegane şey ***Selin***'in Koru Otel'le ilgili anısı ve kendisinin de bugün onunla olmak istediği yerdi. Onsuz ama onunla yaşadığımdı ve onu söyledi.

Şenol uzaklaştı... Aradan kısa bir zaman geçti... Aniden adam "Babaaa..." diyerek kendisine doğru koşan oğlu Osman'ı gördü. Arkasında eşi Ebru ve Ebru'nun arkasında gazeteciler ve kameramanlar vardı. Ebru, buruk bir tebessüm içerisindeydi. Bu sürpriz bir ziyaretti ve bu sürprizin arkasında dostları medya mensuplarıyla Emniyet Genel Müdürlüğü'nün mensupları vardı.

Adam mutluydu... Babalar Günü'nde Osman'ı, eşi ve dostları bir anda hepsi onunlaydı.

"Al bunu sana getirdim. Babalar günün kutlu olsun babacığım" derken Osman'ın gözlerindeki babasının kollarının arasında hasret gidermenin verdiği mutluluk ışıltısı, tüm evreni sarmıştı. Adam çok mutluydu. Ebru'ya sarılıyor, Osman'ını kucaklıyor, kokluyor, öpüyordu...

Gülerek Osman'a teşekkür ettikten sonra, Babalar Günü'nde oğlunun ona getirdiği kendi minik elleriyle yaptığı hediye paketini açtı.

Gözleri yaşarmış olarak, oğlunun kendisi için yaptığını hayranlıkla ve mutlulukla seyrettikten sonra alıp boğazına götürdü, taktı ve "Çok teşekkür ederim bu çok güzel ve anlamlı hediyen için" diyebildi oğluna.

"Bu hediye, kartondan kesilerek ve boyanarak yapılmış bir kravattı."

Bolu Koru Oteli'ndeki ikinci gün, Babalar gününde bir gazetecinin ayarlamasıyla sürprizleşen ziyaretle çok farklı bir mutlu, huzurlu güne dönüşmüştü, akşam ailesiyle ve ***Selin***'in ruhuyla birlikte olduğunu hissediyordu. Adam mutluydu. Günün geri kalan kısmını ailesiyle mutlu bir şekilde yaşadı...

# GELECEĞE YÜRÜYÜŞ

## *ONİKİNCİ GÜN*

### *Bolu Dağı-Koru Otel*

Adam, Koru Otel'deki 3. gününe ailesiyle birlikte başladı. Sabah erken uyanmışlar, mutlu ve keyifli bir sabah kahvaltısını ailece yaptıktan sonra, otelin koruluğunda kısa bir gezinti yapmışlardı. Bu gezintiye onlarla katılan ATV muhabiri, röportajın ardından "Tekrar görüşmek üzere" diyerek ayrıldığında ne adam ne eşi ne de Osman, o muhabir ve ailesiyle Kızılcahamam Patalya Oteli'nde yılbaşı tatilini geçireceklerini bilmiyorlardı...

2001 yılına birlikte girmişlerdi. Açık havuzda, kocaman bir varilin içerisinde yakılan odunların oluşturduğu közlerin üzerine oturtulmuş koca bir kırmızı şarap kazanının başında...

Osman saunada ayaklarına limon masajı yapılan babasının yanına koşarak girdiğinde vakit saat on dörde yaklaşıyordu...

"Baba, çabuk gel! Misafirlerimiz var: Berkay, Macit Dayım ve yengem. Onlar sana geldiler..."

Adam hemen giyinip, kendisini ziyarete gelen koyu değil kopkoyu bir Galatasaray taraftarı olan ama fanatiği olmayan kayınbiraderinin ve ailesinin yanına gitti.

"Macit, Ülkü, Ferda ve Berkay. Bu ne hoş bir sürpriz! Çok mutluyum, tüm aile burada. Ne güzel!" derken adam bir anda buruklaştı sonra hemen kendini topladı.

"Ebru, Osman, sonra sizler... Bugün şanslı günüm... Haydi yemeğe gidelim ne dersiniz..."

İtirazlar dikkate alınmadığından keyifli bir öğle yemeğinin ardından çocuklar, adamla birlikte yüzme havuzunda mutlu dakikalar geçirdiler. Macit, Ferda ve Berkay'ın ayrılışlarını buruk olarak izleyen aile, odalarına dönüp, akşam yemeğine kadar olan süreyi ailece sohbet ederek, aile muhabbeti içerisinde mutlu geçirdiler.

Akşam yemeği ve ondan sonra adamın katılmasının "Sağlıklı yaşam" bölümü sorumlusunun talimatıyla zorunlu hale gelen buhar banyosu, sauna ve limon sulu, limonlu ayak masajından sonra odaya çıkan adam, gece geç saatlere kadar oğlu ve karısıyla televizyonda oğlunun çok sevdiği Discovery kanalını izleyip, balkondan ormanı ve gökyüzünü seyrederek geceyi geçirdi. Osman oturduğu yerde uyuyakalmıştı. Kucağına alıp onu yatağına götürdü adam. Pijamalarını giydirip yastıksız olarak yatağın ortasına yerleştirdiğinde, Osman uykusundayken bir yılan gibi süzülüp, başını babasının yastığının üzerine koyarak yastığı kucakladı. Adam, balkona, karısının yanına geri döndüğünde gözleri hüzünle buğulanmıştı. "Birazdan biz de yatacağız ve uyandığımızda yeni bir günün, bu gecenin, bugünün ve dünlerin anısı ve özlemiyle dolu olarak başlayacak ve ben gene kızım, ***Erdem***, Osman ve diğer tüm çocuklar için yeniden yollarda olacağım."

Mezarlıktan yükselen sessiz çığlıkları, duymayan kulaklara taşımak için yürüyor olacağım. Mezar sessizliğinin sesini Ankara'daki parlamenterlere, bakanlara taşımak, duyurmak için... İnşallah duyarlar... diye düşünüyordu. Eşinin yanına oturdu, el ele tutuştular ve her biri birlikte ve ayrı ayrı anılarının derinliğinde kayboldular.

Her ikisi de aniden çıkan soğuk esinti ve onu takip eden serpintiyle birden üşüdüklerini ve ıslandıklarını fark ettiler. Hava aniden dönmüş, kara bulutlar gökyüzünü zifiri karanlığa çevirmişti. Şimşekler çakmaya başladığında içeri girip, "İyi geceler" dileklerinin ardından uyumak üzere gözlerini kapattıklarında her ikisi de aynı şeyi düşünüyordu: "Bu havada yarın nasıl yürünecek?"

## GÜNBATIMI ÖYKÜLERİ 11

### *Disneyland-Los Angeles-Kaliforniya-ABD*

***"Senin Ruhunla Doluyum. Yalnızlığımda"***
***"Yeni bir ülke---yeni, güvenli bir yaşam ortamı.."***
****"Look what they've done to my song..Ma!"***

***Billy Joe Spears***

***Merhaba babacığım... Merhaba... Ben Selin...***
***Nasılsın Baba?İyi olmaya çalış lütfen... Dinle baba***
***Biz çok iyiyiz ama... Dinle baba... Dinle... Dinle beni...***

***Bak, bize ne yaptılar baba...***
***Bak bize ne yaptılar...***
***Kırmızıda durmayıp, yeşilde çarptılar...***
***Sizlerden zamansız, sonsuza dek ayırdılar...***
***Bak bize ne yaptılar...***

***Bak, bize ne yaptılar... Baba...***
***Bak, bize ne yaptılar...***
***Yıkayıp kefene sardılar, sonrada***
***Gözyaşıyla toprağımızı suladılar Baba***
***Bak bize ne yaptılar...***

***Bak, bize ne yaptılar... Baba***
***Bak bize ne yaptılar...***
***Kırmızıda durmayıp, yeşilde çarptılar***
***Sizlerden zamansız, sonsuza dek ayırdılar***
***Bak bize ne yaptılar...***

*Keşke sihirli bir burnum olsaydı, baba*
*Keşke sihirli bir burnum olsa...*
*Olsaydı oynatırdım onu devamlı*
*Çıkartırdım yasaları, kurtarırdım çocukları...*
*Bak sana neler yaptılar...*

*Al beni götür uzaklara... Baba...*
*Al bizi götür uzaklara...*
*Çocukların mutlu olduğu, güvenle...*
*Yaşadığı yeni bir diyara...*

*Al bizi götür uzaklara baba...*
*Al onları götür baba...*

***M. Boray Uras***

***31 Aralık 2000 Yılbaşı günü – Kızılcahamam-Patalya Oteli…***

Osman, yılbaşı gecesini sabırsızlıkla beklemişti. O gece de gelip çatmıştı. Otele yılbaşından yedi gün önce gelmişlerdi. Kızılcahamam'ın, Bolu'nun, yolların, karlarla kaplı olduğu bir gece geç saatte otele giriş yapmışlardı.

Yeni yıla, 2001 yılına, Kızılcahamam'da lapa lapa kar yağışı altında ve kar kümeleriyle eğilmiş çam ağaçlarının altında girmeyi hayal etmişlerdi. Bu hayale inanan adam, haftalar öncesinden karısının arabasının dört lastiğini birden çivili kar lastikleriyle değiştirmişti. Bu lastikler sadece giderken işe yaramıştı.

Hayalleri gerçek olmadığı gibi karı sadece ilk gün yerde gördüler, sonraki günlerde ise parlak güneşin altında erimesini izlediler.

Osman, sadece bir defaya mahsus olmak üzere karda adam yapabilmişti dostuyla birlikte... Ertesi sabah uyanıp, pencereden dışarı baktıklarında, bahçede kardan adamı görememişlerdi.

Osman, bir süre düşündü ve sonra, dostuna dönerek "Üzülme dostum... Kardan adam ölmedi, onu toprağın altına gömmediler. O sadece, sıcaktan bunaldığı için, babasının, Noel Baba'nın, evine gitti. Soğuklar, karlar ve buzlar ülkesine..." dedi ve sonra insan hakları, trafik, ekonomi veya sosyal konulu, yenilikçi uygulanabilir iddia içeren tezini savunan bir ortak çalışma grubu üyesi öğretim üyesi bilim adamı, politikacı, bakan edasıyla ve konuya tam açıklık ve inandırıcılık taşıyan bir ses tonu ile "İnan bana..." dedi "Hakkaten..."

Adam, gülerek inandığını söyledi "Hımmm, anladımmm... İnandımmm... Hadi şimdi biz işimize bakalım dostum. Yapacak çok önemli işlerimiz, var mısın bu işleri becermeye..."

"Evet" diye cevapladı Osman. "Nedir yapacağımız şey? Önemli iş?"

"Dişlerimizi yıkayıp, ağzımızı çalkalamak Osman" diye cevap veren adamın aklında başka şeyleri söylemek vardı ama o anda karısı, Ebru ile gözgöze gelince vazgeçti...

Oteldeki günlerini gün boyunca termal sıcak su havuzunda taksiye binerek geçiren Osman, gecelerini ise yılbaşı gecesinin bir anda gelmesinin beklentisi içerisinde; yılbaşı tatilinde aynı otelde kalmak üzere gelen ailelerin kendine yaşıt çocukları ve torunlarıyla satranç, dama ve garip kuralları olan, garip iskambil oyunları oynayarak geçiriyordu.

Gecelerini ise, yatış saatine kadar, otelin yemek salonunun karşısında yer alan devasa yuvarlak şöminede ninni edasıyla çıtırtıyla yanan odunların huzur dolu sıcak alevlerinin ısıttığı ortamda yer alan koltuklarda uyuklayarak geçiriyordu. Başı taksisinin, dostunun, babasının kucağında, ayakları ise annesinin kucağında olarak... Osman mutluydu...

Çok güzel, saygı, sevgi ve hoşgörüye dayanan arkadaşlıklar kuruyordu Osman. Günümüzdeki yetişkin insanlara örnek olacak olgunluk, kültür ve konuşma tarzı içinde, diyalog içindeydi bu çocuklar. Mantıklı, yapıcı ve gerçekçi konuşuyorlardı. Cümleleri en az yedi kelimeden oluşuyordu. Birbirlerine hakaret ima eden, aşağılama veya üstünlük, yerme, alay, hor görme, kelimelerinin hiçbirisini duymak mümkün değildi. Adam, onların arasında oldukça hayrete düşüyor ve onları gıptayla, gururla, hayranlıkla izliyor, "Bu çocukları yaşatabilirsek, işte bu çocuklar, eski dünyada yeni bir Türkiye yaratacak çocuklar" diye düşünüyordu...

Çocukların, kırgınlıkları, dargınlıkları bugünden yarına değil, bir saat sonrasına sarkmıyordu.

"Keşke dünyayı, Türkiye'yi bu çocuklar yönetse. Muhteşem beyinlere, kibarlığa, saygınlığa sahip bu tam bir beyefendi davranışı sergileyen bu çocuklar..." diye düşündü adam ve banyoya doğru seslendi.

"Hazır mısın Osman? Haydi dostum, geç kalıyoruz. Taksi bulamayacaksın gecikirsek..."

"Tamam dostum, geldim. Taksim! Haydi gidelim!" diyerek kapıdan çıkan Osman, babasının bacaklarının arasından koridora fırlayarak, asansörün iniş düğmesine bastığında, hala mayosunun arkasını beline çekmeye çalışıyordu.

Havuza inmeleri kısa sürdü. Havuz bir bölümü otelin içerisinde, bahçede olan diğer yarısı ise mekanik panjurla ayrılmış ve ısıtılmış kaplıca suyu ile dolu olan büyük bir havuzdu. Bahçe bölümünde yer alan bölüme geçmek için tüneli andıran bir merdivenin altından, panjurların altından dalarak geçmek gerekiyordu.

Dışarıda eksi sıcaklıkta ve karlarla kaplı camların arasında yüzmek son derece keyifliydi. Sıcak sudan yükselen buharın ılıklığı içinde üşümeyen omuz ve başlar ile erkes gökyüzündeki binlerce yıldızı hayranlık içerisinde seyrediyordu.

Osman çok mutluydu. Günleri heyecan dolu geçiyordu. Havuz, terapi banyosu, ormanda kısa yürüyüşler ve Berrin ile flört.

Berrin, Osman'ın vazgeçilmeziydi. Her sabah saçlar resepsiyonda görevli olan Berrin için jöleleniyor ve adeta bir stajyer gibi resepsiyonda Berrin'le olmak için yığınla bahaneler yaratılıyordu.

"Bu ne, orada ne var, bu nasıl çalışıyor, sende kağıt var mı? v.s..."

Buram buram buharın yükseldiği termal havuza girdiklerinde Osman'ın kollarında, onun su yüzeyinde kalmasını sağlayan hava yastıkları yoktu.

Taksiye, yani babasının sırtına veya göğsüne oturarak havuz içinde gezinti bittiğinde, babası nefes nefeseydi ve yorulmuştu.

"Yeter Osman... Artık yoruldum... Odaya çıkarak akşam yemeği için hazırlanmaya ne dersin dostum?"

"İyi fikir Mustafa dostum! Bak ne diycem... Diycem ki..."

"Dinliyorum ahbap"

"Biliyor musun? Diycem ki"

"Neyi Osman, söylersen bilebilirim?"

Osman'ın bakışları derine kaçmıştı... Kısık bir tonla konuşmasını kesintisiz sürdürdü. "Diycem ki İstanbul'a döndüğümüzde yani evimize... Ablamın gitarını ben çalabilir miyim öğrendikten sonra? Dün akşamki abi gibi...***Selin*** için ben de şarkı söylemek istiyorum."

"Tabi Osmancım... Tabi canım ama hem keman hem gitar seni yormaz mı?" diyerek oğlunun sorusunu, olumlu bir soruyla cevaplayan adam, oğlunun sorgulayıcı bakışlarından kaçınmak için yüzünü yere eğmişti.

"Hayır, yormaz" diye cevapladı Osman.

"Pekala olur" diye devam etti adam. "Madem böyle düşünüyorsun niye olmasın? Belki bakarsın annenle bana Mirkelam şarkısını söylersin..."

"Tabi ya, niye düşünemedim ben bunu" derken Osman adım adım asansöre girmişti. 2. kat düğmesine bastıkları anda Osman'dan melodik bir tonla yükselen:

"Geçip giden hu hu, zamanları hu hu bir yerlerde bulsam sonra üzülsem, sonra neydi baba?" "Üzüldüğüme üzülsem," "Tabi ya... Gözyaşıma bakıp bakıp, ***Selin***'i hatırlasam" cümleleri adam için çok anlam ifade ediyordu. Eğildi, oğlunu kucağına aldı. Asansörden odaya kadar olan mesafeyi koyun koyuna, sarmaş dolaş, ruhsal beraberlik ve dayanışma içinde, hüzünlü ve kızarmış gözlerle yürüyerek odaya girdiklerinde, Ebru ikisine de baktı. İlk bakışta neyin ters gittiğini anlayarak, ortama bir renk ve coşku katmak istedi. "Siz iki adam hemen duşa..."

Adam, Osman'ı kucağından yere indirirken "Dostum anne seni adam yerine koydu. Haydi duş yapma yarışına hücum..." diyerek içinde oldukları ruh halinden kendini ve Osman'ı zorla ayırmayı denedi.

Uzun süren duşun ardından giyinen aile akşam yemeğine inmeye hazırdı. Odadan çıkarak, asansöre doğru yürürken Osman, babasına dönerek: "Baba, belki bu gece müzik diskini bana ödünç verir misin?"

"Hangisini Osman, disk çalan aleti mi yoksa diskin kendisini mi?"

"Her ikisini de... Biraz müzik dinlemek istiyorum bu gece yatarken"

Osman Sony CD çaları istiyordu. "Tabi Osmancığım olur" diye cevapladı adam asansörü çağırma düğmesine basarken.

Asansör hemen geldi. Açılan kapıdan içeri ilk giren Osman oldu. Osman, ayak parmakları.üzerinde yükselerek, "Restoran" yazısının yanında yer alan 2. kat düğmesine basarken "Ama bütün gece bende kalacak tamam mı?" diye konuştu...

Babası gülerek cevapladı: "Tamam Osman... Benim CD çalarım ve disklerim, bu gece senindir ahbap" Osman'dan aniden çevreyi inletircesine yükselen "OLEY" haykırışı onun ne kadar mutlu olduğunu bütün otele anlatmaya yetmişti.

Yılbaşı gecesi çok güzel geçmişti. Güzel bir yemeğin ardından müzik, şarkılar ve göbek atmalar başladığında aile salonu terk ederek, yer yer gölgeliklerde hala erimeye direnen ince, buzlaşmış kar izlerinin arasında ve havuz başında mangallarda kızartılan sucuk ekmek yemek için sıraya girmişlerdi. Aile yeni yıla, havuz başında, mangalda kızaran sucukların iştah yenileyici lezzetli kokusu içinde ve önünde durdukları içi köz dolu yarım varilin ortasına yerleştirilmiş kazandan yükselen ısıtılmış şaraptan yükselen aromatik buharın içinde girmişti...

O anda kendilerini mutlu hissetmeleri için mutluluk sahnesinin tüm dekoru vardı. Tek bir oyuncu eksikti. O da ***Selin***'di...

2001 yılının ilk gününde saatler 10:00'u gösterdiğinde hala uyumaya çalışan adamın gözlerini açtıran ses, hemen yanıbaşında kulağının dibinde duyduğu bir Amerikan halk şarkısının caza uyarlanmış hüzün taşıyan, yanık nağmeleriydi.

Bu Billie Jo Spears'ın "Look what they've done to my song Ma" şarkısıydı... Bir çocuk birilerini annesine şikayet ediyordu ve "Bak, şarkıma neler yaptılar anne..." diyordu...

Adam gözünü açar açmaz gülümsedi. Yatağında yanında misafiri vardı. Jöleli kirpi saçları, sarı pijaması ve minik bir yüze yapışık, iki koca kulaklık arasından kendisine kuala şirinliğiyle bakan iki göz... Sırt üstü yatmış bir çocuktu bu; ayak ayak üstüne atmış, üstte olan ayağıyla da bileğinden tempo tutuyordu.

Osman, uyumadan önce alarak başucuna koyduğu CD çaları uyanır uyanmaz kulağına geçirmişti.

Odadakileri de müzikle uyandırmasının hoş olacağını düşünmüştü, kendi yatağından kalkarak, babasının yanına gelmişti.

"Günaydın Osman... Bu yatak ikimiz için biraz dar değil mi? Ayrıca yanlış yastıkta park etmiş durumdasın ahbap..."

"Hiç de değil canım..." diye kıkırdayarak cevap verdi Osman: Sonra otoriter ve hükümranlık hakkının kendisinde olduğunu teyiden hatırlatır bir ses tonuyla vurgulayarak konuştu: "Bu bizim yastığımız..." Adam oğlunun başını öperek ona sarılarak fısıldadı:"Evet aşkım, bizim yastığımız..." "Müziği sevdin mi? Senin müziğin... ***Selin***'in getirdiği kaset değil mi?"

"Disk... Osmancığım evet, o getirmişti... Müzik hoşuma gitti ama saat daha çok erken. Müzik dinleyemeyecek kadar çok uykum var. İzin verirsen uyanınca birlikte dinleriz. Tamam mı?"

"Oldu komutan tamam..." diyen Osman'ın bir kedi sessizliği ve yumuşaklığı içinde yataktan aşağıya süzülüşünü hisleriyle izleyen adam başını yastığın altına soktu ve uyumaya devam etmek istedi ama nafile... Beyni bir anda hiperaktif konumuna geçiş yapmıştı.

Billy Joe Spears'in söylediği şarkıdaki küçük kızın annesine söyledikleri beyninde yankılanıyor gibiydi. Şarkının İngilizce sözleri, Türkçe olarak farklı bir anlatımla ruhunun derinliklerinde yankılanmaya başlamıştı.

Gözünün önüne, boş bir odada perdesiz pencereden içeri süzülen ışık hüzmesinin, tozlu taban tahtaları üzerinde aydınlattığı bölümdeki tahta iskemleye oturmuş, uzun sarı saçlı ve beyaz gecelikli bir genç kızın elinde tuttuğu gitardan yükselen sakin nağmelerin eşliğinde gözlerinin içine bakarak ilahi bir tonla şu sözleri söylediğini duyar gibiydi:

"Bak bize neler yaptılar baba, bak bize ne yaptılar..."

Adam, yastığı başına sıkıca yapıştırdı. Osman'ın bu şarkıyı duymasını istemiyordu.

Osman, babasının yatağından bir kedi sessizliği ve çabukluğuyla süzüldükten sonra odanın ortasında aniden durmuştu.

Kulaklığında Bill Joe Spears'in şarkısı, aklında ise birdenbire aklına gelen şey vardı:

Geri döndü. Önce babasına baktı. Sonra sol taraftaki yatakta uyumakta olan annesini bir süre izledi.

Kararını verdi. Kendi odasındaki yatağa uzanmaktansa, annesinin yanına uzanmak daha keyifli olacaktı. Bir yılan gibi yatağın ayak ucundan yastığa doğru süzülerek, başını annesinin yastığındaki boşluğa yerleştirdiği anda uyuduğunu düşündüğü annesi tek bir hareketle, kulaklığını başından çıkartarak, CD çalarla birlikte yere halının üzerine bırakırken şu uyarıyı yapmıştı:

"Sen ve kulaklık... İkinizden birisi fazla; sen mi,o mu?"

Osman, önce "Biz" demeyi düşündü ama sonra, annesinin "Ben şaka yapmıyorum Osman" cümlesini duyunca şansını denememeye karar verdi. Halının üzerine elini uzatıp CD çaların kapatma düğmesine bastı: "Zaten, aniden uykum geldi..." Annesine sokuldu. Gözlerini kapattı... Kısa bir süre sonra derin uykudaydı...

Osman rüya görüyordu. Rüyasında babası, Ebru ve ***Selin*** hep birlikte bir uçakla uçuyorlardı. Ablası ile, yan yana koltuklarda oturmuş önlerindeki monitörün ekranından, küresel konum belirleme cihazının grafik yazılım görüntüsünden, o anda içinde oldukları uçağın Atlantik Okyanusu üzerindeki rotasını ve yaklaşmakta oldukları Newfoundland yarımadasının coğrafik haritadaki kıyı şeridini izliyorlardı. Amerika'ya gitmekte oluşlarından çok mutluydular. "Gene orada olacağız... ***Selin*** sana çok yer göstereceğim... İzle beni…" diye konuşuyordu Osman.

New York JFK havaalanından kalkan uçak üç saattir havadaydı. Bir süre sonra, iki noktalı bir sarsıntıdan sonra, uçağın içini aniden dolduran, kulak paralayıcı ters egzost fren sesinden ürken Osman, kulaklarını parmaklarıyla tıkamıştı.

Uçak, sallantılı bir sarsıntıyla durdu. "Tamam Osmancığım geldik, haydi gidiyoruz" diyen ablasının elinden tutan Osman, kırmızı şapkasını ters olarak başına geçirmiş, yeşil şeffaf plastik sırt çantasını yüklenmişti.

Kapıdan dışarı çıktığında Osman'dan bir sevinç çığlığı yükseldi: "Yaşasın ***Selin***, Disneyland'a geldik. Bak burası

Pinokyo Otoparkı! İşte bizi Disneyland'a götürecek, buharlı tren de geliyor ***Selin***. Biz Los Angeles'a gelmişiz!"

"Bak, ***Selin*** bak! Gülgün, Yalçın, Ayça, Zoltan, Olcayto, Kurtçebe, Sedef.. Bak ***Selin*** Semir, Münir, Teyzem, Melis de buradalar..." diye coşkuyla bağırmakta olan Osman, aniden susup geriye baktı. Babası, hala uçağın koltuğunda oturmaktaydı. Annesi de babasının elini sıkı sıkı tutuyordu. Osman, bir anda kendisini babasının kucağında buldu. Uçağın penceresinden dışarıya bakıyor ve kendisini karşılamaya gelenleri görmeye çalışıyordu.

***Selin***'i gördü. Ona el sallıyordu. "Hoşgeldin Osmanımmm, aşkımmm" diye bağırıyordu. ***Selin***'in yanındaki uzun boylu kişiyi de tanımıştı. O "***Erdem***" idi.. Fenerbahçe Piramit'teki Mc Donalds'ta hamburger yemişlerdi. Kitapçıdan çıkartma seçtirmişti Osman'a en son beraber olduklarında...

"Baba dostum, bak! ***Selin***... Yanında da ***Erdem*** var. ***Erdem*** ağabeyin kucağında bir bebek var baba. Bak baba bak! Onlar da bize bakıp gülüyor. Haydi dostum, kalk onlara gidelim.."

Adam pencereden dışarı baktı. ***Selin***, ***Erdem*** ve küçük bebeğin gülerek onlara el salladıklarını gördü...

Osman, uçağın penceresini açtı. Dışarıda ormanlık alanın ortasındaki çayırın üzerine serilmiş geniş piknik örtüsü üzerine oturmuş, kendilerini bekleyen, Amerika'da yaşayan teyzesine, yeğenlerine, kuzenlerine ve tüm akrabalarına el sallayarak bağırdı "Geliyoruz! Biz de geliyoruz, yaşasın artık evimiz evinizin yanında olacak!"

Osman uyandığında babasına baktı. Babasının kulaklarında kulaklık, kucağında ise CD çalar vardı. Babası Billie Joe Spears'in "Bak, Şarkıma neler yaptılar... Anne" şarkısını dinlerken, Kalifornia-San Joaquin vadisindeki satılık arazi ve ev fiyatlarını düşünüyordu.

## GELECEĞE YÜRÜYÜŞ 15

### ONÜÇÜNCÜ GÜN

***Bolu Dağı-Koru Otel-Bolu***
***Mehmetçik-I. Çadırkent***

Geceboyunca aniden bastıran serpintiyi, gelip geçici bir yaz yağmuru olarak düşünen adam yanılmıştı.

Bolu ve havalisine bu soğuğu ve yağışı getiren soğuk hava kütlesi, onu bulunduğu yerden üç gün-üç gece hiçbir yere kıpırdamayacaktı.

Şayet adam, ilerleyen günlerde hangi meteorolojik şartlar altında yürüyeceğini bilebilseydi, bu hafif yaz serpintisinden asla şikayetçi olmazdı.

Hava çıldırmak üzere hazırlık yapıyordu.

Ancak adam da, aniden düşmeye başlayan barometrik değerleri az bir hata payı ile kol saatinin hafıza kayıtlarından grafik olarak izliyordu.

Her ihtimale karşı diyerek, kısa bir telefon konuşmasının ardından kendisine Metro Turizm'e ait bir otobüsle dört saatte kaldığı otele ulaştırılan paketin içerisinde, su ve rüzgar geçirmez soğuk iklim giysileri, başucunda giyilmek üzere onu bekliyordu.

Adam erkenden uyanarak, normal hareketlerle yataktan doğrulup duşa girip tıraş olduktan sonra tazelenmiş olarak giyinmeye başladığı sırada eşi de uyanmış ve duşa girmişti.

Sabah 08:30'da adam her şeyiyle kahvaltıya hazır durumda, Osman'ın uyanmasını eşiyle birlikte oda servisince getirilen kahveyi içerek bekliyordu.

O sabah, Koru Otel'in tam karşısında yer alan jandarmaya ait tesiste Bolu Jandarma Komutanı'nın aile konuğu olarak kahvaltıya davetliydiler.

Aile ortamında ve son derece doyurucu sohbetle çabucak geçen dakikaların ardından, adamın herkese veda etme zamanı gelmişti. Herkesin ardından karısına ve oğluna uzun süre sarılan adam, sırt çantasını yüklenip sopasını eline aldığı anda, zaman sanki durduğu yerden yeniden başlamış, adam rüyadan uyanmıştı.

Onun gerçeği, amacı uğruna yolda yürümek ve Ankara'ya ulaşmaktı. "TBMM'ne de ulaşabilirim ama yalnızca binasına, duvarlarına ve odalarına, içindekilerin ruhlarına ve beyinlerine değil diye düşünüyordu" adam... Nitekim, aradan geçen on beş ayın sonunda yedi maddelik bir tasarının yasalaşmaması onun bu düşüncesine haklılık kazandırmıştı. Adam Ankara'ya ulaşmak amacındaydı. Ankara Anıtkabir'di, Anadolu halkının yüreği ve sistemin kendisiydi. Adam, sistemin temsilcilerine, masalarda oturan kişilere doğru yürümüyordu. Adam sisteme, masalara yürüyordu... Adam yürüyüşünün uzun olacağını biliyordu... Bu yürüyüşte, sisteme ve masalara güvenebilirdi. Sistem ve masalar kalıcıydı. Sistemi temsilen masalarda oturanlar ise geçici... "Çocukların geleceği, güvenleri ve yaşamları ancak kalıcı unsurlara emanet edilebilir, geçicilere değil..." diye düşünüyordu.

Adam, yola çıkmaya hazırdı. Eşini ve oğlunu son kez öptükten sonra onları ve kendini Allah'a emanet ederek D-100 yolundan Bolu'ya doğru ilk adımını attı. Fatihaların çoğaldığı tesbihine yine başladı.

Arkasına baktı... Eşi, Osman, otel görevlileri, jandarma ve otelde konaklamakta olan herkes ona el sallıyor, yolun açık olsun temennilerinde bulunuyorlardı.

Adam gözlerini kapattı... Elini yüreğine götürdükten sonra, başını öne eğerek kolonlarına asıldı...

Üç günlük soluklanma, onarım ve bakımın ardından, yarı yolu aşmanın bilinci içerisinde, yolunun sonuna kadar hiç bitmeyecek yürüyüşüne devama başladığında, çiselemekte olan yağmur sağanağa dönüşmek üzereydi.

Çiselemekte olan yağmur, gözyaşı damlalarını maskeliyordu...

Bolu, Koru Otel'den ayrılışından yaklaşık on beş dakika sonra bardaktan boşanırcasına yağan yağmur, yürüyen adama gözlüklerini çıkarttı. Anorağı ve pantalonu su ve rüzgar geçirmiyordu ama ensesinden, kapşonunun kenarlarından giren kuvvetli rüzgar, terden ıslanmış gömleğinin ısısını, onu o halde dahi titreterek üşütecek kadar düşük derecelere indiriyordu.

Adam, ısınmak için kapşonunun boğma iplerini çekerek kapşonun kenarlarını iyice büzdü ve hızlandı. Vücut sıcaklığını ancak adale ısısı ile yükseltebilirdi. Uzun sopasını sağ eline alıp hızla kolunu hareket ettirmeye başladı. Bir süre sonra titremesi durmuş ve yerini yorgunluğa bırakmıştı.

Rampadan aşağıya inerek, Abant kavşağını geçmiş yine yokuş tırmanmaya başlamıştı.

Hava sakinleşmiş, bulutlar beyazlaşmaya başlamıştı. Bir süre sonra güneş sıcak yüzünü gene gösterdi. Bu kez adam, rüzgar geçirmeyen anorağının içerisinde aşırı terliyordu. Hissettiği yorgunluk, tuz alma zamanının göstergesiydi. Önüne gelen ilk kahveden içeri girdi. Peşinden de yağmura karşı koruma örtülerini örttükleri kameraları ile kameramanlar.

İçilen sigara, kahve, çay ve gene sigaranın ardından alınan iki gram tuz ve bol miktarda su adamı kendisine getirmişti.

Bolu Koru Otel'de kendisini ziyaret ederek onunla tanışıp, sürekli kendisinin yanında yürüyen kişiyle sohbete başladı. Bu kişi Emniyet Genel Müdürlüğü'nde görevli üst düzey, rütbeli genç bir polisti. Kendisinin kim olduğunu soran herkese, espriyle karışık olarak; sünnetçilikten musluk tamirciliğine, sosyolojiden, inşaat mühendisliğine kadar; tüm meslekleri öylesine büyük bir bilgilendirme ve inandırıcılıkla cevap vererek onları söylediği meslekten olduğuna inandırıyordu ki adam bile bir aralık onun polis değil, televizyon kameraları önünde şansını aramayı şansa bırakmayan bir caz şarkıcısı olduğundan şüphelenmeye başladı.

O kişi, ilerideki günlerde hep onun yanında oldu ve onunla yürüdü.

En sıkıntılı, yorgun ve ümitsizliğe bir adım kala olan zor anlarda, onunla yürüyen trafik amirlerinin yaptıkları espriler ve ince, kibar nükte içeren konuşmalar, çökmek üzere olan adama ruhsal yakıt ikmali yaparak, adamın ruhsal enerjisini yeniledi.

Bu genç, bilgili, kültürlü, yetenekli olan ama yakışıklı olmayan amiri, bir marşandiz lokomotifinin 24 silindirli dizel motorunun egzostsuz olarak çıkaracağı sesten iki misli daha şiddetle horlayan bu emniyet amirini asla unutmayacaktı. Unutmayacaktı yürüyen adam, uyumaya çalışan adam olduğu gecenin anılarını unutamayışı yüzünden...

Adam, dört saattir yürüyordu ve o günkü etabının sona ermesine iki saatlik mesafe kalmıştı. Kısa bir etap olmuştu bugünkü yürüyüşü ve saat 16'ya yaklaşıyordu. Üç günlük dinlenmeye alışmış olan kaslar biraz zorlanmıştı ama ayak tabanlarındaki açık yaralar unuttukları acıyı hatırlamanın isyanıyla biraz mola istiyorlardı.

Adam, Bolu İl Merkezi'ne uzanan düz yolda, doğu yönüne doğru saatte dört kilometrelik hızla yavaş yürüyordu. Hava gene puslanmıştı. Yolun karşısında 1967 yılından gelen anıların etkisiyle eski ÇİZMECİ MOTEL'in binasının hemen yanı başında yer alan lokantaya, yolu geçerek girdi... KÖKEZ suyu ve çay içmek istemişti.

O akşam, yolun yarısını geçtiği için televizyon muhabirlerinin yoğun canlı yayın talebi vardı. Adam, hiçbirini geri çevirmedi.

Bolu Emniyet Müdürü Uğur Gür ile tekrar karşılaşmış olmaktan mutluluk hissederek Metmetçik 1 Çadırkent'inden içeri girdiğinde anayoldan, Çadırkent'e kadar olan kilometrelerce yolun sağında solunda gördüğü enkazdan arta kalanlar ve geniş boşluklar adamın acısını vücudundan alarak, ruhunun derinliklerine, kızının yanına gömmüştü.

Umutsuz ortamda umut görmüştü adam tebessüm eden depremzedelerin gözlerinde.

Geleceğe ilişkin inanç tazelemişti adam. Yoklukta kırıntılar halinde ellerinde tuttuklarını yüreklerinde nitelik ve nicelik olarak, varlık olarak çoğaltan ve hisseden Bolulular'ı tanıdığında ve geç saatlerde çadırın mutfağında onların aşını, çayını ve yaşam coşkusunu, devlete olan inancını ve desteğini paylaştığında...

Soğuk ve yağışlı bir günün ardından tüm Çadırkent, ıslak zemin üzerinde yoğun nemli bir ortamda geceyi yaşıyordu.

Adamın kaldığı çadırda yanan katalitik soba çadıra sıcak bir atmosfer taşımıştı. Adam, en son misafir de gittikten sonra çadırının plastik örtülerini kapattı.

Yorgundu... Sırt çantasını somyasının yanına aldı. Steril örtüsünü çıkartarak yere yaydı. Botlarını, çoraplarını çıkardı.

Önce antiseptik solüsyonuyla ayaklarını sildi, sonra sağ ayağının losyon ve kremlerini sürdü. Temiz çorap almak için çantasına uzandığı anda, üzerine oturmakta olduğu somyanın ayağı alta kıvrılarak, somyanın çökmesine neden oldu. Adam aniden tökezledi. Dengesini koruyamadı. Sol ayağıyla refleks olarak dengesini bulmak için ileri adım attığında, yerde yuvarlanmaktan kurtulmuştu ancak yerde serili; aşırı toz, nem ve kirle kaplı olan yaygının üzerine basmıştı. Doğruldu... Çantasından temiz ve kuru bir gömlek çıkartarak, sabah giymek üzere metal iskemlenin üzerine yaydı. Fanila ve çamaşırıyla yeni bir çift çorap olarak, yatağı düzelttikten sonra, sol ayağının bakımını yaptı.

İşi biterek yatağa girdiğinde, çadırın alt bölümünden sıçrayan su damlalarından korunmak için battaniyeye iyice sarıldı. Dışarıda soğuk bir hava vardı ve yağmur yağıyordu. Çadır ılıktı. Adam bacaklarını bir cenin gibi karnına çekerek uyuduğunda, 16 saat sonra sol bacağını eliyle kaldırarak ve ileri iterek adım atmak zorunda kalacağını o anda bilmiyordu.

## GÜNBATIMI ÖYKÜLERİ 12

### *"GÜL YÜZÜNDE GÖRELİ"*

*Gül yüzünde göreli zülfü semen say gönül*
*Gül yüzünde göreli zülfü semen say gönül*

*Kara sevdaya yeler bi ser ü bi-pay gönül*
*Kara sevdaya yeler bi ser ü bi -pay gönül*

*Dimedim mi sana dolan mana hay gönül*
*Dimedim mi sana dolan mana hay gönül*

*Vay gönül, vay bu gönül vay gönül, ey vay gönül*
*Vay gönül, vay bu gönül vay gönül, ey vay gönül*

*Yar yeleli dost yeleli, yeleli ya la yeleli dost*
*Yar yeleli dost yeleli, yeleli ya la yeleli dost*

*Bizi haketti heva yoluna sevda nidelim*
*Bizi haketti heva yoluna sevda nidelim*

*Payimal eyledi ol zülf-ü semen-say nidelim*
*Payimal eyledi ol zülf-ü semen-say nidelim*

*Kul edinmez ki güzeller bizi il-la nidelim*
*Kul edinmez ki güzeller bizi il-la nidelim*

*Vay gönül vay bu gönül vay gönül ey vay gönül*
*Vay gönül vay bu gönül vay gönül ey vay gönül*

*Yar yeleli dost yeleli, yeleli ya la yeleli dost*
*Yar yeleli dost yeleli, yeleli yar la yeleli dost*

*Rast Peşrev*
*Münir Nurettin Selçuk*

*Ağustos 2000...*

Dakikalardır babasının evin kapısını açarak içeri girmesini beklemekte olan Osman, büyük bir heyecan ve sabırsızlık içerisindeydi. Kulağını, kapıdan gelecek kilit dilinin anahtarla döndürülerek yatağına geri çekilmesinin çıkartacağı metalik sesleri küvetin içerisine dolmakta olan suyun çıkardığı sesler arasından algılayarak kendisini uyarmaya programlamıştı.

Kendisine verilen "Bu sesi dinle, fark et ve beni uyar" emrini alan kulak, enerji alanı içerisinde gereken duyum ve algılama ayarlamalarını yapmıştı. Bir diğer deyişle Osman, gözlerinden irili ufaklı yüzlerce ampul ışığının arasında paylayacak olan flaş ışığının kendisine bildirilmesini beyninden istemişti. Kulağından aldığı bu emri uyguladı. Kilit dili, hızla geri çevrilerek metalik yankı ile yuvasının yatağına çarptığı anda Osman aniden bir kedi dikkatliliğinde bakışlarını kapıya çevirerek bağırdı:

"Vakti süruru sefaaaaaaa...

Mehterbaşı

Hey heyyyyyyy..."

Dümtek-düm tek-düm teke tek tek...

Dümtek-düm tek-düm teke tek tek...

Adam elinde çanta, üzerinde ceketi ve ayakkabılarıyla banyonun kapısı önünde belirdiğinde Osman, yüzünde gözlerini kaplayan yüzme gözlüğüyle küvetteki suya balıklama dalmaya hazırdı. Osman, sudan yeni çıkmış ıslak bir kunduza benziyordu. Adam, çantasını yere bıraktı, ceketini ve ayakkabılarını savurduktan sonra iki adımda küvetin yanına yaklaşıp duş yapmak üzere küvete girip sonra duşu su altı spor aktivitesine dönüştüren çıplak ve ıslak çekirgesini omuzlarından tuttuğu gibi öpmeye başladı. Çıkartmayı unuttuğu kravatı düğümüne kadar ıslaktı.

"Mehterbaşı dur! Öpmek yok, ısırmak yasak, dur dostum. Hadi git ve şarkıyı çal, lütfen. Nasıldı dostum devamı? Hadi şimdi sen söyle lütfen..."

Adam, lütfen kelimesinin sihirli etkisini bozamazdı

"Madem ki lütfen diyerek istedin, o zaman pekala..." diyerek, büyük bir ciddiyetle sol elinin baş parmağını pantolonunun göbeği hizasında pantolon kemerinin ardına taktı. Sağ elini havaya kaldırdı ve ciddi ama melodik bir ses tonuyla kısık olarak bağırdı:

"Merhaba ey Mehteran..."Osman'dan gelen ciddi ve kalın, tok bir erkek ses cevap verdi:

"Merhaba mehterbaşı"

Baba devam etti:

"Nevbete Selahhh-der faslı Rast Peşrevi... Has durrr"

Osman dikleşmiş, eli alnının ortasında asker selamı mı veriyor yoksa uzaklara mı bakıyor orası pek kestirilemez bir halde dik, ciddi ve vakur bir edayla hazır olda bekliyordu.

"Haydi yaaaalllahhh!" Dendiğinde, adam bir anda küvetten dışarı sıçrayarak taşan suların etkisiyle sırılsıklam olduğunu hissetti.

Osman, suya çapraz bir şekilde otururcasına bacaklarını altına kıvırarak suya ters yönüyle dalmıştı.

Osman suyun içerisine oturmuş, elleri ensesinde çapraz konumda yastık görevi görür şekilde babasının disk çalara koymasını istediği şarkının diskini yerleştirmesini bekliyordu. Bir anda kulağı, kaba zurna, boruk, kös, davul, nakkare, zil ve çevgen sesleri arasından koro olarak yükselen, "Gül yüzünde göreli zülfü semen say gönül" mısrasının nağmesiyle dolduğunda Osman'ın gözleri kızararak buğulanmaya başlamıştı. Babasını kapıda görür görmez başını suyun içine soktu.

Dostunun ağladığını görerek üzülmesini istemiyordu.

***Mayıs 1999...***

1999 yılının mayıs ayı ortalarına doğru martı yavruları kabuklarını delerek çatı kiremitleriyle, anne ve babalarıyla tanışmaya başlamışlardı.

10. kattaki mutfak balkonundan aşağıya, karşıdaki altı katlı binanın çatısına bakıldığında, asansör odasının güvenli ve gölgeli duvar kıvrımları arasında anne martının kursağından çıkardığı yarı hazmedilmiş besinlerle yavrularını beslemesi açık ve net olarak izlenebiliyordu. Anne martının gene yavrularını besleme zamanı gelmişti.

Osman, ablasının bacakları arasında, balkon demirlerinin boşluğuna yüzünü yapıştırmış bir şekilde anne martının kursağından çıkardıklarını yavrularının ağızlarına itişini ilgiyle izliyordu. Osman hayretler içerisindeydi.

"***Selin***" diye konuştu Osman. "Biliyor musun, ben bebekken annem, beni de böyle besleseydi adım ne olurdu? Haydi söyle bakalım."

"Biliyorum galiba aşkımmmmm Martı Osman... Kısaca MO ve MÖÖÖÖ..."

"***Selin***nn... Nasıl da bildinnn!"

"Çünkü aşkımmm ben de bir zamanlar Martı ***Selin***'dim..."

"***Selin***, anne kustu ve yavrusunu kusmuğuyla besledi. Bu iğrenç!"

"Aşkım, bu bize iğrenç gelebilir ama, şöyle düşün; anne martının mutfağı, buzdolabı, fırını, tenceresi, tabağı yok. Yavrusunu ılık ve sulu mama ile nasıl besleyebilir? Tabii ki böyle. Yani her şeyi kendi kursağında yaparak..."

"Kursak nedir ***Selin***?"

"Ağzın gerisinnde, ağızıyla mide arasında bir yer. İnsanlarda yoktur"

"Bence yine de iğrençti ***Selin***"

"Yavru martının annesinin peşinde nasıl koşuşturduğuna bakarsan, yavru bu yiyeceği çok sevmiş görünüyor."

"***Selin***nn, eğer ben baba martı olsaydım, sen benim yavrum olur muydun?" Sualini "Evet aşkımmm olurdum" diye cevaplayan ***Selin*** iki dakika sonra bu cevabının başına ne iş açacağının farkında değildi.

Osman'ın yüzünde şeytani pırıltılarla, masumane bir tebessüm belirdi.

"Bir dakika ***Selin*** hemen döneceğim, banyoya gitmem gerekiyor" diyen Osman, hızla ablasının bacakları arasından sıyrılıp, balkon kapısından içeri dalarak doğruca "Süper marketim" diye adlandırdığı dolaba doğru yöneldi.

Hızla rafları kontrol etti. Aradığını, içerisi bir çocuğun bakkaldan alabileceği her cins abur cuburla dolu olan çekmecelerden birisinde bulmuştu: Kuru üzüm... Bir avuç üzümü ağzına doldurarak dolabın kapısını kapatıp, avurtları oynar bir halde banyoya koştu.

Sifonu çekerek balkona geri döndüğünde, avurtları oynamıyordu. Yüzünde hüzünlü bir ifade vardı üzgün bir ses tonuyla "***Selin***" diye seslendi Osman...

"Efendim canım" diye cevaplarken, Osman'ın yüzündeki hüzünlü ifadeyi gören ***Selin*** bir anda telaşlanarak kardeşinin önünde diz çöküp ona sarıldı.

"Ne oldu aşkımmm?"

"Seni çok seviyorum..." titrek sesle verilen bu cevap ***Selin***'i bir anda duygulandırmıştı:

"Ben de seni seviyorum aşkımmm.." derken ***Selin*** kardeşinin minik yüzünü öpmeye başlamıştı. Osman da iki eliyle ablasının yüzünü tutmuş onu öpüyordu...

***Selin*** kelimenin tam anlamıyla, mest olmuş, kendinden geçerek yüzünü, yanaklarını küçük kardeşinin kelebek dokunuşu hafifliğindeki öpücüklerine teslim etmişti ki; Osman, aniden dudaklarını ablasının ağzına yapıştırıp, avurtlarında sakladığı çiğnenmiş üzüm posasını, kıvamlı yapışkan macun halinde ablasının ağzına boşalttı.

"Pislik! Osman! İğrenç adam..." Haykırışı salonda kitaplarını okumakta olan adamla karısını bir anda ayağa kaldırarak mutfağa koşturtmaya yetmişti.

Osman, aşağı yukarı hoplayarak "Martı ***Selin***... Martı ***Selin***..." diye bağırmakta, ***Selin*** ise evyede ağzını yüzünü yıkamaktaydı...

"Ne oldu?" diye sordular ***Selin*** gülerek cevap verdi...

"Önemli değil, Osman Baba Martı oldu ve yavrusunu yani beni, çiğnenmiş üzümle besledi..."

Adam ve karısı bir anda birbirlerine baktılar. Sonra Osman'a dönüp "Bu yaptığın hoş değildi. Hoş olsaydı ablan gülerdi" dediler.

Osman iri gözlerini açarak konuştu: "Eee... Bakın ***Selin*** gülüyor işte".

Adamla karısı gene birbirlerine baktılar. Adam konuşmaya devam etti...

"Hadi ***Selin***, Osman. Giyinin de ailece müze keyfine çıkalım, ne dersiniz?" derken adam da gülmemek için kendini zor tutuyordu.

***Selin*** elinde kağıt havlu, yüzünü kurularken gözlerini iri iri açıp sordu:

"Hangi müze baba, mumyalanmış baba martılar müzesi mi?"

"Önce, Harbiye Askeri Müzesi, sonra Ortaköy'de akşam yemeği balık, ne dersiniz?"

"Harika fikir Mustafa dostum. Hadi ***Selin***, gidelim çok işimiz var daha. Hadi!" derken Osman hala muzip bir ifadeyle ablasına tatlı tatlı ve hayranlıkla bakıyor ve sevgi dolu olarak, gülümsüyordu. Ebru ve ***Selin*** birbirlerine baktılar. Erkekler konuşmuş sonra da bu harika fikirleri konusunda onların vereceği cevabı da, onlara zahmet olmasın diye onların yerine düşünüp, onların adına "Harika fikir" olarak kabul etmişlerdi.

Bu programın onlarca "Harika" olarak nitelendirilecek tek yanı "Ortaköy" bölümüydü.

Kaldırımlarda yürürken görülen insanların toplam adedinden daha çok taksi, dolmuş, otobüs ve özel arabaların ana yollarında santimetrelerle ilerlediği Karaköy, Taksim ve Ortaköy üçgeninde yer alan bölgelerde yol alma ve araba park etme sorununu, araba klimalarının soğutma konusunda yetersiz kaldığı kavurucu çöl sıcaklığıyla birleşen yoğun neminin asabileştirici, saldırganlaştırıcı ve bunaltıcı doğal sonuçlarını ve etkilerini yaşamak zorunda kalmamayı tercih eden aile, Üsküdar rıhtımında Beşiktaş deniz dolmuş motorlarına doğru el ele tutuşmuş olarak hızla ilerliyordu...

Boğazın serin esintisi ve huzur verici azur renginden laciverte dönüşen derin sularının etkisiyle çok neşeliydiler.

Beşiktaş'tan, iskeleden aldığı yolcuları Üsküdar iskelesinin rıhtımına boşaltan dolmuş motoru, bordasına asılı irili ufaklı kamyon lastiklerinin tampon görevini başarıyla sürdüreceğine olan inançla, itiş kakışla kendisini iskelede bağlı olan diğer motorlar arasına, sırasına göre sığıştırmaya çalışıyordu...

Sırası gelen motora binmek üzere yolcu kuyruğuna girdiklerinde, Harbiye Askeri Müzesi'ne gitmekte olan aile fertlerinin hepsinin elinde haşlanmış mısır vardı.

Kuyruğa girmeden önce, Osman'ın lütfenli ve kibarca dile getirilen isteği doğrultusunda Ebru, rıhtım kenarındaki bir ağacın gölgesine park etmiş bisiklet lastikli ve elle itilen bir arabanın ortasına monte edilmiş, alttan aygazla ısıtmalı kazanın kapağına, elindeki maşayla ritmik bir tempoyla vuran mısırcıdan herkes için haşlanmış mısır almıştı.

Motora binerek üst güvertedeki banklara oturduklarında tebessüm içerisinde, mutluydular...

***Selin*** ile Osman yanyana oturmuşlardı. Kıkırdayarak gülüşüyorlardı. Osman'ın tüm şirin, sevecen, hüzünlü yüz ifadelerine eşlik eden omuz kırılması ile "Küstüm sana işte, artık aşkın olmayacağım" demelerine rağmen, ***Selin*** minik dişlemelerle mısırını ısırmakta olan Osman'ın kendisini öpme isteğini "Asla olmaz aşkımm, aklından bile geçirme..." diyerek reddetmekte büyük bir uğraş veriyordu. Ağzına, çenesine, burnuna, yanaklarına sıvaşan yapışkan ve ıslak üzüm macununun tadı, damağında mutlu ama sinir bozucu bir anı olarak hala capcanlıydı. ***Selin*** bu anın ve mutluluğun tekrarlanmamasında kararlıydı...

Beşiktaş iskelesinden bindikleri taksi onları Harbiye Askeri Müzesi'nin önüne bıraktığında, ablasının elini tutmakta olan Osman, müze bahçesinin girişinde yer alan nizamiyede nöbet tutmakta olan askerin yanına yaklaştığında ablasının elini bıraktı. Tam askerin yanından geçerken "Emret Komutan" dedikten sonra . alnının ortasından "Uzağa bakış!" Selamı verdi ve nöbetçinin sağ elinde kundağından tuttuğu G3A1 tüfeğine bakıp: "Vay canına, amma da büyükmüş..." diyerek onun yanından geçti...

Yan gözle Osman'ı takip etmekte olan nöbetçinin gözlerindeki sevgi dolu bakışı fark eden baba, nöbetçiye hafifçe gülümsedi.

Nöbetçi, nöbet esnasında kendisine müsaade edebileceği kadarıyla gülümseyerek, dişlerinin arasından fısıldadı: "Çok şeker, Allah bağışlasın"

İstanbul, Avrupa yakasında şehir merkezi konumunda olan Taksim meydanından, Şişli'ye giden Halaskargazi Caddesi Harbiye Askeri Müzesi'nin önünde çatallaşarak sağa doğru Vali Konağı Caddesi'ni alarak Ihlamur semtine kadar devam eder.

Harbiye Askeri Müzesi, işte bu çatalın başladığı yerde yer almaktadır. Çok geniş bir alanı kaplayan bu müzenin bahçesinin alt köşesinde Harbiye Ordu Evi yer almaktadır. Osmanlı dönemi ve Kurtuluş Savaşı'nın, Türk hükümranlık tarihinin sayısız zaferlerinin coşkusuyla bu zaferlerin elde edilmesi uğruna hayatlarını feda edenlerin hüzün dolu sessiz çağrılarını ruhlara sessiz ve ilahi mesajlarla terennüm ederek ileten, duygu dolu, anı dolu bir müzedir. Gezeni geçmişine hayran bırakan ve geleceğine ümitle bakmaya devam etmede yüreklendiren bir anılar ve ibretler galerisidir... Pazartesi ve salı hariç, yaz-kış her gün saat 15:00'te iki bölüm halinde MEHTER KONSERİ verilmektedir. Müzede yer alan konser salonu, tam teçhizatlı şık ve görkemlidir.

Mükemmel görsel ve akustik tasarımıyla her gün onlarca yerli ve yabancıya mehter bölüğü tarafından verilen konser, değişik makamlardaki Türk askeri ve klasik müziğinin seçkin örneklerini, müzikal ziyafet olarak, müziğin ve şehadetin sultanlarınca bir şölen ziyafeti zenginliğinde kulaklara ve hayal gücünün, geçmişin ihtişamına, düşünce kapısının açılımına bir çağrı niteliğinde sunulmaktadır.

Ebru, ***Selin*** ve Osman henüz bu çağrıyı duymamışlar, onun farkında değillerdi.

Osman, "Vay canına... Dırş, dırş, dıkşınnn, bammm" sesleri arasında, gördüğü silahları hayalinde, hayali düşmanlara karşı ateşlerken veya savururken ***Selin***'e ve annesine bağırıyordu.

"Bebeğim arkamda dur! Ben şimdi kötü adamlardan ve canavarlardan seni korurum.."

"Dırşşş, dırşşş, dikşınnn... Bamm, bamm" sesleri arasında...

Müzenin alt katındaki geniş bölümde yer alan salonlardaki silah ve çadırları geçtikten sonra üst kat merdivenlerine tırmanan aile sanki bir sarayın cephaneliğinde ve anılar müzesinde dolaşıyor gibi suskundu.

Görüntü olarak aile ikiye ayrılmış durumdaydı. Ebru ve ***Selin***, zaman zaman adamın ve Osman'ın kendilerine dönerek, "Ebru, ***Selin*** şu silahın zerafetine ve şıklığına bakın ne kadar güzel değil mi? Suallerine boş ve anlamsız yüz ifadesiyle

"Hıı... O mu? Evet, çok güzel" derken birbirlerine bakarak elleriyle, "Boşver de gitsin... Bu saniyeler de çabuk geçer... Sık dişi" mesajlarını yolluyorlardı. El hareketlerinden oluşan, anlamlı bir mesaj iletme tekniği geliştirmişlerdi aralarında.

Sağlı sollu, her çeşitten ve modelden yerli ve yabancı menşeili kılıçları, okları, tabanca ve tüfekleri büyük bir merakla, ilgiyle ve keyifle seyreden baba-oğula karşılık; tavan kaplaması, parkeler ve cam mekanlar ile rafların tozlarını, perdeleri inceleyen anne ve kız, garip bir aile görüntüsü sergiliyordu odada.

Osman babasına baktı, parmağıyla sıkılmış bir halde kapıda durup, onları bekleyen Ebru ve ***Selin***'i göstererek konuştu:

"Galiba onlar sıkıldı dostum... Çıksak iyi olur"

"Haklısın Osman..." diye cevap verdi babası "Herkes mükemmel olamaz, çıkalım dostum" derken, eşine ve kızına bakarak sırıtıyordu.

Aile, koridora devam etti. Aniden büyük bir kapının önüne geldiler. Burası Mehter Konseri'nin verildiği büyük salondu. Yorulmuşlardı, arka koltuklardan birine sırayla oturdular.

Osman'ın, "Çocuk filmi mi seyredeceğiz?" Sualine vermek istediği cevabı düşünen ***Selin***, babasının yüzüne bakarak tebessüm ederek sordu: "Burada bizi bekleyen nedir baba veya bizim beklediğimiz?"

"Birazdan öğreneceksiniz ***Selin***... Çok keyifli dakikalar yaşayacağız" diye cevapladı babası...

Gözlerini iri iri açan ***Selin***, Ebru'nun koluna yapışırken umutsuz bir ses tonuyla fısıldadı:

"Eyvah anne, yandık! Babam keyifli dakikalar yaşayacağız dedi... Sence bu kaç tane dakikadır?"

Ebru eliyle, "Boşver adam sende..." İşaretini verirken cevapladı: "Gün onların günü. Gece de bizim olacak sık dişini nasıl olsa akşam olacak ve Ortaköy'de balık yiyeceğiz güzelim, dayan..."

Aniden, sahnenin gerisindeki, açık yan kapıların içinden kös ve zil sesleriyle sahneyi dolduran Mehter Bölüğü'nün, etkileyici, renkli ve ihtişamlı görüntüsü yalnızca adamı ve oğlunu etkilememişti. Ebru ve ***Selin*** de ilgiyle "Mehter Bölüğü"nü incelemeye başlamışlardı.

Adam ve oğlu keyifle, koltuklarına yayıldılar ve mehter konserinin başlamasını izlemeye koyuldular.

"Vakti süruru sefaaa...

Mehterbaşı... Hey heyyy

Dümtek-düm tek... Düm teke tek tek..."

Rast Peşrevi olarak Münir Nurettin Selçuk'un "Gül yüzünde göreli zülfü semen say gönül" adlı eseri icra edilirken, ***Selin***, Osman ve Ebru el ele tutuşmuşlar, birbirlerine tebessümle bakarak, şarkıyı birbirlerine söyler gibiydiler.

Adam ise hepsine sarılırcasına, karısının elini tutuyordu.

Adamın vücudu Harbiye Askeri Müzesi'nin konser salonundaydı ama ruhu, Vardar Ovası'nda, Mohaç'ta büyük dedesinin şehit olduğu "Allah-ü Ekber Dağları'nda" ve arkadaşlarının öldüğü tepe üstleri, dere yatakları ve denizin karanlık maviliklerinde derin bir saygı ve huşu içinde dolaşıyordu. Ailesi mutluydu; adam mutluydu...

# *GELECEĞE YÜRÜYÜŞ 16*

## *ONDÖRDÜNCÜ GÜN*

***Bolu/Mehmetçik I.Çadırkent***
***Pınar 1- Bölge Trafik İstasyonu***

Yatmakta olan adam, aşırı nemli battaniyenin altında büzülmüş bir halde uyuyordu. Yatmadan önce yanan katalitik sobanın çıkardığı su buharı, sabah ayazının etkisiyle yoğunlaşarak çadırın iç duvarlarının plastik yüzeyleri üzerinde iri su damlaları oluşturmuştu.

Kayan su damlacıkları, çadırın taşıyıcı çelik konstrüksiyonunu oluşturan borulara ulaştığında borunun çevresini dolanarak denge noktasında yer çekiminin etkisiyle, yağmur damlasından daha hızlı ve etkili olarak adamın, sandalye arkalığı üzerine asılmış gömleğiyle sandalye oturağının üzerine katlanarak konulmuş olan pantolonun paçaları üzerine damlıyordu.

Gece boyunca devam eden yağmur sabaha karşı kesilmiş yerini nemli bir ayaza terk etmişti.

Saat sabahın 06:00'sına geliyordu. Tam olarak 06:01'de adamın başı üzerindeki çadır borusundan, damlayan bir su damlacığı, "II. Dünya Savaşı-Pasifik Deniz Çatışmaları"nda bir Japon Kamikaze uçağından bırakılan en son bombanın dairesel, saldırı kaçınma dönüşü içinde bulunan müttefik destroyerinin kaptan köprüsünün hemen üzerinde bulunan ışıldağa kilitlenmiş olarak hızla ve aşağıya doğru yol almasına benzer şekilde, adamın kulağının orta bölümünde yer alan eliptik karanlığa, yani kulak deliğine doğru inişe geçmişti. Kusursuz bir nişanlama ve düşüşle, su damlacığı kulak zarıyla bütünleştiğinde adam yataktan fırlamış, sol kulağını sol eliyle silkeliyordu.

Güneş, alaca karanlık arkasından ilk ışıklarını, dolaylı, donuk bir şekilde, belki de yalnızca bulutları aydınlatmak üzere gönderiyordu.

Adam, yatağa oturdu. Aniden kalkış tüm vücudunu kasarak, ağrılara neden olmuştu. Bir süre başını ellerinin arasına alarak durdu. Uyanmaya çalışıyordu. Nerede olduğu hatırlamaya çalışarak saatine baktı: 06:05. Anorağının cebine uzanarak sigara paketinden sigara alıp yaktı. Derin bir nefesi takip eden öksürmenin ardından, zihni berraklaşmaya başlamıştı.

Kalktı. Mutfağa giderek yüzünü evyede yıkadıktan sonra, çantasından çıkardığı havluyla yüzünü kurularken, kuru olarak çantasına koyduğu havlunun, nemli olduğunun farkına vardı. Çantasına uzandı. Su, kahve, şeker, vitamin tabletleri, tuz ve kamp ocağı ile çelik matara maşrapasını çıkardı. Askeri, amerikan yapımı bir mataranın çelik maşrapasıydı bu.

Suyu ısıtarak, üçüncü maşrapa kahvesini içtiğinde suyla birlikte tuzu, vitamini, ağrı kesici hapları yutabilir kadar uyanık hale gelmişti.

Uzun sopasını eline aldı. Çantasından çıkardığı balmumuyla sopasına uzun süreli ve hızlı bir friksiyon yapması bittiğinde, yoldaşı, koruyucu, dostu, destekçisi, sopası, eski kayganlığına, pürüzsüzlüğüne ve ışıltısına kavuştu. Onu okşayarak yanına koydu. Çok işlevinin yanısıra, koltuk değneği olarak da kullanabileceği bir sopa onun için çok şey ifade ediyordu. Bu sopanın ufak bir kardeşi vardı: Minik yoldaş. Minik yoldaş bir kol uzunluğundaydı. İleriki yılda ve aylarda bu sopayı Bolu Emniyet Müdürü'nün korumalarına hediye ettiğinde biraz üzülmüştü.

Adam, bir sigara daha yaktı. Dışarıda hava kurşuni renkte aydınlanmıştı. Ayaklarının bakımını yaptıktan sonra, hoşnutsuzluk içinde, ıslanmış gömleğiyle pantolonunu giydikten sonra, bot pedlerini değiştirmeyi müteakip, botunun son bağcığını da düğümleyip ayağa kalktığında, sabah kahvaltısını yapmış yola hazır durumdaydı. Tıraş olmadığı aklına geldi. Tıraş takımlarını alıp, tıraşını olduktan sonra çadırına geri döndüğünde dışarıda gazeteciler, kamp görevlileri, jandarmalar ve polisler, ekip araçlarıyla ambulanslardan oluşan kalabalık bir konvoy onun yola çıkışını bekliyordu.

Görevliler ve depremzedelerle kısa bir kahvaltının ardından vedalaşarak yola çıktığında yanında Bolu Emniyet Müdürü Uğur Gür ve neredeyse bütün polis, jandarma ve halk vardı.

Adam, sakar ama hızlı adımlarla, D-100 karayoluna doğru uzun şehiriçi yollardan yine amacına doğru yalnız yürüyüşüne başladı.

Doğuya doğru uzanan D-100 karayoluna çıktığında Bolu ve Bolu'ya ilişkin hüzünlü anılar, güneyde yer alan sıradağların eteklerindeki vadi tabanında yer alan şehirle beraber sağ tarafında kalmıştı.

Adam, Bolu'nun üzerinde yer alan sıradağların tepelerinde yer alan beyaz gölgeleri seyrederken, o geceyi bu beyaz gölgelerden birisinin içerisinde geçirmek zorunda kalacağı aklına hiç gelmemişti.

Adam, yürüyüşüne devam etti... Karşısında Çaydurt Rampası vardı. Çanakta yer alan Bolu'nun etrafını sarmalayan sıradağlardan birisinin zirvesini aşarak Anadolu bozkırına doğru iniş yapması için önünde aşılması gerekli zirvelerden bolca bulunuyordu. Dağlık ve ormanlık coğrafyaya girmişti. Artık yürüyüşleri "Kilometre" ile değil sadece "Yürünülen saat" ile mesafe belirtme ortamına girmişti. Adam, şimdilik rahat, hafif, eğimli, uzun bir rampayı tırmanıyordu.

Yağmur gene başlamıştı. Adam gözlüklerini çıkartmak zorunda kaldı. Damlacıklar, ince, uzun su sicimlerine dönüştüğünde önüne çıkan ilk yol kenarındaki lokanta/kahveye girdi. Üşümüştü. Çay söyledi. Sigarasını yakarak pencereden dışarıya bakmaya başladı; dışarıda ince uzun çözgülerden oluşan su çizgileri bir anda kalınlaştı. Yolun üzeri gölleşmeye başladığında, su şapırtıları aniden tıkırtılara sonra da tokurtulara dönüşmüştü.

Adam, hayret dolu bakışlarla, bir anda yolu bembeyaza çeviren ayak tabanı içinde kaybolacak kalınlıkta buzun, dolunun birikmesini ve gözle görülebilir her yanı kaplamasını izledi.

Hava son çılgınlığını sergilemiş yağmuru vadi tabanına dolu, dağların doruklarına ise lapa lapa kar fırtınası şeklinde yollamıştı.

Yağmur, dolu veya kar kesildiğinde adam yine yürüyüşüne başlamıştı.

Tüm vücudu soğuktu ve terin biraz daha soğutmasından dolayı titriyordu.

Kolonlarına asıldı, başını önüne eğip gözlerini kapattı. Açık olan ruh gözü onun doğru bir çizgi üzerinde yürümesini sağlıyordu.

Adam, kızını ve kızının ölümüne neden olanları, şartları düşünüyordu...

Aklında ve hislerinde küfür, lanet, kötülük yoktu. Aklında olan yegane şey, kızının, ***Erdem***'in diğer çocukların ölümüne neden olan sebepleri; şartları, anne, baba, çocuk kültürsüzlüğünü ortadan kaldırarak yenilemek vardı...

Adam düşünüyordu... Adam acıyla yüklü, adım atıyordu...

Önce sağ kasığındaki acıyı hissetmişti. Her adım atışında sağ kasığına saplanan bir çakının hissettirebileceği türden, ince ama derine ulaşan bir acıydı bu... Bir süre direndi. Acı, tabanlarındaki acıyı bastırır hale gelince durdu.

Anorağının sağ cebindeki tüm ağrı kesici, ödem indirici kremleri avucuna sıkıp, elini pantolonunun içine sokarak, kremleri ağrıyan bölgeye, kasığına yedirdi. Sonra dört adet Parol ağrı kesici hap yutup, derin soluklar ve yudumlarla tuzu, suyunu aldıktan sonra aksak aksak yürüyüşüne devam etti.

Çaydurt rampasının eteğindeki bir lokantada akşam üstü canlı televizyon röportajı için söz vermişti.

Oraya dört saatte yetişmeliydi. Bu da o coğrafya içinde en az sekiz kilometrelik mesafeye eşitti. Adam yürümüyor, yürümeye çalışıyordu.

Aradan bir saat daha geçti... Aniden adam, sol dizini dikleştiremediğinin farkına vardı. Dikleştirmek istedi ama duyduğu ani, derin ve inanılmaz yoğunluktaki acı, adamı bu teşebbüsünden vazgeçirdi.

Sol dizi kıvrık kalmıştı. Topallayarak yürüyordu, sol bacağını dizinden gererek dikleştiremiyor, diz kapağının da eklem yerinde merkezi bir noktadan başlayarak tüm dizinin arka bölümünü kaplayan şiddetli acı ona "Boş ver ahbap, hiç uğraşma ben buradayım, kalıcıyım" mesajlarını ümitsizce naklediyordu.

Adam durdu. Sopasının üzerine yaslanıp sol ayağını oynatarak onunla pazarlığa, uzlaşmaya çalıştı.

Sol bacak ikna olmamıştı. "Canın cehenneme..." diyen adam yürüyüşüne devam etti. Arkasından gelen ambulansı gördüğünde ise hızlandı. "***Selin***, ***Erdem***! Yardımınıza ihtiyacım var, lütfen yapabileceğiniz bir şey varsa yapın evlatlarım" diye dua etti adam...

Adam, "Başaramayacağım artık" diye düşünmeye başlamış ve bulunduğu yerde kamp kurmayı düşünerek, çevrede kamp kurmaya elverişli bir yer arayışına girmişti.

Aklında sadece uzanmak, bacaklarını hareketsiz uzatmak vardı. Adam üşüyordu... Canı kahve istiyordu ve lokantaya daha dört kilometrelik yani iki saatlik yolu vardı. Adamın dişleri dudakların arasından görünür haldeydi. Dudakları sıkık dişlerinin etrafında çizgi halinde çekilmişti. Bunun belirli nedeni de duyduğu acıya katlanmaktı.

Çaydurt'a yaklaşılmıştı. Lokanta, dikleşen rampanın yanındaki dere yatağının kenarında yer alan ağaçlar arasındaki şirin bir yerdeydi. Canlı televizyon nakil aracı oradaydı ve herkes, çocuklar, ellerinde çiçeklerle onu orada beklemekteydiler.

Orman Müdürlüğü'ne ait bir tesisin önünden geçerlerken adam, geriye dönerek, polise, jandarmaya ve gazetecilere, "Tamam" dedi... "Burada kısa bir mola veriyorum" ve binaya doğru yürüdü.

Bina yerden yüksekti. Kapıya ulaşmak için iki basamak çıkmak gerekiyordu. Adam bir basamaklara basabilmek için ayağını kaldıramadı.

Polislerin koltuk altından destek olmaları ve onu yukarı kaldırmaları sayesinde kapı önündeki masanın yanı başındaki sandalyeye oturabildi.

Teçhizatını çıkardı. Sonra anorağının cebinden en güçlü ağrı kesicilerden, Lodin'den iki adet aldı...

Orman görevlilerinin getirdiği çaylar ve üst üste içilen iki sigaradan sonra adam, eğilerek sırt çantasından bulabildiği tüm analjezik, anti-emflamatuar kremler ile Ben-Gay ve benzeri rulo ve sprey kas ısıtıcılar ile ağrı dindiricileri aldı. Tuvalete gitti. Duvarlara tutuna tutuna, tuvaletten içeri giren adam kapıyı kapatıp, anorağını çıkararak, krem ve spreylerin doldurduğu cep kendisine dönük gelecek şekilde anorağı kapının arkasına astı. Sonra belden aşağısını soydu, belinden başlayarak her iki bacağını da ayak bileği olduğunu sandığı yere kadar mevcut tüm kremlerle, spreylerle ovdu...

Tekrar giyinmeden önce, sıkışmış olduğunun farkına vardı. Ayakta durarak rahatladıktan sonra pantolonunu tekrar yukarı çekip, giyindiğinde içinde iyi olacağına dair bir düşünce vardı.

Bu düşünceyi, iki adet Parol ve bir Asprinle bir kez daha takviye ettiğinde, lokantaya erişebileceğine dair bir inanç doğmuştu içine...

Teçhizatını yüklenip gene polislerin yardımıyla basamakları indikten sonra tesisin bahçe kapısından çıkarak yola dördüncü adımını attığında, pantolonun fermuarının altına, bacaklarının arasına denk gelen yerde aniden hissetmeye başladığı sıcaklık, yanma hissi öylesine hızlı bir şekilde artmaya başladı ki bu artış, adamın en kısa zamanda lokantanın tuvaletine ulaşarak, kendisini soğuk suyla yıkayabilmek ve bu yanma hissinden kurtulmak için, lokantaya acilen en kısa zamanda ulaşabilme kararlılığına dönüşmüştü.

Adam, dizinin acısını, dizlerinin yorgunluğunu unutmuş, kasıklarındaki alev alev yangın acısından bir an önce kurtulabilmek amacıyla, soluk soluğa var gücüyle lokantaya doğru ilerliyordu.

Adam, ayakta rahatlamadan önce ellerini yıkamayı unutmuştu.

Ağaçların arasında ve rampaya saran yolun başında yer alan lokantaya sonunda ulaşabilen adamın her yeri, çığlık çığlığa acı dolu haykırışlar içerisindeydi.

Lokantaya girer girmez teçhizatını çıkartan adam dondurucu soğuk havada, dondurucu soğukluktaki suyla vücudunun alt kısmını sabunlayıp duruladığında rahatlamıştı.

Lokanta, gazeteciler, televizyoncular, polis ve jandarmalarla orada oturmakta olan birkaç kişiyle hınca hınç doluydu. Canlı yayın çekiminin ardından, lokantaya geçen adam, ortada yanmakta olan büyük odun sobasının yanındaki sandalyenin üzerine ayağını koymaya, polis ve jandarmanın ısrarıyla ikna olmuş ve kahvesini en sonunda keyifle içebilir hale gelmişti.

Yemek yemeye başladığı sırada Galatasaray maçı başlamıştı. Futbola ilgisizliği yüzünden, maç konusunda özel bir heyecan göstermeyen adam, beraberindeki polislerin ve jandarmaların maçı keyifle izlediklerini görünce, izninizle diyerek sol ayağını sandalyenin üst kenarına kaldırarak koydu.

Erhan, zorla ayak bileğinin altına şilte yerleştirdikten sonra ayakkabısını "Vallahi kokmuyor" diyerek çıkarttı. Adam rahatlamıştı... Meyvanın ardından gelen Türk kahvesinin yanında nane likörü bir anda içini ısıtmış ve onu gevşetmişti. Garsondan bir nane likörü daha istedi; iri bir fincan Türk kahvesiyle, likörün keyfini sigarayla çıkartırken farkında olmadan, Galatasaray'ın maçını seyrediyordu.

"Artık kalkabiliriz Mustafa Bey, uygun görürseniz..." Bu sözler, yürüyüşüne eşlik eden jandarma çavuşundan gelmişti. "Siz hazırsanız, ben de hazırım diye" cevap veren adam "Ya Allah" diyerek ayağını sandalyeden rahatça indirip ayağa kalktı ve teçhizatını kuşandı. Çocuklardan aldığı çiçekleri emaneten polislere verdiğinde yola çıkmaya hazırdı.

"Mustafa Bey, sizinle yürüyebilir miyim?" diye soran uzun boylu, genç ve yakışıklı Kanal D muhabiriydi...

"Tabii yürüyebilirsin" diye cevapladı adam gülümseyerek, "Ama saat 21:30 ve önümde 12 kilometrelik dik bir rampa var. Hızlı yürümek zorundayım, tempomu yavaşlatmazsan.."

"Tabii merak etmeyin..."

Adam, sırt çantasının kolonlarını tutarak, çantaya asıldı. Dik yokuş için ayarını yaptıktan sonra genç muhabire bakıp "Tamam gidiyoruz" diyerek içinden kendine göre kısa bir dua yaptı ve sonra sağ ayağıyla attığı ilk adımın yanına getirdiği sol bacağıyla adımını attığında, ayağını dizinden hiç acısız, sancısız dikleştirebildiğinde hayretler içindeydi. İki saat önceki o diz gitmiş yerine yepyeni bir diz ve bacak gelmişti. Sağ kasığında da hiçbir şey hissetmiyordu.

Adam hızla temposunu aniden yükseltti. Sırtında 18 kg.'lık yükle 12 kilometrelik rampanın sonundaki, Pınar I Trafik İstasyonu'na vardığında saat 24:00 civarındaydı. Lokantadan ayrılalı üç saatten az bir zaman geçmişti.

Kanal D muhabiri bir an için de olsa, temposunu aksatmamış ve iki buçuk saate yakın hızlı bir tempoda onunla tırmanmış ve Pınar 1 Trafik İstasyonu'nun kapısından dönerek kendisini bekleyen araca binip geceyi geçireceği yere doğru uzaklaşmıştı.

Adam, bir süre arkasından baktı... "Üzgünüm Yağız, sana umduğun haberi elde etme imkanı veremediğim için" dedikten sonra içeride bütün gün şöminesinde gürül gürül yanan odunların ısıttığı Pınar 1 Trafik İstasyonu'ndaki şömine yanına hazırlanmış yatağın üzerine oturdu. Polisler çay hazırlamıştı. İsterse kahvaltılık da vardı; ama adam yalnızca çayı ve polislerle sohbeti tercih etti.

Vakit ilerlemişti. Adam yalnız kaldığında hazırlandı ve şöminenin tepeleme közle dolu olan devasa ışıltısı içinde bir süre çıtırtıları dinledi.

Sonra gözleri masanın üzerinde duran, eski tarihli bir gazete başlığına ilişti.

Gazetenin kapağında iri puntolarla "Baba tabancasıyla okulda yaratılan vahşet" başlığı altında bir haber vardı. Sol alt köşede ise "Trafik canavarı yine yolları kana buladı. Sürücü ehliyeti olmayan alkollü ve yarışan bir genç..." diye başlayan bir haberdi başlıktan okudukları...

Adam gözlerini kapattı... "Ölüm, silah, araba ve gençlik... Hepsi iç içe girmiş durumda... Ankara'ya bir an önce ulaşmalıyım" diyerek kendini uykunun huzurlu ve mutlu kollarına teslim etti. Kollar onu aldı ve kırmızı ışıltılarla parıldayan közlerin arasından geçirip, çok uzaklarda bilinmeyen bir yerdeki ormanın ortasında yer alan, çevresi sarı çam, selvi ve meşe ağaçlarıyla kaplı bir meraya taşıdı...

## GÜNBATIMI ÖYKÜLERİ 13

### ELMA AĞACI YERİNE

### (I) TURBO MOTOR

*Yaradılışta önce evren yaratıldı eksik olan bir şey vardı*
*Erkekten sonra kadın yaratıldı eksik kalansa elma ağacıydı*
*Elma uzun yıllar idare etti sonra insana az geldi*
*Şeytan, şeytani akıl verdi elma gitti, yerine turbo motor geldi*

*Lütfen sesimi duy turbo motordan uzak dur*
*Şeytan koltukta, kucağına oturma hız yapma*
*Alkol alma kırmızıda caddede yarışma*
*Elma renkli, lezzetli turbodan uzak dur*

*Şeytan koltukta, ona uyma kucağına oturup alkolle hız yapma*
*Kırmızıda dur caddede yarışma masum insanın canını alma...*

*M. Boray Uras*

# *(II) SİLAH*

## *ÇOCUK VE SİLAH*

Sarı çam ve meşe ormanlarının çevrelediği tepenin üzerindeki çimenlerle, otlarla kaplı merada gün boyunca istilacılara canavarlara ve kötü adamlarla, kızılderililere karşı kahramanca, göğüs göğüse çarpışarak hepsini öldüren çocuk, ter içindeydi ve yorulmuştu.

Çevresindeki ağaçların uzayan gölgeleri, ona artık eve dönme vaktinin yaklaşmakta olduğunu hissettiriyordu.

Çocuk güneşe baktı. Güneş, turuncu renkli pelerinini giymiş ve dünyanın öbür yüzündeki insanları yavaşça, gözlerini kamaştırmadan, rahatsız etmeden uyandırmak üzere, hazırlıklı olarak yola çıkmıştı bile...

Aniden havadan kendisine doğru zarif süzülüşle yaklaşan bir yaban kazı gördü.Yaban kazının zerafetinin ve şiirsel güzelliğinin farkında olmadan "Hedef! Düşman uçağı!" diye bağırdı. Kaz, elindeki kızılcık sopasıyla erişemeyeceği kadar yüksekten uçuyordu.

Çocuğun sopadan daha güçlü bir silaha ihtiyacı vardı. Silah değiştirmesi gerekiyordu. Aniden aklına deniz müzesinde gördüğü 20 mm.lik Oerlikon uçaksavar topu geldi...

"Düşman uçağı, hedef, iskele; saat ikide atış serbest..."

Çocuğun elindeki kızılcık dalının ucunda püskүren alevlerin önünden cehennemi bir hızla yaban kazına doğru fırlayan izli mermilerin arasına gizlenmiş üçer adet zırh delici ve infilakli mermiler, geniş bir kavis çizdikten sonra yaban kazının kanatları altından kayarak toprağa yönelip ağaçların ardında kayboldu.

Çocuk bağırmaya devam ediyordu:

"Hedef, sancak saat dört, atış serbest". Çocuk, yaban kazının kanat uçlarından bir şaloma alevi gibi sağa sola uçuşarak püsküren alevleri gördüğünde vaktin sonuna geldiğini anlamıştı.

Aniden sarsılan ve savrulan vücudunda hissettiği sıcaklık ve sızılar, yaban kazının hedefini ıskalamadığının ve tüm mermilerinin hedefte toplandığının belirtileriydi.

Çocuk, ölme zamanının ve sırasının kendine geldiğini düşündü.

Kızılcık sopası havada daireler çizerek savrularak yere düşerken o da, iplerinden serbest kalmış bir kukla gibi esnek ve yavaş olarak toprağın üzerine; kolların ve bacakların değdiği yerde aldığı şekille kıvrıldı, kaldı...

Çocuk, son nefesini vermek üzereydi... Bedeninde hiçbir ağrı ve sızı hissetmiyordu. Aksine tüm bedenini bir gevşeklik, huzur ve sakinlik kaplamıştı. Hiçbir şeyi duymuyor ve hissetmiyordu... Yalnızca gökyüzünde alacalaşan, eflatundan turuncuya, beyazdan pembeye renk çeşitleriyle kümeleşmiş bulutların ardında batmakta olan güneşi görüyordu.

Aniden panik halinde yerinden fırlayarak ileride gölün kıyısında ve ormanın eteğinde yer alan çitlerle çevrili evine doğru koşmaya başladı.

Kulaklarına kadar uzanan düz kesim sarı saçları turuncu harelerle havada uçuşurken, yanakları bir domates kadar kızarıktı.

"Annem güneş batarken evde ol demişti... Güneş batıyor ve ben evde değilim. Beni çok merak eder, daha hızlı koşmalıyım" diyen çocuk, evin yanındaki garaja bitişik mutfak kapısından içeri daldığında güneş, ufkun üzerinde geride kalan ve donuklaşarak griye dönüşen turuncu eflatun pelerinin eteklerinin kenar kısımlarını toplayarak uzaklaşıyordu.

"Tam vaktinde geldin canım, haydi yıkan, giyin ve yemeğe gel tatlım" diye konuşan annesi masanın üzerini hazırlamakla meşguldü.

Çocuk banyoya giderek gün boyunca süren zorlu bir çatışmadan arta kalan çim ve toprak lekeleriyle bezenmiş giysilerini bir hamlede çıkartarak duşun altına girdi. Duştan çıktığında, pırıl pırıl, misler gibi sabun kokuyordu.

Mutfağa indiğinde tertemiz giyimli olan çocuk, annesiyle beraber masaya oturdu. Verdiği nimetler için Allah'a şükrettikten sonra sessizce yemeklerini yediler.

Bir aralık annesi gününün nasıl geçtiğini sordu. Çocuk coşkuyla, kırlardan, çiçeklerden ve ağaçlarda gördüğü sincaplardan bahsetti.

Annesi de ona evde ve çiftlikte yaptığı işleri anlattı.

Kısa bir süre televizyondaki çocuk programını izleyen çocuk, "İyi geceler" diyerek annesini öptükten sonra üst kata, odasına çıktı. Pijamalarını giyip, yatmadan önce kısa bir süre perdeleri açık pencerenin önünde durarak, gökyüzündeki milyonlarca minik yıldızı seyretti.

Ay, mutfak rafında asılı duran, büyük beyaz porselen tabak kadar iri ve ışıltılıydı.

Çocuk bir süre önünde kaldığı pencerenin önünden ayrılarak yatağına uzandı. Günün getirdiği yorgunluk kendisini göstermeye ve gözkapaklarının üzerine çökmeye başlamıştı. Yanı başındaki komodinin üzerinde duran su bardağına doğru uzandı. Bardaktaki suyun ancak yarısını içebildi.

Altı yaşındaki bu çocuk, çok yoğun ve yorucu bir gün geçirmişti.

Bir süre gözleri açık, tavanı seyreder kaldı. Kanatları açılmış pencerenin tüllerini savurarak havalandıran rüzgar, tatlı bir esinti halinde odada gezinmeye başladığında, çocuğun gözleri çoktan kapanmış ve çocuk derin bir uykuya dalmıştı.

Mutfaktaki işini tamamlayan anne, yavaşça merdivenlerden yukarıya çıktı. Çocuğun odasının açık kapısından içeri girince, yatağında sırt üstü, kolları geriye uzanarak yatan oğlunun yüzündeki rahatlık ve tebessüm içeren ifadeyi görünce önce çocuğunun saçlarını öptü ve geriye doğru sıvazladı "İyi uykular oğlum" dedikten sonra tebessümle, pikeyi çocuğun yarı beline kadar örtüp, ışığı söndürdü.

Pencereyi kapatarak perdeleri çekti. Kapıyı hafifçe aralık bıraktıktan sonra oturma odasına indi.

Kadının günü sona ermişti. Artık, gecenin sessizliğinde rahatlığında bir süre anılarıyla ve düşünceleriyle başbaşa kalabilirdi.

Kendisine bir kadeh kırmızı şarap koyarak, şöminenin önündeki sallantılı koltuğa oturdu. Gecenin soğumasının getirdiği serinliği kırmak için hafifçe yanmakta olan şömineye iri iki odun yerleştirerek bir süre alevleri izledi.

Şarabından aldığı iki minik yudum içini ısıtmaya, yorgun kas ve dimağını gevşetmeye yeterli gelmişti. Elinde tuttuğu kadehle yer alan amber rengindeki şarabı, bahçelerinde yetişen kara üzümlerden kocasıyla birlikte yapmışlardı.

Gözleri, şöminenin üzerindeki pervazda duran çerçevenin içerisinde yer alan beyaz üniformalı denizci asker fotoğrafına kaydı. Adam, bir hücumbotun güvertesinde kameraya gülümserken zamanı dondurarak, gülümsemesini sonsuza kadar kağıt üzerinde hapsetmişti.

Orta yaşlı kadın ayağa kalkarak, pervazdaki çerçeveyi alıp, gülümseyen adamın yüzüne dokundu. Sonra çerçeveyi göğsüne bastırarak, fısıltı halinde mırıldandı:

"Sevgilim seni çok özledim... Ufaklık iyi... Meyve ağaçları ve bağ bu sene çok iyi ürün verdi. Kuzular ve buzağılar çoğaldı. İşçiler hiç problemsiz, sıkıntı ve üzüntü vermeden çalışıyorlar.

Derdimiz yok... Komşular da çok iyi... Bizi sık sık ziyarete geliyorlar, yalnız bırakmıyorlar.

Ufaklık, okula başladı. Üç gündür tatilde, yarın okulu gene başlıyor. Hocasını çok seviyor. Hocası da onu. Daha şimdiden elliye kadar sayabiliyor ve ismini yazıp, okuyabiliyor.

Dün gece sana mektup yazmış ve yastığının aitına bırakmış... Sen onu okurmuşsun...

Üç gündür merada askercilik oynuyor. Sürekli olarak bana senin silahlarının nerede durduğunu sorup duruyor. Karıştırmadığı köşe kalmadı. Ne yapacağımı, ne söyleyeceğimi bilemiyorum. Keşke yanımızda olsaydın da ona silahın iyi, güzel bir şey, bir oyuncak olmadığını anlatabilseydin..."

Kadının göz pınarlarından yanağına yuvarlanan iki gözyaşı, kadının burun deliği kavislerinden süzülerek üst dudağına ulaştığında, kadın elini giymekte olduğu beyaz erkek gömleğinin sol göğüs cebine götürerek orada duran kağıt mendili alıp burnunu hafifçe sildi. Sonra mendili avucunda; ellerini, kucağında tuttuğu şarap kadehinin sapının çevresine dolayarak gözlerini kapadı.

Koltukta ileri geri sallanmaya başlamıştı. Geçmişi düşünüyordu. Kocasıyla tanışmasını, evlendikleri günü, hamileliğini, doğumu ve şehir hayatından uzaklaşarak doğa içerisinde yaşamak için bulundukları şehire iki saatlik mesafede olan bu çiftliği alarak yerleşmelerini... Kocasının askere çağrılışını ve daha sonra evin önünde duran bir askeri araçtan inen süt beyaz giyimli bir binbaşının elinde tuttuğu zarfı "Başınız sağolsun" anlamındaki derin bir suskunluk içerisinde kendisine uzatışını detaylı olarak hatırlıyor ve hayalinde gene yaşıyordu. Kağıt mendil kadının elindeydi ve gözyaşları ince bir sicim gibi yanaklarına akıyordu.

Kadın kendisini bıraktı... Sessizce, katıla katıla ağlamaya başlamıştı...

Dışarıda, aniden bir rüzgar çıkmış, sedir, selvi, meşe ağaçlarının tepelerini ileri geri oynatırken dalları ve yaprakları savurarak oynatıyordu.

Gökyüzünde biriken yağmur bulutları ise, ilk damlalarını bırakmak için son hazırlıklarını tamamlıyorlardı.

Çocuk yatağında, kadınsa sallantılı koltukta derin bir uykudaydı...

Sallantılı koltuğun önündeki büyük cam kare sehpanın üzerinde duran, içi dolu, içilmemiş kırmızı şarap kadehinin cam yüzeyinden yansıyan amber renkli ışıltılar, odanın içerisinde ve duvarlarında dolaşmaktaydılar...

Çocuk yatağında, kadınsa sallantılı koltukta derin bir uykudaydılar.

Sallantılı koltuğun önündeki büyük cam kare sehpanın üzerinde duran, içi dolu, içilmemiş kırmızı şarap kadehinin cam yüzeyinden yansıyan amber renkli ışıltılar, odada ve duvarlarda dolaşmaktaydı.

Çocuk yine elinde kızılcık sopasıyla meradaydı... Kızılcık sopasının ucundan püsküren sarı, mavi renkli alevlerin önünde yol almakta olan mermiler; yaban kazının kanatlarının altından üstünden ve yanlarından ışıklı yollar halinde, uzaklarda bir yerde buluştukları noktaya doğru ilerlerken yaban kazı aniden alçalarak çocuğun önüne kondu.

Çocuğun hayret dolu bakışları altında yaban kazı değişmeye başladı. Önce iki ayağının üzerinde dikleşti. Başı büyüdü, boynu kısaldı, kanatları kollara dönüştüğünde, çocuğun karşısında yaşlı, kır saçlı bir bilge kişi duruyordu. Elinde çocuğun elindekinden daha kalın, düzgün ve ışıltılı bir sopa tutuyordu. Saçları uzundu ve savrularak yüzünü kapatmaması için amber renkli bir şeritle alnından kulaklarına kadar, kızılderili cengaverlerini andırır bir tarzda geriye bağlanmıştı. Dik yakalı, boynundan başlayarak ayak bileklerine kadar uzanan düz, beyaz ancak yeşil, mor, eflatun ve kırmızı harelerle ışıldayan geniş ve cebi olmayan bir entariye benzer giysi vardı. Düz, atkılı bağcıkları olan sandalet içindeki ayaklar çıplaktı.

Çocuk şaşırmıştı... Korkuyla karışık bir saygı, güven hisleri içinde ve hayretle adamın görüntüsünü ünceliyordu.

Gözleri, adamın ucu yan dönmüş T biçimli mat ışıltılı uzun ve kalın sopasına takıldığında elindeki ince kızılcık dalı, parmaklarının arasından kayıp yere düştü.

Adam gülümseyerek çocuğa ismiyle hitap etti ve "Nasılsın?" diye sordu.

Fısıltı halinde cevap verdi çocuk: "İyiyim". Adamın gözlerine bakamıyordu. Başı öne eğikti... "Ben, ben sadece oynuyordum... O kaza bir zarar vermek istemedim..."

"Ama ona ağır bir silahla ateş ettin. Öyle değil mi?" diye sordu adam.

"Evet öyle düşündüm ama gerçek değildi o silah... O sadece bir sopaydı... Ben sadece silahı düşündüm, elimdeki yalnızca bir sopaydı..."

"Bir kızılcık dalı, cılız bir dal" diye düzeltti adam. "Ama o cılız dal, etkili ve ölümcül bir silah olmuştu yanılmıyorsam. Onu 20 mm.lik Oerlikon uçaksavar makineli topu olarak düşünmüştün. Hani şu ikinci dünya savaşı anısı olarak müzelerde görülenlerden öyle değil mi?"

Çocuk aniden gözlerini yukarıya kaldırıp, adamın gözlerine ilk defa baktı. Bir anda, ruhunu ve bedenini saran ılık bir huzur ve güven duygusuyla dolmuştu. "Evet" dedi çocuk... "O topu hatırlıyorum. Babam beni deniz müzesine götürdüğünde, kullandığı o topu bana anlatmıştı. Düşürdüğü Japon uçakları için de ona bir madalya vermişler. O anda çocuğun gözüne babasının topu kullanışı geldi. Sonra göğsüne madalya takılışını hayal etti ve fısıltıyla konuştu: Ona madalya vermişler..."

Adam tebessümle konuştu: "O madalya senindir. Babanla gurur duymalısın..."

"Babam öldü... Ben çocukken ölmüş... Görevde denizci askerdi babam" derken çocuk bakışlarını toprağa çevirmişti. Anılarında o günden bugüne süre gelen yegane görüntü annesinin elini tutarak yürüdüğü çimenler ve önünde durduğu toprak tümsekti. Babası toprağın altındaydı... Bazen kulağını toprağa dayayıp, bağırıyordu: "Baba... Baba... Beni duyuyor musun? Ben iyiyim, beni merak etme. Seni çok seviyorum, seni özledim!"

Toprağın altından ona ulaşan bir ses ve mesaj olmuyordu. Annesi ona "Babalar yalnızca dinlerler, konuşmazlar" dediğinde çocuk annesine yaşlı gözlerle bakarak: "Ben susan değil konuşan baba olacağım" büyüdüğümde demişti.

Adam güldü.. "Sen çocukken ha... Anlıyorum o seneler önceydi değil mi? Şimdi sen kocaman bir delikanlısın hatta adamsın" diye konuşan adamın gözlerinden sevgi ve özlem fışkırıyordu.

"Evet" diye cevapladı çocuk. "Ne yani sen beni üç yaşında bir bebek mi sanmıştın?"

Adam elini uzattı, çocuk hemen ele yapıştı. Adam çocuğu yanına aldı ve hemen yanıbaşındaki tümseğin üzerine çocukla beraber oturdu. Çocuk adamın kolları arasındaydı. Adam yavaşça konuşurken çocuğun ruhunu ve bedenini bir sakinlik ve boşluk kaplamıştı. Aklı bomboştu. Adamın sesinden başka, bedeninin temasının huzur ve güven verici hissinden başka hiçbir şeyi düşünemiyor, hissedemiyordu. Ruhu tam bir teslimiyet içinde kendisine iletilen mesajları alıyordu.

"Elindeki o cılız kızılcık sopası, onun silah olmasını istediğin anda bir silaha dönüşür. Sen de öyle düşündün. O da düşündüğün silaha dönüştü. Öyle güçlü bir silahtaki sesi her yerden duyuluyordu."

Çocuk "Ama" diye cevap verdi "Nasıl olur, o bir dal! Bak yerde duruyor, gördün mü o bir dal..."

Adam çocuğun saçlarını okşayarak devam etti: "Evet görüyorum o bir dal; ama onu silah olarak düşünürsem o bir silah"

"Anlayamıyorum" dedi çocuk.. Minik kalbi anlayamadığı bilmediği şeyle karşılaşmış olduğu şeylerin veya şeyin ürküntüsüyle hızla atmaya başlamıştı.

Elini çocuğun omuzuna koyan yaşlı adam: "Dinle" dedi. "Sana şöyle izah edeyim, belki o zaman anlarsın." Çocuğun kalp atışları yine normale dönmüş, ruhu dinginleşmiş ve adamın söyleyeceklerini duyarak anlayacak ortama ve sakinliğe girmişti.

Adam, çocuğun bilinç altının söylediklerinin anlamına kavrayarak, silinmez bir şekilde benimseyerek kabul edecek boşlukta dolu olduğunu hissedince konuşmasına devam etti:

"Bu dünya yalnızca çimen, ağaç, bulut, ay, yıldız, güneş, hayvanlar ve insanlar ile insan beyni ve elleriyle yaratılan insana ait yiyeceklerden, giysilerden eşyalardan, araçlardan ve eğlence şekillerinden ibaret değildir. İnsanların yarattığı şeyler genelde avuç içinde taşınabilen ve varlığıyla mutlu, yokluğuyla mutsuz olunan şeylerdir... Şu karşıdaki göle bak, ne görüyorsun?"

Çocuk sakince cevap verdi: "Su, evet suyu görüyorum ve dağın ve ormanın suya yansımasını.."

Adam sordu: "Suda gördüğün orman ve dağ gerçek değil mi?" "Hayır" dedi çocuk, "Onlar sadece bir yanılsama." "Gökyüzü?" diye sordu adam... "O da havada, ama suda yansıyor", "Peki" dedi adam ve devam etti: "Ama sen baktığında hem gölü, hem gökyüzünü, hem dağı, ormanı ve suyu görüyorsun doğru mu?"

Çocuk "Evet doğru" diye cevapladı...

Adam, yavaşça çocuğun saçlarına dokunarak fısıldadı: "Bu senin gerçekliğine gözlerinin ilettiği bir doğru görüntü ama sadece görüntü... Bu gözlerle görebildiğin inandırıcılığından kuşku duyulmayan görüntüler. Sen bu gözle değil başka bir gözle bakarsan görebileceğin bazı başka ve farklı gerçekler de var bu dünyada" "Nasıl yani?" diye sordu çocuk...

Adam "Gözlerini kapa ve sadece dinlediklerini düşün" dedi...

"Biraz önce sana göle bak ve ne gördüğünü söyle dediğimde verdiğin cevabı hatırlıyor musun?" diye sordu adam...

"Evet" diye cevapladı çocuk "Hatırlıyorum, su demiştim"

“Şimdi” dedi adam, “Söylediklerimi görmeye çalış ama düşüncende gözlerin kapalı olarak...”

“Anladım” diye cevapladı çocuk. Adam konuşmasına devam etti: “Göle baktığında, ilk bakışta su gördüğünü sanıyorsun ama gördüğün “Su” değil, suyun hava ile birleştiği yüzeydeki pürüzsüz satıhtan yansıyan ışıkların beyninde yarattığı çevre görüntüleri. Yani sen suyu değil, sudan yansıyan görüntüleri görüyor o görüntülerin yansıdığı kitleyi de “Su” olarak tanımlıyorsun.

Su; saf olduğunda berraktır, saydamdır, görülemez sadece hissedilir. Teninde veya damağında hissedersin ve varlığının farkına o zaman varırsın. Yani bedeninle dilinle veya damağınla...

“Ama” dedi çocuk “Ben çamurlu su gördüm...” Adam tebessümle devam etti:

“Çamurlu suda gördüğün şey, suda yüzen toprak zerrecikleriydi. Yani sen sudaki toprağı gördün, suyu değil...”

Çocuk “Anladım” dediğinde gerçekten anlamaya başlamıştı. Tüm dikkatini adamın gözlerine ve sesine vermişti. Adamı dinlemeye devam etti...

“Suyun kendisi görünmez, suyun içindekiler görünür. Dikkatlice bak, gölü oluşturan sudaki taşları, yosunları, balıkları görebiliyor musun?” diye sordu adam...

“Hayır” diye cevapladı çocuk. “Nasıl görebilirim ki, ben suyun dışındayım!”

“Ama” diye devam etti adam, “Göl kıyısına kadar gidip yarı beline kadar suya girerek eğilip başını suyun içerisine soktuğunda ne görebilirsin?”

"Gölün içindekileri" dedi çocuk "Yani suyun içindekileri"

"Doğru" dedi adam, "Net olmasa da görebilirsin ama net görmen için ne takman lazım gözüne?"

"Deniz gözlüğü, yani su gözlüğü" diye bağırdı çocuk ve devam etti "Havuzda yüzerken öğretmenimizin bize taktırdığı gözlüklerden..."

"Evet" doğrusun diye cevaplayan adam, çocuğun ruhundaki boşluğun olumlu dolulukla dolmaya başladığını hissetmişti. Amacına bir adım daha yakın olduğunu hissederek anlatım çıtasını yükseltti.

"Şimdi" dedi adam, "Bana cevap ver. Tüm bu düşüncelerden sonra sen düşünebilir misin ve söyleyebilir misin buradan baktığında suyun üzerindeki ve altındaki her şeyi görebileceğini?" "Hayır" dedi çocuk... "Buradan bakınca; suyun üzerindekileri görebilirim ancak..."

"Peki suyun içindekileri görmen için ne yapman gerekir?"

"Suyun içine girmem..." diyen çocuğu "Ve başını suyun içine sokman" diye tamamladı adam amacına bir adım daha yakın olduğunu hissederek...

"Şimdi" dedi, "Bu dünyada bilinen veya bilinecek herşeyin, göl yüzeyinde görünenler olduğunu düşün, düşünebiliyor musun?" diye devam etti adam...

"Evet" dedi çocuk...

"Şimdi sen, diyebilir misin ben her şeyi, gölün altındaki ve üstündeki her şeyi, başımı suyun içine hiç sokmadığım halde biliyorum..."

"Evet" dedi çocuk, "Diyebilirim... Ben gölün içini hatta denizin çok derin içini dahi gördüm televizyonda..."

Adam güldü. "Sen ..." dedi "Sadece sana gösterilenleri gördün bir başkasının yardımıyla..."

"Evet, sanırım haklısın"... dedi çocuk.

Adam devam etti "Şu anda sen beni dinliyorsun, ben de sana gösteriyorum denebilir; ama ruhundaki gözle görebilirsin benim söylediklerimi..."

"Anladım" dedi çocuk. Adam amacına ulaşmıştı, çocuğun dördüncü boyuta geçiş kapısı olan zihin gözünün kapaklarının açılmasına yardımcı olabilmişti...

Son adım olarak bir adım daha ileri gitmenin zamanı gelmişti. Bu son adım çocuğun gözlerine yerleştirilecek olan deniz gözlüğü gibi bir şeydi. Suyun altını, içindekilerini daha iyi görerek algılasın diye aydınlanarak, boşluğunu, dolulukla, doldursun diye...

"Bu dünya suyun yüzeyidir... Su ile hava arasındadır. O temas noktasıdır" dedi. "Havada gördüğün, etrafında gördüğün dokunduğun her şey ise su'dur... Hayatın suda başladığı, suyla devam ettiği ve su olmazsa hayatın sona ereceği söylenir. İnanıyor musun?" diye sordu adam. "Evet" diye cevapladı çocuk.

"Pekala" diye devam etti adam... "Suyun altında olansa bu dünyada göremeyeceğin, yaradılışın sırlarıdır. Yalnızca buradan baktığında, göremeyeceğin için 'Yok'tur diyemeyeceğin gerçekler, varlıklar, suyun altında 'Var'dırlar... İnanç ve düşünce işte bu iki şey ise suyun altındakileri görebilmen onların varlıklarına inanarak, bu dünyadaki düşünce ve davranışlarını, o gerçeklik ortamında var olanlarla uyumlu hale getirerek gerçek iyiliği, güzelliği, ve doğruluğu bulabilmen için, görüşünü netleştiren deniz gözlüğüdür". Adam çocuğun konuşması için sustu.

"Evet anladım" dedi çocuk. "Ama hala bir şeyi anlamış değilim..." "Nedir o?" diye sordu adam.

"Kaz gelirken benim elimde tuttuğum dal nasıl bir silah oldu?"

Adam onu "Silah olarak kazı öldürmeyi düşündüğün için" diye cevapladı.

"Ama o bir daldı, nasıl bir silah olur?" Adam, çocuğun başını omuzuna yasladı ve hafifçe konuştu: "Sudan dışarıya baktığında, tüm düşünceler gerçek olur" dedi. "Sudan bakıldığında elinde tuttuğun bir dal değil, hücumbot güvertesine dalışa geçen bir kamikaze uçağına atış yapan bir uçaksavar, 20 mm Oerlikon makinalı topu kadar gerçekti" diye fısıldadı adam ve devam etti: "Silahı gül olarak, kalem olarak, söz olarak, sevgi olarak düşünürsen silah ona dönüşür. Aynı şeyleri bir silah olarak düşünerek, silah yerine onları kullandığında, bu dünyada yaşama ve evrende var olma amacının gereğini yerine getirmiş olursun" dedikten sonra gözlerini gökyüzüne çevirdi. "Artık ayrılmalıyız, eve dönme zamanın geldi" dedi ve ayağa kalktı. "Hadi" dedi "Artık git"...

Çocuk "Tamam" diyerek eve doğru koşarken adam arkasından sesleniyordu:

"Unutma en güçlü silah sevgi, bilgi ve sözcüklerdir. Onları güçlü ve doğru kullanırsan, her zaman en güçlü sen olursun..."

Çocuk "Tamam" diye bağırdı. "Unutmayacağım!"

Bir anda duran çocuk arkasına baktı. Adam tepede yoktu. Başını havaya kaldırdığında, üzerinde uçan yaban kazını gördü. Çocuk yaban kazına el salladı ve arkasından bağırdı. "Teşekkür ederim"

Kadın uyanmıştı, dışarıda pırıl pırıl güneşli bir hava vardı. Robdöşambrını giyerek, kalın güneşlik perdeleri kenara çekip, pencerenin kanatlarını açtı.

Uzakta gölün üzerinde uçan yaban kazının suyun üzerine konuşunu ve fışkıran su köpükleri arasında kayboluşunu seyretti bir süre. Sonra dönüp odadan çıkarak oğlunun odasına giderek, oğlunu uyanmış, giyinmiş ve bir kitabın sayfalarını, kitabı ters tutmuş bir halde incelerken gördü. Çevresine bakındı. Duvardaki hayali dünyayı kurtaran bütün süper kahramanların resimleri kaldırılmıştı. Odada hiç plastik oyuncak silah görünmüyordu. Oyuncak silahların yer aldığı rafların üstü çocuğun babasına ait kütüphaneden aldığı kitaplarla doluydu.

Çocuk annesine tebessüm ediyordu. Anne yavrusuna "Oğlum" diye sarılırken, uzaklarda bir yerlerden yaban kazı sesi geliyordu...

# GELECEĞE YÜRÜYÜŞ 17

## ONBEŞİNCİ GÜN

***Pınar 1-Trafik İstasyonu***
***Esentepe Trafik İstasyonu***

Ardıç kuşlarıyla bülbül ve sakaların seher vakti başlattıkları koro halindeki konseri uzunca bir süre şöminenin içerisindeki kül yığınının arasından belli belirsiz parıldayan kıvılcım halindeki köz ışıklarının raksı eşliğinde dinleyen adam, tuvalete gitmek zorunda olduğunu hissetmeseydi, hiç de kalkmak niyetinde değildi. Sıcak battaniye, sıcak ortak, sıcak bir şömine, yanan odunların havaya sinmiş gizemli kokusu ve o tatlı rehavetle gelen uyuşukluk...

Adam, ayaklarını yere çevirmek istediğinde gelen mesaj üzerine "Pardon" diyerek elleriyle ayaklarını kaldırıp yere koydu. Botlarını ayaklarına giydirip, elleriyle yardımcı olarak bedenini banyo bölümündeki tuvalete götürdü.

Normalde kapatılmış olan Pınar 1-Bölge Trafik İstasyonu Emniyet Genel Müdürlüğü'nce adamın gecelemesi için açılmış ve hazırlanmıştı. Bu nedenle ufak bir bakım sorunu vardı; şofben yanmıyordu...

Adam "Duş" yapma lüksünden o günlük mahrum kalmıştı ama yine de mevcuta müteşekkirdi ve yüreğinin derinliklerinden Emniyet Genel Müdürlüğü personeline minnet borçlu olduğunu hissediyordu.

Bölge Trafik İstasyonu'nda onunla kalan trafik polisleri harika bir kahvaltı masası hazırlamışlardı. Bal, kaymak, tereyağ, süt,domates, yeşil biber ve de somun ekmeği ve çay...

Masanın iştahlı görüntüsü adamı çabucak giyindirdi... Polislerin ısrarlı tutumuyla neredeyse her şeyi o yemişti...

Kahvaltı sonrası, şömine başında son çayını içen adamın yanına bir polis gelerek "Mustafa Bey dışarıda sizi görmeye gelen ısrarlı bir bayan var... Kabul eder misiniz?" diye sordu.

"Evet" diye cevap veren adamın, yanına gelen bayan, kendisine burada gecelemiş olduğunu televizyondan önceki gece duyduğunu ve bu sabah erkenden buraya kendisini görmek ve ona teşekkür etmek için geldiğini söyleyerek "Eşim arabada bekliyor. Yalnızca benim gelmeme izin verdiler. Size çok teşekkür ediyorum, çocuklar ve bizler için yaptığınız yürüyüşten dolayı... Umarım politikacılar sizin niçin ve hangi amaçla yürüdüğünüzü anlarlar da şu yasayı bir an önce yasallaştırırlar" dedikten sonra elini çantasının içine sokarak "Bunu size oğlum gönderdi" diyerek ufak bir Mars gofret çıkartarak adama verdi.

Adam, gözleri kızarmış bir şekilde o gofreti aldı, teşekkür etti. "Sizi öpebilir miyim" diyen kadınla yanak yanağa geldiğinde gözyaşları birbirine karışmıştı...

Adam giyinerek yola çıktığında, gofret itinayla sarılı halde çantasının güvenli ve izoleli bölümündeydi... Anılar, koleksiyona dönüşüyordu ve en kıymetli olanları ise gofret, yarısı yenmiş şeker, jikletle patiklerdi...

Kadının sesi kulaklarından gitmiyordu: "Umarım politikacılar sizin niçin ve hangi amaçla yürüdüğünüzü anlarlar..."

"Politikacıların benim niçin ve hangi amaçla yürüdüğümü bilmemeleri için haftalardır hiç gazete okumamış veya televizyon izlememiş olmaları gerekiyor" diye düşünüyordu adam, hızlı tempoda o geceyi geçireceği Gerede'ye yakın ESENTEPE Bölge Trafik İstasyonu'na doğru yürürken... "Tabii ki niçin ve hangi amaçla yürüdüğümü biliyorlar. Bunu biliyorum ama, bilmediğim ve asla bilebileceğimi de sanmadığım şey Politikacıların yürüyüşümün nedeni ve amacını gerçekten anladıkları konusu olacak" şeklindeki düşüncenin verdiği hırs ve kararlılık içinde temposunu hızlandırdı. Artık yürüyüş hızı saatte yedi kilometreye çıkmıştı.

Yol boyunca, çalınan kornalara el sallama, duran arabalardan inen çocuklara, bebeklere, annelere sarılma ve geçilen köy ve kasabalarla petrol istasyonu ve yol kenarı tesislerinden alkışlayanlara, el sallayanlara verilen yürekten selamların arasına sıkıştırılan molalardaki röportaj ve canlı yayınlar, bütün bir gün içerisindeki fiili yürüyüş saatini en fazla 7-8 saatle sınırlıyordu. Zorlandığında bu 10 saat yürüyüşe bir kez çıkabilmişti.

O gece Esenkent'te canlı yayın için söz vermişti. Gece haberlerinden önce gece 23'e kadar süresi vardı yürümek için...

Sabah saat 10:30'a doğru başlayan yürüyüş, bu uzun duraksamaların sonucu gece 23'e doğru Esenkent Bölge Trafik İstasyonu'na gelindiğinde o gün sona ermişti.

Adam, arkasında uzun bir konvoyun başında yalnız yürüyordu. "Arkasından beni takip eden vagonlardaki insan kalabalığının farkında olmayan bir lokomotif makinisti gibi önümdeki karanlığı, sessizliği ve yalnızlığı tek başıma yaşıyorum" diye düşünmüştü adam yolda dik bir rampayı tırmanırken. CD çaların kulaklığında dinlediğiyse ***Selin***'in Amerika'dan ona getirdiği bir CD'de çalan Boxcar Willie'nin seslendirdiği "Your Cheating Heart" (Aldatan Kalbin) adlı İngilizce bir İrlanda halk şarkısıydı. Bu şarkıyı dinlerken adam nedense hep politikacıları düşünmüş ve şayet kendisine başbakan tarafından özel görev verilerek “Madem bu işe kalktın, buyur al sana yetki. Şimdi sorumluluğunu deruhte ederek bu arap saçını çöz” denilseydi ne derdi ve ne yapardı. Bu düşünceyle saatlerce yürümüştü...

Esentepe Bölge Trafik İstasyonu’na son yüz metre kala adam, artık ne isteyeceğini ve istedikleri verildiği takdirde ne yapacağını çok iyi milimetrik ölçülerde ve stratejiye uygun; zaman, coğrafya ve insana dair esnek, değişebilir taktik planlarla pekiştirilmiş olarak biliyordu. Müziği dinlemeye son verdi. Aynı şarkıyı belki yüz kere dinlemişti. Kulaklığı kulaklarından çıkarttı.

Esentepe Bölge Trafik İstasyonu’na giriş yaptığında saat 23’e geliyordu. Serin bir havada onu karşılayanlar, istasyon görevlileri, gazeteciler, kocaman bir mangal üzerinde pişmekte olan kilolarca et ve Gaziantepli hemşerileri tarafından yollanan tepsi tepsi baklavalar... Adam elini yüreğine götürerek hepsine ve “DAİ”lere teşekkür etti...

Adam, “Galiba beni seviyorlar...” diye düşündü ve tuzlu su, çay ve sigara içebilmek için ilk gördüğü sandalyeye doğru yöneldi...

Yorucu bir günün ve gecenin ardında onu bekleyen en son sürpriz ise Bolu’dan gelen doktor ve Jandarma Tugayı Komutanlığı’nda askerlik hizmetini yapmakta olan masördü. Bolu’dan gelen doktor uzun süre, bedenini ve iç organlarını kontrol etti...

“Çok iyisiniz Mustafa Bey, çok iyi. Yalnız sol ciğerinizin alt bölümünden bir hırıltı geliyor. Ne marka sigara içiyorsunuz?” diye sordu doktor.

“Marlboro”

"Ah, evet belki de bu nedenle sigaranızı değiştirirseniz iyi olur" dedikten sonra bir sigara yaktı ve "Kendinize iyi bakın, merak edilecek bir bulguya rastlamadım şu ana kadar. Her ne yapıyorsanız onu yapmaya devam edin. Başka söyleyecek bir şey düşünemiyorum..."

"Sigarayı değiştirin; belki hırıltı kaybolur..." diyerek Bolu'ya geri dönmek üzere odayı terk edişinin ardından, muayene odasına gelen polis memuru, Bolu Jandarma Tugay Komutanlığı masörünün bacaklarına masaj yapmak üzere geldiğini söylediğinde adam "Emin ellerdeyim" diye düşündü.

Bir saati aşan süreyle ilk yardım odasında yapılan masaj adamı gevşetmiş ve rahatlatmıştı. Murat ayak bakımından sonra tahsis edilen yatağa uzandığında aklında yol boyunca karşılaştığı ve telefonda konuştuğu politikacıların söyledikleri vardı. Kulağında ise Boxcar Willie'nin "Your Cheating Heart" şarkısının ruhunda yeni bir anlam, söylem kazanan sözleri...

Adam uyudu...

## *GÜNBATIMI ÖYKÜLERİ 14*

## *GELECEĞİ İMAL ETMEK*

Sabah erkenden uyanan adam, tıraş olup giyindikten sonra otelin kahvaltı salonuna en erken inenlerden birisiydi.

Bir önceki gece geç vakitte özel arabasıyla geldiği Ankara'daki otelin garajına arabasını park ettiğinde, kapattığı CD çalar içerisindeki disk 6 saat süreyle devamlı, hep aynı şarkının çalınmasından ötürü kızmış durumdaydı... Lazer ışını başka tip olsaydı disk o noktadan ikiye kesilip ayrılmış olurdu.

Yol boyunca adam sürekli olarak Boxcar Willie'nin Your Cheating Heart isimli şarkısını zihninde farklı Türkçe kelimelerle dinlemişti. Sözler, kahvaltı masasında yemekte olduğu domates ve beyaz peyniri çiğnerken bile aklında tekrarlanıyordu...

Adam beynindeki müziğe kulak verdi. Müziğe şu sözler eşlik ediyordu:

### *"VİCDANIN SIZLADIĞINDA"*

***Kalbin sızlarsa beni hatırla***
***Ağlaya ağlaya uyumaya çalıştığında***
***Uyuyamadığında tüm gece boyunca***
***Vicdanın sızlarsa beni hatırla***

***Gözyaşı boşaldığında şelale gibi***
***Başını duvara vur tıpkı benim gibi***
***Yolda yürü, yerde kıvran***
***Vicdanın sızladığında beni hatırla***

***Deli yüreğin akıllandığında***
***Ama vakit geç olduğunda***
***Önce Selin'i sonra beni hatırla***
***Vicdanın sızladığında sen de ağla***

***Gözyaşı boşaldığında şelale gibi***
***Başını duvara vur tıpkı benim gibi***
***Yolda yürü, yerde kıvran***
***Vicdanın sızladığında beni hatırla***

***Gözyaşı boşaldığında şelale gibi***
***Başını duvara vur tıpkı benim gibi***
***Yolda yürü yerde kıvran***
***Vicdanın sızladığında beni hatırla***
***Vicdanın sızlarsa onu hatırla***

***M. Boray Uras***

Adam gözyaşlarını peçeteyle kuruladığında, dilimlenmiş ilk ekmeğinden yalnızca bir lokma almıştı. Aniden iştahı kaçmıştı üstelik kendisini tok hissediyordu. Kahve almak üzere kahve makinesine ilerlerken "Bu sözleri, yavrumu ve diğer çocuklarla, onların annelerini ve babalarını, dikkatsizliği, sevgisizliği, saygısızlığı ve tedbirsizliği yüzünden; yasal limitin üzerinde aşırı alkollü ve hızlı araba kullanarak öldüren veya onların ölmelerine sebebiyet veren tüm sorumsuzlara, kültürsüzlerle bu kültür erozyonu yüzünden kültürsüzlüğün yaratılmasına ve sürdürülmesine, bu konuda sosyal, siyasi veya mali kazanç edinimi düşüncesine kapılarak yapılması gerekenlerin zamanında ve doğru olarak yapılmasında ihmali, kayıtsızlığı, kastı veya kusuru bulunan her kesimden herkese ithaf etmeliyim" diye düşündü adam...

Kahvesini alıp masasına döndü. Oturdu, içindekilere çatal değdirilmemiş önündeki tabağını kenara itti. Sanki kahvaltı yapmış gibi sigara yaktı.Günlük gazeteleri okumaya başladı...

Sabah kahvaltısını yapan adam, on senelik eski model Ford-Taunus marka arabasına bindiğinde, arabasının dış görünüşünden farklı görünmüyordu. Düşünceleri de hurda yığınıydı...

Sabah saat 10:00'da konferans salonunun otoparkına girerek, arabasını park edişinden sonra konferans salonunun Türk ve kurumsal bayraklarıyla bezenmiş ana kapısı içerisinden girerken konuşması zihnen aklında son şeklini almıştı. O güne kadar hiç kimsenin duymadığı şeyleri herkese ilahi nitelikli bir mesaj olarak göndermeye hazırdı.

Adam oteline döndüğünde, hava kararmış, Ankara'nın gece ayazı kendisini hissettirmeye başlamıştı.

Odasına çıkar çıkmaz, ceketini çıkartmadan banyoya yöneldi. Küveti adeta kaynar suyla doldurmak üzere musluklarını açıp soyundu...

Küvetin sıcak suyuna, seyahatlerinde yanından eksik etmediği orta boy, bir plastik şişe içerisinde taşıdığı, kendi imalatı olan yirmi bir ayrı çiçek, baharat ve ağaç kabuğu yağının karışımının suyla emülsifiye edilmiş özel "Homoepatik" losyonundan üç kapak boşalttığında, banyoya bir anda gizemli budist tapınaklarının özel odalarında yanan buhurların mekana saldığı huzur, sakinlik ve derin düşünce ortamının aromatik kokusu yayılmıştı...

Adam, boğazına kadar beyazlaşmış suya girdi. Bedenini, ruhuyla beraber suya teslim etti. Sonra başı suyun altında kayboldu. İki dakika sonra suyun altından başını çıkararak, tekrar nefes alabildiği için yüce yaratıcıya teşekkür eden adam, konferanstaki konuşmasını düşünmeye başladı.

Konuşma kürsüsüne çıkarken, her zaman olduğu gibi elinde önceden hazırlanmış bir konuşma metni veya akış planını oluşturan mesaj başlıkları yoktu. Aklında da bir konuşma özeti bulunmuyordu... Konuşması ruhunun derinliklerinde hazır, yalnızca su üzerine çıkmak üzere doğru zamanı, doğru yeri ve doğru dinleyicileri bekliyordu...

O gün dinleyiciler arasında bulunanları gördüğünde, ruhu bu üç doğruyu bir anda yakaladığının farkında olarak, eteklerini çözdü ve tüm sakladıklarını kulaklardan ruhlara taşımaya başladı.

"Değerli Başkan, katılımcılar ve dinleyiciler sizleri sevgi ve saygıyla selamlıyorum.

Bugün buraya hala acı içerisinde olan bir babanın, neler hissettiklerini anlatmak için gelmedim. Sizlere nakledecek herhangi bir istatistik değerlendirme özetim de yok. Bu değerli istatiksel araştırma sonuç rakamlarını ve değerlendirmeleri en ince detaylarına kadar, bu işlerin sorumluları ve görevlileri size naklettiler, nakledecekler....

Ben bugün buraya, bugüne kadar benzer panel kürsülerinde, hissetmedikleri için, farkında olmadıkları için, bilmedikleri için veya işlerine gelmediğinden kaçındıkları için hiç kimsenin söylemediği veya çoğunun düşündüğü halde dile getiremediği, kendime göre gerçekliğine inandığım düşüncelerimi bilgi ve değerlendirmenize sunmak üzere geldim.

Sayın Panel yöneticisi, konuşma süremin 20 dakika olduğunu ifade etti. Konuşmam on dokuzuncu dakikada bitecektir.

Benden önce söz almış değerli konuşmacılar, temsil ettikleri sosyal, ticari, siyasi ve akademik kurumlardaki görev kimlikleriyle bağdaşır görevlerine hizmet anlayışlarına ve politikalarına uyumlu değerlendirmeler ve açıklamalarla sizlere, ülkemizde son on yılda yüz binlerce masum çocuğumuzdan ve annelerle babalardan oluşan sorumluluğu bilen iyi yurtdaşımızı, sevdiklerinden sonsuza dek ayıran ve milyarlarca dolarlık milli servet kaybı olarak nitelendirilen, ülkemiz bütçesinin yüzde dördüne tekabül ettiği söylenen katrilyonca liralık bu maddi servet kaybının aslında her il, ilçe, kasaba girişi veya çıkışında yer alan oto sanayi siteleri esnafına, otomotiv endüstrisine, yedek parça imalat sektörüne, pazar hacmi olarak oldukça büyük bir araç yenileme, onarım pazarının oluşmasına sebebiyet veren ve trafik canavarı olarak adlandırılan bugünkü yol, trafik ve sürücü tanımlamasının oluşma nedenleri ve müsebbibleri konusunda akademik ve kurumsal kaynaklı amaca hizmet eden detaylı bilgi verdiler.

Dikkatimi çeken nokta, her konuşmacı, kendi görev ve hizmet anlayışı tanımına giren hususlarda görev ve hizmet anlayışlarını ve sorumluluklarını layikiyle, tam olarak yerine getirdiklerini ancak kısıtlı bütçeden doğan mali yetersizlik, ödenek yokluğundan, alım zorluğundan dolayı bazı çalışmalarda yetersizlikle karşı karşıya olduklarından bahsetmeleriydi. Yeterli mali kaynak tahsis edilirse, bu kurumsal idari ve teknik hizmet eksikliklerinin en kısa zamanda giderileceğini de aktardılar. Yani daha iyi ve etkili hizmet, proje yaratmak ve uygulamak için mali kaynak ve destek istiyorlardı.

Bu bana, Agatha Christie'nin "10 Küçük Zenci" öyküsünü anımsattı. Herkes günah çıkartıyordu ve günahının yalnızca anlattıklarından ibaret olduğu söylüyordu ama tüm söylenenler gerçeği açığa çıkartamıyordu.

Eğer herkes suçsuzsa gerçek suçlu nerede, sonuçta katil kim?..

Değerli dinleyiciler, bizim konumuzda, bize özgü romanda, gerçek suçlu, trafik canavarı ve katili, on birinci zencidir.

On birinci zenci de diğer on küçük zencinin, masumane katkılarının senteziyle ortaya çıkan mutasyona uğramış gerçek etkiler icra etmekte son derece başarılı olan sanal bir seri katildir. Adına da trafik canavarı diyerek, bu sanal katile, gerçek bir kimlik verdik. Biz değiliz, o; ama "O" bizim imalatımız...

Onu her platformda, her toplantıda her yerde arıyoruz ama bulamıyoruz. Niçin çünkü o minik zerrecikler halinde hepimizin içerisinde. Her birimizin içerisinde bulunan bu zerrecik, kendi vicdanımızda, delil yetersizliği nedeniyle, ilk sorgulamada beraat ediyor ve vicdani sorumluluk alanımızdan tahliye edilerek dosyayı incelemesi için yanımızdakine, karşımızdakine, arkamızdakine ve komşumuza havale ederek gündelik görevlerini ve sorumluluklarını yerine getirmiş iyi yurttaş olduğumuzun vicdani rahatlığı içerisinde, evimize gittikten sonra rahat ve huzurlu olarak uykumuza çekiliyoruz.

Çocuklarımızın, anne ve babalarımızın trafikteki zamansız ve haksız ölümlerine de "Takdir-i ilahi, kaderin tecellisi" diyerek ölülerimizi mezara gömmenin ardından gene kendimizi ölüm öncesinde olduğumuz yere geri gönderebiliyoruz.

Üç maymun heykelciğinin yanına bir heykel daha koyduk: Yüreğimizde hissetmiyoruz heykelciği... Belki bir tane daha "Hemen unutuyoruz" heykelciği... Belki bir tane daha "Bana bakma, sorumlu ben değilim o, heykelciği..."

Ben de bu üç heykele sahiptim: Görmedim, söylemedim, duymadım heykelcikleri. Sonra bir gün, kızımın ölümüyle farkına vardım... Ben yapmadım, o yaptı heykelcikleri bana göre değildi...

O yaptı demek çözüm değil; yapmadım demek anlamlı, unutmadım demek ise daha da anlamlı...

Kızımın ölümüne neden olanları, sürücüyü ve o sürücünün yaratılmasında, kızımın ölüm ortamının imal edilmesinde emeği geçenleri unutmak mümkün değil "Onların sebebi ben değilim, belki o olabilir" demesini unutmak mümkün değil... Ölenlerimize Allah rahmet versin, biz yaşayanlarımıza sahip çıkalım dedikten sonra öldürenleri affeden, onları "Toplumsal kazanç" için toplumun içine "Rehabilite" etmeden salıveren zihniyetin yaratıcılarını ve destekçilerini unutmak mümkün değil.

Ben unutmadım, asla unutmayacağım, oğluma da "Unutmamayı" kültürel miras olarak benimseteceğim.

Unutmazsak çocuklarımız yaşar, çünkü unutmadığımız için hep dikkatli, tedbirli, saygılı, sevgili, hoşgörülü ve kurallara saygılı oluruz.

Unutmazsak, geleceğin yepyeni pırıl pırıl iyi insanlarından, işini iyi yapan, vergisini zamanında ve doğrulukla ödeyen, kanunlara ve ahdi kurallara saygılı, eğitimli, kültürlü, sevgi ve saygı dolu iyi yurttaşlarından oluşan yepyeni bir ulusu ve Türkiye'yi imal ederiz.

Geçmişteki yanlışlarımızı tekrarlamayız. Kendilerinden daha iyi örnek yurttaşlar yetiştirecek bir neslin imalatına bugünden başlarız. Tüm bunları unutmazsak, geleceğin iyi ve güzel Türkiye'sini, Türk insanını imal edebiliriz.

Trafik canavarı sebep değil, 1960'lardan beri süregelen toplumsal, sosyal, ekonomik, siyasi ve idari kültür erozyonunun doğal sonucudur.

Bugünden itibaren 20 sene sonrasının ideal Türkiye'sinin ve ideal Türk insanının nasıl olmasını hayal edersek, bu resmi çizebilirsek, ve hedefimiz bu resimde gördüğümüzü imal etmek olursa, işte ancak yirmi sene sonra, yani bugün doğacak bebekler yirmi yaşlarına geldiklerinde onlara Avrupa Birliği'nin standartlarına uyumlu olanların seviyelerine belki eş değer belki de onlardan üstün kültürel, ekonomik, sosyal, siyasi ve idari standartlara haiz bir ülke yaratabiliriz. Onlar için, çocuklarımız ve onların çocukları için...

Tercih bizim, ya hepimiz, yaş ve beklentilerimize uygun sırayla, bugün yaşadığımız ve yarın yaşamak istediklerimize uygun bir Türkiye'yi biz yetişkinler, yaşlılar, kendimiz için, kendi amacımıza uygun olarak bugünden yarına taşıyacağız ya da çocuklarımızla, çocuklarımızın çocuklarıyla torunlarını düşünerek, bugünden çizeceğimiz resime uygun olarak, kendimize uyar akademik, ekonomik, siyasi, ticari beklentilerimizden ve kaygılarımızdan uzakta olup, kendimize ait heveslerden fedakarlık yaparak çocuklarımızın geleceğinin güzelliklerini imal etmeye başlayacağız.

Bunun mutlaka, bir gün birileri tarafından yapılması gerekiyor. Kurtuluş savaşında ölenler, ölümü değil de, teslimiyeti seçselerdi acaba biz bugün nasıl ve nerede olurduk?

Bizler bugün, kendi heveslerimize teslimiyeti mi tercih etmeliyiz yoksa geleceğin neslinin ve Türkiye'sinin mükemmelliği için çalışarak ölmeyi mi?

Ben kendim için konuşuyorum. Gelecekteki yepyeni pırıl pırıl bir neslin, mükemmel refah içinde yaşayabilecekleri yepyeni bir Türkiye'de yaşayabilmeleri için çalışırken ölmeyi tercih ederim. Küçük bir insan olarak kocaman bir mezara gömülmeyi değil, kocaman bir insan anısıyla dolu olarak, karataştan yapılmış çeşme başındaki, kırdaki bir gariban mezarına, Anadolu insanının yüreğine gömülmeyi tercih ederim...

Hepinize saygı ve sevgilerimi iletirken, sizleri yüce yaratıcının sevgisine ve himayesine emanet ediyorum. Beni dinlediğiniz için teşekkür ederim" dedikten sonra, hiç kimsenin gözüne bakmadan sürdürdüğü konuşmasının ardından, gene hiç kimseyle gözgöze gelmeden, sessizce geri dönüp koltuğuna oturdu...

Panel bildirimlerinin hepsini dinleyerek zihninde ve gereken yerlerde, yanından eksik etmediği Sony sayısal ses kayıt cihazıyla rakamsal istatistik değerlendirmelerini o gece çözerek, notlarına dahil etmek üzere aldıktan sonra; mutad, politik ve kurumsal kimlikle tanışmamın; halk, vatandaş kimliğiyle kucaklaşmanın ardından adam, oteline döndü...

Adam, konuşmasında, bu soruna çözüm önerisi getirmemişti. Zira çözüm önerisini oluşturan resim hala yarımdı, tamamlanmamıştı. Adam her gün yeni bir fırça darbesiyle bu resmi renk ve şekil olarak daha da ince detaylandırıyor, kalıcı hale getiriyordu...

Bu öneriyi gündeme getirmek için önce resmi tamamlaması sonra bu resmi, doğru zamanda, doğru yerde, doğru kişilere göstermesi ve açıklaması gerekiyordu... Çabuk, etkili ve kesin sonucu kalıcı olarak almak için... Adamın acelesi yoktu. Adım adım geleceğin Türkiye'sine doğru, yavaş ama kararlı olarak yürüyordu...

## GELECEĞE YÜRÜYÜŞ 18

## ONALTINCI GÜN

### *Esenkent Trafik Bölge İstasyon-Kızılcahamam*

Esenkent Trafik Bölge İstasyonu'ndan, kahvaltısının ardından, gazete muhabirleri ve TV kameramanları eşliğinde yine, konvoyun önündeki yalnız yürüdüğünü sanan adam yürüyüşüne başladığında saat 10'a geliyordu...

Yol engebeli arazinin bazen ormanlık bazen baltalık, meşe, bazen de çakıllarla kaplı tepelerinin arasında ve artmakta olan sıcaklık içinde devam ediyordu. Her yüz metre yükselişte bir derece düşen atmosferik sıcaklık, yüksek irtifada bile sıcaktı.

Adam, yol kenarlarında görebildiği papatyaları yemeğe devam ederek yürüyüşünü sürdürdü.

Bir aralık, ormanlık arazisinden geçerken gözüne çimenlerin arasında henüz boy atmış konik, bej renkli mantarları gördüğünde "Vay canına, bunların burada ne işi var?" nidasıyla çimene dalıp, bu son derece lezzetli, protein, mineral ve vitamin açısından zengin "Marşello konika" denilen mantarları toplayarak, çiğ çiğ tuz, limon ve karabiber eşliğinde yemek geldiyse de kendisini bu içgüdüsel istekten zorla vazgeçirdi.

"Buradayım ama bu mantarları toplamak için değil" dedi, çevresine göz attı. Çimenlerde pullukla açılmış gibi görünen derin yarıklar göremeyince "Yaban domuzları hala bunların farkına varamamışlar" diye düşünüp tepelerin arasında kıvrımlarla uzanan yolu izlemeye devam etti.

Gene ormanlık araziye girmişti. Yaşam enerjisiyle doluydu her yer. Bu enerji, çevresindeki ağaçlarda, yerde yumurtalarından çıkacak yavruları beklerken yiyecek arayan tarla farelerini avlamak için çürümekte olan yaprak ve ot kümelerinin arasına gizlenerek pusuya yatmış yılanların sessiz bekleyişlerinde vardı. Çevresini izleyerek yürüyen adam, haziranda asla kamp yapmaması nedenlerini, tecrübeli gözleriyle bir kez daha görerek doğaya saygılı olarak teyit ediyordu...

Doğadaki tüm canlılar, kış uykusundan uyanmış, kaybettikleri besini ve enerji stoklarını yeniledikten sonra nesillerini devam ettirecek yavrularını dünyaya getirmişlerdi. Haziran ayı çocukların, tehlikelerden uzak tutulma, korunma ayıydı... Adam da aynı şeyi yapıyordu... Tekrarlanmaması için...

Uzaklarda bir yerde, iki çakal gördü. Birisi çevreyi gözlerken diğeri merada otlamakta olan inekleri izliyordu. Adam, sürüdeki hamileliği devam eden ineği gördüğünde, çakalların niye tepe üstünde durup çevreyi ve sürüyü izlediğini anladı.

Çakallar hamile ineğin doğurmasını bekliyordu. Anne birinci yavrusunu doğurduktan sonra öylesine yorgun olur ki o ikinci yavrusunu dünyaya getirme gayretindeyken, yanı başında ayaklarının üzerinde durmaya çalışan yavrusunun yanına pervasız ve fütursuzca yaklaşan çakal tarafından kapılıp götürüldüğünün farkına bile varmazdı. Farkına varsa bile yorgunluğundan ötürü ancak yeni doğan bebeğini koruma altına alabilirdi.

Adam çakallara baktı yürürken; çakallar ineğe bakıyorlardı. Etrafta ne çoban ne de çoban köpeği gören adam, yürüyüşüne devam etti...

Adam yürüyüşüne devam ediyor, azaphane rampasından iniyordu...

Ayak tabanlarındaki ve eklem yerlerindeki acılara ve ağrılara alışmıştı. Onları hissetmiyordu artık... Sadece orada olduklarını biliyordu. Bilmenin hatırlattığı acıları ve ağrıları ise kremler, ağrı kesiciler yok ediyordu.

Adam şikayetçi değildi. Yol kenarında verdiği bir molada bot tabanlarındaki pedleri değiştirdiğinde, yaraların kanamaya başladıklarının farkına vardı. Ayak tabanlarındaki yaralar açılmışlardı. Adam yürüyüşüne zorlukla devam etmeye başladı. Eski anıları canlanmaya başlamıştı.

Ankara'dan İstanbul'a her seyahatinde bu yokuşta karşılaştıkları devrilmiş tanker ve kamyon enkazlarını hatırlıyordu...

Dere yatağında ne zamandan kaldığı belli olmayan kasalar, şaseler vardı.

Yol boyunca sürekli olarak insanlarla kucaklaşma, durmak zorunda kalma, verilen molalarda ziyaretine gelen muhtarlar, belediye başkanları, siyasi partilerin gençlik ve kadın kollarının gruplarıyla olan konuşmaları sonucunda gene planladığı yürüyüş zamanın gerisine düşmüştü. En uzun molası Esenkent'ten çıkışından sonra, kendisini ziyaret eden özürlü vatandaşlarla olmuştu. Bir restorantta gerçekleşen bu anlamlı ziyaret esnasında adam Ankara-İstanbul D-100 yolunda özürlü vatandaşların tekerlekli sandalyeleriyle gidebilecekleri hiçbir tesis olmadığının farkına varmıştı.

Adam yürüyüşüne devam etti. Bakımsızlıktan bölünmüş yolun ortasına yan yatan bir kamyon şöförüyle anlamlı bir sohbet sonrası yürüyüşüne devam ederken manen yorulmuştu.

Kızılcahamam'a yaklaşmaktaydı. Gerede'yi arkasında bırakalı saatler olmuştu. Vakit ikindiye yaklaşıyordu. Herkes yorulmuştu. Polisler saatte altı yedi kilometre hızla araba kullanma konusunda artık uzman olmuşlar araçlarındaki radyatör suyunu kaynatmadan uzun saatler boyu birinci viteste araba nasıl kullanılır öğrenmişlerdi.

Polis ve jandarma arkadaşları bazen yanında bazen ardında tek yanlı sohbetleriyle adamın yürüme azmine ve enerjisine destek verme çabasına yoğunluk kazandırmaya başlamıştı...

Yanından gelip geçen tüm kamyoncular günlerdir, her defasında farklı yerlerde karşıladıkları adama kornalarla selam vermeyi adet haline getirmişlerdi...

Duran araçlardan inen insanlar, molalarda yanına gelen insanlar, adamın enerjisini ve azmini kamçılıyordu.

Adam, yorulmuştu. İnatla yürümeye devam etti. Kulaklarında takılı olan disk çalardan, kızının kendisine getirmiş olduğu diskten, ruhuna yayılan nağmelerle ruhu kızının ruhuyla sohbet halinde sarmaş dolaş olmuş şekilde bazen yavaş bazen çok hızlı adımlarla, bazen de gözlerini silerek yürümeye devam ediyordu.

İki gün sonrası, kızının doğum günüydü.

Uzunca bir güne sığan röportaj, muhtar, belediye başkanı ve milletvekili ziyareti ve canlı televizyon yayınıyla sürekli yürüdüğü halde üç kez karşısına çıkan ve üçünde Ankara'ya olan mesafeyi aynı kilometre olarak belirten yol mesafe tabelasının anılarıyla dolu olan adam, Kızılcahamam Belediye Başkanı ve Kaymakamı'nın kendisini yol üstü ziyarette tanışarak konuk etmek üzere davet ettikleri Özel İdare'ye ait Kaplı Oteli'nden içeri girdiğinde yürüyüşünün en duygusal anlarını, bu şirin, bakımlı ve son derece çalışkan, kültürlü idarecilerin yönettiği ilçenin sevgi dolu halkının, yakın ve içten ilgisi ve konukseverliği içerisinde yaşayacağını henüz bilmiyordu.

Adam odasına çıktı, soyundu. Kendisi için açılan termal havuzun sıcak şifalı suyunun arındırıcı, dinlendirici ve tedavi edici sinesine bedenini gene teslim ettiğinde, fotoğraf makinesiyle onun havuzdaki görüntülerini alan acar gazete muhabirinin farkında bile değildi. Sadece, nereye gitse hep onu görüyordu gittiği yerde...Soyunma kabinine giyinmek üzere geri döndü. Önce odaya, sonra yatağın altına daha sonra komodinin çekmecelerine baktı. Acar muhabirin odada olmadığından emin olmak istiyordu.

Belediye başkanıyla, kaymakamla ve diğer ziyaretçilerle birlikte yenen akşam yemeğinden sonra odasına çıkan adam yatağa girdiğinde, vücudu yorgun; ama dimağı uyumayı reddedecek kadar enerjik ve uyanıktı. Adam, gözlerini gecenin karanlığına çevirerek dua etti, sonra gözlerini kapatıp kendisini gene hayallerine teslim etti.

## *GÜNBATIMI ÖYKÜLERİ 15*

## *DUA*

### *"LÜTFEN ALLAHIM..."*

***Yardım et elimden tut***
***Yüzüme gül, lütfen duamı duy***
***Ona gelecek şerri, hayra döndür Allahım...***

***Günaydın aşkım***
***Rahat uyudun mu hayatım***
***Duşunu al, giyin, saçlarını tara***
***Kahvaltın hazır bir öpücük ver bana***
***Neredeyse servis gelecek çabuk ol dişlerini fırçala.***

***Yardım et elimden tut***
***Yüzüme gül, lütfen duamı duy***
***Ona gelecek şeri, hayra döndür Allahım...***

***Servisin geldi canım, güle güle***
***Dikkatli ol, hocanı dinle, konuşurken gülümse***
***Gün boyu kalbim kalbinle ve bir şey isterken***
***Lütfen demeyi sakın ihmal etme***

***Yardım et elinden tut***
***Yüzüne gül, lütfen duamı duy***
***Ona gelecek şerri, hayra döndür Allahım***

***Duamı duy, bugün de onu***
***Dün olduğu gibi koru***
***Onu onlara bağışla***
***Osman'ımı koru lütfen Allahım***

***Yardım et elinden tut***
***Ona gelecek şerri hayra döndür Allahım***

***M. Boray Uras***

1996 senesinin olağanüstü soğuk geçen nisan ayının son günlerine gelindiğinde, ilkbahar güneşi doğayla oynadığı saklambaç oyununa son vermiş; ılık, parlak yüzünü onu özlemiş olan insanlara, tomurcuklar ve yeni doğacak olan martı yumurtaları üzerinde tüneyen anne martıların gövde ve kanat tüyleri üzerinde cömertçe göstermeye başlamıştı...

Yaşam coşkusu, gecikerek de olsa, tomurcuklarda ve kış uykusuna yatmış yüreklerde yeniden uyanmaya başlamıştı.

Genç kızı, uykusundan uyandıran, perdelerin arasından süzülen gün ışığı veya annesinin mutfakta sabah kahvaltısı için kızartmakta olduğu sosislerin iştah açıcı kokusu değildi.

Uzun uzun, fasılalarla çalmakta olan telefonun o an için rahatsız edici melodik gürültüsüydü.

***Selin***, yastığın altına gömülmüş başını çıkartmadan çarşafın altından uzanarak telefon ahizesini kablosundan tutarak battaniyesinin altına çekti.

Çarşafın üzerindeki battaniyenin üstü bir anda, düzgün halini kaybederek, hamileliğinin son haftalarına yaklaşmış bir anne adayının karnındaki ceninin keyif dolu tepinmelerinin sergilediği çıkıntılardan ve dalgalanmalardan oluşan koreografik hareketlerin dansına dönüştü.

"Efendim! Her kimsen günaydın, uyandırmadın, zaten uyumuyordum..." Uykulu ses sanki mitolojik çağın gizem dolu karanlık derinliklerindeki dehlizlerden, zindanından yankılanarak geliyordu.

"Günaydın ***Selin***'im ben baban... Hangi dipsiz kuyudasın?"

Telefonun öbür ucundan gelen sesler bir süre nezle olmuş katır anırmasıyla kedi aksırma ve tıksırmaları şeklinde devam ettikten sonra normale döndü.

"Yanıma gelmek ister misin baba?"

"Evet ***Selin***ciğim ben de seni bunun için aramıştım. Kahvaltıdan sonra saat 11:00 gibi gelip seni almak istiyorum."

"Niçin Baba" diye sordu ***Selin***. Bir an için düşündü "Bugün günlerden hangi gün? Pazar, dün cumartesiydi" ve babasına söz vermişti; bu pazar gününü birlikte geçiririz diye. Sonra aniden, üzüntüyle aynı pazar gününde arkadaşlarına buluşma sözü verdiğini hatırladı. ***Selin*** çifte rezervasyonla karşı karşıyaydı... Bir tarafta babasına verdiği söz, diğer tarafta arkadaşlarına verdiği sinemaya gitme sözü...

Kimi nasıl atlatabilir, düşünmek için vakit kazanması gerekliydi...

"Babacığım özür... Son söylediğini duyamadım.. Şimdi lütfen beni mazur gör. Banyoya koşmam gerekiyor. Beni iki dakika sonra arar mısın komutan?"

"Tabi ***Selin***ciğim. Anladım beş dakika sonra seni ararım tertip..."

***Selin*** telefonu kapattı. Yatakta doğrulup oturdu ve durum değerlendirmesine başladı.

"Ne oldu hayatım? ***Selin***'le konuşabildin mi?" diye sorarken Ebru, Mustafa'nın önüne koca bir maşrapa kahve koymuştu. Kahvaltı sonrasında içilecek ilk keyif kahvesinin, keyifli dakikasında olması gereken adam bir anda mahzunlaşmıştı.

"***Selin***" diye kısık ve sıkıntılı bir ses tonuyla cevapladı karısının sualini... "Sanırım bugünkü planında bir değişiklik yapabilirse benimle olacak... Galiba benimle olan bugünkü birliktelik aklından uçup gitmiş..."

"Öyle mi?" diye sordu Ebru ve devam etti: "Kahvene şeker koymuştum ama şu anda sen üç tane daha koydun sakın karıştırma..."

"Hay Allah" diye devam etti adam, kaşığı elinden bırakıp "Şaşırdım bir anda" dedi ve devam etti, "Keşke ona bugün yeni bir kiralık ev bakmaya gideceğimizi ilk başta söyleseydim. Hatta uygun bir şey bulursak satın alabileceğimizi de söylemeliydim"

"*Selin* uyurken mi, şüpheci olma! Kızcağız önce uyansın kendine gelsin, sonra sakin sakin söylersin..."

"Doğru haklısın..." diye konuştu adam ve kahvesinden ilk yudumu aldı. *Selin* ona, "Ben gelemiyorum üzgünüm" dememişti ki, sadece iki dakika sonra tekrar görüşelim demişti.

Adam saatine baktı; beş dakika geçmişti. Eli telefona uzandı... Numarayı tuşlar tuşlamaz ilk çalışta telefon açıldı ve coşkulu bir ses tonuyla *Selin* konuştu. "Baba merhaba, günaydın! Ne zaman gelip beni alacaksın?"

Adam, telefondan yayılan canlı, enerjik ve sevinç nağmeleri taşıyan bu ses tonuyla bir anda keyiflenmişti.

"Saat 11:00'de canım, bir buçuk saat sonra..."

"Ne yapacağız baba, balık mı tutacağız?"

"Hayır *Selin*, dalga geçme! Tamam geçen hafta balık tutamadık ama sonunda balık yedik öyle değil mi?"

"Evet baba, oltaların hepsini midyelere kaptırınca balıkçı tezgahından ellerimizle balık tutup eve götürdük..."

"Tamam *Selin*. Harika bir balıkçı değilim ama harika balık pişiriyorum. Bu akşam balık yemek ister misin?"

"Evet hem de tuzda fırınlanmış limon soslu levrek" "O zaman hoşuma gidecek şeyi söyle..."

"Ulu şef, biz gariban serçeler eline bakıyoruz, sana muhtacız, bize acı!"

"Tamam abartma, bu gece levrek ama önce seninle ve Ebru'yla kendimize ev arayacağız. Kiralık veya satılık..."

"Yani ne dedin baba?"

"Ev! Dubleks, çatı katlı, teraslı yeni bir ev!"

"İnanmıyorum baba..."

"İnansan iyi olur... Kadıköy'e taşınma zamanımız geldi *Selin*... Biraz araştırma yapalım... Ne dersin?"

*Selin* bir anda heyecanla neşelenmişti. Babası Kadıköy'e taşınmaktan, hem de bir dubleks çatı katına taşınmaktan bahsediyordu. Bir anda gözünün önünde çocukluğundan beri hayalini kurduğu, düşlerinde boyadığı, dekore ettiği, cam önündeki dikdörtgen uzun askılı saksılar içerisine begonyalar ektiği çatı katındaki özel odasının penceresinden, dışarısını, gökyüzünü seyrederken hayal etti kendini...

"Harika, yaşasın, sonunda hayalime kavuşacağım!" diyerek sevinç çığlığı atan *Selin*.

"Tamam babacığım. Saat 11:00'de hemen kahvaltımı yapıp hazırlanıyorum, hoşçakal" diyerek telefonu kapattığında *Selin* mutluydu. Adam da mutluydu...

Adam karısının gözlerine baktı ve buruk bir tebessümle konuştu: "Çok sevindi.."

Eşi, adamın yüzüne neşeli bir şekilde tebessümle bakarak elini tuttu ve fısıldadı "*Selin*'e hayatının en büyük mutluluğunu yaşatacağız canım... Hep bir çatı katında oda sahibi olmaktan bahsedip dururdu. Özel bir oda, penceresinde begonyalar olan..."

"İnşallah denk gelir" diye konuştu adam. Gözlerindeki mutluluk ışıltısı bir anda kaybolmuş, onun yerini nedeni belirli olmayan bir tedirginliğin donukluğu almıştı...

Baba ve kızı, o gün Moda'dan Küçükyalı:'ya kadar çok yer dolaştılar. Ebru son anda onları baba-kız başbaşa bırakmak isteyerek onlara katılmamış, akşam yemeği için hazırlık yapmasının daha doğru ve kendisi için daha az yorucu olduğunu söylemişti. Seçilecek evlerin, ona daha sonra gösterilmesi onun için yeterliydi.

Maalesef, beklentileri rast gelmemişti. Aldıkları fiyatların astronomik boyutlu olmaları veya gazete ilanlarında okudukları "Lebiderya, deniz manzaralı, şahane, harika, görkemli, muhteşem konumlu veya dekorasyonlu dubleks daireler, apartmanın çatısındaki asansör odasının yanına bitişik olarak yapılmış garip şekilli odadan alt kat dairesine minare merdivenine benzer bir demir merdivenle irtibatlandırılmış dubleks dairelerin" yandaki apartmanın çatıları üzerinden kısmen gördüğü denize rağmen şahane deniz manzaralı muhteşem dubleks daire tanıtılarak anormal fiyat istenmesinden sinir küpüne dönüşmüş bir halde eve döndüklerinde Ebru onları kapıda neşeyle bekliyordu.

"Gazanız mübarek olsun, haydi boş verin yemek hazır" demişti...

Evden çıkmadan önce adamın hazırlayarak saat 16:30'da fırına verilmesi ayarlanmış balık, masanın üzerinde, kayalaşmış bir tuz kütlesi halinde tepside yanında çekiç ve küskü olduğu halde hazır bekliyordu.

Yemek neşe içerisinde yenildi. Utanılacak durumda olan evlerin, sahipleri ve emlakçılar tarafından nasıl gururla ve pişkinlikle ballandırıla ballandırıla pazarlandığını Ebru'ya anlatırlarken gülüyorlardı.

"Mustafacığım lütfen unutma! Bugün öğleden sonra saat 13:00'de baban ve Mimar Lokman Bey'le buluşup, Beykoz Kaymakamlığıyla Belediyesi'ne gideceksiniz. Arsanın kadastro ve aplikasyon çapını almak için, tamam mı?"

Kapıdan çıkmak üzere olan adam aniden hatırladı. Günlerden pazartesiydi ve bu program günlerce önceden hazırlanmıştı. Kendisinin o anda yazmakta olduğu "***Aykızı*** İle Elele-GELECEĞE YÜRÜYÜŞ" adlı kitap yalnızca ailesinin okuyup, ibret alması veya gülmesi için değil; başkalarının, toplumun okuyarak, cümleler arasına gizlenmiş yaradılışın odağından gelen mesajları alabilmesi için, çevrelerindeki güzelliklerin, zenginliğin, neşenin mutluluğun, renklerin çocuklarının, bebeklerinin yaşarken attıkları kahkahalarda ve sarılışlarında gizlenmiş olduğunu; onları kaybettiklerinde her şeyin anlamının pişmanlık ve hüzün içerisinde anlamsızlığını yaşayacaklarını; çocukları yaşarken anlayarak, hissederek, yapabileceklerini yapmaya yönelmelerinin en azından kendi yaşam coşkularını korumak için gerekli olduğunu anlatmak için yazdığı bir kitaptı bu..

Allah'ın hiçbir kimseye, anne ve babaya yazmayı nasip etmesin dedirtecek kadar ruhsal işkenceyle dolu bir yazımdı bu ve birinin bunu yapması gerekiyordu...

Yapılmamıştı, adam yapmayı düşündü. Suyun altına girdi ve yaptı.

Adam, kapıdan geri döndü. Kendisini kitabına öylesine odaklamıştı ki, kitabın kapak resmini yağlı boya olarak aklındaki rüyasında gördüğü resme uygun yapmak üzere yeni tuval, yeni boya ve fırça almak üzere kırtasiyeciye gitmek üzere yola çıkmıştı. Kapıdan geri döndü. Söz verdiği randevuyu atlayamazdı. Ayrıca bu söz kendisini ve ailesini ilgilendiriyordu. "İyi ki hatırlattın canım" diye konuştu adam botunun bağcıklarını çözerken... "Aklımdan çıkıp gitmişti..."

"Anlıyorum" diye cevaplayan eşi derin bir iç geçirdi.

"Garibim" diye düşündü... "Bir seneden beri gece gündüz yazmaya çalışıyor... Gözyaşları içinde. Asabi, huzursuz ve yazarken uyuya kalarak... Masa başında, anıların coşkulu, hüzünlü pişmanlığı içinde bazen tebessümle, bazen ruhu paramparça olarak... Onun şu anda anlayışa ve desteğe ihtiyacı var. Ben vermezsem kim verecek" diye düşündü "Bu kitabı tamamladığında tuzla buz olarak yaşamının geçmişine ve geleceğine dağılan parçalarını bir araya toplayarak şu anda olduğundan daha huzurlu, sakin ve kalbiyle gülen birisi olacak. O güne kadar onun yanında durmalıyım, ona destek olmalıyım onu dış dünyaya karşı korumalıyım. Ne de olsa ben onun eşiyim, sevgilisiyim ama hepsinden de öte onun sevgili Osman'ının annesi, en iyi arkadaşıyım... Evlenirken yalnızca iyi zamanlar için değil, kötü zamanlar için de birbirimizin yanında durup, güçlünün güçsüze destek vereceği sözünü vermiştik. Şu anda benim güçlüyü oynama zamanım.." Kolay değildi... Anne, çocuk, eş, yemek, ev, ve iş... Hepsini eksiksiz olarak, yükümlülük olarak yerine getirmesi gerektiğine inanıyordu. Sırtında çok ağır yük vardı. Ailenin yük atı gibiydi... Şikayet etmeden, ağır yükle o da yürüyüşüne aile platformunda devam ediyordu. Tüm olumsuzluklara göğüs geren "SEVEN KADIN"dı o...

"Henüz iki saat var... Hazırlanıp ofise giderim hemen" diyerek kendini yeni bir programa hazırlayan adam sordu.

"Sabah Osman nasıldı arabada?"

Çok neşeliydi. Okula varıncaya kadar, arkada emniyet kemerini kendi kendine bağlamış olarak oturdu. Hızla bizi sollayan, karşıdan gelen ve önündeki çukurdan kaçınmak için bizim şeride giren bütün arabaların şöförlerine "Sapık" diye bağırıp ceza yazdı.

"Mustafacığım, diye konuşmasını sürdürdü Ebru, lütfen şu işleri bir an önce hallet, aplikasyon çapını ve Beykoz Belediye'sinden inşaat ruhsatını bir an önce al ki yeni evimizi yapıp hemen taşınalım. Her sabah Kavacık-Acarkent arasındaki o tehlikeli yol beni çok ürkütüyor. Daracık yol kocaman jip ve mercedeslerden geçilmiyor. Bir de arabalarının tekerlekleri çok kıymetli olduğu için çukura girmesin diye karşıdan gelenin yoluna geçiyorlar devamlı.

Ebru'nun sesindeki endişeli sabırsızlık ve ürküntünün nedeni, her sabah ve akşam Feneryolu ile Beykoz-Acarkent arasındaki Acarkent'e giden orman yolunun sahipsiz kalmasından doğan bakımsızlık ve darlıktan kaynaklanıyordu.

Bu yolu ne Beykoz Belediyesi, ne Köy Hizmetleri ne de Acarkent tam olarak sahipleniyordu. Adam kimle konuştuysa o yolun sorumluluğu bizim değil onların; ama biz mecbur olmadığımız halde yalnızca vatandaşa hizmet olsun diye arada sırada bozulan sathı onarıyoruz diyorlardı.

Gerçek şuydu: Acarkent'e giden özel bir orman yoluydu bu. Yalnızca köylülerin kullandığı Çavuşbaşı, Göreli, Riva, Polonezköy, Mahmut Şevket Paşa, Ömerli, Alibahadır köyleriyle Beykoz ve Kavacık'ı birbirine bağlayan dar patika yollardı eskiden.

Sonra, yapılaşmanın, Acarkent, Beykoz evleri, MNG evleri gibi sitelerin oluşması ve villaların artmasıyla varlıklı kesimin bütçesine uyan bu evlerde oturanların yine bütçelerine uyan kocaman arabalarla bu yollar kalabalıklaştıkca neredeyse ayrı bir belediye başkanı'na sahip olması gerekecek kadar ilçe nüfusuna sahip Acarkent, kendi imkanlarıyla bu yolu yaparak siteye erişme yolunu cazip hale getirmişti.

Bugün bu yolun, İstanbul Anakent Belediyesi'nce sahiplenilmesi gereken bir ana arter olması gerekiyordu. Ancak, kaçak yapılaşmada, Beykoz bölgesinde yapılacak her evin projesinin Anıtlar Yüksek Kurulu'ndan geçmesi mecburiyetinin büyük payı olduğu da ilgililerce göz ardı ediliyordu. Anıtlar Yüksek Kurulu'nun da üyelerinin sürekli mazeretleri yüzünden senede ancak üç dört kez toplandığı söylenmişti kendisine. "Bir yıldan önce projen onaylanırsa kendini çok şanslı hisset veya şaibeli iddiaları göğüslemeye hazırla kendini" denmişti.

Adamın da yaptıracağı Atatürk'ün doğarak büyüdüğü Selanik'teki evinin benzeri evi için Anıtlar Yüksek Kurulu'na müracaat etmesi gerekiyordu.

"İki üç seneden önce sonuç alamazsın ve inan sanki Ankara'da, Kars'ta oturduğu için İstanbul'da görevli olan, bir üyenin itirazıyla; Beykoz ilçesinin sit alanı kapsamı içerisinde kalması nedeniyle, yapılaşmaya uygun görülmediği için uygun görülmemiştir diye cevap da alabilirsin. Önünde, arkanda onlarca ve seninki gibi 2B alan üzerinde yapılan villaları da gördükçe asabın bozulur, küfürü basar 'Ağbi, bak bu işin kolay bir yolu var... Şimdi sen...' diye söze başlayan kişilerin söylediklerine kulak tıkarsın ama o villaları gördükçe adamın söylediklerinin doğru ve yegane çıkar yol olduğunu düşünürsün..." demişlerdi.

Adam, normal, kanuni yolu denemek istiyordu. "Belki, Anıtlar Yüksek Kurulu Başkanı'nı ziyaretle belge ve planları götürür, gösterip onlarla konuşursam üç ay içerisinde müracaatımı cevaplandırırlar" diye düşünmüştü ve böyle yapmaya da kararlıydı. Türkiye gerçeklerini başka türlü, yaşayarak öğrenemezdi.

Adam, karısının gözlerine baktığında, her sabah oğlunu servisten daha güvenli olur düşüncesiyle okula götürüp getiren bir annenin dikkatsiz, sorumsuz, hızlı ve hoyratça araba kullanan insanların onlara yaşattığı korku dolu saniyelerin huzursuzluğunu gördü.

"Tamam canım... Gerekeni yapar ve bir an önce Mahmut Şevket Paşa Köyü'ndeki yeni evimize taşınırız" diye yüreklendirici sözleri tam inanmasa da, inandırıcı bir tonla söyledi...

Ebru devam etti konuşmasına "Mustafacığım unutma, Lokman Bey'e çatı katında bir odalık uygun bir yer ayırmasını, planlamasını söyle..." "***Selin*** için...." diye konuşmasını tamamladı.

"Tabii canım merak etme... Söylerim, çatıda '***Selin***'in odası' olacak" derken adamın gözleri aniden buğulanmıştı...

Tebessümle konuşarak, kendisini aklına gelen üzücü düşüncelerden sıyırmaya çalıştı.

"Biliyor musun Osman ne dedi...Mahmut Şevket Paşa'daki evimizin bahçesinde inek, koyun, tavuk, kaz ve köpekle kedi yavruları istiyormuş. At da düşünüyormuş... Adam evin bahçesini hayvanat bahçesine çevirmeye kararlı görünüyor..."

Ebru gülerek cevapladı: "Osman at siparişini bana verdi. En büyük hayvan 'at' olacakmış. Onu da ben almalıymışım çünkü babada bir tane kredi kartı varmış; ama bende bir sürü varmış. Ancak ben alabilir mişim!"

Adam gülmeye başladı. Masaya oturup Lokman Bey'in çizerek bir gün önce verdiği eskizleri incelemeye başladı. Aniden eline aldığı bir eskizde gördüğü şey; gözlerindeki tebessümü, ışıltıyı bir anda yok etti... Bu eskizde çatı katı içerisinde küçük bir oda vardı. Kıble yönünde içerisinde mimber olan bir oda... Elektrik yoktu bu odada... Şömineyi andırır bir ocak, duvarda kandiller, yerde ise halılar vardı. Bu bir namaz odasıydı, ***Selin***'in odasıydı...

Bir pazar günü akşam yemeğini Osman, herkesin hayret dolu bakışları arasında koca bir tabak patlıcan yemeğiyle patates salatasını Fox Kids-TV kanalında en çok sevdiği çocuk filmini seyrederken yemişti... Osman, her gösterilen filmi de en çok sevdiği için en çok sevdiğin film hangisi suali anlamsızlaşıyordu.

Osman doymuştu... Kendisini şişman bir kedi gibi hissediyordu. Tüyleri uzamış, parlamış, uykusu gelmişti. "Yatmak istiyorum" dedikten sonra koltuktan inerek banyoya yöneldi. Babası banyoda tuvaletin önünde duruyordu. Osman'ın gözlerinde şeytani bir şimşek çaktı. Sessizce babasına arkadan yaklaştı ve ayakta duran babasının önünden gelen şırıltı sesi devam ederken bir omuz darbesiyle onun dengesini bozduktan sonra "PARDON" diyerek diş fırçasıyla macununa doğru ayak parmakları üzerinde yükselirken, kendini tutamadığı için kıkırdayarak gülüyordu. Osman gene bir pislik yapmıştı. Dişlerini uzun uzun fırçaladıktan sonra, bir çırpıda soyunup pijamalarını giydi. Yatağına girdiğinde "Kırmızı Şapkası" başındaydı...

"***Aykızı*** burada mısın?" diye fısıldadı...

"Evet Osmanım, burada seninleyim Aşkımm..." diye cevapladı ***Aykızı***...

Osman kollarını geriye atmış, şapkasının üzerinde kavuşturarak şapkasına sarılmış durumdaydı... Ayaklarını ayak ayak üstüne atmıştı. Sağ ayağını havada sallıyordu.

Sonra Osman, sağ ayağını havaya kaldırarak, ayak baş parmağını gererek ileri çıkartıp, kapının üstünde duvarda, kapı kirişinin üzerine uhuyla yapıştırılmış bir kağıdı işaret etti: "Baba gene benim uhum ile duvarıma bir şey yapıştırmış" dedikten sonra sordu:

"*Aykızı*... Bu kağıtta ne yazıyor?"

*Aykızı*'nın ses tonu bir an için değişti ama hemen toparlanarak hüzün dolu tonunu neşeli ve şakacı bir tona çevirdi.

"O kağıtta bir dua yazılı Osmanım"

"Nasıl bir dua *Aykızı*" diyen Osman devam etti.

"Onu bana okuyabilir misin lütfen..."

Osman'ın yüzündeki muzip ifade yok olmuş ve var oluşun tüm gizemini sorgulayan bakış ifadesi göz bebeklerine ve kaşlarına yerleşmişti.

Osman şapkasına sıkı sıkı sarılarak tekrarladı:

"Lütfen, onu bana okuyabilir misin rica etsem... Çok merak ettim dostum, bana ne yazmış..."

*Aykızı* yavaşça fısıldadı...

"Sarıl bana aşkımm ve dinle... Bu çok güzel bir dua... Osman! Dua nedir biliyor musun?"

"Evet" diye konuştu Osman. "Allah'tan istediklerimiz. Dostum bana, Allah'tan bile bir şey isterken, lütfen demeyi unutma demişti ama *Aykızı* anlayamadığım bir şey var! Niçin Allah'tan istediklerimizi anlayamadığım, söyleyemediğim kelimelerle istemek zorundayız? Allah Türkçe bilmiyor mu?"

Bu sual öylesine samimi olarak altı yaşındaki bir çocuk yüreğinden sorulmuştu ki *Aykızı*, Osman'ı ruhsal bağrına bastırdığında Osman'ın gözkapakları bu kucaklaşmanın ruhani mutluluğundan ağırlaşmıştı.

Uykulu bir ses tonuyla devam etti Osman: "Anlat *Aykızı* bana, o yazıda anlatılanı anlat..."

*Aykızı* derin bir soluk aldı. Sonra, Osman'ın ruhunun derinliklerinde yankılanarak çoğalıp onun mutluluk ve huzur içinde çabucak uykuya dalmasına neden olacak şu sözleri, Osman'ın anlayacağı şekilde Türkçe olarak söyledi:

***"Rahman ve Rahim olan Allah'ın adıyla..."***
***Allah'ın gazabından, azarlamasından, kullarının kötülüklerinden şeytanların vesveselerinden ve o şeytanlarla birlikte olmaktan uzak olmak için; yüce Allahın, noksansız ve mükemmel isimlerine sığınırım... Amin..."***

Osman, bu sözleri ruhunda işitmişti... **"Rahman ve Rahim olan Allah"**ıyla cümlesini duyduğunda "*Aykızı*... *Selin*'i hatırladım... Bu cami duası" dedikten sonra derin bir iç çekişin ardından derin uykuya dalmıştı...

Osman rüyasında, Beykoz Mahmut Şevket Paşa'daki yeni evlerinin bahçesinde yer alan "Koyun odası"ndaydı. Evde yaşamakta olan herkesin kendine ait bir odası vardı. Kendisinin, ablasının, anne ve babasının, tanıdığı, sevdiği herkesin, anneanne, babaanne, büyükbaba... Herkesin...

Hatta ineğin, koyunun, tavukların ve kazların dahi birer odası vardı. Osman, mutluydu... Sevdikleriyle birlikte yaşıyordu...

Koyun yerde, samanların üzerinde yatıyordu... Osman koyunun baş ucundaydı ve onun başını kucağına almıştı. Parmak uçlarıyla koyunun başını seviyor ve ona "Merak etme, birazdan yavrunu öpeceksin, o senden çıkıp senin yanına gelecek. Biraz su ister misin? İçersen iyi gelir canım" diyerek koyunun doğum yapmasına yardımcı olmaya çalışıyordu. Babası, veteriner, herkes, hepsi dünyaya yeni gelecek aile ferdini merakla bekliyorlardı...

Nihayet beklenilen an geldi ve beklenilen dünyaya geldi. Bembeyaz minik bir kuzu... Yavru hemen kesesinden çıkartılarak yalaması için anneye uzatılmadan önce, baba ıslak yavruyu ellerine alıp önce Osman'a uzattı... "Osman'cığım, onu tut ve annesinin önüne koy. Yalnız önce onun burnuna nefesini ver hoh yap, sonra avucunu yala ve burnuna sür. Senin kokunu alsın. Böylece hem seni hem de annesini, anne gibi tanır ve iki annesi olduğunu düşünerek çok mutlu olur..." diye konuştu.

Osman gülümseyerek "Tamam" derken babasına bakarak "Ablam gibi, değil mi dostum. Onun da iki annesi var... Işık annesi ve Ebru annesi... Baba... ***Selin*** doğduğunda Işık annesinden, Ebru annem. ***Selin***'in ağzına 'Hoh' yaptı mı?.."

Adam güldü...Osman'ın böyle bir şey söyleyebileceğini tahmin edememişti. Ne söyleyeceğini bilemediği için hep bu tür sıkışık anlarda söylenen klasik şeyi söyledi...

"Haydi oradan... ***Selin*** kuzu mu, insanlarda böyle şey yapılmaz. Ciddi olalım tamam mı dostum!"

"Söylediğim şey sadece hayvanlara, memeli hayvanlara yapılır... Sahibini benimsesin diye... Şimdi kuzuyu annesinin başucuna, göğsüne, ağzına yakın yere koy da yavrusunu öpüp yalasın. Hadi koy, lütfen..."

Osman, kuzuyu ellerine alıp, burnuna "Hoh" dedikten sonra tükürüğüyle ıslattığı avucunu kuzunun burnuna sürdü. Kuzu hemen burnunu yaladı.

Kuzunun beyni, Osman'ın nefesinin, elinin ve tükürüğünün analizini yaparak Osman'ı "Anne 1" diye kayda aldı: Sonra kendi annesinin analizini aldıktan sonra beyin bir an düşünüp, hayat dosyasına "ÖZ ANNE" diye başlık attı...

Osman, ellerine baktı "Ellerim ıslandı, iğrenç" dedikten sonra ellerini babasının gömleğinde kurularken gülmeye başlamıştı. "Tamam! İşte şimdi ellerim temiz ve kuru" ablama haber vermek istiyorum diyerek dışarıya, eve doğru koştu.

Arkasından seslenerek "Ellerini yıka tamam mı?" diye bağıran babasına durarak "Olur" dedikten sonra hızla eve girip, önce mutfağa yöneldi.

Ellerini evyede yıkadıktan sonra, havluya kurulayıp hızla üst kata oradan da çatı katına tırmandı. Merdivenleri öylesine hızlı çıkmıştı ki, ablasının odasının kapısı önünde durduğu minik kalbi hızlı bir ritimde atıyordu.

Nefes nefeseydi... "***Selin***!" diye seslendi, Kapıyı yumruklamaya başladı. "***Selin***, aç çabuk gel... ***Selin***, koyun yavruladı. Gelebilir miyim..."

İçeriden ***Selin***'in sesi yükseldi. "Tabii Osman'cığım, gelebilirsin aşkımmm..."

Osman'ın kapıyı açarak içeri dalması bir oldu.

"Çabuk gel" diye bağırdı Osman... "Kiraz"ın yavrusu oldu. Dut gibi... Minik bir kuzu... Çabuk gel... Onun burnuna 'Hoh' de, burnunu yala seni annesi sanır... Hadi ***Selin,*** çabuk ol..."

***Selin*** hemen yerinden fırladı. Abla-kardeş merdivenlerden aşağıya hızla inerek, koyunun, Kiraz'ın, yanına gittiklerinde Bayan Kiraz, yavrusu "Dut"u emziriyordu.

Osman, ablasının kucağına yaslandı. Abla-kardeş, Bayan Kiraz'ın başını severken bir süre süt emmekte olan kuzuyu seyrettiler.

Güneş, dağların ardında batarken, geride kalan turuncu pelerinin eteklerinde çekip aldığında, gece karanlığı bastırmaya başlamıştı...

Gecenin koyu mavi battaniyesi, dünyanın üzerini ve gökyüzünü kapladığında abla-kardeş elele evlerine geri dönüyorlardı...

"***Selin***... Beni yemekten sonra sen yatırır mısın lütfen..." diye sordu Osman...

"Tabi aşkımmm... Sana kitap ta okurum, sabah kahvaltısını da hazırlarım... Kahvaltıdan önce kuzuyu görmeye birlikte gideriz... Sonra seni servisine bindiririm... Anlaştık mı canım..." diye cevapladı ***Selin***...

"Anlaştık ***Selin***" Osman'ın iki kelimelik cevabı kısa ve teslimiyet içeren tondaydı...

Ablasının kucağında uyudu, kucağında yatağına yatırıldı...

Osman'ın uyumasından ve pencereden dışarı sızan aydınlığın kararmasından sonra, çatı katındaki orman içi gölete bakan ve önü ince uzun dikdörtgen saksıdaki uzun boylu begonyalarla kaplı ufak çatı katı penceresi aydınlandı...

Pencereden dışarıya, gökyüzüne doğru pırıltılarla ışıldayan ince uzun bir yol, bir koridor şeklinde aydınlanarak, sonsuza dek uzandı...

Bu aydınlığın bir bölümü, hala süt emmekte olan kuzuyla annesini aydınlatmıştı.

Uzaklardan, tepelerin ardından bir yerden gelen çakal sesi, saka ve cırcır böceklerinin nağmelerine eşlik ederken, çevreyi yoğun bir yasemin kokusu kapladı.

***Selin*** pencerede belirdi... Sonra kanatları açılmış pencerenin önünde duran ***Selin***, kolları iki yana açılmış bir halde, pırıltılardan oluşan koridorun içerisinden, beyaz, uzun ve bol geceliğinin etekleri uçuşarak sessizce havalandı ve gökyüzüne yükseldi...

Gökyüzünde bir ışıltı, parıldayan nokta halinde kaybolurken, ***Selin***'in eteklerinden uçuşarak çevreye yayılan minik yıldız zerrecikleri tüm evrene bir sevgi yağmuru olarak yağıyordu. Osman huzur içinde, minik kuzu karnı doymuş, mutlu bir şekilde uyuyorlardı.

# GELECEĞE YÜRÜYÜŞ 19

## ONYEDİNCİ GÜN

***Özel İdare Termal Oteli***
***Kızılcahamam 23 Haziran***

Uyanır uyanmaz, bornozunu giyen adam, otelin odasını hafifçe aralayarak, koridorda kendisini fotoğraf makinesiyle bekleyen acar muhabirin orada olmadığından emin olduktan sonra hızla asansöre daldığında rahatlamıştı acar muhabiri atlatmıştı.

Havuz katında durduğunda, soyunma odasına girerek peştemalini beline dolayarak odanın kapısını açtığında "Mustafa Bey günaydın" diyen sesi duyduğundaysa gözlerini kapattı, yakalanmıştı.

"Günaydın" diyerek, havuzun kapısını açıp kendisini termal sıcak su kaynağından çıkan sıcak sulara bıraktığında, acar muhabir fotoğraf makinesinin buharla kaplanan merceğini silmeye çalışıyordu.

Önünde uzanan 18 saatlik zaman dilimini dinlenerek ve şifalı kaplıca suyunda yaradılışın özüyle bütünleşerek geçirmeyi amaçlayan adam için gün sürprizle dolu olarak başlamıştı.

Termal suyun verdiği şifa dolu enerjiyle odasına çıkarak giyinip kahvaltıya inen adam, Kızılcahamam kaymakamı ve belediye başkanı ile yaptığı mükellef kahvaltıdan sonra; Kızılcahamam Belediye Başkanı'nın özel olarak çağırdığı sağlık ekibi tarafından sağlık taramasından geçirildi. Ayaklarına pansuman yapıldı ve kalp elektrosu çekildi.

Adamın sağlık sorunu yoktu. Ayaklarındaki yaralar ise beklenenin çok altındaydı, önemsizdi... Sağlık ekibinin odayı terk etmesinden sonra bir süre dinlenen adam, günün geri kalan bölümünü kendisini İstanbul, Ankara ve İzmir'den görmeye gelen ve evlatlarını trafik kazasında kaybeden anneler ve babalarla birlikte geçirdi.

Gazeteciler ve televizyoncular otelden ayrılıp kendisini yalnızlığıyla başbaşa bıraktıklarında adam, Kızılcahamam Orman İdaresi'nde görevli korucunun, kendisine sazıyla verdiği özel konserin anılarıyla doluydu. Orman bekçisi olan bu halk ozanı, "120"yi aşkın özgün eseri olan kıymetli bir sanatkardı ama ruhu Kızılcahamam'ın çamlarının, fidanlarının ve doğal hayatının korunmasına adanmıştı.

Sazı da, yaşantısı da, kişiliği de, çevrenin, doğal hayatın korunmasına amaçlanmıştı...

Adam gözlerini kapattı. Aklına kızı gelmişti. Annesinin hamileliği, İstanbul Pakize Tarzı Kliniği'ndeki doğumu, sonra bebekliği, sonra büyümesi ve sonra ölümü...

Adam uyumuştu. Adam düşüncelerinin azabından uykuya sığınarak kaçmıştı...

## *GÜNBATIMI ÖYKÜLERİ 16*

### *BURUŞUK SAÇLAR*

***"KAYBEDECEĞİNİ BİLSEYDİM
HİÇ DOĞAR MIYDIN"***

***Doğumunu heyecanla beklerken sevinçliydim
Kucağıma aldığımda ise "İşte yaşam amacım" dedim
Seni kaybedeceğimi bilseydim hiç doğar mıydım...
Bizi kaybedeceğini bilseydin hiç doğar mıydın...***

***Kaybedeceğimi bilseydim seni, hiç doğar mıydım...
Seni kazandığımda kaybetmenin acısını hiç yaşar mıydım...
Kaybedeceğini bilseydin bizi, hiç doğar mıydın...
Kaybedeceğimi bilseydim seni, hiç doğar mıydım...***

***Kaybedeceğini bilseydin bizi, hiç doğar mıydın
Kaybedeceğini bilseydin aşkını, hiç doğar mıydın
Söyle aşkım, sorsalardı sana, evet der miydin
Kaybedeceğini bile bile, hiç doğar mıydın***

***Söyle aşkım söyle, yavaşça fısılda kulağıma...
Mutlu muydun bizle, onunla, kısacık yaşamında...
Söyle aşkım söyle, fısılda yavaşça kulağıma
Kaybedeceğini bilebilseydin bizi ve onu hiç doğar mıydın?***

***M. Boray Uras***

***Kasım, 1981 – Ankara – Kavaklıdere – Bülten Sokak...***

Kasım ayının kararsız sıcaklığı ve soğukluğu Ankara'nın üzerine oturmuştu. Güneşte sıcak, gölgede soğuk olan hava, donuk gri yağmur bulutları ve kalorifer bacalarından çıkan kömür ve çiğ mazot kokuları arasında, bir çanağın ortasinda yer alan Ankara'nın havasını öyle kapalı ve kasvetli hale getiriyordu ki, Atina'nın temiz, güneşli ve esintili havasından, uzun yıllar sonra Ankara'ya gelen ***Selin*** üst solunum yollarından devamlı rahatsızlık içerisindeydi.

Babasının aşırı sabun kullanarak, cilt florasını yok etmesinden kaynaklanan popo pişikleri uzun süreli tedavi sonrası yok olmuştu.

***Selin*** dört yaşına yaklaşıyordu. Gün boyunca kapıya bakarak babasının gelmesini bekleyen ***Selin***, babası kapıdan girer girmez babasının zor anladığı kelimeler ve seslerle gün boyunca başına gelenlerle başından geçenleri babasına heyecanla anlatıyordu.

Bir cumartesi akşamı ailece opera binasının karşısında yer alan ve "Hergele Meydanı" "İtfaiye Meydanı" olarak adlandırılan yerde yer alan Bursa-İskender Kebapçısı'na İskender kebabı yemeğe gitmeye karar verdiler.

Kebapçı doluydu. Üç kişilik masa bulan aile siparişlerini verdi. ***Selin*** masaların arasında dolaşıp, herkese bir şeyler anlatmaya ve her masadan kendisine uzatılanları yemeye başlamıştı.

Aniden bir çocuk çığlığı duyuldu. Adam ve anne çığlığa doğru koştular. ***Selin***, bir minik kız çocuğunu duvara yapıştırmış habire saçlarını çekiştirip duruyordu! Çocuğu, ***Selin***'in elinden kurtaran aile, ***Selin***'i alıp sandalyesine oturttuklarında sordu: "Kızım niye kardeşin saçını çektin?" Aldıkları cevap trajı komikti: "Saçları buruşuktu, düzelttim..."

## *GELECEĞE YÜRÜYÜŞ 20*

### *ONSEKİZİNCİ GÜN*

***Kızılcahamam-Kazan***
***24 Haziran***

Şifalı kaplıca suyunun sakinlik ve rahatlık veren etkisiyle tüm gece boyunca derin uykuda olan adam, uyandığında yeni bir yürüyüş gününe "Günaydın kızım, doğum günün kutlu olsun" diyerek başladı.

Rahat ve esnek hareketlerle yataktan doğrularak banyoya gitti. Adamın rahat ve esnek hareketler olarak tanımladığı hareketler aslında robot tasarımında, tasarımcılara ilham kaynağı olacak şekilde rahat ve esnekti. Adam için bu hareketler esnek ve çevikti.

Hızla duş alıp, giyindi. Yola hazır hale gelince eşyalarını toplayarak kahvaltı salonuna indi.

Kaymakam ve belediye başkanıyla kahvaltısını yaptıktan sonra sırt çantasını yüklenerek Kaymakamlık Binası'na kadar birlikte yürüdüler.

O gün özel bir gündü. ***Selin***'in doğum günüydü.

Duygusal bir törenle Kızılcahamam Kaymakamı'nın ***Selin***'e armağan ettiği "SARIÇAM" fidanı kaymakamlık binasının bahçesine törenle dikildi. Adam kızı için ikinci kez küreği eline alarak açılan çukura toprak dolduruyordu.

Kızı için açılan ilk çukura kızını yerleştirerek üzerini toprakla dolduran baba, kızının anısına açılan ikinci çukura da, kızının anılarını ve manevi varlığını temsil eden sarı çam fidanını yerleştirdikten sonra üzerini toprakla dolduruyordu. Her iki toprak da gözyaşıyla sulanmıştı.

Yalnız yürüyen adam, kızının anılarıyla dolu olarak yalnız yürüyüşüne devama başlarken saatler 10:30'u gösteriyordu.

Adam herkesle kucaklaşarak veda ettikten sonra dönüp arkasına baktı. Hemşerileri tebessüm ve sevgiyle ona el sallıyorlardı.

Adam elini kalbinin üzerine götürerek, kendisine ailece büyük bir ilgi ve yakınlık gösteren Kızılcahamam Kaymakamı'na kendisine aynı ilgi ve yakınlık göstermeye ilave olarak kendisini fahri hemşeri ilan eden Belediye Başkanı'na ve herkese yürekten sevgi ve minnet duygularını gönderdi.

Başını önüne eğerek, tekrar her adımı bir fatiha olarak yürüyüşüne, tesbihine devam etti...

Bir sonraki konaklama hedefi KAZAN ilçesiydi...

Ankara'ya üç günlük yürüyüş mesafesi kadar yaklaşmıştı.

Anne, baba, çocuklar ve politikacıların kendisine olan ilgisi her an artıyordu. Bu artışa paralel olarak da medyanın ilgisi öylesine artmıştı ki, adam önünde yol almakta olan medya mensuplarına ait araçların yarattığı trafik tıkanıklığından sık sık durmak, yavaşlamak veya önünde duran aracın açık penceresinden çekim yapan kameramanın çevresinden dolaşarak yürümek zorunda kalıyordu.

Birinci viteste yol alan araçların yoğun egzost dumanı ve kokusu yalnızca adamın çevresini sarmalamakla kalmıyor, başlamış olan Anadolu bozkırına da yayılıyordu.

Adam, durarak ellerini havaya kaldırdı: "Lütfen, bana yürümem için yol, soluk almam için temiz hava sağlar mısınız!"

Trafik polislerinin yardımıyla medya araçları uzaklaştırıldı.

Ağırlıkları batarya tiplerine göre 17 ila 22 kilogram arasında değişen kameralar sağ omuzlarında olduğu halde öne-geriye koşturmakta olan kameramanlar ve muhabirler aşırı sıcak ve rampaların etkisiyle nefes nefeseydiler.

Adam öyle hızla yürüyordu ki, mesafeyi iyi zamanlayamayan muhabirlerin yanından anonsun başında ve ortasında geçip gitmesinden mutlu olmayan muhabir tekrar öne koşuyor, konuşmasını sürdürürken adamın yanından hızla geçip gitmemesi için gereken mesafeyi hesaplamaya çalışıyordu. Bu mesafe zamanlaması da tekrarlanan hayal kırıklıkları içerisinde çok zordu.

Sonuçta muhabir ve kameramanlar, uzakta sabit durup zoom ile anons yapma tekniğini geliştirmişlerdi.

Hava sıcak, güneşliydi. Yürürken hissedilmiyordu ama inişler veya akışlar, uzun mesafeler içeren tepelerin tatlı görülen meyillerinden dolayı yorucu, terleticiydi.

Kızılcahamam'ın bol oksijenli, serin, çam kokulu doğa harikası manzaralı yolu, geniş stepleri oluşturan iri dalgalı tepeciklerle yer değiştirmişti. Yer yer erozyona uğramış toprak örtüsünden havalanan pudramsı tozlar, esen rüzgarın da etkisiyle öylesine güçlü olarak adamın yüzünü, kollarını kamçılıyordu ki yürüyüşünden önce aldığı aşınmaya, çizilmeye karşı dirençli özel bir maddeyle kaplanmış dört veya beş sene ömürlü olduğu satıcısı tarafından söylenen gözlük camları, o günkü yürüyüşün sonunda, adeta buzlu cama dönüştüğü için kullanılamaz hale gelmişti. Aradan ancak bir sene geçtikten sonra adam camlarını yenileyebildi. Özel camlar çok pahalıydı...

Bir petrol istasyonunun çıkışındaki genişlik ortasına geldiğinde, beyaz bir arazi aracının içerisinden çıkan hakim beyaz renk üzerine renkli şeritlerle desenlendirilmiş eşofman giymiş adam, yürümekte olan adamın yanına yaklaştı.

"Mustafa, merhaba ben Oğuz Haksever 1969 Hava Harp Okulu, nasılsın arkadaşım?"

Yürüyen adama tanıdık gelen sima, adamı bir anda eskiye, altmışlı yılların sonuna, İstanbul Yeşilköy'de ikinci mezunlarını vermeye hazırlanan Hava Harp Okulu'nun içtimalarına, eğitimlerine, derslerine ve asla unutulmayan hep ilk günkü coşkulu, hüzünlü gençlik günlerine geri götürdü...

"Oğuz, arkadaşım! Nasılsın, seni yerde değil havada görmeyi umardım!" diyen adama arkadaşı, yanında, ona yürüyerek eşlik etmeye başlamıştı. "Pilotluğu binbaşı rütbesinde emekli olarak bıraktım. İş hayatını da yavaşlattım. Artık kendimi, yaşamı yaşamak için emekliliğe hazırlıyorum. Kazan'da yazlık evim var. Ben ve ailem bu gece misafirimiz olmanı istiyoruz." diye konuştu OĞUZ HAKSEVER. Adamın reddetmesi mümkün değildi. Hiçbir asker arkadaşını reddedemezdi. Bu, anılarına ve o yıllarda kader birliği yaptığına inandığı arkadaşlarının dostluklarına ihanet olurdu.

"Tabii", dedi "Memnuniyetle..."

"Tamam Mustafa, Kazan'ın girişinde seni bekliyor olacağım arkadaşım. Şimdilik hoşçakal." Dedikten sonra uzaklaştı.

Adam, gözlerini havaya kaldırdı. Hallaç'ın kirişinden havaya savrulan taze geniş, yumak yumak bembeyaz pamuk elyafları, öbekler halinde gökyüzüne dağılmışlardı.

İri, geniş ve kalın beyaz bukleler halinde gökyüzüne serpilmiş beyaz pamuk yığınlarından ikisinin ortasından ve aniden üç nokta halinde belirecek sonra kulak yırtıcı çelikten çığlıklarıyla başının üzerinden hızla geçerek onu varlıklarıyla kurtuluşa doğru inanç ve yön tazelemede güçlendirecek olan çelikten kanatları güneş ışığında bir kılıç ışıltısıyla ışıldayacak kartalların gelişini görür gibi oldu...

Bulut, kartalların önüne geçerek onları gözden uzaklaştırdı. Mürted ovasına doğru yol almakta olan leylek sürüsünün tecrübeli öncüleri, sürünün önünde sıcak hava akımlarını araştırarak, yükselmelerini sağlayacak olan türbulans arayışlarına devam ettiler.

Güneş, adamın ardında batmaya hazır hale geldiğini kaybolan kavuruculuğu ve turuncuya kaçan rengiyle belli ediyordu. Yürüyen adam bunu görmüyordu, onun gördüğü şey önünde uzayan gölgesiydi.

Artık vakitleri gölgesinin uzunluğuyla isabetli olarak tahmin eder hale gelmişti.

Saat 18:00-18:30 arasında olmalıydı... Sekiz saate yakın yürüyordu. Röportajlarla dolu molaların uzunluğu, yol alma zamanını uzatıyor, yol alma mesafesini kısaltıyordu. Uzayan her molada iyice soğuyan ve şişen kaslar, adamın her mola sonrasındaki yürümeye ilk başlangıç adımlarını tahammül edebilmesi için dişlerini sıkması gereken acı ve zorluk dolu, sakar ve paytak hareketlere döndürüyordu.

Adam yorulmuştu. Kazan'a kadar durmamaya karar vermişti. "Böylelikle" demişti, "O ızdıraptan kurtulmuş olurum..."

Aşmakta olduğu tepenin ardındaki geniş kavisli yolun, ufukta gördüğü tepenin ardında düzleşerek, Kazan ilçesini kuşbakışı görebileceğini ve daha sonra bir kavşakta kendisini bekleyen arkadaşı Oğuz Haksever'in elini sıkarak "Hoşgeldin" deyişiyle karşılanacağının henüz farkında olmayan adam, sonu gelmeyecekmiş gibi görünen yolu yürümeye devam ediyordu...

"Hoşgeldin arkadaşım" diyen Oğuz, Mustafa'nın elini sıktığında, adam yorulmuş ve susamıştı...

Konvoy, D-100 yolundan ayrılarak toprak bir yoldan güneye döndü sonra güney batıya ve sonra Mürted ovasının batısında, geniş bir tepenin üzerinde yeni inşa edilmiş, çimlerle, çiçeklerle bezenmiş geniş bahçe içerisinde yer alan oldukça şirin bir villanın kapısından içeri girdi.

Tepedeki sessiz, asude ortamda yer alan villanın önü bir anda polis otoları, televizyon canlı yayın aracı ve çok sayıda gazete muhabirinin aracıyla dolmuş, evin önü, içi, bahçesi insanlarla panayır havasına bürünmüştü.

Oğuz Haksever ve ailesi eşsiz bir konukseverlik ve mükemmel bir ev sahipliği içerisinde herkese su, çay, kahve ve meyva ikramına başlamış, canlı yayın röportajı için hazırlık yapan teknik ekibe her türlü alt yapı ortamını hazırlamıştı.

Sonunda gecenin yalnızlığı, binlerce ışıltıyla yanıp sönmekte olan gökyüzünün esintili karanlığı tepe üzerindeki villanın terasında kurulu masada akşam yemeğini gece geç saatte yemekte olan adamın, yol arkadaşı Erhan'ın ve Haksever ailesinin üzeine çökmüştü.

Canlı yayın ekibi gitmiş, geride yalnızca varlıklarıyla ortama renk, esprili anlar katan, son derece renkli, karizmatik bir kişiliğe sahip, en değerli televizyon muhabirlerinden birisiyle kameraman arkadaşı kalmıştı. Aile ortamı ve esprileri içinde geçirilen hoşça anılarla dolu ve TV için alınan arşiv kayıtları arasında yenilen meyva ve içilen kahvenin ardından, gazeteciler iyi geceler diyerek ayrılmış; birbirlerine iyi geceler dileyerek, kendilerine tahsis edilen odada yataklarına uzanan iki adam, yorgunluktan hemen uyuya kalmışlardı.

Adam, Kuzey Afrika çöllerinde susuz ve güneşten kavrulmuş olarak yürüyordu...

## GÜNBATIMI ÖYKÜLERİ 17

### *"LÜTFEN UNUTMA... ÇOCUĞUM, ANNEM VE BABAM SANA EMANET..."*

***Frene dokun, hızını kes, aynayı kontrol et...***
***Lütfen unutma çocuğum, annem ve babam sana emanet...***

***Bu sabah uyandığımızda gülüyorduk, kahvaltı ederken,***
***Mutluyduk, coşkuluyduk, umutluyduk gelecekten***
***Çok şeyi hayal ediyorduk, el ele tutuşmuş koşuyorduk***
***Çimenlerde, bulutları seyrederken rahmetle ıslanıyorduk***

***Frene dokun, hızını kes, aynayı kontrol et...***
***Lütfen unutma, çocuğum, annem ve babam sana emanet...***

***Yarın sabah uyanabilirsin belki pişmanlık içinde hücrende...***
***Mutsuz, umutsuz, coşkusuz, kaygılı geleceğinden***
***Hayal edebilirsin ancak, elele tutuşmayı sevdiğinle***
***Çimene uzanmayı, gezmeyi, eğlenmeyi, soğuk demiri seyrederken...***

***Frene dokun, hızını kes, aynayı kontrol et...***
***Lütfen unutma, çocuğum... Annem ve babam sana emanet...***
***Yüzünü çevir mezarlığa gören gözle ve ibretle seyret...***

***Ezanda gizli sesi duy, öğüde kulak ver***
***Alkollü araç kullanma yavaşla, yol ver***
***Frene dokun, hızını kes, aynanı kontrol et***
***Lütfen unutma, çocuğun, annen ve baban, bana emanet...***

***M. Boray Uras***

## *"EL ALAMEYN"*

Adam, Kuzey Afrika çölünde saatlerdir yürüyordu. Terlemiş ve susamıştı...Alev almazlık özelliği kazandırılmak amacıyla asitborikle emprenye edilmiş, açık bej renkli pamuklu yelken bezi kumaşından imal edilmiş uçuş tulumunu çıkartıp, paraşütü ve uçuş başlığıyla birlikte kuma gömeli saatler olmuştu.

Bileğindeki kol saatinin deri kılıfının kopçasını çekerek, kadranın üzerindeki koruyucu bölümü havaya kaldırıp, saatinin fosforlu kadranına baktı.

Sabahın ilk ışıklarının kendisine ulaşmasına daha dört saat vardı. Hızını arttırmak zorundaydı...İlk gün mümkün olduğu kadar uçağının enkazından uzakta olmak zorundaydı...

Çöl gecesinin esintisiz soğukluğu bile yıldız ışığı ve ay ışığıyla pırıldayarak yıkanmakta olan çöl kumları üzerinde yürüyen adamın terlemesini önleyemiyordu. Adam, endişe ve korku içerisinde hızlı adımlarla yürüyordu.

Durdu... Belinde taşıdığı mataradan su içti. Henüz tuz tabletlerini yalamak zorunda değildi. Ağzına bir asprin tablet atarak çiğnemeye başladı. Başı ağrıyordu...

Ayağına baktı... Baldırındaki kanamanın durduğunu siyahımsı görünen kan lekesinden anladı. Sargının üzeri ıslak değildi ve leke kırmızımsı değil siyahımsıydı. Kanama durmuştu... Asprinini içebilirdi.

Bacağının üzerindeki prezervatifin gerilmiş düğümü arasına sıkıştırılmış metal kaşığın sapını kurtararak prezervatifi gevşetti. Kan dolaşımının geri gelmesi gerekiyordu. Prezervatif... Savaşta güvenli seks dışında da çok işe yarıyordu... Başına gelebilecek şeylerin en kötüsü, yaranın çevresindeki et ve deri renginin mordan kahverengiye dönüşmesini izlemekti. İğrenç kokusu, yarasının kangrene, daha da kötüsü gazlı kangrene dönüştüğünün ilk belirtisi olacaktı...

"Yarın sabah" diye düşündü "Bu yarayı dağlamam gerekebilir ama önce havada ve yerde 'kraut'ların olmadığından emin olmalıyım... Bu nazilerin ne zaman ve nereden çıkacağı belli olmaz. Çöl tilkisine yem olan bir çöl faresi değil, bir çöl yılanı olmalıyım... Arkasında iz bırakmayan, çölle bütünleşmiş ve gerçek fare yiyen..."

Fare yemek zorunda olduğunu biliyordu ama aynı zamanda onu yakalama fırsatını kaybettiğini de biliyordu...

Çelik miğferini uçak enkazından alma fırsatı olamamıştı. Oda arkadaşları gibi, çelik miğferini göğsüne yapıştırarak uçuşa çıkmalıydı. O, göğsüne almak yerine kuyruk bölümünde yer alan "Kargo kompartımanına" koymayı tercih etmişti...

Uçağı yere çakıldığında kopan kuyruk bölümünden fırlayan miğfer, enkazdan arta kalanlar içerisinden işe yarayabilecek şeyleri almaya giden adamdan en az 800 metre uzaktaydı... Çelik miğfer olmadan ne su ne de yiyecek fare veya çöl yılanı yakalayabilirdi.

Gece duran rüzgar sabah tekrar, kumun ısınmasıyla beraber sıcak olarak esecek ve kum tepeciklerinin hem yerini değiştirecek hem de gömdüğü teçhizatı ortaya çıkartacaktı.

Enkazda bulunmayan ceset çevrede araştırılacaktı. Paraşütü onun varlığını ve hayatta olduğunu kanıtlayacaktı. Rammel'in gestaposu da onu ele geçirerek bilmediklerini öğrenmek, bilinenleri de bilmek zorunda olarak onu konuşturacaklardı...

Konuşacağını biliyordu. Hiç kimse, Nazi olup üstüne gestaponun özel konuşturma birliğinde yer alan bir diş doktoru kadar başarılı konuşturmacı olamaz denilmişti kendilerine. Siyanür hapını kontrol etti. Gömlek yakasının ucundaki özel poşetinin içerisinde sağlam durumdaydı...

Konuşmama ve her türlü sıkıntıdan, dertten, işkenceden kurtuluş için ötönazi yapmanın en emin ve kestirme yol olduğu öğüdü verilmişti.

"Nasıl olsa öleceksiniz... Bu savaş bitmeden benim ve onun öleceği gibi..." "Ben" demişti eğitim subayı "Kendi hesabıma şöyle düşünüyorum" diyerek konuşmasını sürdürmüştü... "Düşmanımı da ben öldürürüm, kendimi de. Böylesi hem düşmanım hem de benim için çabuk, acısız ve kesin bir ölüm olur... Öldürmeyi de bilin, ölmeyi de... Zamanı geldiğinde ölüme teslim olun... Şerefinizle, onurunuzla ve becerilerinizle... Sizler, kasap olarak değil, savaşçı olarak eğitiliyorsunuz... Nereyi nasıl keseceğinizi veya deleceğinizi iyi bilin ki sizin için de, düşmanınız için de ölüm, acısız ani ve onurlu olsun...

Unutmayın, savaşta bile, niçin ve nasıl öldürdüğünüz sizin kahraman veya fırsatı yakalamış iyi vakit geçiren bir psikopat seri katil olduğunuz şeklinde tanımlanarak ödüllendirilmeniz veya yargılanarak idam edilmeniz için yeterli ve iyi bir neden olacaktır.

Adamın yegane endişesi, baldırındaki yaranın kangrene dönüşmesi veya miğferi olmadığı için su ve fare elde etme imkanını kaybetmesi değildi... Gece onun için rahat olduğu kadar, Almanlar için de o kadar rahattı. Gece devriye uçuşu veya kendisi gibi keşif uçuşu yapan uçakların pervane sesleriyle, motorlu araç sesleri ve çelik tırtıllı tank veya paletli çöl motorsikletleriyle personel taşıyıcılar, soğuk ortam ve çöl kumları arasında çok uzaklardan işitilebiliyordu... Yol almak ve gözden uzak olmak için de intikaller ve araştırma için ideal zaman özelliğini taşıyordu.

Sabah esen rüzgar, gece boyunca bırakılan izleri silecekti. İzleri araştırmanın en iyi zamanı geceleriydi. Ayrıca gün boyunca oynayan kumların açığa çıkardığı mayınları da yeniden kumla örtmek gerekiyordu.

Adamın bakışları kum üstünde dik duran tekli veya üçlü dikenler, tepecikler arıyordu. Mayın detanatörlerini... Kulakları ise gece devriyesinde olan Alman çöl devriyeleriyle keşif uçaklarının motor seslerini duymak için havayı ses duyabilmek amacıyla tarıyordu.

Yere uzanmış, kumların üzerine yerleştirdiği matarasını çelik maşrapasından kumdan yansıyan sesi dinleyerek kaynağını keşfetmeyi çalışırken aniden, kulağını yasladığı şeyin farkına vardı: Çelik matara maşrapası. O çelik miğfer için endişeleniyordu...

"Koca bir salağım ben" diye düşündü "Su kabı elimin, kulağımın altında ve ben miğfer diye hayıflanıyorum. Su kabım burada elimde" diyerek çocuk gibi sevindi..

Su toplamada en büyük derdi yok oldu aniden. Kendisini ümit içerisinde güçlü hissediyordu. Artık içmek için su, yemek için de fare ve yılan yakalayabilirdi...

Bir kum tepesinden yansıyan bir hırıltı sesi duyar gibi olduğunda durmuş, kumu dinlemeye koyulmuştu.

Geniş kum tepesinin ardındaki yüzde duran, yarım paletli Alman çöl iz araştırma devriye aracı da aynı hırıltıyı duyarak aynı anda durmuş ve devriye komutanı çavuş, elinde tuttuğu steteskopu, hunisini kuma gömmüş olarak sesin yönünü ve kaynağını tesbite çalışıyordu. Aynı şekilde İngiliz çöl devriye jipi de aynı nedenle durmuş, aynı şekilde dinleme yapıyordu. Tepeden, yukarılardan bakıldığında ilginç bir görüntü vardı...

Bir Amerikan pilotu, bir Alman ve bir İngiliz çöl devriyesi durmuşlar, büyük bir sessizlik içerisinde kumu dinliyorlardı. Bir şey duyamadılar. Kendi motorlarının yankısını duyduklarına hükmettiler. Adamsa bir anlam veremedi... Hepsi aynı anda doğruldular. İngilizler ve Almanlar araçlarına binip üçgenin orta noktasındaki buluşma noktasına değil, üç farklı ve birbirlerine ters olan uzaklaşma yönlerine doğru ilerlemek üzereydiler. İlk adımını atan adamın ilk adımında çalıştırılan motorların gürültüsü adamın kulağına geldiği anda adam, kendini yere yapıştırarak THOMPSON 45 kalibrelik makinalı tüfeğinin emniyet mandalını indirdi. Alman ve İngiliz çöl devriyeleri kendi araçlarının motor gürültüsü içerisinde, bir diğerini duymadan uzaklaşırken, adam panik halinde iki tepenin birleştiği derin yarığın tepe üstüne yakın bir yerde mevzilenmeye çalışıyordu.

Hafif zırhlı araçların motor gürültüsüne, MTU motorlu KRAUSS-MAFFEI yapımı ağır savaş tankları, panzerlerin konvoy halinde adama doğru yaklaşan ve yeri göğü titreten sesleri karıştığında, bu gürültü adamı panikletti. Adam hızla kendisini mevzilendiği yarığın içerisine atıp, üstünü kumla örtmeye çalıştı. Kumlar üzerine gelmiyordu... Adam kumları başının üzerine çekerek kendisini tank sürücülerinin gözlerinde görünmez hale getirmeye çalışırken...

Adam aniden uyandı...Tanklar yok olmuştu ama gürüldeyen motor sesleri hala odanın içerisindeydi... Adam, yastığı alarak başına sıkı sıkıya örttü. Erhan horluyordu...

"Horlamak suç tarifine girse ve desibel şiddetine göre hüküm verilse, Erhan, müebbeden zindanlık olur" diye düşünen adam, uyuyabilmek için Allah'a yalvarırken mucizevi bir şekilde uyuyakaldı...

# GELECEĞE YÜRÜYÜŞ 21

## ONDOKUZUNCU GÜN

### *Kazan-Saray-Sıla Oteli*

Tank motorlarının uğultulu homurtuları içerisinde gece boyunca uyumak başarısını mucizevi bir şekilde elde eden adam, yeni bir günün başlamasına ve uyumaya çalışmak yerine, yürüyüşüne devam edeceğine çok seviniyordu.

Erhan uyanmış ve güne pırıl pırıl, çıtır çıtır olarak terasta Oğuz ile çay sohbetiyle başlamıştı bile...

Tıraş olup giyinen adam, sohbete başlayarak ilk kahvesini yudumlarken kendisini Ankara'dan uzak son gecesine hazırlıyordu. O geceyi Saray ilçesinde geçirecekti. Sonra bir günlük yürüyüşün ardından Ankara Etap Altınel Oteli'ne varacaktı.

Adam, Oğuz, Oğuz'un eşi, Erhan ve Oğuz'un kızı hep birlikte yaptıkları mükellef kahvaltı ardından hüzünlü vedalaşma, adamın D-100 karayoluna çıkışıyla belleğinde unutulmayacak anılar bölümündeki müstesna yerini almıştı.

Adam, her zaman sergilediği tempo ve görüntüyle yürümeye devam etti...

Ardından polis araç sayısının neredeyse üç mislisi önündeydi. Polisler gene şoförleri uyarmak zorunda kaldılar.

Kamyon klakson sesleri, araçların klakson sesleri "Helal olsun sana" diye bağıranların, alkışlayanların, el sallayanların ve yol boyunca durup kendisiyle hatıra fotoğrafı çektirenlerin sayısı hızla artıyordu.

Hafta sonuna denk geldiği için yol boyunca uzanan dere kenarında piknik yapanlar, ayağa kalkıp kendisini sofralarını paylaşmaya davet ediyorlardı.

Kendisini ziyarete gelen politikacılar, başkanlar, milletvekilleri sayısında çoğalma vardı.

Adam sık sık durarak, yanına gelerek ona sarılanlara sarılmak, onu öpenleri öpmek zorunda kalıyordu.

Adam yorgundu... Zaman zaman köylerde ve dere boyunda oluşmuş olan doğal ağaçlarıyla yol boyunca dikilmiş hatıra ormanlarının dışında, çevresi ufka ve ötelere uzanan hububat ekim alanlarıyla bozkırdan ibaretti. Tozlu, kuru ve sıcak bir hava içerisinde yürüyüşüne devam ediyordu.

Asfalt yer yer erimişti, adamın botlarının altında oynuyordu...

Adam yürüyüşüne devam etti ta ki Saray ilçesi tabelasını görünceye kadar. Tabeladan sonraki kısa bir yürüyüşün ardından, içinde geniş, olimpik ölçülerde yüzme havuzu olan konaklama tesisinin kapısından içeri girdiğinde vakit gün batımına yaklaşıyordu. Saray ilçesinde Ankara'ya arabayla çok yakın olan bu tesisin sahibi, kendisini oğluyla kapıda karşıladı. Davetini reddetmeyip, konuğu olduğu için adama teşekkür eden tesis sahibi, adamı kendi evinde misafir ediyordu. Büyük bir zevk ve estetik anlayışla dekore edilmiş villanın en büyük ve ebeveyn banyolu yatak odasına buyur edildiğinde adam, Ankara'nın dışındaki son gecesine önce dakikalar süren bir duş alarak başladı. Giysileri ev sahibi tarafından yıkatılmak üzere alınmıştı.

Ankara'ya tertemiz giysilerle girecek ve ertesi gün de Ata'nın randevusuna yine tertemiz giysiler içerisinde gidecek olan adam heyecanlıydı.

Adam, üzerindeki giysilerle havuz başındaki lokanta bölümüne girdiğinde çevre, canlı yayına hazırlık yapan teknik ekiple gazetecilerle doluydu.

Röportaj ve sohbetlerin ardından, Bolu Jandarma Tugay Komutanlığı'ndan sürpriz bir ziyaretle gelen masör, adamın yorgun kaslarını bir sonraki günün zorlu etabına hazırladığında adam uyumak üzereydi.

Masör er gider gitmez adam, serildiği yatağın üzerinde uyuya kaldı. Çevresinde dolaşan ana savaş tankları yoktu..

## *GÜNBATIMI ÖYKÜLERİ 18*

### *HER ANNE ve BABA GİBİ*

***Ev ödevini yapmadan uyuduğunda...***
***Saçını okşayıp yatırırdık seni yatağına***
***Söz verdiğin saatten geç eve geldiğinde***
***Gülümseyerek, karnın aç mı derdik, neredeydin demezdik***

***Yavrusunu seven her anne ve baba gibi***

***Gecenin ardından, gün ışığını saçlarında***
***Eve taşısan bile kahvaltın hazır olurdu masada***
***Bizi ise uykusuz ama***
***Gülen gözlerle bulurdun daima***

***Yavrusunu seven her anne ve baba gibi***

***Niye mi diye sormana gerek yok***
***Cevap kalbinde ruhunun derinliklerinde***
***Görürdük onu gizemli bakışlarında, tebessümünde***
***Mutluluk dolu ılık nefesinde ve teninde***

***Yavrusunu seven her anne ve baba gibi***

***Asla ev ödevini yapmadan uyumazdın***
***Genellikle söz verdiğin saatte gelirdin***
***Saygılı, sevgili, düşünceli ve naziktin***
***Neşeli ve kibar, bazen de komiktin***

***Anne ve babasını seven her yavru gibi***

*Bizi mutlu edendin, sevgilimizdin*
*Beni mutlu edendin, sevgilimdin*
*Bizimle değilsin ama hep kalbimizdesin*
*Anıların sımsıcak, sen hep bizimlesin...*

*Tek tesellimiz şimdi senin orada*
*Onunla birlikte olduğunu düşünmek*
*Orada, onunla "O"nun yanında*
*Mutlu olduğunu bilmek*

*Buna inanmak bunu düşünmek isteriz*
*Yavrusunu seven her anne ve baba gibi...*

***M. Boray Uras***

## *Yağlıboya Resim*

Adam profesyonel ressam değildi. Yalnızca amatör olarak, profesyonel kalitede resim yapmaya çalışıyordu.

Yaptığı resmi, yapmaya başladığında aklında yalnızca kendi ailesi yoktu. Tüm insanlık, anneler babalar ve çocuklar vardı. Bu nedenle resmi son derece yavaş, dikkatli ve bir "Osman Hamdi" inceliğinde ve titizliğinde, minik fırça darbeleriyle oluşturuyordu.

İçinde büyük bir sabırsızlık vardı. Normalde bu resim yalnızca kendisine ve ailesine ait olsa, o resmi tamamlanmadan önce yalnızca ailesine gösterirdi.

"Ama" demişti eşi... "Sen bu resmi niçin sadece bana gösteriyorsun? Bu resim yalnızca ben ve Osman düşünülerek yapılmış bir resim değil ki... Sen bu resmi yalnızca ben ve Osman için değil, tüm çocuklar ve onların aileleri için yaptığına göre, 'Nasıl oluyor, ne düşünüyorsunuz?' diye onlara da göstererek, onların da düşüncelerini almalısın" diyerek konuşmasını sürdürmüştü. Adam bir süre düşündü ve sonra karısına yavaş ve sakin bir ses tonuyla cevap verdi: "Haklısın... Bu resim herkes için... Herkesin bu resmi, henüz tamamlanmamış olsa bile görerek, düşüncesini söylemesi yerinde ve olumlu olur..."

Ve o gece adam, ana hatlarının kabaca ortaya çıktığı temel hakim renk ve şekillerle desenlerin belirdiği resmi karşısına aldı. İleride bir yerlerde Yalova sahillerinin üzerinde sessiz şimşekler çakıyordu. Bir yerlere rahmet yağıyor diye düşündü adam ve sonra kavurucu çöl sıcaklarının pençesinde kıvranan İstanbul'un, aşırı nemli, tozlu ve egzost dumanıyla kaplı gece ışıklarını seyretti.

"Aynı rahmet yağmurunun bu şehirin üzerine de yağması ve bu şehri sıcaklığından, tozlarından, kirliliğinden arındırması gerekiyor" diye düşünerek, resmi örten sayfayı çevirdi. Gözler önünde beliren sayfada resim, tüm berraklığı ve detaylarıyla ortaya çıktı.

Adam, sayfayı gecenin koyu maviliğine çevirdi. Sonra gökyüzündeki milyonlarca minik pırıltılara bakıp fısıldadı:

"Ne düşünüyorsunuz?"

Adamın, gökyüzündeki milyonlarca minik pırıltıya doğrulttuğu sayfada şunlar, bir yağlıboya resim halinde yazılıydı...

Geleceği imal etmemiz gerekiyor. Birey, aile, komşu, mahalle, köy, ilçe, il, millet ve devlet olarak başkalarının yaşadığı kötü, üzücü olayları, onları yaşamamak, bize yaşatılanları bir başkasına yaşatmamak için... Sevgi, saygı, mutluluk, huzur, refah, güven ve ulusal barış içerisinde, gülerek yaşayabilmek için... Çocuklarımızın, başarılı iyi bir yurttaş, iyi bir iş sahibi, dinamik ve üretken olduklarını görmek için... Kendilerinden çok daha üstün nitelikli meziyet, bilgi ve beceri sahibi yeni nesiller yetiştiren sorumlu ve düşünceli anne ve baba olabildiklerini görebilmek için...

Bugün bu dünya bahçesindeki tüm sebzeler ve meyveler biz yetişkinlerin şölen havası içerisinde, panayır coşkusu içerisinde, zafer kutlamaları gibi sorumsuzca, hesapsızca tüketebildiğimizi tüketmek, tüketemediğimizi ise hoyrat sallantılı bedenlerimiz ve ayaklarımız altında bitirmek için bize emanet edilmedi.

Tüketebildiğiniz kadarını, ihtiyacınız için kibarca, saygılı olarak tüketin ama tüketirken de, gelecek nesillerin tüketmesi için tohum toplayın, ekin, fideler yetiştirin. Unutmayın, yetişkinlerin görevi 25 yaşına kadar olan genç nesilleri tek başlarına olacakları olgunluğa ve tecrübeye ulaşıncaya kadar onları korumak, kollamak, bilgi ve beceri kazanmaları için yol gösterici, temin edici olmaktır.

Biz, herşey biz yetişkinler için sanarak ve çeşitli düşüncelerle "Biz bu ödülü hakettik. Şimdi ödülümüzün keyfini çıkarmak zamanı" diye düşünürsek, çocuklarımızı, yeni doğanları, 25 sene sonra çaresizliğe, ümitsizliğe, sefalete ve rezalete hazırlamış oluruz. Onların kaderi bu değil, sayemizde de bu olmamalı!

Resim: "Bizlere ait bir ödül yok. Yok olan ödülü paylaşma hak ve yetkisi de yok. Bahçe bize emanet geldi... Gelene, var olana; bir ağaç da, bizim ilave ederek yeni nesile devretmemiz için. Onlara da aynı şeyi bir kültürel miras, ata öğüdü olarak benimsetmeliyiz.

Tüm ekonomik doktrinlerde, ekonomiyle ilgili bilimsel kitaplarda, ekonominin, enflasyonun, deflasyonun, devalüasyonun, stagnasyonun, konsolidasyon ve moratoryumun, bir aritmetik, matematik kurallar silsilesi üzerine inşa edileceği ve bu aritmetik ve matematik formuller kullanılarak yapılacak istatistiksel varsayımların, mutasyonlarının, komputasyonlarıyla ekonomik olayların sebep ve sonuçları izah edilir sonuçları tahmin edilir ve yaşanır.

Bizde ise çok farklı... Aritmetiğin ve matematiğin yön vermesi ve etkilemesi gereken ekonomik kurallara olaylara ve gelişimlere bizde edebiyat, hem de magazin edebiyatı yön veriyor." "Sen yaptın". "Ben de yapmazsam namerdim." "Tek enayi ben miyim" düşünceleri gerekçe oluyor. Çilek bahçesi içerisinde, ihtiyacımızdan fazlasını toplamakla kalmıyoruz, bir de kara kucak, yağlı güreş tutuyoruz. Güreşten sonra da niçin her tarafımız kıpkırmızı hale geldi diye bir diğerimize soruyoruz. Kendin pişir kendin ye kavramını ve alışkanlığını çocuklar değil biz yetişkinler kendimiz için yarattık. Bahçe kenarında duran çocuklar ise, hayallerindeki çilek ülkesinin gözlerinin önünde yok oluşunu, çaresizce seyrediyorlar çünkü onlar çocuk. Bizlerse yetişkiniz. Çocuklar suskun, çocuk oldukları için çaresizler. Yetişkinler ise kendileri pişirip, kendileri yiyorlar.

Çocukların "Çilek ve Çiçekler" ülkesini kurtaralım, onların bahçelerine yeni meyve ağaçları, sebzeler dikelim... Bahçeyi sulayalım, gübreleyelim. Onlar da, bizler öldükten sonra aynı şeyi çocukları için yapalım...

Ekonomimizi edebiyatın etkisinden arındıralım. Ekonomimize yalnız aritmetik gerçekler hakim olsun matematiksel yaklaşım ve formüller yön versin. Edebiyatımızın nadide ve nadide olmayan örnekleri değil...

Çocuklarımızı yaşatalım. Onlara güvenli bir yaşam ortamı sağlayalım. Haksız, takdir-i ilahi dışındaki yol üstü ve araç içi ölümlerinden, öldürülmelerinden, öldürmelerden koruyalım. Onları bu tehlikelerden, hastahane, mezardan ve hapishane hücrelerinden uzakta tutalım. Güvenlik ortamını imal ederek... İmalat, yalnızca düşünmek, kanun ve kararname çıkarmak değildir. Böyle düşünmek bürokratik zihniyete teslimiyettir. İmalat düşünmenin ardından "Yapmak"la olur. Yalnızca yüce Rab, düşünüp "Ol" diyerek kainatı ve dünyayı yarattı, yaptı.

Bizler düşündüğümüzü söylemekle o şeyin yapılacağını düşünmeye devam edersek, bugün içinde yaşadığımız sorunları, tehlikeleri, sefaleti, çaresizliği, açlığı ve çürümüşlüğü yarına taşır ve gelecek nesillere reddedilmesi mümkün olamayan nitelikte bir miras olarak nakletmiş oluruz. Çocuklarımız bunu hak etmiyor.

Onlar daha güzel şeyleri kolaylık, basitlik içerisinde kalıcı, etkili, pratik, uygulanabilir bir eylem planının projelendirilerek en kısa sürede uygulanmaya başlanmasını hak ederek istiyorlar ve bunu niçin yapmadığımızı sorguluyorlar.

Kendileri için aritmetik ve matematik kullanarak çalışmamızı istiyorlar.

Beynimize ilaveten yalnızca dudaklarımızı ve ağızlarımızı değil, ellerimizi ve bacaklarımızı da kullandığımızı görmek istiyorlar. Çözüm çok zor değil ama yalnızca edebiyatıyla çok zor.

Güvenli bir Trafik ortamı yaratmak çok mu zor? Hayır değil ama ön şart, önce biz yetişkinler kendi kendimize şu suali sormalıyız: Ben kendime hakim olabilir miyim?

Bahçeden aldığım ödül olan hızlı araç, bol alkol, eğlence hayatı, yüksek hızdan zevk alma, daha büyüğünü, daha çoğunu, daha güçlü ve hızlısını alarak, alamayandan daha üstün konumda olduğumu fark etmenin şehevi haz ve hırsından kendimi uzak tutabilir miyim?

Bu uzak tutmala kendi çocuğuma iyi bir örnek olacağıma, yoksa çocuğumun da benim bugünkü durumuma bakarak beni örnek alacağına ve sonuçta benim gibi "Öz eleştiriye muhtaç" bir insan olarak yetişeceğine inanabilir miyim?

Olumluyu, iyiyi değil olumsuzu ve kötüyü yaptığıma kendimi şuurlu olarak inandırabilir miyim? Cevabımız evetse, o zaman biz doğru düşünüyoruz olacağız. Unutmadım, unutmam, unutmayacağım dediğimizde ise "Doğru YOL"da olacağız.

Bir iş ya "Doğru" yapılır ya da "Yanlış". İkisinin arasında "Belki" olarak yapılan bir iş yoktur. Sonuç itibariyle yarısı yanlış, yarısı doğru veya ortalama yoktur. Yanlışın nedenlerini araştırmak gerekir. Asla "Birazcık hamile" kalınmaz.

Bizlerin de artık doğruyu yapma zamanı gelmedi mi? Bugün doğacak çocuğumuzun yepyeni pırıl pırıl bir Türkiye'de, mutlu, güvenli ve refah içinde kaliteli olarak yaşaması için...

Bizler, elliyi aşmışlar, ülkenin ekonomisine, geleceğine, çocuklarının hayatına yön verenler, sesimi duyun!

Ölüm bize yakın, 0-5 yaşındakilere ise çok uzak... Bu yaşlara uzak olanı ona kendi heveslerimiz uğruna yakın etmeyelim.

Horozu çok olan köyün, şafağı erken gelir derler. Her horoz ötüşünün bir insan, bir çocuk, bir anne, bir baba ölümü olduğunu düşünün ve sonra gene düşünün: Bu gecenin sonunda horozların karar vereceği şafakta, kaç horoz ötecek? Bir, üç, üç yüz, beş yüz? Sonra gene düşünün: Ölümü önlemem için yapılması gereken doğru şey nedir, yanlış şey nedir?

Trafik ölümlerinin "Takdir-i ilahi", irade dışında önlenmesi için yapılacak "Doğrular" arasında benim düşündüğüm "Doğru", bugün yirmi ayrı merci, Bakanlık, kurum, kuruluş ve belediye arasına dağıtılmış olan deniz, demır ve karayolu trafiğini ilgilendiren bütün görevlerin, sorumlulukların, yetkilerin, mevzuatları, bütçeleri, personelleri, teşkilatları, araç, makine, malzeme ve teçhizatlarıyla birlikte tek bir merciye bağlanmasıdır. Başbakan'a bağlı **"TRAFİK MÜSTEŞARLIĞI**"na... Bu müsteşarlığın da sorumlusu, başbakana bağlı "Trafikten Sorumlu Devlet Bakanı" olmalıdır.

Terfi, tayin ölçütü, bir şura tarafından, disiplin ve başarılı sonuç elde etme performansına bağlanmalıdır. "Çok çalıştım ama sonuç alamadım." Bu açıklama, o kişinin normal çalışarak mükemmele yakın sonuç alabileceği daha basit bir göreve tayini veya işten atılması için yeterli ve tartışılamaz bir neden olmalıdır.

İşini yaparsan işinde kalırsın. İşini, aracını sana değil, seni işine ve aracına zimmetliyorum. Sonuç yoksa iş yok. Şu hallerin dışında, senin sorumluluğunda olan araç hasar görürse, bozulursa, yok olursa sen de yoksun. Disiplinin hakim olduğu bir zihniyetle görev icra edecek, yeni oluşturulacak bir kurum.

Bakanından müsteşarına, amirinden memuruna, temizlikçisine ve çaycısına kadar, işini dürüst, eksiksiz, disiplinli, saygı, sevgi ve bilgi içerisinde tam olarak yapan, bir bütünün vazgeçilmez parçalarını isim olarak geçici süreyle işgal ettiklerini bir an için unutmayan bir kadro düşünüyorum. Bu çok mu zor? İstersek çok kolay.

İstemezsek, bin bir gece masallarında dahi rastlanamayacak kadar çok sayıda, inandırıcı konuşmalar, hikayeler, ard arda toplantılarla yaratılacak bin bir değişik neden yüzünden gerçekleştirilemeyecek kadar da çok zor.

Yani, ya doğruyu ya da yanlışı imal etmek niyetiyle, özverili çalışma.

Yapabileceksek çilek bahçesinde karnımızı doyurduktan sonra güreş tutmayalım. Sebze bahçesinde papatyaların, lalelerin üzerinde tepinmeyelim. Meyve topladıktan sonra dalları ısınmak için kırıp yakmayalım. Yapmamız gereken şey çok basit bir şey, doğru için doğru davranış kanalında yol almak, çocuklarımız için yeni, umutlu bir gelecek ve güvenli, refah içerisinde bir yaşam ortamı sağlamak...

Bu çok mu zor?..

Adam, gözlerini gökyüzündeki minik pırıltılardan ayırarak sayfalarda çizili resme döndürdüğünde sayfalarda yazılı cümlelerin arasındaki beyazlıklarda on binlerce minik bebek çehresini görür gibiydi...

Adam, burnunu kağıt mendille silerken gözlük camlarının ıslak olduğunu fark etti.

Adam, gözlük camlarını kurularken, uzaklarda bir yerlerde, Yalova sahillerinde çakan sessiz şimşeklerin ardından, yüzüne doğru esen soğuk esintinin taşıdığı onbinlerce minik sesin koro halindeki fısıltısını duyar gibiydi:

"Bizim olduğumuz yerden bakıldığında, bu çok kolay ve mümkün ama yürekten istenilirse..."

# *GELECEĞE YÜRÜYÜŞ 22*

## *YİRMİNCİ GÜN*

### *Saray-Ankara*

Sabah kahvaltısının ardından, TV röportajları, gazete röportajları ve kendisini ziyarete gelen, sivil toplum kuruluşları, öğrenciler ve hocalarıyla yapılan sohbetlerin, kucaklaşmaların ardından adam yürüyüşünün son etabına öğleye doğru başlayabildi.

Günün ilerleyen saatlerinde verdiği bir molada bir gün önceki Kazan-Saray yürüyüşü esnasında tanıştığı bir kişi bu kez ailesiyle birlikte onu ziyarete gelmişti. İnançlarına göre tesettür içerisinde olan bir aileydi "Ruhlar arasında kadın ve erkek ayırımı yoktur, inanan veya inanmayan diye de bir ayırım yoktur. Yalnızca karanlıkta olan ilkel ruhlarla aydınlanan tekamül etmiş ruhlar vardır, cinsiyeti olmayan ruhlar... Evrimini tamamlayarak olgunluğa ulaşanlarla yüce yaratıcının yanında imtihanlarını başarıyla geçerek sınıfını atlayıp, en sonunda bu dünya yaşamı üniversitesinden mezun olarak, yıldız tozlarına bürünmüş mezuniyet kep ve pelerinini giyerek, sonsuza kadar karanlıkta, aydınlanmamış olan ruhların eğitimine yardımcı olarak onların da bu dünyadaki yaşam öğretilerinde onlara eğitmenlik, yol göstericilik yapacak, kutsanarak aydınlanmış ruhlar vardır" diye düşünen adama ruhuyla sarılan adam, neredeyse Saray-Ankara yolunun son yarısının tamamını otele kadar adamla birlikte yürüdü.

Bu iyi yurttaş, her adımının trafikte ölenler ve ölecekler için bir fatiha sayılması dileğiyle yola çıkan adama, son kilometrelerindeki yorgunluğuna, tükenmişliğine dualarıyla, tekbirleriyle destek verdi.

Adam son kilometreleri ruhunun derinliklerinden aldığı, ilahi enerjiyle tamamlayabilmişti.

Ankara Emniyet Müdürü ile tanışarak çay içtiği Ankara garında yer alan bahçedeki konuşmalar, kuru pastalar ve gariban birisi olduğunu söyleyen bir vatandaşın kendisini öpmesinden sonra ona hediye ettiği "Tesbih" çok değerli anılardı.

Yol boyunca, Ankara Emniyet Genel Müdür Yardımcısı, polisler, jandarmalaar, politikacılar, milletvekilleri, Ankara Ticaret Odası Başkanı onunla birlikte yolu, yürüyüşü ve acıyı paylaşmışlardı.

Atatürk Orman Çiftliği ile Maltepe-Tandoğan Meydanı Etap Altınel Oteli'ne doğru olan hızlı ve kararlı yürüyüşle sabaha karşı 01:00 sularında, 21 gün ve toplam artısıyla eksisiyle ellişer santimlik bir milyon iki yüz bin adıma tekabül eden yaklaşık beş yüz elli kilometre sonra adamın geleceğe doğru olan yürüyüşünün başlangıcı çiçeklerle, kucaklaşmalarla sona ermişti.

Bu karşılanma anılarının en unutulmazı ve en değerlisi, bir mektup eşliğinde annesiyle birlikte adam gelinceye kadar adamı sabırla bekleyen pırıl pırıl yaşam enerjisine sahip, olgun, aydınlanmış bir ruha sahip genç bir delikanlıya aitti.

Bunun nedeniyse, delikanlının adama, odasında ***Selin***'in gözüyle ve ruhuyla okuması için verdiği şu, anlamlı ve değerli mektubun içeriğinde gizliydi. Adam, uyumadan önce mektubu okudu, mektupla uyudu... Adamı mektubun içeriğinden daha fazla etkileyen şey mektubunun sonunda yer alan nottu. O notta şunlar yazılıydı:

***"Sevgili Selin,***

***Yazımın mükemmel bir yazı olmadığını düşünebilirsin. Yazımın çok mükammal olmadığını biliyorum. Bunun nedenide Selin, ben bu mektubu dişlerimin arasına sıkıştırdığım kalemle yazdım. Doğuştan ellerini ve bacaklarını kullanamayan bir bedensel engelliyim ben…!"***

***Sevgili Selin***

## GELECEĞE YÜRÜYÜŞ 23

### YİRMİBİRİNCİ GÜN

### ANITKABİR

Adam erkenden uyandı. Hızla tıraş olarak Saray'da yıkanıp, ütülenen temiz giysilerini giydi. Misler gibi pırıl pırıldı. Ata'nın manevi huzuruna çıkmaya hazırdı. Eşi ve arkadaşları onu yalnız bırakmamışlar, sabah erken saatte otele gelmişlerdi.

Adam saat 10:00'da yola çıkmıştı, 10:30'daki randevusuna geç kalamazdı.

Çevresindeki mahşeri kalabalığın farkında değildi. Karısını arkadaşlarını kaybetmişti. Son kilometreleri Ata'nın manevi huzuruna kalabalık içerisinde tam vaktinde ulaşmak hedefine kilitlenmişti. Adam için zaman ve mekan mefhumu kaybolmuştu. Adımları yavaş, uzun adımlardı. Sakin, kararlı ve çabuk... Buluttan buluta basıyordu.

Çevresindekiler koştuklarını sanıyorlardı. Adam, randevusuna; karısıyla elele olarak söz verdiği saatte ulaştı. 10:30'da Ata'nın huzuruna kabul edilmişti. Adam, İstanbul'a Devlet Demir Yolları'nca kendine tahsis edilen trenle, eşine, ailesine, Osman'ına ve ***Selin***'in manevi varlığına dönerken, Ulu Önder Atatürk'e şunları söylediğini anımsadı:

*"Sevgili Ulu Önderim,*

*Seni örnek aldım. Daima senin başarılarının mükemmeliyetini ölçü ve örnek kabul ettim. Son bir inanç uğruna yola çıktın, ben de... Sen Anadolu İnsanının cesur, cömert, misafirperver ve cefakar yüreğine güvendin, ben de.*

*Ulu Önderim... Kuvayi Milliye Ruhunu ve senin keşf ettiğin Anadolu İnsanının gerçek ruhunu bu yolculuğum esnasında yaşayarak, hissederek ve paylaşarak öğrendim. Bu inancın, İstanbul'dan başlattığın yürüyüşüne tüm Anadolu sathında davam ederek milletinle kaynaşmış olarak seni İzmir'e kadar yüreğinin üzerinde yürüttü, beni de.*

*Sayın Atam, bizlere teslim ettiğin kutsal değerlerimizden çocuklarımızı senin razı olacağın ölçüde koruyamadık, bizleri bağışla... Bizlere manevi desteğinle yardımcı ol. Lütfen...*

*Sana ve senin önderliğine yine ihtiyacımız var. Çocuklarımızın güvenle yaşamlarını sürdürerek, bizler için, bizlere emanet ettiğin Cumhuriyet için, tüm anneler, babalar ve çocuklar adına sana minnet ve teşekkürlerimizi arz ederim.*

*Rahat ol ve huzur içerisinde uyu Sevgil Önderim.*

*İzindeyim, izindeyiz."*

***M. Boray Uras***

## *GÜNBATIMI ÖYKÜLERİ 19*

## *İSTANBUL'A DÖNÜŞ*

***"Sevgili, anlayışlı, dayanıklı eşim Ebru Ülkü Uras'a sevgilerim ve bağışlanmam dileğiyle..."***

### *SEVEN KADIN*

***Seven kadın olmak çok zor, anlıyorum***
***Tüm sevgini ona vermene rağmen***
***Kötü zamanında seninle, iyi zamandaysa kendisiyle***
***Tek başına olmasına rağmen***

***Ama sevdiğin için onu, hep bağışlarsın***
***O hak etmese de sen bunu, hep yaparsın***
***Onu sevdiğin için onunla gurur duyarsın***
***Dersin ki garibim, o bir erkek ne yapsın***

***Erkeğinin yanındasın, onu kollarınla sararsın***
***Isıtırsın onu soğuk hayat rüzgarı estiğinde, yağmuru yağdığında***
***Erkeğinin yanındasın, onu kollarınla sararsın***
***Sevginle ona destek olur, erkeğinin yanında durursun***

***Erkeğinin yanındasın, onu kollarınla sararsın***
***Verebileceğin tüm sevgiyi vermeye devam eder,***
***Erkeğinin yanında olursun...***

***M. Boray Uras***

# "GÜNDOĞUMU" ÖYKÜSÜ

## *KIRSAL MÜZİK*

Gelecekte bir gün... Bir saat... İstanbul-Beykoz ilçesi Mahmut Şevket Paşa Köyü...

Gün boyunca terastaki gölgelik masada oturarak "HEKİMOĞLU" romanını yazmaya devam eden adam, gün boyunca yüzme havuzundan çıkmayan Osman'ının neşeli haykırışları ve su şaplatmalarının sesiyle mutlu dakikalar geçirmişti.

Evin bahçesinin alt bölümünden yükselen inek ve koyun seslerinin ton farklılığında gizlenmiş çağrılar "Artık sağılmak istiyoruz" mesajını adamın kulaklarına taşıyordu.

Adam o günlük, yazıma son verdi. Kalemini ve yazım defterini kapattı. Bilgisayarını kapatmayı müteakip ayağa kalkarak, Osman'a, Osman'ın havuzdan çıkma zamanının geldiğini söyledi. Osman hiç itirazsız "Tamam komutan, derhal! Yapmamı istediğin başka bir şey?"

"Bornozunu giymen"

"Başka"

"Duşa girmen"

"Başka"

"Giyinmen"

"Başka"

“Beni öpmen”

“Onu geç, başka”

“Başka bir şey yok”

“Şimdi ben senden bir şey rica edebilir miyim?”

“Tabi Osman”

“Şimdi söylediklerinin hepsini lütfenli olarak tekrar edebilir misin lütfen”

“Ebruuuu! İmdat!”

Osman kıkırdayarak eve doğru koşarken, Adam ahıra ve ağıla doğru yürüyordu.

Sırayla hem “Karpuz”un hem “Kiraz”ın hem de “Dut”un memelerini ilaçlı suyla yıkadıktan sonra, sırasıyla önce günde 8 ila 10 litre arasında süt veren küçük, munis, alaçalı Karadeniz ineğini, Karpuz’u; sonra bir buçuk iki litre süt veren koyunlar Kiraz ve Dut’u özel, vakumlu süt sağma makinesiyle sağan adam, sütleri soğutucuya koyduktan sonra, önce hayvanların sonra ahırın ve kümesin temizliğini yaptı. Hayvanları yemledikten sonra, yumurtaları sepete koyarak hayvanların bulunduğu bahçenin tel örgü kapısını kapatırken ahır, ağıl ve kümeste 24 saat açık olan stereo radyonun 88.45 frekanslı FM bandından yayınlanan klasik müzikle hayvanları başbaşa bırakmıştı.

Yolda havuzun yanında durdu. Havuz ışıklarını açtıktan sonra, bahçe çitinin önünde duran rulo ağın ucundaki V şeklindeki halata taktığı kancanın bağlı olduğu halatla havuzun karşı kenarına yürüdü. Halatı çektiğinde dönerek boşalan ağ uzayarak havuzun üzerini tamamen örtünce, kenarları dolaşarak gergili kancalarla ağı sabitledi. Artık kazlar havuza giremezlerdi. Bahçede dolaşacak minikler de...

Kazların protesto çığlıkları içerisinde onları da yemledikten sonra, tavuklarla birlikte olanları bahçeye serbest bıraktı. Gece karanlığında, tesadüfen de olsa bahçeye sızacak bir sürüngenin veya böceğin doyma iç güdüsü olmayan tavukların ve kazların arasında sabahı görmeleri mümkün değildi.

Kazlar ve tavuklar, yerde gördükleri sürünen, kıpırdayan her şeyi gagalıyarak besine dönüştürüyorlardı. Kazlar ayrıca yabancı varlığına karşı, çığlık çığlığa hiddetle koşuşturan, yaygaracı ama çok etkili, inatçı birer gece bekçisiydiler. Tüm hayvanlar, Osman'ın yavruları ve arkadaşlarıydı.

Adam ailesiyle yemeğe oturduğunda verdiği nimetler için Allah'a ailece şükrettiler.

Et hariç sofradaki tüm yoğurt, peynir çeşitleri ve ince uzun kereviz sapı ve rubab dahil, sebzelerle meyveler kendi bahçelerinden geliyor, doğal üretimle üretiliyordu.

Ailece televizyon izledikten sonra Osman'ın yatma zamanı gelmişti.

"Ben yatırırım Osman'ı" demişti adam karısına.

Osman, okunan kitabın ikinci sayfasının sonuna doğru uyuyakalmıştı. Üzerinde *Aykızı* amblemi olan şapkası, yastığının kenarındaydı. Eli şapkanın üzerindeydi.

Adam yavaşça kapıyı aralık bırakarak odayı terk etmeden önce Osman'ını seyretti bir süre. Onunla gurur dolu olarak mutluydu.

Bahçe katındaki oturma odasına inmek üzere merdivenlere yönelmişken aniden durdu.

Geri döndü ve çatı katına çıkan tahta merdivene yöneldi. Yeşil halıların üzerinden adımlayarak, halıların yumuşak sessizliği içinde ***Selin***'in odasına doğru ilerledi. Gece ılıktı ama adam, duygusal nedenlerden ötürü şömineyi yaktı. Duvarda asılı olan kandil görünümlü mum ampuller titrek cılız ışıklarını, mimberin etrafını çevreleyen duvarda renk ve hareketler oluştururken, adam odayı çevreleyen yer döşeklerinin halısının üzerine oturmuş düşünüyordu.

Aniden aklına gelen bir düşünceyle kalktı. Duvara gömülü olan dolabın kapağını açarak, ***Selin***'in akustik gitarını dışarı çıkardı.

Parmakları akorlar ve teller üzerinde gezinirken, kanatları açık olan pencereden görünen göleti çevreleyen çam ağaçlarının tepesinde asılı durmakta olan, porselen tabak büyüklüğündeki ve ışıltısındaki aya doğru uzanan gümüş simlerden çizgiler üzerine akorlar eşliğinde şu sessiz sözler ilişerek evrenin sonsuzluğuna ilahi bir mesaj olarak taşınıyordu.

## *KIRSAL MÜZİK*

*Kırsal müzik en sevdiğim*
*Müzik türleri içerisinde*
*Dinlediğinde sen de seversin*
*Seversen yalnız onu dinlersin belki benim gibi*

*Sevenin kulağında kalsın Rock'n Roll ve benzerleri*
*O türleri hiç sevemedim her nedense*
*Duygusal melodiye uyan duygusal sözler*
*Mutluluğumun tek nedeni*

*Kırsal müzik en sevdiğim*
*Müzik türleri içerisinde*
*Dinlediğinde sen de seversin*
*Seversen, yalnız onu dinlersin belki benim gibi...*
*Duygu dolu yumuşak nağmelere eşlik eden*
*Duygulu sözlere dökülen gözyaşları*
*Veya neşeli öyküye duyulan coşku, işte tüm bunlar*
*Kırsal müziği sevmemin tek nedeni...*

*Kırsal müzik en sevdiğim*
*Müzik türleri içerisinde*
*Dinlediğinde sen de seversin*
*Seversen de yalnız onu dinlersin belki babam gibi*

*Kırsal müzik en sevdiğim*
*Müzik türleri içerisinde*
*Dinlediğinde sen de seversin*
*Seversen de yalnız onu dinlersin belki benim gibi*

*Kırsal müzik en sevdiğim*
*Müzik türleri içerisinde*
*Dinlediğinde...*

***M. Boray Uras***